Das Buch

Geocacher finden im Wald die halbentkleidete Leiche von Julia Krämer. Zahlreiche Hämatome und andere Verletzungen weisen darauf hin, dass sie vor dem Tod jahrelang misshandelt wurde.

Kriminalhauptkommissarin Toni Stieglitz nimmt sofort Martin Krämer, den Ehemann der Toten, ins Visier, da dieser bereits drei Jahre zuvor verdächtigt worden war, seinen damals zehnjährigen Sohn Sebastian misshandelt zu haben. Mangels Beweisen wurde das Verfahren jedoch eingestellt, und auch diesmal fehlen konkrete Beweise. Doch Toni, die selbst jahrelang unter Gewalt in ihrer Beziehung litt, ist sich sicher, den Schuldigen zu haben. Oder glaubt sie das nur, weil er sie an ihren gewalttätigen Exfreund Mike erinnert, den sie gerade endlich angezeigt hat?

Mit Hilfe von Rechtsmediziner Dr. Mulder begibt Toni sich auf die Suche nach Klarheit – sowohl beruflich als auch privat.

Die Autorin

Manuela Obermeier wurde 1970 in München geboren. Sie begann bereits in der fünften Klasse mit ihrem ersten Roman, schlug nach dem Abitur aber eine ganz andere Richtung ein und ging zur Polizei. Das Schreiben hat die Polizeihauptkommissarin nie losgelassen. *Tiefe Schuld* ist der zweite Teil in der Reihe um Kriminalhauptkommissarin Toni Stieglitz.

Von Manuela Obermeier ist in unserem Hause bereits erschienen:

Verletzung

MANUELA OBERMEIER

TIEFE SCHULD

Kriminalroman

Ullstein

Besuchen Sie uns im Internet:
www.ullstein-taschenbuch.de

Originalausgabe im Ullstein Taschenbuch
1. Auflage Juni 2017
© Ullstein Buchverlage GmbH, Berlin 2017
Umschlaggestaltung: zero-media.net, München
Titelabbildung: © FinePic®, München
Satz: Pinkuin Satz und Datentechnik, Berlin
Gesetzt aus der Quadraat
Druck und Bindearbeiten: CPI books GmbH, Berlin
ISBN 978-3-548-28863-5

Dieses Buch ist ein Roman. Sowohl die Handlung als auch sämtliche Figuren sind meiner Phantasie entsprungen. Ähnlichkeiten mit tatsächlichen Begebenheiten sowie lebenden oder verstorbenen Personen sind rein zufällig und nicht beabsichtigt.

Manuela Obermeier im Dezember 2016

Eins

Der Schrei war kurz und endete so abrupt, als hätte jemand ihn abgeschnitten. Cem sah von seinem Handy auf.

»Fabian?«, sagte er, doch er bekam keine Antwort. »Fabian?«, wiederholte er, diesmal etwas lauter. Suchend sah er sich zwischen den Bäumen um, hielt die Luft an, lauschte, aber der Wald blieb stumm.

»Hör auf mit dem Scheiß.« Cem versuchte, verärgert zu klingen, doch es gelang ihm nicht so recht, und das ärgerte ihn nun wirklich. Sein Freund hatte keine Lust mehr, das hatte er nicht nur einmal gesagt, und weil Cem nicht darauf angesprungen war, versuchte Fabian es nun auf diese Tour. Eine ziemlich dämliche Tour, wie Cem fand. Aber den Schrei hatte er schon gut hingekriegt, das musste man ihm lassen. Als hätte ihm jemand die Kehle zugedrückt.

Bei dem Gedanken lief Cem eine Gänsehaut über den Rücken. Und wenn doch etwas passiert war? Fabian war bescheuert genug, um auf einen Baum zu klettern, sich dort oben zu verstecken und sich über Cem lustig zu machen, weil der ihn unten suchte. Was, wenn ein Ast gebrochen und er hinuntergefallen war?

»Fabian?«, rief er noch einmal. Seine Stimme verhallte zwischen den grauen Baumstämmen ohne Antwort. Und wenn Fabian gar nicht gestürzt war? Wenn ihm wirklich jemand die Kehle ... Cem wurde schlecht. Nein, versuchte er sich zu beruhigen, das war Blödsinn. Sie waren hier nicht bei *Blair Witch Project*, und die Typen mit den Süßigkeiten hatten es auf kleine Mädchen abgesehen, nicht auf Jungs wie sie. Sie waren zu alt und konnten sich außerdem wehren.

Trotzdem ging er schneller, machte sich in die Richtung auf, wo er seinen Freund zuletzt gesehen hatte. Die Richtung, in die er ihn selbst geschickt hatte. Cem klickte die Karte weg, auf die er die ganze Zeit gestarrt hatte, und wählte Fabians Handynummer. Wenn es irgendwo über ihm in einem Baum klingelte, konnte Fabian sich auf etwas gefasst machen.

»Hallo! Hier ist die Mobilbox von ...«

»Scheiß Funklöcher!«, fluchte er, unterbrach die Verbindung und wählte erneut, während er über den unebenen Waldboden vorwärtsstolperte.

»Hallo! Hier ist ...«

Zwischen den Bäumen war niemand zu sehen, aber Cems Freund hatte deutliche Spuren hinterlassen: Alle paar Schritte zeugten umgedrehte Moospolster davon, wo Fabian in seiner Langeweile mit seinem Ast auf dem Boden herumgewühlt hatte.

Cem erreichte einen Waldweg und blieb stehen. Das war eigentlich die Grenze ihres Suchgebietes, doch so wie er Fabian kannte, hatte der sich garantiert nicht daran gehalten. Aber wo war er hingegangen?

»Fabian! Jetzt sag schon was. Du gehst mir auf den Sack mit dieser Scheiße, Alter, weißt du das?«

Keine Reaktion. Cem schwankte zwischen Verärgerung und Nervosität. Wenn Fabian hinter irgendeinem Baum hockte und sich vor Lachen in die Hose pisste, dann musste er sich echt was einfallen lassen, dass Cem wieder mit ihm redete.

Ratlos blickte er den Weg entlang. Und wohin jetzt? Rechts oder links? Auf der gegenüberliegenden Seite entdeckte Cem einen schmalen Pfad, der in den Wald führte. Den hatte Fabian genommen. Ganz sicher. Einen Moment lang dachte Cem daran, einfach umzudrehen und seinen Freund in seinem Versteck versauern zu lassen, doch der Schrei hatte so echt geklungen. Als wäre wirklich irgendetwas Schreckliches passiert.

Cem steckte sein Handy ein und rannte los.

Fünfzehn Minuten zuvor

»Können wir jetzt endlich gehen? Wir finden das Scheißding doch sowieso nicht.« Fabian stocherte mit dem morschen Ast, den er irgendwo aufgelesen hatte, in den Moospolstern herum. Überall hatte die Sonne auch die allerletzten weißen Flecken weggetaut und in den Grünstreifen neben den Straßen die widerlichen Hundehaufen wieder ans Tageslicht geholt. Nicht einmal hier im Wald lag noch Schnee.

»Scheiße«, brummte Fabian und schlug mit seinem Ast nach den langen Ruten der Himbeersträucher. »Jetzt hör schon auf«, sagte er und wandte sich zu seinem Freund um. »Das ist doch alles Kacke.«

»Aber der Cache muss hier irgendwo sein. Wir sind ganz nah dran, das weiß ich.« Cem drehte sich einmal um die eigene Achse und sah hinauf in die Baumwipfel, als würde der Cache, also der Schatz, dem sie hinterherjagten, dort oben in den Ästen hängen. Fabian schnaubte.

»Das sagst du schon seit zwanzig Minuten. Aber was ist?

Wir laufen hin und her wie die Vollspasten, und gefunden haben wir gar nichts.«

»Was kann ich dafür, dass die App nicht richtig funktioniert«, motzte Cem zurück und starrte auf das Display seines Smartphones. »Daran sind bestimmt die beknackten Funklöcher schuld. Dauernd wechseln die Entfernungen. Mal sind es noch fünf Meter, dann zehn, dann sind wir angeblich schon wieder daran vorbei.« Er deutete mit dem Arm vage in eine Richtung. »Da vorn muss das Versteck sein. Such du links von dem großen Baum, ich suche rechts.«

Fabian rührte sich nicht vom Fleck, sondern schlug nur weiter nach den Himbeertrieben.

»Mann, ich hab echt keinen Bock mehr. Wer weiß, ob das Teil überhaupt noch da ist. Vielleicht hat es ja irgendein Schwachmat weggenommen und sitzt jetzt zu Hause und lacht sich den Arsch ab.«

Über ihren Köpfen krächzten ein paar Krähen. In Fabians Ohren klang es wie hämisches Gelächter. Warum hatte er sich auf diesen Scheiß überhaupt eingelassen? Geocaching. Was für ein Mist. Okay, als Cem gestern davon erzählt hatte, hatte es tatsächlich nicht so schlecht geklungen, und er hatte sich von der Begeisterung seines Freundes anstecken lassen. Anfangs hatten sie beide gespannt auf das Handydisplay geschaut und verfolgt, wie sie dem Versteck immer näher kamen, und da hatte es ihm ja auch noch Spaß gemacht. Allerdings war Fabians Begeisterung ab dem Zeitpunkt verflogen, als die Nässe durch seine Schuhe gekrochen war, seine Zehen sich langsam in Eisklumpen verwandelt hatten und sie zum gefühlt hundertsten Mal an derselben Stelle vorbeigetappt waren, ohne auch nur die winzigste Spur von dem Cache zu finden.

Inzwischen kam er sich nur noch bescheuert vor. Von wegen Schatzsuche für Erwachsene. Das war nicht besser als Topfschlagen auf dem Kindergeburtstag seiner kleinen Schwester. Nur mit GPS. Der Rest war gleich. Warm. Wärmer. Kalt. Verarscht.

Aber er war eindeutig zu alt, um durch die Gegend zu laufen und irgendwelchen blöden Kleinkram zu suchen, den ein anderer Idiot versteckt hatte. Außerdem musste er mal. Der Füllstand seiner Blase war schon bei mindestens neunzig Prozent.

»Ich geh pinkeln«, sagte er und schlug mit dem Ast gegen ein Grasbüschel. Blasse Halme flogen durch die Luft.

»Aber pass auf, wo du hinschiffst«, antwortete Cem. »Der Cache ist irgendwo auf dem Boden.«

»Jaja«, murmelte Fabian und ging in die Richtung, in die sein Freund zuvor gedeutet hatte. Das Unterholz war dort wesentlich dichter als in dem Bereich, den Cem sich ausgesucht hatte. Das war mal wieder typisch für ihn. Er machte es sich immer so einfach wie möglich.

Lustlos kickte Fabian die Buchenblätter in die Luft, die den Boden in einer dicken, feuchten Schicht bedeckten, und wirbelte mit jedem raschelnden Schritt einen Schwall Modergeruch auf. Er duckte sich unter vertrockneten Fichtenzweigen hindurch, umrundete ein paar kahle Büsche und traf schließlich auf einen Waldweg. Den hatten sie bisher als eine Art Grenzmarkierung betrachtet, weil Cem steif und fest behauptete, der Cache müsse auf dieser Seite des Weges sein.

Fabian überlegte. Was, wenn Cem sich irrte? Oder wenn die App einfach nur Bullshit anzeigte und der Schatz doch auf der anderen Seite versteckt war?

Ein winziger Funke Abenteuerlust und eine große Portion Trotz flammten in ihm auf. Was, wenn er dort drüben den Cache fand? Dann hätte er neben nassen Füßen wenigstens die Genugtuung, dass Cem unrecht gehabt hatte.

Fabian überquerte den Weg und erspähte einen schmalen Trampelpfad, der zwischen fast hüfthohen Gräsern und jungen Buchen und Fichten hindurchführte. Im aufgeweichten Boden war ein halber Schuhabdruck zu sehen. Ob der von einem anderen Geocacher stammte? Vielleicht von einem, der mehr draufhatte als Cem – oder zumindest eine bessere App benutzte und beim richtigen Mobilfunkanbieter war.

Fabian musste grinsen, als er sich den dämlichen Gesichtsausdruck seines Freundes vorstellte, wenn er ihm den Cache unter die Nase hielt. Seine Blase drückte immer noch, aber die Neugier war jetzt größer, und er folgte dem Pfad, der sich zwischen Bäumen und Sträuchern hindurchschlängelte, bis er vor einer von Gräsern und Büschen überwucherten Senke an einem Hochsitz endete.

»Na toll.«

Von wegen Schatz. Der Schuhabdruck gehörte offensichtlich keinem anderen Cacher, sondern einem Jäger, der von da oben ahnungslose Tiere abballerte. Enttäuscht schlug Fabian mit dem Ast gegen den Hochsitz. Dann kam ihm ein Gedanke. Er legte den Kopf in den Nacken und blickte zu der hölzernen Kanzel hinauf. Das Ding sah ein bisschen aus wie das Plumpsklo, auf das er mal beim Bergwandern gegangen war. Ob der Jäger dort oben auch einen Eimer und Klopapier hatte?

Er grinste bei der Vorstellung, dann kam ihm ein Gedanke. Und wenn der Schatz dort oben versteckt war? Er warf den Ast weg und stellte sich auf die unterste Sprosse der Hochsitzleiter. Cem hatte zwar gesagt, dass das Versteck auf dem Boden war, aber vielleicht hatte Cem das ja auch nur einfach so behauptet, um so zu tun, als hätte er Ahnung von diesem Scheiß.

Fabian erklomm drei weitere Sprossen. Ganz schön wackelig, das Ding. Vertrauenerweckend ging jedenfalls anders. Er schloss seine Finger fester um das raue Holz, dem Regen, Schnee, Sonne und Wind ziemlich zugesetzt hatten, und schielte nach unten.

Oh Mann, er war keine anderthalb Meter über dem Boden und bekam schon weiche Knie wie ein Mädchen. Er riss seinen Blick von der Erde los und sah stattdessen nach oben. Noch drei weitere Sprossen und er müsste eigentlich in den Verschlag hineinschauen können. Das würde er ja wohl gerade noch schaffen.

Wie in Zeitlupe schob er sich Stück für Stück nach oben. Als Fabian endlich hoch genug war, waren seine Hände schweißnass. Wie früher auf dem Klettergerüst: Während er sich auf halber Höhe verzweifelt an den kalten Metallstangen festklammerte und weder vor noch zurück konnte, spuckten die anderen Kinder ihm entweder von oben auf den Kopf oder bewarfen ihn von unten mit Sand.

Er lehnte sich gegen die Leiter, um einen sicheren Stand zu haben, dann reckte er den Hals. Das trübe Februarlicht war in der Kanzel zu einem düsteren Zwielicht geschrumpft. Trotzdem sah er es auf den ersten Blick: Das Jägerplumpsklo war leer.

Fabians gerade wiedererwachter Entdeckergeist verpuffte. Dafür meldete sich seine Blase umso heftiger. So schnell es seine weichen Knie zuließen, kletterte er die Leiter hinunter. Wenn er schon den Cache nicht gefunden hatte, konnte er dem Jäger wenigstens an seinen Hochsitz pinkeln. Er war gerade dabei, den Reißverschluss seiner

Hose zu öffnen, als er die Fußspuren bemerkte. Es waren dieselben Abdrücke wie zuvor, und sie führten an dem Hochsitz vorbei und hinunter in die Senke. Warum hatte er die nicht vorhin schon gesehen?

Er zog den Reißverschluss wieder zu und folgte den Spuren bis an den Rand des Abhangs. Besonders weit ging es nicht hinunter, und sonderlich steil war es auch nicht. Er zögerte. Sollte er hinuntergehen oder nicht? Und wenn das doch nur die Schuhabdrücke eines Jägers waren?

Fabian wollte sich schon umdrehen, als er am Grund der Senke etwas Blaues schimmern sah. Er kniff die Augen zusammen, konnte aber nicht erkennen, was es war. Der Schatz? Im Internet hatten sie gelesen, dass ein Cache nie auf den ersten Blick zu erkennen war, aber das war ihm jetzt egal. Er wollte sein Erfolgserlebnis. Er wollte etwas finden, und wenn es nur ein illegal entsorgter Müllsack war.

Der Abhang war steiler, als er von oben ausgesehen hatte, und Fabian musste höllisch aufpassen, um nicht auf dem nassen Untergrund auszurutschen und im Dreck zu landen. Unten angekommen, konnte er durch den veränderten Blickwinkel das blaue Was-auch-immer blöderweise nicht mehr sehen, weil es nun hinter den steil in die Luft ragenden Wurzeln einer umgestürzten Fichte verborgen war.

Er umrundete den Baum und trat beinahe auf das blaue Ding, das nun genau vor seinen Füßen lag. Ein Müllsack war das nicht, und leider auch nicht der Cache, so viel stand fest. Es war ein Ärmel. Der Ärmel einer Jacke. Einer Frauenjacke. Und die Frau steckte noch darin. Mit einem halb erstickten Schrei auf den Lippen stolperte er rückwärts, und der Schließmuskel seiner Blase versagte den Dienst.

Zwei

Kriminalhauptkommissarin Toni Stieglitz warf die Tür ihres Dienstwagens hinter sich zu und sah sich kurz um. München-Lerchenau. Nicht gerade Crème de la Crème, aber solide, ein Reihenhäuschen neben dem anderen. Sie kannte die Gegend, hier war sie aufgewachsen.

Toni drückte auf die Fernbedienung des BMW. Die Blinker leuchteten zweimal kurz auf, während sie das Gartentor aufschob und über den gepflasterten Weg auf das Haus zuschritt. Kein Grashalm lugte aus den Fugen, kein verwelktes Blatt ärgerte das Auge. Alles war sauber und ordentlich, als hätte jemand eine Seite aus einer Gartenzeitschrift herausgerissen und über die Wirklichkeit geklebt.

Die Gardine hinter dem Fenster neben der Haustür schaukelte sacht. Das Klingeln konnte sich Toni somit sparen, ihre Ankunft war bereits registriert worden. Alles andere hätte sie auch gewundert.

Die Frau, die die Tür öffnete, war vierundsechzig und somit sechsundzwanzig Jahre älter als Toni, ging aber leicht als Ende fünfzig durch. Das lag zu einem großen Teil daran, dass der Friseur bei ihr offensichtlich wieder ganze Arbeit geleistet hatte, denn ihre Haare glänzten bis in die Spitzen in einem satten Mahagonibraun. Nicht einmal am Ansatz war der leiseste Hauch von Grau zu sehen. Nur die Krähenfüße in den Augenwinkeln und die senkrechten

Fältchen über der Oberlippe, in denen sich der hellrote Lippenstift abgesetzt hatte, verrieten ihr Alter.

»Hallo Mama«, sagte Toni.

»Hallo Antonia. Schön, dass ...« Ihre Mutter zögerte kaum merklich, während sie einen raschen Blick über Tonis Schulter warf, als erwartete sie, hinter ihrer Tochter noch jemanden zu sehen. »... du da bist. Komm rein.«

Toni hatte den Blick registriert und schaute ebenfalls hinter sich.

»War da was?«, fragte sie.

»Nein«, ihre Mutter schüttelte den Kopf. »Ich dachte nur, ich hätte ...« Sie lächelte verlegen, und ihre Hände flatterten auf wie aufgeschreckte Vögel. »Ach, nichts. Geh schon mal rein. Ich hole nur noch den Kaffee.«

Sie verschwand in der Küche, und Toni betrat das Wohnzimmer. Wie üblich stand ihr Vater am Fenster, die Hände auf dem Rücken verschränkt, und sah in den kleinen Garten hinaus. Seine Haare waren dünn geworden und wirkten im Gegenlicht beinahe farblos. Seine Haltung aber war straff und aufrecht wie eh und je.

»Hallo Papa.«

Ihr Vater drehte sich zu ihr um.

»Grüß dich, meine Große.« Im Gegensatz zu ihrer Mutter respektierte ihr Vater, dass sie Toni und nicht Antonia genannt werden wollte. Aber um des lieben Friedens willen nannte er sie nur so, wenn ihre Mutter es nicht hören konnte.

Er machte einen Schritt auf Toni zu, blieb dann jedoch stehen und schob die Hände in die Hosentaschen. Der Vorrat an Umarmungen war in ihrer Familie bereits vor vielen Jahren zur Neige gegangen und danach nie mehr aufgefüllt worden.

»Hast du den alten Mercedes endlich verkauft?«, fragte ihr Vater und deutete auf den BMW, mit dem sie gekommen war.

»Nein, den Benz habe ich immer noch. Das ist ein Dienstwagen. Ich habe Bereitschaft.«

»Bereitschaft?« Die Stimme ihrer Mutter, die gerade zur Tür hereinkam, klang enttäuscht. »Aber sagtest du nicht, du hättest dieses Wochenende frei?«

»Habe ich eigentlich auch«, antwortete Toni. »Ich bin heute nur für einen Kollegen eingesprungen. Er muss seinen Sohn zum Kinderfasching begleiten, da seine Frau mit Migräne im Bett liegt.«

»Und da haben sie niemand anderen gefunden? Musstest das unbedingt du sein? Ausgerechnet heute.«

Toni verdrehte die Augen. Schon wieder die alte Leier.

»Ach Mama. Mach doch nicht wieder so ein Drama. Du tust ja gerade so, als würde ich am anderen Ende der Welt leben und nur einmal im Jahr zu Besuch kommen. Ich bin doch hier, oder nicht? Außerdem ist gar nicht gesagt, dass ich zu einer ... einem Einsatz muss.«

Sie umschiffte das Wort *Leiche*, da ihre Mutter dabei immer das Gesicht verzog. Sie hatte sich bis heute nicht daran gewöhnt, dass tote Menschen das tägliche Geschäft ihrer Tochter waren. Polizei, das war nichts für Frauen, so ihre Meinung. Toni hatte sich anfangs fürchterlich über diese rückschrittliche Einstellung geärgert. Inzwischen hatte sie aber eingesehen, dass sie daran nichts ändern konnte, und nahm es mehr oder weniger gelassen hin.

»Und jetzt gib mir den Kaffee, damit wir anfangen können. Ich freue mich schon den ganzen Tag auf deinen Apfelkuchen.«

Toni nahm ihrer Mutter die Kanne aus der Hand und

wandte sich dem Wohnzimmertisch zu, der bereits eingedeckt war. Mit *vier* Tassen, *vier* Untertassen, *vier* Löffeln, *vier* Tellern und *vier* Gabeln.

Tonis Nackenmuskeln verkrampften sich, und die Vorfreude auf den Kuchen war schlagartig verschwunden. Atmen!, sagte sie sich. Ein und aus. Ein und aus. Aber nicht sprechen. Nicht die Worte herauslassen, die in ihrem Hals steckten. Die sonst hinausschießen würden wie Projektile und jeden verletzten, der ihnen in die Quere kam. Ignorieren. Sie musste es ignorieren. Aber so sehr sie sich auch anstrengte, es ging nicht. Nicht mehr. Es musste Schluss damit sein, ein für alle Mal.

»Mama«, sagte sie und drehte sich zu ihrer Mutter um. »Hör bitte endlich auf damit. Mike kommt nicht mehr. Nicht heute. Nicht nächste Woche. Nie mehr. Es ist aus zwischen uns. Ein für alle Mal. Wie oft muss ich das eigentlich noch sagen?«

Ihre Mutter nahm die Kanne wieder an sich und stellte sie auf den Tisch.

»Ach Antonia.« Sie zog die Brauen zusammen und fing an, Kaffee einzuschenken. »Warum denn so endgültig? Ihr wart so lange zusammen, das kannst du doch nicht von heute auf morgen einfach so wegwerfen. Streit gibt es in jeder Beziehung, da muss man sich eben manchmal zurücknehmen und nachgeben, selbst wenn es einem gegen den Strich geht. Sei doch nicht immer so stur. Es kann eben nicht alles nur nach deinem Kopf gehen. Sicher hat Mike auch seine Fehler.« Sie bedeutete ihrem Gatten, sich zu setzen, und nahm den Tortenheber in die Hand. »Aber er ist so ein feiner, charmanter Mann und noch dazu so gutaussehend. So einen findest du so schnell nicht wieder.«

Toni starrte auf die Kuchenkrümel, die auf das Tischtuch

gefallen waren. In ihrem Mund machte sich ein bitterer Geschmack breit. Vorwürfe, dachte sie. Immer nur Vorwürfe. Das war alles, was ihren Eltern zu ihrer Trennung von Mike einfiel. Kein Wort des Trostes. Keine Aufmunterung. Nur Unverständnis. Unverständnis und Enttäuschung darüber, dass Papa und Mama Stieglitz nun doch nicht ihren Traumschwiegersohn bekamen. Sie taten gerade so, als hätte Toni sich aus einer Laune heraus entschieden, Mike zu verlassen. So wie man sich morgens entscheidet, Honig statt Marmelade auf die Semmel zu schmieren.

Dabei war es ihr verdammt schwergefallen. So schwer, dass nur eine Handvoll Menschen den wahren Grund kannten. Und ihre Eltern gehörten nicht zu diesem Kreis.

Das war erbärmlich, das wusste sie selbst. Erbärmlich und beschämend. Dabei war es ja nicht so, dass sie es nicht versucht hätte, aber immer, wenn das Thema Mike zur Sprache kam, fühlte sie sich wie auf der Anklagebank, und sie brachte es nicht über sich, ihren Eltern die Wahrheit zu beichten. Doch jetzt ging es nicht mehr anders. Sie konnte nicht länger schweigen, sonst würde sie daran ersticken.

»Dann heirate du ihn doch!«, brach es aus Toni hervor. »Nimm ihn. Ich schenke ihn dir. Heirate ihn und lass dich den Rest deines Lebens von deinem feinen, charmanten Mike verprügeln. Lass dich so von ihm verprügeln, wie er mich verprügelt hat, und wenn du vor Schmerzen nicht mehr klar denken kannst, dann reden wir noch einmal darüber.«

Die Stille, die nach diesen Worten den Raum füllte, war hart wie Beton. Toni konnte nicht mehr atmen, sich nicht bewegen, nicht die Tränen wegblinzeln, die ihr in die Augen stiegen. Genau so hätte es nicht kommen sollen. So nicht.

»Warum sagst du so etwas?«, flüsterte ihre Mutter, ohne sie anzusehen.

»Weil es wahr ist«, antwortete Toni genauso leise. »Weil es die gottverdammte, beschissene Wahrheit ist!« Mit einer hastigen Bewegung wischte sie sich eine Träne von der Wange. »Mike ist nicht der Traumprinz, für den ihn alle halten. Für den auch ich ihn gehalten habe. Sogar dann noch, als er mir die erste Ohrfeige gegeben hat. Und die zweite. Und auch noch, als er mir Haare ausgerissen und mich gegen die Wand geschleudert hat. Da habe ich immer noch genau das gemacht, was du gesagt hast: Ich habe zurückgesteckt. Ich habe mich geduckt, die Schuld bei mir gesucht und mir eingeredet, dass alles wieder gut wird, wenn ich ihm nur keinen Grund mehr gebe, auf mich wütend zu sein. Hörst du, Mama?«

Sie versuchte, den Blick ihrer Mutter einzufangen, doch die sah nur stumm auf ihre ineinander verhakten Finger hinab.

»Ich habe zurückgesteckt. Wieder und wieder. So lange, bis von mir fast nichts mehr übrig war. Bis er mich fast gebrochen hatte. Kannst du dir vorstellen, wie das ist, wenn dein Körper beim Geräusch des Schlüssels in der Wohnungstür zu Eis wird, weil du nicht weißt, ob du einen Kuss oder eine Ohrfeige zur Begrüßung bekommst?«

Toni starrte ihre Mutter an, wartete flehentlich darauf, dass sie ihr in die Augen schauen und verstehen würde, doch sie hielt nur weiter ihren Kopf gesenkt.

»Aber du bist doch Polizistin«, war alles, was schließlich über ihre Lippen kam. Die unausgesprochenen Fragen *Wie konnte dir so etwas passieren? Warum hast du dich nicht gewehrt?* dröhnten stumm durch das Zimmer.

Toni schüttelte hilflos den Kopf. Wie oft hatte sie sich

diese Fragen schon gestellt? Hundertmal? Tausendmal? Zehntausendmal? Warum hatte sie es so weit kommen lassen? Ausgerechnet sie als Polizistin, die anderen Frauen immer so kluge Ratschläge gegeben hatte. Warum war sie nicht nach dem ersten Schlag gegangen? Warum hatte sie Mike so viel Macht über sich gegeben? Warum hatte sie geschwiegen, hatte gelogen, hatte Ausreden erfunden, ihn in Schutz genommen? Warum? Warum? Warum?

Ihre Lippen bewegten sich tonlos. *Ich weiß es nicht*, wollte sie sagen, aber sie konnte es nicht, denn auch das war gelogen. Sie wusste es. Sie kannte die Antwort, seit sie zum ersten Mal den brennenden Schmerz auf ihrer Wange gefühlt hatte: *Weil ich geliebt werden will*. Und weil nur diejenigen geliebt wurden, die alles richtig machten. Die taten, was man ihnen sagte. Die nicht aufbegehrten, nichts in Frage stellten und keine Widerworte gaben.

»Ich habe es von Anfang an gewusst«, schaltete sich nun ihr Vater ein. Verstört sah Toni ihn an. Was? Was hatte er gewusst? Dass Mike sie schlug? Dass er ein Blender war? Aber warum hatte er dann nichts gesagt? So oft hatte er sich in ihr Leben eingemischt – warum nicht dieses Mal?

»Was?«, flüsterte sie. »Was hast du gewusst?«

»Dass das nicht der richtige Beruf für dich ist. Dass er nur Schwierigkeiten bringt. Wie oft habe ich dir das damals gesagt? Du hättest studieren sollen. Dir standen alle Möglichkeiten offen. Alle. Aber dir fiel ja nichts Besseres ein, als ... *das*.«

In Tonis Ohren begann es zu rauschen. Sie hatte das Gefühl, in eine schwarze Röhre gesaugt zu werden. Eine Röhre, an deren unendlich weit entferntem Ende ihr Vater thronte und mit abweisendem Blick auf irgendeinen Punkt auf der Tapete starrte.

Das Rauschen in Tonis Ohren wurde zu einem Pfeifen, dann zu einem Klingeln. Einem Klingeln, das nicht aufhören wollte, das sie aus der Röhre herausholte, zurück in das Wohnzimmer ihrer Eltern, zurück in die Gegenwart, und das sie schließlich als das Läuten ihres Diensthandys identifizierte. Hastig drehte sie sich um und eilte in den Flur, wo ihre Jacke hing.

Sie zog das immer noch klingelnde Telefon aus der Jackentasche und sah auf das Display. KDD stand dort. Kriminaldauerdienst. Dem Himmel sei Dank. Toni atmete tief durch und räusperte sich, dann nahm sie das Gespräch an.

»Mordkommission, Stieglitz.«

»Gerlach, KDD. Servus Toni.«

»Kurt? Bist du das? Seit wann bist du beim KDD?«, fragte sie, wartete die Antwort jedoch gar nicht erst ab, sondern sprach gleich weiter. »Du hast für alle Zeiten einen Stein bei mir im Brett, wenn du mir sagst, dass du eine Leiche für mich hast und ich mich sofort auf die Socken machen muss.«

Am anderen Ende blieb es einen Moment lang still, und Toni konnte sich das verwunderte Gesicht ihres Kollegen lebhaft vorstellen.

»Also eines weiß ich sicher«, sagte er schließlich. »Wenn es um das Privatleben geht, möchte ich mit dir in diesem Moment nicht tauschen. Wer eine Leiche so dringend nötig hat wie du, der ...« Kurt Gerlach sog hörbar die Luft ein. »Wie auch immer. Ich bin heute deine gute Fee, und du sollst bekommen, was du begehrst: weibliche Leiche, gefunden in der Aubinger Lohe, ganz im Westen von München. Zwei Teenager sind beim Geocachen im wahrsten Sinn des Wortes über sie gestolpert.«

Toni ließ sich noch den genauen Fundort durchgeben, dann legte sie auf und schlüpfte in ihre Jacke.

»Musst du schon wieder gehen?«

Unbemerkt war ihre Mutter in den Flur getreten. Sie hatte die Arme eng um sich geschlungen, als würde sie frieren. Sie sah so klein und verloren aus, und in Toni wallte wieder diese Mischung aus Mitleid und Wut auf, mit der sie nicht klarkam und der sie vollkommen hilflos gegenüberstand. Wie hatte aus einer jungen klugen Frau nur diese unterwürfige Marionette werden können?

»Ich war nur eine Verkäuferin und dein Vater auf dem besten Weg in die Firmenspitze. Es war ein Wunder, dass er mich überhaupt bemerkt hat.« Das war die Entschuldigung ihrer Mutter dafür, dass sie ihre eigenen Wünsche, Pläne und vor allem ihre eigene Meinung weggeworfen hatte.

»Die Frau eines aufstrebenden Mannes arbeitet nicht, das hat sie nicht nötig. Ihre Sorge hat allein dem Mann und den Kindern zu gelten.« Diese grauenhafte Einstellung aus den Fünfzigern hatte ihr Vater von seinem Vater übernommen und Tonis Mutter eingeimpft – und sie hatte sich gefügt, war zu einer demütigen Frau geworden, die widerspruchslos die Meinung ihres Gatten teilte.

Toni hatte es ihrer Mutter bis heute nicht verziehen, dass sie sie so oft im Stich gelassen und sich immer auf die Seite ihres Mannes geschlagen hatte. Inzwischen hatte sie zwar kapiert, dass dies die Überlebensstrategie ihrer Mutter war, ihr Weg, mit der Dominanz ihres Vaters zurechtzukommen, die keine Widerworte duldete, aber den Graben zwischen ihnen hatte auch diese Erkenntnis nicht beseitigen können.

In einer Nacht kurz nach ihrem achtzehnten Geburtstag, als sie wieder einmal heiße Tränen der Wut und der

Enttäuschung in ihr Kissen geweint hatte, hatte sie sich geschworen, nie so unterwürfig zu werden wie ihre Mutter. Stark hatte sie werden wollen, stark und selbstbewusst, und nach außen hin hatte sie es geschafft. Sie ließ sich nicht von Titeln oder Positionen einschüchtern. Sie hinterfragte, zweifelte an, widersprach. Sie griff an, bevor man sie angreifen konnte. Und doch hatte sie sich Mike bedingungslos untergeordnet. Sie war, so musste sie nun schmerzhaft erkennen, auf ihre Art genau so geworden wie ihre Mutter.

Ein dicker Kloß saß in Tonis Kehle, als sie nach der Klinke griff.

»Ja«, sagte sie mit belegter Stimme. »Ich muss gehen. Die Toten brauchen mich.«

Drei

Das Wasser in den Pfützen spritzte auf, als Toni ihren BMW auf den kleinen Parkplatz lenkte. Sie schaltete den Motor ab und blieb noch einen Moment mit den Händen auf dem Lenkrad sitzen. Ihr Blick glitt über Wiesen und braune Äcker, durch die sich die Lärmschutzwälle der A 99 wie eine Narbengeschwulst zogen.

Was war sie nur für ein Mensch, dass sie ihren Sonntagnachmittag lieber mit einer Leiche als mit ihren eigenen Eltern verbrachte? Dass ihr der Tod eines anderen gelegen kam, weil sie sich damit aus einer Situation retten konnte, mit der sie nicht umzugehen wusste.

Sie starrte auf die Alpenkette, die sich rauchblau und majestätisch am südlichen Horizont erhob. Die Gipfel und Grate waren so messerscharf zu sehen, als würden die Felsen direkt hinter der Autobahn aus dem Boden wachsen und nicht erst in einhundert Kilometern Entfernung. Ursache für dieses Phänomen war der Föhn, der warme Fallwind an den Alpen, der vielen Münchnern neben diesem spektakulären Panorama allerdings auch heftige Kopfschmerzen und Kreislaufprobleme bescherte. Zu gern hätte Toni ihn auch für ihre verkorkste Beziehung zu ihren Eltern verantwortlich gemacht, aber die konnte sie dem Föhn leider nicht anlasten.

Ein S-Bahn-Zug ratterte über die Gleise unmittelbar vor

Tonis Nase und riss sie aus ihren Gedanken. Sie stieg aus, versperrte den Wagen und hielt mit Blick auf die Aubinger Lohe noch einmal einen Moment inne. Genau gegenüber der Parkplatzzufahrt führte ein breiter Weg in den Wald hinein. Von ihrem Standpunkt aus waren es laut den Informationen, die sie von Kurt bekommen hatte, noch etwa dreihundert Meter bis zum Fundort der Leiche. Toni hätte den größten Teil der Strecke problemlos mit dem Auto zurücklegen können, doch der Disput mit ihren Eltern steckte ihr in den Knochen und sie brauchte dringend frische Luft, um sich den Kopf für die anstehenden Ermittlungsarbeiten freipusten zu lassen.

Im Laufschritt überquerte Toni die Straße und folgte dem Waldweg, der nach wenigen Schritten sanft anzusteigen begann. In einiger Entfernung parkten mehrere uniformierte und zivile Polizeifahrzeuge, darunter ein silberner Audi. Toni war noch zu weit weg, um das Kennzeichen erkennen zu können, aber sie wusste auch so, wer mit diesem Auto gekommen war: Kriminalhauptkommissarin Beate Krahl, die ebenfalls Bereitschaft hatte und so etwas wie ihre Lieblingsfeindin war. Zumindest noch bis vor drei Monaten. Bis dahin waren sie sich regelmäßig in die Haare geraten, und Hans Zinkl, Leiter der Mordkommission und somit ihr direkter Vorgesetzter, hatte sich Toni deshalb nicht nur einmal zur Brust genommen. Aber sie hatte einfach nicht anders gekonnt, als immer wieder die Krallen auszufahren, egal wie sehr sie sich um Zurückhaltung bemüht hatte.

Beate war eine hervorragende Ermittlerin und arbeitete hart, das konnte und wollte Toni ihr nicht absprechen. Gleichzeitig war Beate aber auch absolut berechnend und scheute nicht davor zurück, andere für ihr berufliches

Fortkommen zu benutzen – und sie von heute auf morgen fallenzulassen, wenn diejenigen ihre Schuldigkeit getan hatten. Und genau das war etwas, womit Toni überhaupt nicht klarkam.

Nun war jedoch eine Art brüchiger Frieden zwischen ihnen eingekehrt. Ein Frieden, der sich anfühlte, als wandelte Toni auf einem zugefrorenen See, ohne zu wissen, ob das Eis an der Stelle, wo sie als Nächstes ihren Fuß aufsetzte, auch wirklich trug.

Der Grund für diesen gegenseitigen Waffenstillstand war ein Ereignis, das Toni mit Händen und Füßen zu verdrängen versuchte, das in ihren Träumen aber immer wieder zurückkehrte. Wenn Beate damals nicht gewesen wäre ...

Toni spürte, wie die Erinnerungen an diese Nacht wieder aus ihren Verstecken krochen. Hastig schüttelte sie die Gedanken ab und konzentrierte sich auf das, was gleich auf sie zukommen würde.

Ein schmaler Weg, eigentlich nicht mehr als ein Trampelpfad, führte rechter Hand in den Wald hinein. Er war von ihren Kollegen mit rot-weißer Flatterleine abgesperrt worden, damit niemand ihn betrat und die möglicherweise vorhandenen Spuren von Opfer und Täter zerstörte.

Mit Grausen erinnerte sich Toni an ein Tötungsdelikt auf dem Dachboden eines Mehrfamilienhauses. Dort waren Heerscharen von Kollegen anscheinend ohne Sinn und Verstand ein und aus gegangen und hatten das Blut des Opfers im gesamten Treppenhaus verteilt. Spurentechnisch der absolute Alptraum.

Hier schien jedoch jemand sein Gehirn eingeschaltet zu haben. Hoffentlich rechtzeitig.

Frisch niedergetretenes Gras wies Toni den Weg, auf

dem ihre Kollegen sich zum Fundort der Leiche vorgearbeitet hatten. Zweige knackten unter ihren Schuhsohlen, eine Himbeerrute krallte sich mit ihren Stacheln an ihrer Jacke fest. Der Saum ihrer Jeans war dunkel vor Nässe, als Toni schließlich den Rand einer Senke erreichte. Leises Gemurmel drang zu ihr herauf, doch sie konnte nicht verstehen, was ihre Kollegen sprachen. Blitzlicht flammte in unregelmäßigen Abständen auf. Während draußen die Sonne noch gut anderthalb Handbreit über dem Horizont stand, machte sich der Wald bereits fertig für die Nacht.

»Toni?«

Sie drehte den Kopf. Beate hatte sie entdeckt und hob den Arm.

»Du gehst am besten dort hinten runter«, rief sie. »Da ist es weniger steil und auch nicht so rutschig.«

Toni nickte und schlug die Richtung ein, in die Beate gedeutet hatte. Kurz darauf erreichte sie ihre Kollegin, die zusammen mit zwei uniformierten Beamten ein wenig abseits wartete, bis die Spurensicherer ihre Arbeit beendet hatten. Einer der beiden stand in seinem raschelnden Anzug genau vor Toni und versperrte ihr die Sicht auf die Leiche. Alles, was sie von der Toten sehen konnte, war eine bleiche Hand, die auf einem sattgrünen Moospolster lag wie auf einem dicken, flauschigen Kissen. Seltsam schön und gleichzeitig befremdlich und unpassend.

»Habt ihr den Erstzugriff gemacht?«, wandte sich Toni an die Beamten in Uniform.

»Ja«, sagte der Ältere der beiden. Toni schätzte ihn auf Ende vierzig. »Den Bericht bekommt ihr gleich. Nick ist mit dem Ausfüllen fast fertig.«

Nick war etwa dreißig Jahre jünger als sein Streifenpartner und dem einsamen grünen Stern auf den Schulterklappen zufolge noch in Ausbildung. Er hielt den Kugelschreiber so fest, dass seine Fingerspitzen schneeweiß waren. Vermutlich seine erste Leiche. Toni war es bei ihrem ersten Toten ähnlich ergangen. Gerade zwei Wochen war sie damals im Praktikum gewesen und ganz vertieft in eine Unfallanzeige, als ihr Ausbildungsbeamter seine Hand auf ihre Schulter gelegt und gesagt hatte: »Zieh dich an, wir haben eine Leiche.« Obwohl seither mehr als fünfzehn Jahre vergangen waren, sah sie den alten Mann immer noch vor sich, wie er auf dem Teppich vor seinem Bett lag, klapperdürr und nur mit einer viel zu großen Unterhose bekleidet. Er war drei Tage nach seinem siebenundneunzigsten Geburtstag einfach tot umgefallen. Kein Mord, kein Totschlag, und doch hatte er sich unauslöschlich in ihr Gedächtnis gebrannt. Die erste Leiche vergaß man eben nicht, egal wie unspektakulär sie war.

»Wo ist der Leichenschauer?«, wollte sie wissen.

»Schon wieder weg«, antwortete Beate und wedelte mit der versiegelten Todesbescheinigung.

»Hat er die Leiche untersucht?«

»Nein, war nicht nötig.«

Toni zog die Augenbrauen hoch. »Nicht nötig? Sind die Todeszeichen so sicher?«

In diesem Moment machte der Kollege des Erkennungsdienstes einen Schritt zur Seite und gab ihr die Sicht frei.

»Schau es dir selbst an«, sagte Beate. Toni wechselte einen Blick mit dem Spurensicherer, und er nickte zum Zeichen, dass sie jetzt näher kommen durften.

Toni hatte schon vieles gesehen und sich wie immer auf alles vorbereitet – aber dieser Anblick verpasste ihr einen Magenschwinger, der sie nach Luft schnappen ließ.

Der Wurzelballen der Fichte hatte eine flache Mulde im

weichen Waldboden hinterlassen, und in dieser Mulde lag die Tote. Nein, verbesserte sich Toni, sie lag nicht einfach nur darin. Jemand hatte sie dort abgeladen. Weggeworfen wie ein Stück Müll, notdürftig verborgen hinter den schwarzen, wie Klauen in die Luft ragenden Wurzeln.

Dieser Jemand hatte sich nicht einmal die Mühe gemacht, sie mit Blättern oder Erde zu bedecken. Er hatte sie hierher geschleppt, sie entsorgt und war abgehauen. Hatte sie zurückgelassen mit dreckiger Kleidung, mit Zweigen und Laub in den blonden Haaren und mit eingeschlagenem Schädel. Aber das war es nicht, was Toni die Luft abschnürte. Es waren auch nicht der hochgeschobene Rock, die zerrissene Strumpfhose und der bis zu den Knöcheln heruntergezogene Slip, die ihr eine Gänsehaut über den Rücken jagten.

Es waren die Beine der Frau. Sie waren übersät mit Blutergüssen in allen Stadien und Farben der Heilung, von Bläulichrot über Violett und Grün bis hin zu einem kränklichen Gelb. Wären es nur ein oder zwei Hämatome gewesen, hätten sie von versehentlichen Remplern gegen eine Tischkante stammen können; doch das hier waren zu viele, um aus Ungeschick oder Unachtsamkeit entstanden zu sein. Die Frau war misshandelt worden, und zwar immer und immer wieder.

Tonis Kehle wurde eng. So hätte ich auch enden können, dachte sie und unterdrückte den Impuls, die Arme um sich zu schlingen. Genau so. Kalt und tot und mit hässlichen Flecken auf der bleichen Haut. Einmal hatte nicht viel gefehlt. Sie hatte sich in das Bad geflüchtet, doch Mike war ihr gefolgt, hatte sie in die Dusche gedrängt, den Schlauch um ihren Hals gelegt und zugezogen, die Augen pechschwarz vor Zorn. In diesem Moment war er zu allem fähig gewesen, und hätte es nicht an der Tür geklingelt ...

Toni schnappte nach Luft und tauchte aus der Erinnerung auf wie aus eiskaltem Wasser. Das war Vergangenheit. Seit drei Monaten hatte sie nichts mehr von ihm gehört und ihn auch nicht mehr gesehen. Kein Mike mehr, der sie verfolgte oder in den Schatten vor ihrem Haus lauerte, die Augen unverwandt auf ihr Fenster gerichtet. Keine Schweigeanrufe mehr, keine makaberen Geschenke. Ihre Beziehung war vorbei. Er hatte es kapiert. Er ließ sie in Ruhe. Die Anzeige hatte ihn zur Vernunft gebracht.

Ein Schweißtropfen rann ihr über den Rücken, und ihre Finger zitterten, als sie den Reißverschluss ihrer Jacke öffnete. Verdammt, das musste aufhören! Sie hatte überlebt, sowohl Mikes Attacken als auch den Irren auf dem Friedhof. Alles war gut. Sogar Hans hatte endlich aufgehört, sie in Watte zu packen und sie zu fragen, ob sie nicht doch einmal mit den Kollegen vom ZPD, dem Zentralen Psychologischen Dienst der Polizei, sprechen wollte. Auch die beiden Polizeiseelsorger hatte sie erfolgreich abgewimmelt, ihnen erklärt, es gehe ihr gut. Geglaubt hatten sie ihr nicht, ebenso wenig wie Hans, das war ihr bewusst. Aber sie brauchte keine Hilfe. Sie kam allein klar. Irgendwann würden auch die Alpträume und die Schlaflosigkeit Vergangenheit sein. Sie musste nur endlich den Resetknopf finden und diese beschissenen Erinnerungen löschen.

Beate war neben sie getreten, blickte ruhig auf die Tote zu ihren Füßen hinab. Ihr Gesicht zeigte keine Regung, und Toni fragte sich nicht zum ersten Mal, wie es wohl hinter dieser Fassade aussehen mochte. Beate hatte einen Menschen getötet, das konnte doch an niemandem spurlos vorübergehen, nicht einmal an ihr.

Es war eine Sache, im Einsatztraining auf dick in Schutzkleidung eingepackte Kollegen zu schießen, die mit einem Messer in der Hand auf einen zurannten. Jedem war klar, dass es nur eine Übung war, aber trotzdem kochte das Blut vor Adrenalin, der Puls dröhnte in den Ohren, man nahm um sich herum kaum noch etwas wahr und war hinterher klatschnass geschwitzt.

Alles war nur gespielt und die Trainingswaffen nur mit Farbmunition geladen. Jeder Einzelne würde am Abend zu seiner Familie nach Hause gehen. Auch diejenigen, bei denen die bunten Flecken tödliche Treffer markierten, standen unversehrt wieder auf. Und doch kostete es Überwindung, auf den Menschen vor sich zu zielen und den Abzug zu drücken.

Der Mann, auf den Beate geschossen hatte, war nicht mehr aufgestanden. Trotzdem hatte sie weitergemacht, als wäre nichts geschehen. Beneidenswert. Oder doch nicht? Toni wusste es nicht, und es war jetzt auch weder der passende Ort noch die passende Zeit und schon gar nicht ihre Aufgabe, tiefenpsychologische Analysen vorzunehmen. Sie war hier, um herauszufinden, wie und durch wessen Hand die Frau vor ihnen ums Leben gekommen war. Alles andere war jetzt zweitrangig.

»Was ist mit den beiden, die sie gefunden haben?«, fragte Toni. Ihre Stimme klang belegt, und sie räusperte sich.

»Die Kollegen haben sie nach Hause gefahren«, antwortete Beate. »Bei einem der Jungs hat beim Anblick der Leiche die Blase schlappgemacht, den wollten wir nicht länger als unbedingt nötig hier herumstehen lassen. Ein Vierzehnjähriger mit nassem Schritt gibt eine ziemlich bemitleidenswerte Figur ab, kann ich dir sagen.«

»Der Anblick wird nur getoppt durch einen Vierzehnjährigen mit einem blauen Müllsack als überdimensionale Windel«, kam es von hinten. Toni drehte sich um. Der uniformierte Kollege grinste.

»Ihr habt ihn in einen Müllsack gesteckt?«, fragte sie ungläubig.

»Klar. Oder würdest du jemanden mit uringetränkter Hose einfach so auf dem Rücksitz deines Autos Platz nehmen lassen? Den Fehler habe ich vor fünfundzwanzig Jahren mit einem stockbesoffenen Maler das erste und letzte Mal gemacht. Der Kasten Bier, den ich zur Strafe ausgeben musste, war noch das Angenehmste daran.«

»Dann hoffen wir mal, dass keiner seiner Kumpels das Handy zückt, wenn er zu Hause aus dem Auto aussteigt. Sonst kann er sich vor Gefällt-mir-Klicks auf Facebook nicht mehr retten. Wie sieht es mit dem Leichenbericht aus? Seid ihr fertig?«, fragte Toni.

Der junge Polizeioberwachtmeister reichte ihr die Unterlagen. Sie überflog die Papiere und nickte.

»Danke. Wir melden uns, wenn wir noch etwas brauchen«, sagte Toni und entließ die beiden zurück in ihren Streifendienst.

»Kein Portemonnaie, kein Ausweis, kein Handy. Zumindest nicht auf den ersten Blick.« Der Kollege der Spurensicherung, der die Kleidung der Toten durchsucht hatte, richtete sich auf.

Toni seufzte. »Das wäre auch zu einfach gewesen.«

Sie ging in die Hocke und betrachtete die Tote. Wer bist du?, fragte sie stumm. Wer hat dir das alles angetan, und warum musstest du sterben?

Nur mit Mühe konnte sie die Wut und den Schmerz unterdrücken, der beim Anblick der Hämatome in ihr aufwallten. Sie ballte die Fäuste, bis sich die Nägel in ihre

Handflächen gruben, und für einen Augenblick wünschte sie sich, den Täter so zu verprügeln, wie er diese Frau verprügelt hatte.

Neben ihr trat Beate von einem Fuß auf den anderen.

»Sieh dir die Schuhe an«, sagte sie und stoppte Tonis Gewaltphantasie.

Stiefeletten mit Absatz. Sechs Zentimeter, schätzte Toni. »Nicht unbedingt erste Wahl für einen Waldspaziergang, genau wie der Rock«, sagte sie.

»Aber an den Sohlen kleben Erde und Blätter«, stellte Beate fest. »Buchenblätter, um genau zu sein. Die liegen hier haufenweise herum. Der Täter hat sie also nicht einfach nur hier abgeladen. Sie ist auf jeden Fall noch aus eigener Kraft und auf eigenen Beinen im Wald herumgelaufen.«

Toni nickte.

»Bleibt nur die Frage, was die beiden hierhergeführt hat. Möglicherweise ein erstes Date, das aus dem Ruder gelaufen ist?«

Toni hob den Kopf, als von oben knackende Zweige und verärgertes Schnauben zu hören waren. Zwei Bestatter in dunklen Jacken und mit dunklen Schirmmützen auf den Köpfen blieben am Rand des Abhangs stehen. Der hintere der beiden zog ein Taschentuch aus seiner Jacke, schob die Mütze in den Nacken und wischte sich über das tiefrote Gesicht. Er schnappte nach Luft wie ein Fisch auf dem Trockenen.

»Dahinten geht's runter«, rief Toni den beiden zu, worauf der mit dem Taschentuch erneut ein lautes Schnauben ausstieß.

»Jetzt haben die beiden nur die Trage mit dem Leichensack dabei«, raunte Toni ihrer Kollegin zu. »Stell dir vor, die hätten einen Zinksarg durch den Wald schleppen müssen. Dann hätte der mit dem roten Gesicht sich gleich selbst hineinlegen und den Deckel zumachen können. Ich sehe lieber zu, dass ich zu den beiden Jungs komme, die die Tote entdeckt haben, bevor wir es hier am Ende doch noch mit zwei Leichen zu tun haben.«

Vier

Toni ließ ihre Tasche auf den Schreibtisch fallen, riss sich den Schal herunter und befreite sich von ihrer Jacke.

»Endlich«, seufzte sie. Vierter Stock und Winterkleidung. Eine ausgesprochen schlechte Kombination, wenn der Aufzug unbenutzbar war. Den musste vor wenigen Minuten nämlich ein extrem streng riechender Zeitgenosse verwendet haben, dessen Ausdünstungen noch immer in der Kabine klebten. Dann lieber Treppensteigen.

Sie griff nach dem Ausschnitt ihres Langarmshirts, fächelte sich Luft zu und schnupperte dabei. Wenigstens ihr Deo tat, was es sollte. Trotzdem öffnete sie die unterste Schreibtischschublade und holte ein kleines Pumpspray heraus. Sicher war sicher.

Mit dem wesentlich angenehmeren Duft nach Granatapfel in der Nase klopfte sie wenig später an die offenstehende Bürotür ihrer Kollegin. Beate hörte auf zu tippen und schaute Toni fragend an.

»Und?«

Toni schüttelte den Kopf.

»Keine neuen Erkenntnisse. Die beiden Jungs haben im Prinzip nur das wiederholt, was sie schon den Kollegen vom Erstzugriff gesagt haben. Diesem Fabian stand der Schrecken noch immer ins Gesicht geschrieben. Er saß auf dem Sofa wie ein Häufchen Elend und konnte mir kaum in die Augen schauen. Wobei das wohl eher an seinem kleinen Malheur mit der nassen Hose lag. Der hat sich deshalb garantiert in Grund und Boden geschämt. Aber ich wette, morgen in der Schule wird er immer cooler, je öfter er die Story erzählt, und spätestens am Nachmittag ist er der unerschrockene Held. Natürlich ohne Blasenschwäche. Und was gibt es bei dir?«

Beate schüttelte ebenfalls den Kopf.

»Auch nichts. Keine passende Vermisstenmeldung, keine verdächtigen Wahrnehmungen aus der Bevölkerung, und der Schnellabgleich ihrer Fingerabdrücke über AFIS war auch negativ. Die Spurensuche im Wald haben die Kollegen bei Einbruch der Dunkelheit beendet. Morgen früh geht es weiter, dann aber hoffentlich mit mehr Erfolg.«

Betretenes Schweigen machte sich zwischen den Frauen breit, wie auf einer Party, auf der keiner den anderen kannte und sich jeder wieder nach Hause wünschte. Bis sie miteinander Smalltalk betreiben konnten, würde noch einige Zeit ins Land gehen. Falls sie überhaupt jemals so weit kamen.

Und wenn sie Beate fragte, ob sie noch irgendwohin auf einen Absacker gingen, sobald sie hier fertig waren? Vielleicht brauchten sie beide ein wenig von der neblig-warmen Leichtigkeit, die die richtige Menge Alkohol im Kopf erzeugte, damit sich der brüchige Frieden zwischen ihnen eine Winzigkeit mehr stabilisierte und Toni nicht mehr das Gefühl hatte, ständig auf rohen Eiern zu tanzen.

»Ist noch etwas?«, wollte Beate wissen.

»Ich ...«, fing Toni an. »Ich dachte ...« Eine Sekunde lang sah sie sich und Beate an einem Tresen sitzen, die Köpfe kichernd zusammengesteckt wie alte Schulfreundinnen, die sich an ihre gemeinsame Zeit erinnerten. »Ich dachte«, wiederholte sie, wusste dann aber nicht weiter.

»Was?«, fragte Beate. »Was dachtest du?« Ihre Fingerspitzen ruhten auf den Tasten. Nur der linke Zeigefinger zuckte ungeduldig.

Nein, wurde es Toni in diesem Moment klar, das würde nicht funktionieren. Kein Bier der Welt würde aus ihnen auch nur ansatzweise so etwas wie Freundinnen machen. Überhaupt nichts auf der Welt würde das zustande bringen.

»Vergiss es«, antwortete sie. »Einen Augenblick lang dachte ich, ich hätte eine gute Idee, aber bei näherer Betrachtung ist sie Blödsinn.«

Sie ging zurück in ihr Büro, zog die Tastatur zu sich heran und machte sich ebenfalls an die Arbeit.

Die Glocken der Frauenkirche schlugen acht Uhr, als Toni mit ihrem Dienstwagen die Schranke passierte und in die Löwengrube hinausfuhr. Bestimmt stand vor ihrer Zimmertür in der Pension Maria wieder eine Tupperschüssel, weil Frau Wilmerdinger, die Inhaberin der Pension, wieder für sie mitgekocht hatte.

Die Vorstellung ließ Toni lächeln. Über vier Monate wohnte sie jetzt schon in dem kleinen Zimmer im Pasinger Villenviertel im Münchner Westen, genauer gesagt seit dem Tag, an dem sie Hals über Kopf aus der Wohnung geflohen war, in der sie fast zwei Jahre lang mit Mike gelebt hatte. Das Pensionszimmer war anfangs nur als Notunterkunft gedacht gewesen, hatte sich irgendwann jedoch zur Dauerlösung entwickelt.

Nüchtern betrachtet sprach nichts dafür, noch länger in der Pension Maria zu bleiben: Das Zimmer war kleiner als jedes Apartment, es gab weder eine Küche noch eine Badewanne, und die Einrichtung stammte aus den späten Achtzigern. Trotzdem sträubte sich etwas in ihr, dort auszuziehen. Etwas hielt sie fest, hinderte sie daran, sich ernsthaft um eine Wohnung zu bemühen.

Wieder huschte ein Lächeln über ihr Gesicht. Sie wusste auch, was oder besser gesagt wer dieses Etwas war, das sie nicht losließ: Frau Wilmerdinger. Toni hatte die alte Dame inzwischen richtig liebgewonnen, und wenn sie sich nicht ganz täuschte, hatte die Wirtin ihren Dauergast auch ins Herz geschlossen und Freude daran, sie ein wenig zu bemuttern. Vor einigen Jahren war Frau Wilmerdingers Mann verstorben, und wenn sie manchmal von ihm erzählte, konnte Toni zwischen den Zeilen heraushören, wie sehr Frau Wilmerdinger ihren Herbert vermisste.

Toni berührte das jedes Mal sehr, deshalb hatte sie sich vor ein paar Wochen ein Herz gefasst, ein paar Stücke Kuchen gekauft und sich kurzerhand bei ihrer Wirtin selbst zum Kaffee eingeladen. Doch es war nicht bei Kaffee und Kuchen geblieben. Mehr als bereitwillig hatte Toni sich dazu überreden lassen, auch noch zum Abendessen zu bleiben, und so hatten die beiden Frauen sich bei Rahmgulasch und Butterspätzle zuerst *Lindenstraße* und bei Espresso und Amarettini auch noch den *Tatort* zu Gemüte geführt. Danach war Toni pappsatt, müde und zufrieden in ihr Bett gefallen und hatte zum ersten Mal seit langem tief und alptraumlos geschlafen.

Die Ampel Sonnen- Ecke Bayerstraße stand auf Rot. Um nach Pasing zu gelangen, müsste sie jetzt eigentlich nach rechts abbiegen. Sie hatte den Blinker auch schon gesetzt, doch als die Ampel umsprang, fuhr sie geradeaus weiter Richtung Sendlinger Tor. Sie konnte jetzt nicht zurück in die Pension, wollte noch nicht in ihr Zimmer, wo sie nur auf dem Bett liegen, in den Fernseher starren und darauf warten würde, dass ihr endlich die Augen zufielen.

Als Toni den Viktualienmarkt erreichte, begann es zu nieseln, und die Lichter hinter der nassen Windschutzscheibe verschwammen zu bunten Klecksen. Toni schaltete den Scheibenwischer ein. Quietschend rubbelte der Gummi über das Glas und hinterließ bogenförmige Schlieren. Die unbekannte Tote drängelte sich in Tonis Bewusstsein, und sie sah die Frau wieder vor sich: die Blätter in ihren Haaren. Den heruntergezogenen Slip. Die Hämatome auf den Beinen.

Toni war es gewohnt, dass die Toten ihr folgten, und normalerweise verjagte sie sie nicht, sondern versuchte zu verstehen, was sie ihr erzählen wollten. Diesmal aber war es anders. Diesmal war sie nicht der neutrale Beobachter, der sie eigentlich sein sollte, denn der Anblick der Frau hatte Tonis Dämonen geweckt. Lautlos waren sie aus ihren Verstecken gekrochen und lauerten nun zitternd vor Gier in Tonis Rücken, um beim kleinsten Anzeichen von Schwäche über sie herzufallen und wieder die Herrschaft über sie zu übernehmen.

»Nein!«, flüsterte Toni und umklammerte das Lenkrad mit beiden Händen. »Nein, zum Teufel! Ganz sicher nicht! Nicht noch einmal!«

Die Ampel vor ihr schaltete auf Gelb. Sie trat das Gaspedal durch und jagte den BMW mit schwänzelndem Heck um die Kurve und in die Steinstraße hinein.

Wenn sie diese verdammten Erinnerungen doch nur löschen könnte wie Daten auf einer Festplatte. Aber das ging natürlich nicht. Immer dann, wenn sie sie am wenigsten brauchen konnte, trieben sie wieder an die Oberfläche, und genau deshalb konnte sie jetzt nicht allein in ihrem Zimmer sitzen. Sie brauchte Ablenkung, etwas, das die Dämonen ruhigstellte und sie auf Abstand hielt. Toni biss sich auf die Lippe. Dabei hatte sie gedacht, sie hätte inzwischen alles im Griff. Hätte *sich* im Griff.

»Red keinen Blödsinn, Stieglitz«, presste sie zwischen den zusammengebissenen Zähnen hervor. »Natürlich hast du dich im Griff. Mike hat keine Macht mehr über dich. Der ist ein für alle Mal Vergangenheit, hörst du? Vergangenheit.«

Die Leuchtreklame des O'Donnell's tauchte vor ihr auf, eines Irish Pubs, in das sie vor einigen Jahren mehr durch Zufall hineingestolpert war, und das sich im Laufe der Zeit zu ihrer Lieblingskneipe entwickelt hatte. In Haidhausen einen Parkplatz zu finden, war allerdings ein echtes Kunststück, und wenn sie im O'Donnell's noch etwas trinken wollte, sollte sie sich nun ernsthaft auf die Suche machen. Doch Toni fuhr mit unverminderter Geschwindigkeit weiter. Der Pub war nie ihr Ziel gewesen, auch wenn sie sich das bis zu diesem Moment selbst nicht eingestanden hatte.

Erst in der Wörthstraße wurde sie langsamer, manövrierte den BMW in eine Einfahrt und stellte den Motor ab. Die Instrumentenbeleuchtung erlosch, und das Radio verstummte. Aus dem schützenden Kokon ihres Wagens sah sie hinaus in den nächtlichen Nieselregen. Auf dem langgezogenen Bordeauxplatz, der die Wörthstraße hier in der Mitte teilte, packte ein Mann die Hinterlassenschaften seines Hundes in eine Plastiktüte und warf sie in einen Mülleimer. Sonst war niemand zu sehen. Bei diesem Wetter trieb sich nur draußen herum, wer seine Wohnung unbedingt verlassen musste. Oder wer kein Zuhause hatte.

Sie blickte hinüber auf die andere Straßenseite. Der Altbau mit der himbeereisfarbenen Fassade, das war ihr eigentliches Ziel. Dort, im zweiten Stock, lag seine Wohnung. Die Wohnung von Dr. Mulder, dem Rechtsmediziner, der es geschafft hatte, sie mit einem einzigen Blick vollkommen aus der Bahn zu werfen, und den sie zuletzt im Krankenhaus gesehen hatte, fahl im Gesicht, die Pupillen weit vor Medikamenten. Und das nur ihretwegen.

Es war am Tag nach seiner Operation gewesen. Sie hatte sich so miserabel gefühlt wie noch nie zuvor in ihrem ganzen Leben. Unsicher hatte sie auf der Bettkante gesessen und es nicht über sich gebracht, ihm in die Augen zu schauen. Zu groß war ihre Angst davor gewesen, was sie vielleicht darin erblicken könnte.

Doch er war nicht wütend gewesen, sondern hatte seine Hand auf ihren Arm gelegt, und sie hätten sich um ein Haar sogar geküsst, wenn ihr Chef Hans nicht überraschend in das Zimmer gekommen wäre.

Anfangs hätte sie vor Freude über diesen Beinahe-Kuss die ganze Welt umarmen können, doch dann hatten sich erste Zweifel eingeschlichen. Was, wenn die Medikamente Mulders Bewusstsein so sehr vernebelt hatten, dass ihm in diesem Moment gar nicht klar gewesen war, dass sie die Schuld an diesem Desaster trug? Was, wenn sich die Nebel nun gelichtet hatten und stattdessen Zorn und der Wunsch nach Vergeltung eingezogen waren?

Drei Monate waren seit diesem Besuch vergangen. Drei Monate, in denen sie an jedem einzelnen Tag an ihn gedacht und sich gefragt hatte, wie es ihm ging. Zweimal war sie noch im Krankenhaus gewesen, doch immer, wenn sie vorsichtig in das Zimmer geschaut hatte, hatte er geschlafen. Oder hatte er nur so getan? Wollte er sie vielleicht nicht mehr sehen? Je mehr Toni darüber nachgedacht hatte, desto unsicherer war sie geworden, bis sie beim dritten Anlauf schon vor dem Krankenhauseingang kehrtgemacht hatte und wieder nach Hause gefahren war.

Eine Woche nach der anderen war verstrichen ohne auch nur das leiseste Lebenszeichen von ihm. Schließlich hatte sie im Sekretariat der Rechtsmedizin angerufen. Sie wollte sich nach Mulders Dienstplänen erkundigen, um ihm ganz zufällig in der Nußbaumstraße vor dem Institut über den Weg zu laufen. Doch statt Cordula Schattenkirchner, der Herrscherin über das Sekretariat und grauen Eminenz der Rechtsmedizin, war eine Vertretung am Telefon gewesen, die ihr keine Auskünfte geben wollte. »Da könnte ja jeder kommen und sich als Polizist ausgeben«, hatte sie gesagt. Toni hätte ihr am liebsten den Hals umgedreht, auch wenn die Frau natürlich recht gehabt hatte.

Aber wozu war sie bei der Polizei und hatte Zugriff auf die Einwohnermeldedaten? Klar war das ein Datenschutzverstoß und ein Dienstvergehen, für das sie sich ein Bußgeld einhandeln konnte, aber das Risiko, dass sie erwischt wurde, war minimal. Und selbst wenn. Dann hatte sie eben eine Kerbe mehr in ihrem Sündenregister.

Die ersten Male war sie rasch an Mulders Haus vorbeigefahren, tief in den Sitz gerutscht, halb hoffend, halb befürchtend, er würde sie sehen. Dann war sie mutiger geworden, war langsamer gefahren, hatte nach ihm Ausschau gehalten, und nun stand sie zum tausendsten Mal mit klopfendem Herzen in der Einfahrt, starrte hinüber zu seiner Wohnung und hoffte darauf, ihn zu sehen. Am Fenster. Auf dem Fußweg. An der Tramhaltestelle. Irgendwo. Sie wollte wenigstens einen kurzen Blick auf ihn erhaschen. Oder ein Wort mit ihm wechseln. Sich davon überzeugen, dass er nichts mehr mit ihr zu tun haben wollte. Aber wie sollte sie das, wenn sie ihn immer nur aus der Ferne beobachtete? Wie lang wollte sie dieses Spiel noch spielen? Wochen? Monate?

Sie öffnete die Wagentür und stieg aus. Eine Windböe trieb ihr feinen Sprühregen ins Gesicht. Toni zog den Kopf zwischen die Schultern und marschierte los. Nein, nicht quer über den Platz. Am Ende schaute er genau in diesem Moment aus dem Fenster und erkannte sie, während sie über die Straßenbahnschienen lief. Eigentlich war das ja genau, was sie wollte, was sie sich erhoffte – und gleichzeitig auch nicht. Es war kompliziert. Verdammt kompliziert, und deshalb umrundete sie den halben Bordeauxplatz, den Kopf gesenkt und nah an den Hauswänden entlang, damit Mulder sie nicht erkannte, selbst wenn er ihr entgegenkam.

Vor seinem Hauseingang blieb sie stehen und betrachtete das Klingelbrett. *Mulder* stand dort in nüchternen schwarzen Buchstaben. Sie hob eine Hand. Die Kuppe ihres Zeigefingers war nur Millimeter von dem messingfarbenen Klingelknopf entfernt, als von innen jemand die Haustür öffnete. Hastig wandte Toni sich ab, als hätte man sie bei etwas Verbotenem ertappt. Jemand ging hinter ihr vorbei. Es waren schnelle, leichte Schritte. Die Schritte einer Frau, nicht die von Mulder.

Sie schaffte es gerade noch, durch den Spalt zu schlüpfen, bevor die Tür hinter ihr mit einem dumpfen Krachen in das Schloss fiel. Ein vielarmiger Leuchter hing von der Decke, warf sein Licht auf blaugemusterte Bodenfliesen und eine dunkle, breite Holztreppe. Toni setzte ihren Fuß auf die erste Stufe. Lautes Knarren hallte durch das Treppenhaus. Sie hielt inne und warf einen vorsichtigen Blick nach oben, als erwartete sie tatsächlich, dass Mulder dort oben stand, die Hände auf das Geländer gelegt, und auf sie herabsah.

Sie schüttelte den Kopf über sich selbst und ging weiter,

vorsichtig, wie auf rohen Eiern, doch die ausgetretenen Holzstufen verrieten sie mit jedem Schritt. Und wenn sie ihm jetzt in die Arme lief? Wie sollte sie ihre Anwesenheit hier erklären? Sie konnte ihm doch schlecht die Wahrheit sagen.

Das Licht im Treppenhaus erlosch. Finsternis hüllte Toni ein. Nur durch ein Fenster im Dach sickerte ein wenig vom nächtlichen Großstadtlicht herein. Sie verharrte regungslos, wagte kaum zu atmen. Aus den Wohnungen drangen gedämpfte Stimmen. Irgendjemand spielte Klavier.

Als sich ihre Augen an die Dunkelheit gewöhnt hatten, schlich sie weiter, und mit jeder Stufe, die sie erklomm, klopfte ihr Herz schneller. Dann hatte sie die zweite Etage erreicht. Eine dieser Türen musste es sein. Das Blut rauschte laut in ihren Ohren, als sie auf die erste Wohnungstür zuging. Sie musste sich zu dem Klingelschild hinabbeugen, um den Namen lesen zu können. *Krzmanic* stand dort. Sie merkte erst jetzt, dass sie die Luft angehalten hatte, und atmete mit einem leisen Pfeifen aus. Noch zwei Möglichkeiten.

Auf Zehenspitzen schlich sie weiter. *Waldschmitt*. Die war es auch nicht. Sie starrte auf die dritte Tür. Dort wohnte er also. Jetzt war genau der Moment, in dem sie umdrehen und gehen sollte. Noch war nichts passiert. Noch hatte er sie nicht entdeckt. Sie konnte einfach verschwinden, ohne ihm stotternd und mit hochrotem Kopf in die Arme zu laufen und für alle Zeiten ihr Gesicht zu verlieren.

Doch sie war wie ferngesteuert. Noch behutsamer als zuvor setzte sie einen Fuß vor den anderen, bis sie vor Mulders Wohnungstür stand. Sie legte die Hand auf das Holz. War er zu Hause? Sie schloss die Augen und lauschte.

Nein, nichts. Kein Laut drang zu ihr nach draußen. Sie griff in die Innentasche ihrer Jacke. Ihre Finger ertasteten einen Briefumschlag, zogen ihn heraus. Toni betrachtete ihn. Er war inzwischen ziemlich verknittert, weil sie ihn nun schon so lange mit sich herumtrug. Vor Wochen hatte sie ihn in ihre Jackentasche gesteckt und seither nicht mehr herausgeholt. Es hatte sich nie die richtige Gelegenheit ergeben, hatte sie sich immer eingeredet. Aber diese Ausrede funktionierte nun nicht mehr.

Das Papier des Umschlags schimmerte hell in der Dunkelheit. Nicht einmal eine ganze Seite hatte sie vollgeschrieben. Dabei war ihr Kopf an diesem Abend fast geplatzt, so viele Gedanken hatten sich darin angesammelt. Aber sie hatte nur einen winzigen Bruchteil davon in Worte fassen können.

Ein Stockwerk über ihr öffnete sich eine Tür, und nur einen Moment später flammte die Treppenhausbeleuchtung auf. Eine Schrecksekunde lang kniff Toni geblendet die Augen zusammen, dann machte sie kehrt und rannte die Treppen hinunter, so schnell sie konnte. Sie stürzte aus dem Haus, jagte quer über den Platz und rettete sich in ihren BMW.

Keuchend und mit wild klopfendem Herzen saß sie da und starrte durch die nasse Windschutzscheibe. In ihrer Faust hielt sie immer noch den Umschlag. Er war jetzt vollkommen zerknüllt und unbrauchbar geworden. Sie warf ihn in den Fußraum und lehnte ihren Kopf gegen das Polster. Dann lachte sie auf. Verdammt, sie war zum Stalker geworden. Sie verfolgte Mulder genau so, wie Mike sie verfolgt hatte, lungerte vor seinem Haus herum, schlich sich in das Anwesen, lauschte an seiner Tür, schrieb ihm Briefe.

Nein. Grimmig ballte Toni die Fäuste. Sie war kein Stalker. Bei ihr war es etwas anderes. Trotzdem musste sie damit aufhören. Das führte doch zu nichts. Hätte Mulder sie wiedersehen wollen, hätte er sich längst bei ihr gemeldet.

Hin- und hergerissen zwischen der Erleichterung darüber, dass sie sich der Wahrheit noch immer nicht hatte stellen müssen, und der Enttäuschung, dass sie ihm wieder nicht begegnet war, startete Toni den Motor. Sie musste sich den Doc aus dem Kopf schlagen, durfte nicht mehr hierher kommen. Doch noch während sie das dachte, wusste sie, dass sie genau das wieder tun würde.

Fünf

Kurz vor sieben Uhr am nächsten Morgen betrat Toni mit einer Kaffeetasse in der Hand und einem Stapel Unterlagen unter dem Arm den Besprechungsraum der Mordkommission. Beate und der Jüngste im Team, Kriminaloberkommissar Sören Palstek, saßen bereits am Tisch. Sören hielt in einer Hand eine Butterbreze und hatte die andere um den *Auricher Schnegga-Becher*, die offizielle Kaffeetasse des TSV Aurich, gelegt.

Sören hatte in seiner ostfriesischen Heimat von der E-Jugend an im Verein Fußball gespielt und lange daran zu knabbern gehabt, dass die Ausbildung bei der Polizei ihm nicht mehr genügend Zeit dafür gelassen und er schließlich ganz hatte aufhören müssen.

Da Toni wusste, wie sehr Sörens Herz immer noch nicht nur an seinem Verein, sondern auch an seiner Geburtsstadt Aurich hing, hatte sie kurzerhand beschlossen, ihm ein wenig Heimat nach München zu holen, und die Tasse auf der Internetseite des TSV Aurich bestellt.

Allerdings war Sörens Reaktion vollkommen anders, als sie erwartet hatte.

»Was ist das?«, hatte er gefragt und Toni argwöhnisch angesehen.

»Eine Tasse deines Vereins. Steht doch drauf.«

»Da steht TSV Aurich.«

»Ja. Und?«

»Das ist nicht mein Verein.«

»Du nimmst mich auf den Arm, oder?«

Toni hatte ihren Kollegen gepackt, ihn vor den Rechner gezerrt und die Internetseite aufgerufen.

»Hier, bitte: TSV Aurich.«

Grinsend hatte Sören das Impressum angeklickt, und Toni wäre vor lauter Scham fast im Boden versunken. Sie war so voller Vorfreude gewesen, als sie sich durch den Bestellvorgang geklickt hatte, dass ihr überhaupt nicht aufgefallen war, dass sie bei dem falschen Auricher Verein gelandet war, nämlich dem aus Baden-Württemberg und nicht dem aus Ostfriesland, der sich obendrein nicht TSV, sondern SpVg nannte.

»Versprich mir«, hatte Sören damals zu ihrem Chef gesagt, »dass du alles tun wirst, um zu verhindern, dass Toni jemals zu den Cybercops versetzt wird. Ermittlungen im Internet sind definitiv nicht ihr Ding!«

Am nächsten Tag hatte sie das Einwickelpapier eines Mon Chéri auf ihrem Schreibtisch gefunden, halb versteckt unter einem Klebezettel: *Der Wille zählt fürs Werk.* Dazu ein zwinkernder Smiley. Sören konnte manchmal so kindisch sein.

Toni wollte sich gerade noch eine Tasse Kaffee holen, als Hans Zinkl, Erster Kriminalhauptkommissar und der Leiter der Mordkommission, den Raum betrat. Ihm auf dem Fuß folgte Kriminaloberkommissar Stephan Westenrieder, der sich wegen seiner ausgeprägten Vorliebe für Pizza »mit allem« den Spitznamen Contutto eingehandelt hatte.

»Guten Morgen«, begann Hans, als Contutto sich gesetzt und seinen Stuhl zurechtgerückt hatte. »Ich gehe davon aus, dass ihr«, er sah die beiden Männer über den

Rand seiner Brille hinweg an, »über die gestrigen Ereignisse auf dem Laufenden seid.«

Sören und Contutto nickten wortlos.

»Gut«, fuhr er fort und wandte sich an Toni und Beate. »Wie ist der aktuelle Stand der Dinge? Hat sich über Nacht etwas Neues ergeben?«

»Nein, leider nicht.« Beate war eine Zehntelsekunde schneller gewesen als Toni. Manche Dinge änderten sich eben nicht, Waffenstillstand hin oder her. »Wir wissen nach wie vor nicht, wer die Tote ist. Es gibt keine neuen Vermisstenanzeigen seit gestern Abend, und die Absuche nach Spuren oder Gegenständen, die auf ihre Identität hindeuten könnten, musste aufgrund Dunkelheit abgebrochen werden. Sie wird«, Beate sah auf ihre Armbanduhr, »ziemlich genau in dreißig Minuten fortgesetzt. Die Hundeführerin mit ihrem Mantrailer ist informiert und in Bereitschaft. Wenn die Absuche erfolglos bleibt und der Erkennungsdienst uns grünes Licht gibt, kann der Hund sich den Auffindeort der Leiche vornehmen. Vielleicht bekommen wir so Aufschluss darüber, auf welchem Weg die Frau dorthin gelangt ist. Selbst wenn der Täter sie ein Stück getragen hat, sollte das für den Hund kein Problem sein.«

Toni hatte einmal bei der Ausbildung eines solchen Personensuchhundes zugesehen und war absolut fasziniert von den Fähigkeiten dieser Tiere. Der Mantrailer hatte die zwölf Stunden alte Spur eines Menschen quer durch die Münchner Innenstadt so mühelos verfolgt, als wäre sie mit Leuchtfarbe auf dem Boden aufgemalt gewesen. Und alles nur anhand von Hautschuppen, die jeder Mensch sekündlich verlor.

Beate sah von ihren Aufzeichnungen auf, in die sie einen kurzen Blick geworfen hatte.

»Die Kollegen der PI 45 sind bereits unterwegs zur Aubinger Lohe und schicken uns dann eine Liste mit den Fahrzeugen, die aktuell dort geparkt sind. Von den Pkw, die gestern im Umfeld abgestellt waren, sind zwei auf Frauen zugelassen, die vom Alter her als Opfer in Frage kommen könnten. Wir haben gestern keine der Halterinnen erreicht, sie sind weder im Telefonbuch verzeichnet, noch haben die Kollegen der zuständigen Inspektion jemand an den Halteradressen angetroffen. Sollte einer der Wagen jetzt immer noch dort stehen, könnte das ein Hinweis auf die Identität der Toten sein, muss es aber nicht. Schließlich kann es genauso gut sein, dass das Auto gar nicht auf sie zugelassen ist oder sie bei jemandem mitgefahren ist. Wie schon gesagt«, schloss sie ihre Ausführungen, »wirklich schlauer als gestern sind wir also noch nicht.«

»Danke, Beate«, sagte Hans. »Sonst noch etwas?«

Sie schüttelte den Kopf.

»Toni?« Hans blickte sie auffordernd an.

»Der Jagdpächter, in dessen Revier die Tote lag, war gestern nicht erreichbar, aber ich werde es gleich im Anschluss noch einmal probieren. Vielleicht war er zum Tatzeitpunkt ja auf der Pirsch und hat etwas beobachtet. Oder – was noch besser wäre – er hat ein paar von diesen Wildkameras aufgehängt, und der Täter ist formatfüllend auf einem der Fotos abgebildet. Aber das wäre zu schön, um wahr zu sein.«

Das Klingeln des Telefons ließ Toni verstummen. Hans zog den Apparat zu sich und hob ab. Er runzelte die Stirn, machte sich Notizen, verabschiedete sich und legte wieder auf.

»Das war die Rechtsmedizin«, sagte er. »Die Obduktion ist auf acht Uhr angesetzt. Toni.« Hans schaute sie an, und ihr Herz blieb stehen. Das war sie. Das war ihre Chance, Mulder wiederzusehen und endlich Klarheit zu bekommen. In ihrem Bauch begann es zu kribbeln. »Du nimmst dir diesen Jagdpächter vor. Quetsch alles aus ihm heraus. Wann war er zuletzt unterwegs? Wo war er genau? Was hat er gesehen? Frag ihn auch, wer sonst noch berechtigt in seinem Revier jagt, und mach von sämtlichen Schuhen und Stiefeln Fotos von den Sohlen, damit die Kollegen sie mit den Spuren aus dem Wald vergleichen können. Beate«, er wandte sich von Toni ab, »du leitest die Suchmaßnahmen in der Aubinger Lohe, Sören kümmert sich um die Liste der geparkten Fahrzeuge, und du, Contutto, machst einen Ausflug in die Nußbaumstraße. Noch Fragen? Nein? Vamos.«

Stühle wurden gerückt, Füße scharrten über den Boden. Ein Kollege nach dem anderen erhob sich, nur Toni blieb regungslos sitzen.

Contutto. Hans hatte Contutto in die Rechtsmedizin geschickt. Die nervöse Vorfreude, die gerade noch ihren ganzen Körper elektrisiert hatte, fiel in sich zusammen. Warum er und nicht sie? Normalerweise ging immer einer derjenigen zur Obduktion, die zuerst mit der Leiche zu tun gehabt hatten. Da Beate in der Rechtsmedizin regelmäßig mit Übelkeit zu kämpfen hatte und deshalb nach Möglichkeit jemand anderem den Vortritt ließ, hatte Toni keine Sekunde daran gezweifelt, dass Hans sie schicken würde. Aber er hatte es nicht getan. So nahtlos, wie er nach dem Telefonat weitergesprochen und die Aufträge verteilt hatte, schien er es nicht einmal in Erwägung gezogen zu haben. Als hätte er nie vorgehabt, sie damit zu betrauen.

»Toni?«

Sie spürte eine Hand auf ihrem Arm und blickte auf. Hans hatte sich neben sie gesetzt, schaute sie fragend an. Seine Stirn hatte mehr Falten als der Balg eines Akkordeons.

»Was ist? Stimmt etwas nicht?«

Toni lehnte sich zurück, so dass Hans' Finger von ihrem Unterarm rutschten und er seine Hand zurückziehen musste.

»Wie kommst du darauf?«, antwortete sie und verschränkte die Arme vor dem Körper. Sie wusste, dass Hans es nur gut meinte, dass er ehrlich um sie besorgt war, und deshalb hatte sie auch sofort ein schlechtes Gewissen, dass sie ihn so schroff abwies. Aber andererseits hatte er noch nie gegen die ungeschriebene Regel der Obduktionsteilnahme verstoßen, und dass er sich ausgerechnet bei ihr nicht daran hielt, das traf sie mit einer Heftigkeit, die sie selbst überraschte. Warum zog er Contutto ihr vor? Glaubte er vielleicht, sie vor einer Begegnung mit Mulder schützen zu müssen? Glaubte er, ihr schlechtes Gewissen dem Doc gegenüber würde sie beeinflussen, so dass sie der Obduktion nicht folgen konnte, sollte Mulder sie tatsächlich durchführen?

Toni biss die Zähne aufeinander. Hätte sie ihm doch nie etwas darüber erzählt. Warum zum Teufel hatte sie ihren Mund nicht halten können und hatte Hans in einem schwachen Moment anvertraut, dass sie sich Vorwürfe machte? Dass sie Mulder nie in die ganze Sache mit dem Irren hätte hineinziehen dürfen.

Da war er wieder, der Beweis dafür, dass es nur Probleme gab, wenn man über seine Gefühle, seine Ängste und Sorgen sprach. Hätte sie auch diesmal alles mit sich selbst ausgemacht, wäre es niemals so weit gekommen, und Hans würde sie nicht ausgrenzen, indem er ihr das verweigerte, was er anderen ohne zu zögern zugestand.

»Warum ...«

»Ich ...«

Beide setzten gleichzeitig zu reden an und verstummten auch gleichzeitig wieder. *Du zuerst*, bedeutete Toni ihrem Vorgesetzten mit einer knappen Geste. Hans musterte sie zwei, drei Sekunden lang, dann lehnte er sich nach vorne, stützte die Unterarme auf den Oberschenkeln ab und ließ den Kopf hängen. Erst nach weiteren drei Sekunden schaute er wieder auf.

»Toni, ich weiß, dass du niemand bist, der sein Herz auf der Zunge trägt«, fing er an. »Du sagst zwar laut und deutlich, wenn dir was nicht passt, und hältst mit deiner Meinung auch dann nicht hinterm Berg, wenn es taktisch klüger wäre, sich auf die Zunge zu beißen und sich seinen Teil zu denken, aber ...« Er hob die Hand, als Toni Luft holte, um zu protestieren. »... aber wenn etwas getan werden muss, machst du es einfach, ohne lang und breit darüber zu diskutieren, auch wenn das bedeutet, dass dein Überstundenkonto wieder knapp vierstellig werden wird. Du weißt, dass ich das an dir schätze. An dir und an allen anderen hier im Team. Niemand beschwert sich, wenn die Dienst-Tage zehn, zwölf oder vierzehn Stunden haben. Niemand meckert, wenn die Wochenenden draufgehen oder private Pläne zerplatzen. Jeder springt für den anderen ein. Sogar Beate für dich und umgekehrt.«

Toni warf Hans einen finsteren Blick zu. Diese Spitze hätte er sich schenken können, dachte sie, doch sie verkniff sich einen Kommentar.

»Aber ich weiß auch, dass du dazu neigst, in den falschen Momenten den Mund zu halten. Nämlich dann, wenn es dir schlechtgeht. Richtig schlecht. Wenn du eigentlich schon am Ende deiner Kräfte angekommen bist, nur noch auf Reserve läufst und kurz davor bist, zusammenzuklappen.«

Hans lehnte sich noch ein Stück weiter nach vorne. Toni wusste, dass er damit erreichen wollte, dass sie ihn ansah, doch sie mied seinen Blick, konzentrierte sich auf die Taube, die draußen auf dem Fensterbrett hin und her trippelte. Es war so still im Raum, dass man die Vogelkrallen über das Blech kratzen hörte.

Mit einem leisen Seufzen setzte Hans sich wieder aufrecht hin.

»Jeder hier hat die Fotos von der Toten gesehen und kann sich vorstellen, was sie durchgemacht haben muss. Die Hämatome ...« Er brach ab, räusperte sich. »Die Hämatome sprechen eine überdeutliche Sprache, und deshalb wird niemand schlecht von dir denken, wenn das alles noch zu früh für dich ist und du Abstand von diesem Fall möchtest.«

Toni brauchte einen Augenblick, bis sie verstand, was Hans ihr mitteilen wollte. Es ging gar nicht um ihre Schuldgefühle dem Doc gegenüber. Er wollte sie gar nicht von Mulder fernhalten, sondern von der Toten. Von der Toten und der Gewalt, die man ihr vor ihrem Tod angetan hatte. Die ein *Mann* ihr angetan hatte. Ihr Ehemann. Ihr Freund. Ihr Lebensgefährte. Ein brutaler, prügelnder Lebensgefährte, wie Mike es gewesen war.

Ein Feuerball explodierte hinter Tonis Brustbein. Flammen schossen ihren Hals hinauf, brachten ihre Wangen zum Glühen. Auf einmal schien kein Kubikzentimeter Sauerstoff mehr im Raum zu sein. Toni griff sich an die Kehle. Sie musste raus aus diesem Zimmer, sonst würde sie ersticken. Das Blut rauschte in ihren Ohren, als sie mit erzwungener Gelassenheit an ihrem Vorgesetzten vorbeischritt.

»Versprich mir, dass du es mir sagst, wenn es dir zu viel wird, hörst du, Toni? Versprich es mir!«

Sie verließ den Raum ohne Antwort und zog sich in ihr Büro zurück. Was hätte sie jetzt für einen Burggraben und eine Zugbrücke gegeben. Oder wenigstens für einen zähnefletschenden Wachhund, der alles und jeden von ihr fernhielt. Aber sie hatte nur diese lächerliche Tür, die sie nicht einmal von innen versperren konnte.

Sie ließ sich auf ihren Stuhl sinken und stützte den Kopf in die Hände. Sie fühlte sich so erschöpft und kraftlos, dass sie sich am liebsten unter dem Tisch zusammengerollt und wie Dornröschen hundert Jahre geschlafen hätte, bis ein Prinz sie wachküsste. Wobei es nicht unbedingt ein Prinz sein musste. Ein Rechtsmediziner tat es auch.

Das Telefon klingelte, doch sie reagierte nicht. Alles an ihr war so unendlich schwer. Sie würde es nie schaffen, die Hand auszustrecken und abzuheben. Außerdem wollte sie jetzt mit niemandem reden. Der Anrufer mit ihr allerdings schon, denn das Klingeln hörte und hörte nicht auf, so dass Toni schließlich doch nach dem Hörer griff.

»Mordkommission München, Stieglitz«, meldete sie sich, ohne zuvor auf das Display zu blicken.

»Hallo, meine Schöne.«

Ein kleiner Stromschlag jagte durch Tonis Körper, und sie richtete sich auf. Sie brauchte die Rufnummernanzeige nicht mehr. Sie hatte seine Stimme sofort erkannt.

»Heute, elf Uhr dreißig vor der Kirche in der Damenstiftstraße. Allein.«

»Was? Warum?«, fragte Toni, doch die Verbindung war bereits unterbrochen.

Sechs

Dieser Treffpunkt war eine ausgesprochen blöde Idee. Egal wo sie auch stand, der Wind pfiff ihr um die Ohren, als würde er dafür bezahlt. Fröstelnd warf Toni einen Blick auf ihr Handy. Elf Uhr fünfundzwanzig. Wenn sie jetzt erst ihr Büro verlassen hätte, hätte sie es immer noch rechtzeitig geschafft, aber sie war so zappelig gewesen, dass sie viel zu früh losgegangen war. Sie erwog, die letzten fünf Minuten im Inneren der Kirche zu warten, als sie ihn erblickte.

Sofort machte ihr Herz die üblichen zwei, drei Schläge extra. Obwohl zwischen ihnen schon längst nichts mehr lief, kribbelte es immer noch ein bisschen in ihrem Bauch, wenn sie Raphael Kellerer sah. Sie waren sich vor einigen Jahren bei einer dienstlichen Fortbildung begegnet, und es hatte vom ersten Moment an zwischen ihnen gefunkt. Sie hatten sich angezogen wie zwei riesige Magneten und ein paar sehr aufregende Wochen miteinander verbracht, bis die Anziehungskraft nachgelassen und sie wieder getrennter Wege gegangen waren. Toni war immer noch erstaunt darüber, dass sich aus dieser leidenschaftlichen Affäre eine echte, tiefe Freundschaft entwickelt hatte, die nicht einmal Mikes Eifersucht hatte zerstören können.

»Hi Raff.«
»Hallo Toni.«

Sie umarmten sich zur Begrüßung, und Toni spürte, wie der eiserne Ring, der seit dem Gespräch mit Hans um ihren Brustkorb lag, ihr ein wenig mehr Luft zum Atmen ließ. Nur sehr widerwillig löste sie sich von ihrem Kollegen. Konnte sie nicht einfach für den Rest ihres Lebens hier stehen, beschützt von einem knappen Meter neunzig purer Muskelmasse und einem Sinn für Humor, der sie in fast jeder Situation zum Lachen brachte?

»Bist du einem Agententhriller entsprungen, oder wie muss ich diese Geheimnistuerei verstehen?«, fragte Toni. Doch Raff legte den Finger auf die Lippen.

»Nicht hier«, raunte er ihr zu und schaute sich nach allen Seiten um, als wäre ihm tatsächlich jemand auf den Fersen. »Lass uns dort hineingehen. Dann erzähle ich dir alles.« Er fasste sie am Ellenbogen und schob sie in Richtung eines kleinen Cafés.

»Okay, Null Null Sieben«, sagte Toni, nachdem sie ihre Espressotassen auf einem Stehtisch abgestellt hatten. »Raus mit der Sprache. Wer ist hinter dir her? Die CIA? Der KGB? Die GEZ?«

Es war Raff ganz sicher nicht bewusst, aber diese Geheimagentennummer tat ihr richtig gut. Sogar ein Hauch der früheren Ausgelassenheit, die sie in seiner Gegenwart immer gespürt hatte, kehrte zurück, und sie nahm sich vor, sie auszukosten, so lange es ging.

»Du bist doof, weißt du das?« Raff zog die Brauen zusammen und warf ihr einen finsteren Blick zu, doch er konnte ein Schmunzeln nicht gänzlich unterdrücken.

»Danke für das Kompliment«, antwortete Toni und schnitt ihm eine Grimasse. »Aber darf ich dich daran erinnern, dass du es warst, der mich hierherbestellt hat? *Allein.*« Toni ahmte seinen Tonfall nach, was allerdings ziemlich misslang. »Und nun sprich: Warum wolltest du mich hier treffen? Warum nicht in der Kantine? Oder in meinem oder deinem Büro? Halt!« Sie hob die Hände. »Sag nichts. Ich weiß es. Du bist in Wahrheit Löwen-Fan, deine Mitgliedschaft beim FC Bayern ist nur Fassade, und jetzt willst du dein Bayern-Tattoo entfernen lassen und brauchst jemanden, der deine Hand dabei hält.«

»Um Himmels willen, hör auf!« Raff verzog angewidert das Gesicht. »Deine Phantasie ist ziemlich krank, weißt du das? Ich und ein Blauer?« Er schüttelte sich. »Ich glaube, ich überlege mir das mit der Taufpatin noch einmal.«

Toni spürte, wie ihr Grinsen verrutschte. Taufpatin? Tonlos und ungelenk formten ihre Lippen das Wort, als stammte es aus einer ihr unbekannten Sprache.

»Ja, Taufpatin«, wiederholte Raff. »Iris ist schwanger. Zwanzigste Woche.« Er schüttelte den Kopf, als könnte er selbst nicht begreifen, was er da gerade sagte. »Wir bekommen eine Tochter. Ich werde Vater, verdammt. Vater!«

Einen Augenblick lang starrte Toni ihren Kollegen ungläubig an, dann lachte sie laut auf, warf sich ihm an den Hals und drückte ihn, so fest sie konnte.

»Siehst du«, sagte Raff, nachdem er Toni schließlich von sich geschoben hatte. »Genau deshalb wollte ich mich nicht in der Kantine mit dir treffen. Ich wusste, dass du genau so reagieren würdest, und das hätte einfach zu viel Aufsehen erregt. Dann hätten alle um uns herum ihren Senf abgegeben und ich hätte dich nicht fragen können, ob du Taufpatin werden möchtest. Du musst dich natürlich nicht gleich entscheiden. Ich weiß, dass das ein ziemlicher Überfall ist. Schlaf einfach ein paar Nächte darüber. Bis zur Geburt sind es ja auch noch ein paar Monate.«

Er verstummte und schaute Toni an. Die Selbstsicherheit, die Raff normalerweise wie einen leuchtenden Schild vor sich hertrug, war einer Mischung aus hoffnungsvoller Unsicherheit und Verletzlichkeit gewichen, die sie noch nie an ihm gesehen hatte, und die sie zutiefst berührte. Sie musste ein paarmal schlucken, bis ihre Kehle nicht mehr rau und trocken war.

»Warum ich?«, brachte sie schließlich hervor. »Warum nicht jemand, den du schon viel länger kennst?«

»Weil du die erste Person warst, die mir in den Sinn gekommen ist, als Iris und ich uns über Taufpaten Gedanken gemacht haben. Der erste Gedanke ist nicht immer der richtige, aber in diesem Fall schon.« Er lächelte. »Ich bin überzeugt, dass du eine wirklich gute Patentante abgeben würdest. Und ich würde mir wünschen, dass ein paar deiner Eigenschaften auf unsere Kleine abfärben. Dein Mut zum Beispiel. Deine Geradlinigkeit. Deine Verlässlichkeit. Deine Beharrlichkeit, die manchmal zur ausgewachsenen Sturheit wird. Okay. Das mit der Sturheit ist vielleicht keine so gute Idee. Das lassen wir lieber. Außer wir können sie während der Trotzphase und der Pubertät bei dir abgeben.«

»Du Blödmann«, sagte Toni und verpasste Raff einen halbherzigen Schlag gegen die Schulter. Die Freudentränen schnürten ihr beinahe die Kehle zu. Was für ein wunderschönes Gefühl. »Aber was sagt Iris dazu? Sie kennt mich doch gar nicht.«

»Mach dir wegen ihr keine Sorgen, das geht klar. Ich habe dich in den schillerndsten Farben beschrieben.«

»In den schillerndsten Farben, hm?« Toni sah ihren Kollegen zweifelnd an. »Und du hast dabei auch nichts ausgelassen?«

»Ich wüsste nicht, was.«

»Wirklich?«

»Ja.«

Toni zögerte. Sie wollte das Thema nicht anschneiden, aber es musste sein.

»Auch das mit Mike?«, sagte sie schließlich.

»Auch das mit Mike«, bestätigte Raff.

»Und du willst mich dennoch als Patentante? Trotz der Anzeige?«

Er schüttelte den Kopf.

»Nicht trotz der Anzeige, sondern genau deswegen. Die Eier dazu muss man erst einmal haben, nach allem, was er dir angetan hat. Und jetzt komm. Unsere großzügige Mittagspause von dreißig elektronisch aufgezeichneten Minuten ist fast um.«

Angestrengt kaute Toni auf ihrem Baguette herum, das sie sich auf dem Rückweg mitgenommen hatte. Dem Grad der Zähigkeit nach musste das Brot in einer Gummifabrik hergestellt worden sein, und beim Käse hatte man ganz offensichtlich komplett auf den Geschmack verzichtet. Was allerdings nicht weiter schlimm war, da die Unmengen mayonnaiseartiger Pampe ohnehin alles überdeckten und keine anderen Aromen neben sich duldeten.

Angewidert schob sie ihr Mittagessen zurück in die Tüte. Das grenzte an Körperverletzung. Verstohlen sog sie den Duft der Schinkennudeln ein, die Hans von zu Hause mitgebracht hatte und nun in sich hineinschaufelte. Toni lief das Wasser im Mund zusammen, und sie spielte mit dem Gedanken, noch schnell zu Sören und Contutto in die Kantine zu gehen, entschied sich aber dagegen. Ein halber Fasttag konnte nicht schaden, bevor ihre Jeans wieder über Nacht enger wurden. Außerdem hatte sie keine Lust, sich das warme Gefühl, das seit dem Treffen mit Raff ihren

Bauch füllte, wieder zerstören zu lassen. Seit es die Runde gemacht hatte, dass sie Mike angezeigt hatte, bedachten sie manche Kollegen mehr oder weniger unverhohlen mit unmissverständlichen Blicken und Kommentaren. In deren Augen war sie jetzt Abschaum. Eine Verräterin. Ein Kollegenschwein.

Es war völlig gleich, was Mike getan hatte. Sie war schuld, dass er jetzt zuerst ein Straf- und dann noch ein Disziplinarverfahren am Hals hatte. Sie. Nicht er. Er hatte sie zwar verprügelt, aber sie hatte es öffentlich gemacht, und somit war es ihre Schuld, dass er am Pranger stand. Dieselbe bescheuerte Logik, mit der manche Männer und sogar Frauen ihren Geschlechtsgenossinnen die Verantwortung dafür zuschoben, wenn sie belästigt wurden. Hätten sie weite, wallende Gewänder statt enger Hosen und kurzer Röcke getragen, wäre ihnen das nicht passiert. So schnell wurden Opfer zu Tätern. Und das Schlimme daran war, dass sich die Opfer tatsächlich schuldig fühlten. Dass sie sich dafür schämten, überhaupt Opfer geworden zu sein.

Toni war es da nicht anders ergangen. An manchen Tagen hatte sie vor lauter Scham ihr eigenes Spiegelbild nicht ertragen. Nacht für Nacht hatte sie wach gelegen, weil die Zweifel sie nicht hatten schlafen lassen. Immer wieder hatte sie sich gefragt, ob sie wirklich das Richtige getan hatte und ob es nicht einen anderen Weg gegeben hätte. Einen Weg, der auch für sie selbst weniger belastend gewesen wäre.

Es war eine Sache, sich einem Kollegen zu offenbaren, den man gut kannte und dem man vertraute, und eine ganz andere, in einer offiziellen Vernehmung sämtliche Details vor jemandem auszubreiten, den man noch nie im Leben gesehen hatte. Auch wenn sie Zeugin und nicht Beschuldigte war, auch wenn die Kolleginnen und Kollegen im KFD 11 nur ihre Arbeit machten wie jeder andere Polizist – es war und blieb ein komisches Gefühl, dort vernommen zu werden. Irgendwie fühlte man sich immer schuldig und hatte ein schlechtes Gewissen, auch wenn man sich nichts hatte zuschulden kommen lassen.

Erst jetzt konnte Toni wirklich verstehen, warum manche Opfer ihre Aussagen widerriefen und die Anzeigen gegen ihre Peiniger zurückzogen, denn nun spürte sie am eigenen Leib, wie es war, zum zweiten Mal Opfer zu werden, nämlich Opfer des Verfahrens. Es kostete so unglaublich viel Kraft, all das, was man am liebsten für immer und ewig vergessen wollte, noch einmal mit allen schmerzvollen, beschämenden Details ans Licht zu zerren, denn damit kamen auch die Träume zurück. Und die Angst.

Hätte sie nicht von erstaunlich vielen Kollegen Zuspruch und vor allem von Hans, Beate, Sören und Contutto uneingeschränkte Rückendeckung bekommen – sie hätte nicht die Hand dafür ins Feuer gelegt, dass sie bei ihrer Anzeige geblieben wäre.

Ob die Tote aus der Aubinger Lohe denjenigen, der sie so zugerichtet hatte, in der Vergangenheit auch schon angezeigt hatte? Oder waren Angst und Scham zu groß gewesen? Hatte sie sich auch so hilflos gefühlt? War sie auch nachts wach gelegen und hatte Angst vor dem nächsten Morgen gehabt? Und ihre Freunde? Ihre Familie? Hatten sie ihr Mut gemacht? Waren sie hinter ihr gestanden, oder hatten sie vor allem die Augen verschlossen?

Toni spürte wieder die kalte Wut in sich aufsteigen, die sie seit gestern auf Schritt und Tritt begleitete. Wut auf diesen elenden Feigling, der seine eigene erbärmliche Existenz nur dadurch aufwerten konnte, indem er Schwächere quälte und erniedrigte. Aber das würde er büßen, dafür würde sie sorgen.

Sören und Contutto betraten den Raum und setzten sich an den Tisch.

»Keinen Hunger?«, fragte Contutto und deutete auf die Papiertüte mit den Überresten des Baguettes. Toni verzog das Gesicht.

»Das ist nichts zum Essen«, antwortete sie. »Das ist ein biologisches Kampfmittel. Fällt garantiert unter das Kriegswaffenkontrollgesetz.«

»So schlimm?«

»Schlimmer.«

Contutto zog die Tüte mit spitzen Fingern zu sich her und lugte vorsichtig hinein.

»Dann ist das entweder ein Fall für den Kampfmittelräumdienst oder Ochsen-Willi von der Hauswache. Es heißt, er isst Pizzareste auch dann noch, wenn sie kurz davor sind, sich in eine intelligente Lebensform zu verwandeln.«

»Prima«, sagte Toni. »Dann leg die Tüte doch noch ein oder zwei Tage auf die Heizung, bis der Inhalt auf Zuruf selbst auf den Teller hüpft. Dann dürfte der Kollege seine helle Freude damit haben.«

»Könntet ihr freundlicherweise das Thema wechseln, bis ich fertig bin?«, warf Hans ein und deutete mit der Gabel auf seinen Teller.

»Sorry, Chef.« Contutto hob entschuldigend die Hände. »Wenn dir das lieber ist, kann ich ja schon mal von der Obduktion berichten«, sagte er und zog grinsend den Kopf ein, als Hans ihm einen bösen Blick zuwarf.

Zehn Minuten später war der Tisch abgeräumt, und jeder hatte seine Unterlagen vor sich liegen.

»Die Suchmaßnahmen laufen noch, leider auch weiterhin ohne Ergebnis«, sagte Hans zum Einstieg. »Vielleicht ändert sich das ja, wenn der Personensuchhund sich durchgeschnüffelt hat. Die Kollegin ist inzwischen auf dem Weg. Beate bleibt noch solang vor Ort und koordiniert in der Zwischenzeit die Befragung der Spaziergänger, Jogger und sonstiger Frischluftfanatiker, die sich regelmäßig dort aufhalten. Vielleicht ist dem einen oder anderen ja etwas aufgefallen – was mich gleich zu dir bringt, Toni. Hast du den Jagdpächter erwischt?«

»Ja, habe ich«, bestätigte Toni. »Allerdings ist er leider alles andere als eine Hilfe. Er ist nämlich erst gestern früh aus Kuba zurückgekommen, wo er sich zwei Wochen lang mit seiner Frau und seinen Kegelbrüdern zwischen Bar und Pool hin und her bewegt und die Hotelanlage nur verlassen hat, um eine Zigarrenfabrik und eine Rumbrennerei zu besichtigen. Der Jäger wiederum, der ihn während seiner Abwesenheit vertreten hat, ist gestern Nachmittag nach Weißrussland zur Wisentjagd aufgebrochen. Da das Handynetz dort eher löchrig bis nicht vorhanden ist, müssen wir uns wohl oder übel gedulden, bis er wieder im Land ist.«

»Wie sieht es mit Wildkameras aus?«, fragte Sören.

»Er hatte welche«, antwortete Toni, »doch inzwischen leider nicht mehr. Da gibt es wohl ein paar militante Datenschützer, die sich dadurch überwacht und in ihrer persönlichen Freiheit eingeschränkt fühlen. Und weil der Datenschutz in den Augen mancher jedes Mittel rechtfertigt, haben sie seine Kameras zerstört oder gleich ganz geklaut, bis es ihm irgendwann zu dumm wurde und er keine mehr aufgehängt hat.«

»Typisch«, murmelte Contutto. »Wieder mal die üblichen Paranoiker, die sich für so wichtig halten, dass sie glauben, irgendwer würde sich ernsthaft für sie interessieren und Aufzeichnungen über sie führen. Aber fleißig online einkaufen, überall Bonuspunkte sammeln und bei Facebook das komplette Privatleben in die Welt hinausposaunen. Manche Leute haben ihren Kopf doch wirklich nur deshalb, damit es nicht in den Hals hineinregnet.« Er klopfte mit dem Kugelschreiber auf den Tisch. »Dann müssen wir unsere Fahndungsfotos also wieder selber malen. Mist. Wäre mal eine schöne Abwechslung gewesen.«

»Und er ist sich sicher, dass das keine Jagdgegner waren?«, kam Sören noch einmal auf das Thema zurück. »Sonst könnten wir ja mal bei den üblichen Verdächtigen an die Tür klopfen und höflich nachfragen, ob sie etwas gesehen haben. Deren Hilfsbereitschaft uns gegenüber wird zwar gegen null gehen, aber einen Versuch wäre es wert, oder nicht?«

»Grundsätzlich ja«, stimmte Toni zu. »Aber der Jagdpächter hat eindeutige Botschaften gefunden, die definitiv nichts mit Tierschützern zu tun haben. Die haben in der Regel ja ein ziemlich ausgeprägtes Sendungsbewusstsein und würden sich nie hinter anderen Motiven verstecken. Die Schiene können wir getrost abhaken.«

»Danke, Toni«, sagte Hans. »Wie sieht's bei dir aus, Sören? Ist bei der Kfz-Liste etwas herausgekommen?«

»Ja und nein. Ja, weil die Kollegen tatsächlich zwei Autos aufgespürt haben, die gestern bereits an denselben Stellen standen, und nein, weil beide Fahrzeuge auf männliche Halter zugelassen sind. Also leider kein direkter Treffer.«

»Und indirekt?«, fragte Hans.

»Indirekt dürfte ein Pkw mit hoher Wahrscheinlichkeit

ausscheiden: ein alter Fünfer BMW, zugelassen auf einen gewissen Hasan Atalay. Atalay ist neunzehn, hat sich bereits zwei Anzeigen wegen gefährlicher Körperverletzung eingehandelt, ist betrunken am Steuer erwischt worden und hat die Versicherung für seinen BMW nicht bezahlt, weshalb das Auto zur Entstempelung ausgeschrieben ist. Außerdem hat es einen relativ frischen Unfallschaden. Ich glaube, dass der Typ eher ein Fall für die Kollegen von der Unfallfluchtfahndung ist, aber es kann ja nicht schaden, wenn wir ihn uns ebenfalls vornehmen.«

»Sehe ich genauso«, stimmte Hans zu. »Und was ist mit dem anderen Wagen?«

»Das ist ein Toyota Aygo, zugelassen auf einen Martin Krämer, dreiundvierzig Jahre, wohnt in der Soldhofstraße in Aubing, hat einen fünfzehnjährigen Sohn namens Sebastian und ist verheiratet mit Julia Krämer, geborene Schedl. Frau Krämer ist siebenunddreißig, also in etwa im geschätzten Alter unserer Toten. Aber das eigentlich Interessante ist ...«, Sören machte eine Kunstpause und blickte in die Runde, »dass Herr Krämer bereits eine Anzeige wegen Körperverletzung hat. Laut IGWeb war der Geschädigte sein zum damaligen Zeitpunkt zehnjähriger Sohn. Krämer soll ihn mehrfach misshandelt haben, mehr war aus der Vorgangsverwaltung leider nicht herauszubekommen. Aber ich habe die vollständige Akte bereits angefordert. Der Kollege, der den Fall damals behandelt hat, ist im Moment nicht im Dienst. Morgen sitzt er wieder an seinem Schreibtisch. Sein K-Leiter weiß Bescheid, dass wir mit ihm sprechen wollen, und wird es ihm ausrichten.«

Toni zupfte an ihrem Ohrläppchen. Ein gewalttätiger Vater, der sich an seinem zehnjährigen Sohn vergreift, mit einer Ehefrau im richtigen Alter. Das konnte natürlich

Zufall sein, aber daran wollte sie nicht so recht glauben. Das passte alles zu gut zusammen. Vielleicht hatte sie vorgehabt, sich von ihm zu trennen, um mit dem Jungen ein neues Leben zu beginnen, weit weg von Angst und Gewalt, und dann war es so abgelaufen wie bei zahllosen Paaren vor ihnen: Er überredete sie scheinheilig zu einer letzten Aussprache, und als sie nicht einlenkte, hat er sie erst vergewaltigt und ihr dann den Schädel eingeschlagen. Oder umgekehrt.

Toni ballte unter dem Tisch die Hände zu Fäusten. Damit würde er nicht durchkommen. Ganz sicher nicht. Sie spürte, wie die Wut ihr Zwerchfell zittern ließ.

»Hast du im Netz irgendwelche Bilder von ihr gefunden?«, fragte sie und hoffte, dass niemandem das Beben in ihrer Stimme auffiel.

»Nein, bisher noch nicht«, antwortete Sören. »Sebastian Krämer hat zwar ein Facebook-Profil, aber seine Einträge sind nicht öffentlich. Leider. Wenn man mal einen unvorsichtigen Jugendlichen brauchen könnte, trifft man ausgerechnet auf einen, der sein Gehirn eingeschaltet hat.«

Hans hatte seine Brille abgenommen und ließ sie am Bügel kreisen.

»Sehr gute Arbeit, Sören. Das muss alles zwar nichts heißen, aber es ist auf jeden Fall ein Ermittlungsansatz. Wie sieht es mit der Obduktion aus?«, fragte er Contutto. »Hat sich da etwas ergeben?«

»Primär auf jeden Fall einmal die Tatsache, dass in der Rechtsmedizin ein grippaler Infekt kreist und Dr. M keine Gelegenheit ausgelassen hat, um auf seinen desolaten Gesundheitszustand hinzuweisen. Man hätte meinen können, er stirbt jeden Moment den Heldentod, ganz theatralisch, mit blutverschmierten Händen und dem Skalpell in der Hand.«

Er sah seine Kollegen an.

»So peinlich benehme ich mich aber nicht, oder?«

»Nein, auf gar keinen Fall!«, antworteten Sören und Hans fast gleichzeitig und bemühten sich um einen neutralen Gesichtsausdruck. Nur Toni zog die Brauen zusammen. Allerdings nicht, weil sie an die leicht hypochondrischen Anwandlungen dachte, die Contutto hin und wieder an den Tag legte, sondern wegen Mulder. Er litt an Männerschnupfen? Das passte so gar nicht in die Vorstellung, die sie von ihm hatte.

Leise Enttäuschung und auch ein wenig das Gefühl, hinters Licht geführt worden zu sein, keimten in ihr auf. Tja, aber so war es nun einmal, wenn Wunschdenken und Wirklichkeit aufeinanderprallten.

Auf der anderen Seite tat es natürlich gut, zu wissen, dass er sich offenbar vollständig erholt hatte und wieder arbeiten konnte. Ob er sich nach ihr erkundigt hatte? Ihr Herz klopfte plötzlich bis hinauf in den Hals. Sie musste Contutto nach der Besprechung unbedingt unauffällig danach fragen.

»Ihr habt auch schon mal besser gelogen«, sagte Contutto und schob die Unterlippe ein wenig vor. »Wartet, bis mein Kurzer wieder einen Schwung Viren aus dem Kindergarten mitbringt. Die werde ich großzügig hier verteilen und euch dann beim Leiden zusehen. Und wehe, ihr jammert mir die Ohren voll.«

Er fuhr sich mit dem Daumen über den Nasenflügel. Ein sicheres Zeichen dafür, dass er eingeschnappt war.

»Wie auch immer. Die Obduktion hat jedenfalls einige sehr unschöne Dinge ans Tageslicht gebracht.«

Er blätterte in seinem Notizbuch, und Toni spürte, wie sie sich versteifte. Sie hatte noch nie Angst vor einem Obduktionsbericht gehabt. Bisher hatte sie alle Leichen mit dem notwendigen professionellen Abstand betrachten können, fast so, als wäre eine unsichtbare Membran zwischen ihr und den Toten, die die Emotionen filterte und sie vor zu viel Anteilnahme schützte. Wer einmal anfing, zu sehr mit den Opfern oder deren Angehörigen im wahrsten Sinn des Wortes mitzuleiden, der verlor nicht nur seine Objektivität, sondern betrieb Raubbau an sich selbst und war auf dem besten Wege, sich fertigzumachen.

Wie kannst du nur so kalt sein?, hatte ihre Mutter sie einmal gefragt. Toni hatte gar nicht erst versucht, ihr zu erklären, dass es nichts mit Kälte zu tun hatte, wenn man beim Anblick eines getöteten Menschen nicht in Tränen ausbrach oder in Schockstarre verfiel. Es hatte etwas mit Selbstschutz zu tun. Man musste lernen, nicht darüber nachzudenken, wie das Opfer sich gefühlt haben musste, wie es gelitten und welche Ängste es ausgestanden hatte. Man durfte nicht darüber nachdenken, wie und ob überhaupt die Angehörigen und Freunde mit dem Verlust, mit dieser Wunde in ihrem Leben zurechtkommen würden.

Natürlich funktionierte dieser angelernte Mechanismus nicht immer. Sie war trotz allem ein Mensch mit Gefühlen, und es gab Situationen, in denen sie spürte, dass sie dünnhäutiger war als sonst – und leider war das ausgerechnet bei dieser Toten der Fall.

Hans wusste das ganz offensichtlich ebenfalls, und das ärgerte sie. Sie konnte selbst nicht genau sagen, warum. Eigentlich sollte sie doch froh darüber sein, dass ihr Vorgesetzter so viel Empathie und Interesse an seiner Mannschaft besaß, dass er sich solche Gedanken machte. Aber andererseits fühlte sie sich dadurch zutiefst gekränkt, denn es war, als zweifelte er ihre Professionalität an. Als unterstellte er ihr, sie wäre diesem Fall nicht gewachsen, nur weil diese Frau ebenfalls augenscheinlich misshandelt worden war. Weil sie ebenfalls über einen langen Zeitraum hinweg unfähig gewesen war, sich zu behaupten. Aber Toni hatte sich schließlich behauptet, und sie würde auch in diesem Fall dieselbe Professionalität an den Tag legen wie immer. Sie würde sich von niemandem etwas nachsagen lassen. Sie wollte keine Rücksicht, keinen Opferbonus. Sie war kein Opfer mehr und würde auch nie mehr eines sein.

Toni richtete sich auf und drückte den Rücken durch. Was auch immer Contutto gleich berichten würde – sie würde sich davon nicht ins Bockshorn jagen lassen.

Als hätte er ihre Gedanken gelesen, raschelte ihr Kollege noch einmal mit seinen Notizen und begann dann mit dem Bericht.

»Dr. M hat Folgendes festgestellt: Die Tote ist etwa fünfunddreißig bis achtunddreißig Jahre alt, eins einundsiebzig groß und mit zweiundfünfzig Kilo schon hart an der Grenze zum Untergewicht. Ihre Zähne sind angegriffen, was auf häufiges Erbrechen und möglicherweise eine Essstörung wie Anorexie oder Bulimie zurückzuführen ist.« Er blätterte eine Seite in seinem Notizbuch um. »Der Tod dürfte am späten Samstagnachmittag oder am frühen Abend eingetreten sein. Todesursächlich war stumpfe Gewalt gegen den Kopf, die zu einem offenen Schädel-Hirn-Trauma geführt hat, sprich: Jemand hat ihr von hinten den Schädel eingeschlagen, höchstwahrscheinlich mit einem Stein. In der Wunde finden sich nämlich mineralische Partikel sowie Erde und Pflanzenteile, die vom Moosbewuchs auf der Steinoberfläche stammen könnten.«

Contutto hielt kurz inne und wandte sich an Hans: »Hat der Suchtrupp etwas in dieser Richtung gefunden?«

Sein Vorgesetzter schüttelte den Kopf, und Contutto fuhr fort: »Neben der Schädelverletzung weist ihr Körper eine Vielzahl von frischen und älteren, teilweise vernarbten Verletzungen auf. Die offensichtlichsten sind die, die wir bereits auf den Fotos vom Fundort gesehen haben: die Hämatome an den Beinen. Solche finden sich jedoch nicht nur an den Oberschenkeln, sondern auch an den Ober- und Unterarmen, den Hüften und auf dem Rücken. Die auf dem Rücken unterscheiden sich von den übrigen, weil sie augenscheinlich nicht von Schlägen oder Tritten stammen, sondern aller Wahrscheinlichkeit nach von einer Gürtelschnalle.«

Contutto fuhr sich mit der Zunge über die Lippen und warf Toni einen hastigen, unangenehm berührten Blick zu, als wollte er sich davon überzeugen, dass sie nicht jeden Moment in Tränen ausbrach.

Toni versuchte, sich nicht darüber zu ärgern, aber es gelang ihr nicht. Herrgott, warum glaubte auf einmal alle Welt, sie mit Samthandschuhen anfassen zu müssen? Dass ihr bei dem Bericht eiskalt geworden war und ihre Hände zu schwitzen begonnen hatten, verdrängte sie.

»An den Schenkelinnenseiten hat sie jedoch keine Blutergüsse«, fuhr Contutto fort, »und auch sonst deutet nichts darauf hin, dass sie vor ihrem Tod vergewaltigt wurde.«

»Wenigstens das ist ihr erspart geblieben«, murmelte Hans. Toni dachte dasselbe. Ein echter Trost war das allerdings nicht.

»Mit einem Gürtel verprügelt zu werden, ist auch mehr als genug, finde ich«, sagte Sören kopfschüttelnd.

»Finde ich auch«, stimmte Contutto zu. »Aber ihr Peiniger hat das wohl anders gesehen, denn sie hat in der Ellenbeuge, zwischen den Zehen und sogar an den Fußsohlen Brandwunden wie von Zigaretten, wobei die Wunden in der Ellenbeuge bereits vernarbt und somit deutlich älter sind als die an den Füßen. Eine Verletzung zwischen den Zehen scheint ihr sogar erst vor wenigen Tagen zugefügt worden zu sein.«

Mit einem Knall klappte er sein Notizbuch zu.

»Und dann hat sie noch alte Narben an der Innenseite des linken Handgelenks und des Unterarms. Vermutlich hat sie einmal versucht, sich das Leben zu nehmen. Entweder war das aber nicht ernst gemeint, oder sie wusste nicht, dass man sich die Pulsadern längs und nicht quer aufschneiden muss, damit das auch funktioniert.«

Er atmete tief durch.

»Das war's«, sagte er und legte die Hände auf den Tisch.

Für einige Sekunden herrschte Schweigen. Niemand bewegte sich.

In Toni brodelte es, und sie hatte alle Mühe, ihre beherrschte Fassade aufrechtzuerhalten. Wenn man es diesen Typen doch mit gleicher Münze heimzahlen könnte. Wenn sie doch all das am eigenen Körper erleiden müssten, was sie ihren Opfern angetan hatten. Die Schmerzen. Die Angst. Die Scham. Das Gefühl, an allem schuld zu sein und es deshalb nicht anders zu verdienen.

»Wie machen wir weiter?«, fragte sie und wunderte sich selbst, wie ruhig und abgeklärt ihre Stimme klang. Hans musterte sie. Toni hielt seinem Blick stand, presste dabei aber die Hände flach auf den Tisch, damit er das Zittern ihrer Finger nicht bemerkte.

»Wenn nichts dagegen spricht«, schaltete Sören sich ein, »würde ich mit Contutto den beiden Fahrzeughaltern einen Besuch abstatten und überprüfen, ob einer von den beiden mit der Toten in Verbindung steht.«

Sein Blick streifte lediglich Tonis Schulter, schaffte es aber nicht bis zu ihren Augen.

Auch du, Brutus, dachte sie enttäuscht. Nicht nur Hans war also der Meinung, dass die nicht stabil genug war und am besten im Haus unter Verschluss gehalten werden sollte.

Toni lehnte sich zurück, verschränkte die Arme vor dem Körper und wartete darauf, dass Hans sie an den Schreibtisch verbannte. Aber zu ihrem großen Erstaunen tat er das nicht.

»Nein«, entschied er. »Du fährst mit Toni. Contutto unterstützt Beate bei den Suchmaßnahmen, und ich setze mich mit der Hundestaffel in Verbindung.«

Toni war baff. Damit hatte sie nicht gerechnet. Sie folgte den anderen aus dem Besprechungsraum.

»Contutto!«, rief Toni auf dem Flur. »Warte bitte.«

Ihr Herz klopfte. Hoffentlich schöpfte er bei ihrer Frage keinen Verdacht. Für den Bruchteil einer Sekunde erwog sie, einen Rückzieher zu machen, aber sie wusste genau, dass ihr die Neugier und das schlechte Gewissen keine Ruhe lassen würden.

»Wie geht es Doktor Mulder? Hat er sich von … von … du weißt schon. Hat er sich wieder ganz erholt?«

Ihr Kollege runzelte die Stirn.

»Wie kommst du darauf, dass ich das wissen könnte?«

Toni stutzte. Wer von ihnen beiden war jetzt schwer von Begriff: er oder sie?

»Weil du ihn bei der Obduktion gesehen hast«, sagte sie. »Dr. M, der Rechtsmediziner, du erinnerst dich?«

»Klar, so alt bin ich auch wieder nicht. Allerdings hast

du da etwas missverstanden. Das M steht für Montalbano, nicht für Mulder. Wenn ich mich recht erinnere, war Mulders Name auf der Tagesübersicht bei keiner einzigen Obduktion verzeichnet. Keine Ahnung, ob er überhaupt schon wieder im Dienst ist.«

Er zuckte mit den Schultern und sah sie an.

»Hast du seither eigentlich noch einmal etwas von ihm gehört?«

Toni schüttelte langsam den Kopf. Die Enttäuschung riss ein großes schwarzes Loch in ihren Bauch.

»Nein«, sagte sie. »Deshalb hatte ich ja darauf gehofft, dass …« Sie hob hilflos die Hände und ließ sie wieder fallen.

Contutto nickte.

»Ich verstehe schon. Vielleicht ist er ja noch auf Reha, muss heute irgendwelchen Papierkram erledigen, oder er hat einfach nur den Montag frei. Mach dir keine Sorgen. Und vor allem keine Vorwürfe! Bei ihm ist bestimmt alles okay.«

Er drückte kurz ihren Arm, dann ging er weiter in sein Büro.

Toni sah ihm hinterher.

Und wenn nicht?

Sieben

Toni setzte den Blinker und bog in die Soldhofstraße ein. Sören hatte ihr im Präsidium kommentarlos die Fahrzeugpapiere in die Hand gedrückt und ihr ohne zu murren das Steuer überlassen. Deutlicher hätte er sein schlechtes Gewissen nicht zum Ausdruck bringen können. Normalerweise entbrannte zwischen ihnen vor jeder Fahrt ein kleiner Kampf um die Fahrzeugschlüssel, da es keiner von beiden leiden konnte, auf dem Beifahrersitz Platz nehmen zu müssen. Um einen von ihnen dazu zu bringen, das Lenkrad abzugeben, mussten schon gewichtige Gründe vorliegen. Eine verlorene Wette. Bewusstlosigkeit. Auf den Rücken gefesselte Arme. Oder ein richtig schlechtes Gewissen.

Und Letzteres war in diesem Fall auch vollkommen gerechtfertigt, fand Toni. Es hatte sie tief getroffen, dass Sören vor versammelter Mannschaft zum Ausdruck gebracht hatte, dass er sie nicht dabeihaben wollte. Es hatte sich angefühlt, als hätte er ihr ein Messer zwischen die Schulterblätter gerammt und kräftig herumgedreht. Eigentlich hatte sie immer gedacht, dass sie einen richtig guten Draht zueinander hatten. Aber da hatte sie sich ganz offensichtlich getäuscht.

Ein dünnes Stimmchen in Tonis Kopf merkte an, dass Sören das bestimmt nur getan hatte, weil er sich Sorgen um sie machte und nicht wollte, dass ihre eigenen schmerzlichen Erinnerungen wieder aufgewühlt wurden. Das mochte durchaus sein, aber wenn er wirklich so besorgt um sie war, hätte er ihr das unter vier Augen sagen sollen, statt sie in der Besprechung bloßzustellen. Nein, sie würde nicht einfach zur Tagesordnung übergehen und so tun, als ob nichts gewesen wäre. Dazu war sie einfach zu verletzt.

Langsam fuhr Toni an den Einfamilienhäusern vorbei, bis sie das Anwesen der Krämers gefunden hatte, und stellte den BMW am Straßenrand ab. Das Schweigen, das die gesamte Zeit über zwischen ihr und Sören geherrscht hatte, wurde ohne das Brummen des Motors noch lauter, füllte den Wagen bis in die kleinste Ritze.

Toni zog den Schlüssel aus dem Slot und griff nach dem Türöffner. Nun sag schon was, du Idiot!, flehte sie. Wenn er sie jetzt aufhalten und anfangen würde, irgendeine Erklärung zu stottern, würde sie sich zu ihm umdrehen, *Ist schon gut!* sagen, ihm eine Tasse Kaffee und eine Mohnschnecke abnötigen, und alles wäre wieder in Ordnung. Sie wollte ihrem Lieblingskollegen nicht böse sein, verdammt noch mal. Sie wollte einfach nur die Gewissheit haben, dass er sie immer noch für voll nahm und dass er sie wegen der Dinge, die er über sie wusste, nicht aufs Abstellgleis schob.

Sie ließ ihre Hand auf dem Hebel liegen. Einundzwanzig, zweiundzwanzig, dreiundzwanzig, zählte sie bei sich, doch Sören blieb stumm. Toni presste die Lippen aufeinander. Ihre Enttäuschung wuchs ins Bodenlose. Sie zog am Türöffner.

»Warte!«, kam es vom Beifahrersitz.

Toni verharrte, den Blick aus dem Fenster gerichtet. Ihr Atem malte blinde Flecken auf die Scheibe.

»Wenn dieser Martin Krämer zu Hause ist – wie wollen wir vorgehen?«

Falsche Frage, dachte Toni. Ganz falsche Frage.

»Na wie schon?«, antwortete sie. »Genau wie immer.«

Mit diesen Worten stieß sie die Tür auf und stieg aus. Sie wartete, bis Sören es ihr gleichgetan hatte, dann drückte sie auf die Fernbedienung und hielt auf die Gartentür zu. Hinter Jägerzaun und Ligusterhecke stand ein schmuckes Einfamilienhaus, nicht zu klein, nicht zu groß, mit weiß getünchter Fassade und hellbraunem Holzbalkon, an dem im Sommer garantiert Blumenkästen mit üppiger Geranienpracht hingen.

Sören drückte auf den Klingelknopf neben dem Gartentor. Nichts tat sich. Er klingelte erneut, und diesmal ertönte wenige Sekunden später der Summer. Sie betraten den von Buchsbaumkugeln gesäumten Weg, und fast gleichzeitig öffnete sich die Haustür. Ein Junge blickte ihnen entgegen, vermutlich Sebastian Krämer. Toni scannte ihn rasch von oben bis unten. Er war etwa so groß wie sie und sehr schlank, fast schon mager. Mit seinen dunklen Haaren, die ihm in zerzausten Wellen fast bis auf die Schultern fielen, erinnerte er sie an jemanden, doch sie kam nicht darauf, an wen.

»Bist du Sebastian Krämer?«, fragte sie. Der Körper des Jungen spannte sich an. Er nickte kaum merklich. Das Misstrauen in seinen Augen war nicht zu übersehen. Toni hob ihren Dienstausweis in die Höhe.

»Mein Name ist Stieglitz, und das ist mein Kollege Herr Palstek. Wir sind von der Kripo München.«

Sebastian Krämer wurde blass, und seine Augen weiteten sich.

»Ist dein Vater da?«, fragte sie und wusste plötzlich, an wen Sebastian sie erinnerte: an Jim Morrison, den legendären Sänger der Doors, nur eben in der Teenager-Variante.

Wie Jim Morrison umgab ihn eine melancholisch-düstere Ausstrahlung, die auf die Mädchen in seinem Alter garantiert unwiderstehlich wirkte.

Toni dachte an die Anzeige wegen Kindesmisshandlung gegen Sebastians Vater. Ob die Düsternis in dem Jungen von den Gewalttätigkeiten herrührte, denen er ausgesetzt gewesen war? Das Verfahren gegen seinen Vater war lediglich deshalb eingestellt worden, weil die Misshandlungen nicht hatten bewiesen werden können. Nur hieß das noch lange nicht, dass sie niemals geschehen waren.

»Mein Papa ist nicht da«, antwortete Sebastian.

»Ist er in der Arbeit?«, wollte Sören wissen.

Der Junge schüttelte den Kopf.

»Nein. Er ist Architekt und arbeitet zu Hause. Er hat sein Büro oben unter dem Dach.«

»Dürfen wir trotzdem reinkommen?«, fragte Toni und ging einen Schritt auf den Jungen zu. Er wich ein wenig zurück, versperrte aber mit seinem Körper nach wie vor den Weg. Es sollte vermutlich trotzig und selbstsicher wirken, doch in seinen Augen flackerte Unsicherheit.

»Wozu?«, meldete sich eine Stimme aus dem Inneren des Hauses. »Sebastian sagt die Wahrheit: Martin ist nicht hier.«

Toni blickte an dem Teenager vorbei. Im Halbdunkel des Hausflurs stand eine Frau, die sich nun mit kurzen, energischen Schritten näherte. Toni schätzte sie auf Mitte bis Ende dreißig, sie war sportlich-schlank und trug ihre braunen Haare zu einem kinnlangen Bob geschnitten. War das Sebastians Mutter? Wenn ja, war sie zweifellos am Leben, und somit hatte Martin Krämer seine Frau definitiv nicht umgebracht. Das würde dann auch bedeuten, dass sie bezüglich der Identität der Toten keinen Schritt weiter waren.

»Sind Sie Julia Krämer?«, fragte Toni, als die Frau unmittelbar hinter Sebastian stehen blieb und ihm eine Hand auf die Schulter legte.

»Nein«, antwortete die Frau. »Ich bin Eva Feurer, eine Nachbarin. Ich wohne schräg gegenüber.« Sie hob die Hand von der Schulter des Jungen und deutete mit dem Finger zur Tür hinaus. Danach senkte sie die Hand sofort wieder auf ihren alten Platz.

Toni registrierte das mit großem Interesse. Der Kontakt zwischen Eva Feurer und den Krämers ging ganz offensichtlich über den obligatorischen Gruß am Gartenzaun hinaus. Sebastian hatte mit keiner Wimper gezuckt, als sie ihm die Hand auf die Schulter gelegt hatte, und mit Martin Krämer schien sie per du zu sein. Dann wusste sie bestimmt auch besser als die übrigen Nachbarn, was bei Krämers hinter den Kulissen ablief.

»Und was ist mit Frau Krämer?«, wollte Sören wissen. »Ist die zu Hause?«

Sebastian wurde noch blasser. Sein Kopf zuckte, als wollte er sich umsehen, tat es dann aber doch nicht. Stattdessen hetzte sein Blick zwischen Toni und Sören hin und her, ohne sich länger als einen Sekundenbruchteil bei einem von ihnen aufzuhalten. Den Jungen quälte etwas, das war nicht zu übersehen, und wenn sie nicht vollkommen falschlagen, würden sie ihm bald noch größere Qualen zufügen müssen, nämlich indem sie ihm mitteilten, dass seine Mutter gewaltsam ums Leben gekommen war.

»Nein«, fing er an. Es klang, als wollten die Silben nicht über seine Lippen kommen. »Sie ... Sie ist ...« Nun wandte er sich doch um, schaute Eva Feurer hilflos an.

»Sie ist der Grund, warum Martin nicht da ist«, beendete die Nachbarin den Satz.

»Wie dürfen wir das verstehen?«, fragte Sören und mimte dabei perfekt seine Paraderolle, den freundlichen, aber ahnungslosen Polizisten.

»Sie ist weg!«, platzte es aus Sebastian heraus. »Sie ist verschwunden. Seit Samstag. Sie ist weggefahren und nicht mehr heimgekommen. Sie ...«

Toni sah, wie Eva Feurers Finger sich in die Schulter des Jungen gruben, und er verstummte, blickte mit zusammengepressten Lippen zu Boden. Sie glaubte, Tränen in Sebastians Augen gesehen zu haben, bevor sein Pony wie ein Vorhang herabgefallen war. Armer Kerl, dachte Toni. Es musste sich fürchterlich anfühlen, wenn die Mutter nicht mehr nach Hause kam und man nicht wusste, warum. Kein Anruf. Keine Nachricht. Kein noch so kleines Lebenszeichen. Bestimmt hatte Sebastian schon hundertmal versucht, sie auf dem Handy zu erreichen, und malte sich die schrecklichsten Dinge aus, die ihr zugestoßen sein könnten. Und allem Anschein nach leider zu Recht.

»Könnten wir uns nicht drinnen unterhalten?« Toni sah erst Sebastian, dann Eva Feurer an. »Die Nachbarschaft muss nicht alles mit anhören, finden Sie nicht auch?«

Eva Feurer zögerte einen Augenblick, dann ging sie beiseite und zog Sebastian mit sich. Toni und Sören betraten das Haus und warteten, bis der Junge die Tür geschlossen hatte.

»So«, sagte Toni, als sie unter sich waren. »Nun erklär doch einmal genau, was du damit gemeint hast, dass deine Mutter verschwunden ist.«

Wieder irrte der Blick des Jungen zwischen Sören und Toni hin und her. Dann holte er tief Luft, doch Eva Feurer kam ihm zuvor.

»Es bedeutet genau das, was Sebastian gesagt hat«, beantwortete die Nachbarin die Frage. »Julia ist am Samstagnachmittag weggefahren und seither wie vom Erdboden verschluckt. Sie ruft nicht an und geht auch nicht an ihr Handy. Deshalb ist Martin vorhin zur Polizei gefahren. Um eine Vermisstenanzeige aufzugeben.«

»Und warum erst heute?«, fragte Sören. »Nach knapp zwei Tagen? Hat Herr Krämer sich denn keine Sorgen gemacht?«

»Natürlich hat er das«, antwortete Eva Feurer empört. »Aber früher geht doch nicht, oder? Wenn Erwachsene weniger als achtundvierzig Stunden verschwunden sind, macht die Polizei ja sowieso nichts.«

Toni dachte kurz darüber nach, Eva Feurer zu erklären, dass die Polizei unter bestimmten Voraussetzungen sehr wohl auch bei Erwachsenen sofort große Geschütze bis hin zum Hubschraubereinsatz auffuhr, entschied sich aber dagegen. Das war weder der richtige Ort noch die richtige Zeit, um einen Vortrag über Polizeiarbeit zu halten. Zudem spürte sie ein leichtes Zupfen an ihrem Ärmel. Offenbar war Sören etwas aufgefallen, auf das er sie aufmerksam machen wollte. Beiläufig streifte sie ihren Kollegen mit einem Blick und sah, dass er sich auf etwas an der Wand konzentrierte. Sie konnte von ihrem Standpunkt aus allerdings nicht sehen, was sein Interesse geweckt hatte, da Eva Feurer die Sicht darauf verdeckte.

»Wissen Sie, zu welcher Polizeiinspektion Herr Krämer gefahren ist?«, fragte Sören und lenkte die Aufmerksamkeit damit auf sich. Toni nutzte die Gelegenheit und trat einen Schritt zur Seite. Jetzt hatte sie freien Blick auf das, was Sörens Augenmerk auf sich gezogen hatte.

»Ich glaube, er ist nach Pasing, oder nicht?« Fragend sah Eva Feurer Sebastian an. Der Junge machte eine Bewegung, die ein Schulterzucken, ein Nicken und ein Kopfschütteln zugleich war, und dementsprechend auch alles Mögliche bedeuten konnte: Ja. Nein. Was weiß ich. Mir egal. Die typische Antwort eines Teenagers.

Toni drehte den Kopf und tauschte mit Sören einen raschen Blick, kaum länger als eine halbe Sekunde, und doch lang genug für Toni, um in den Augen ihres Kollegen ihre eigenen Gedanken lesen zu können. Sie funktionierte also immer noch, die wortlose Verständigung zwischen ihnen, trotz aller Zweifel. Wenn Toni nicht so hochkonzentriert gewesen wäre, hätte sie gelächelt.

»Vielen Dank«, sagte sie, während Sören nach der Türklinke griff. »Sie haben uns sehr geholfen.«

»Warten Sie!«, rief Eva Feurer. »Weshalb sind Sie eigentlich hergekommen?«

Toni schaute an der Nachbarin vorbei an die Wand, wo drei Menschen von einem Foto herablächelten. Es war offenbar vor dem Riesenrad auf dem Münchner Oktoberfest aufgenommen worden. Links war Martin Krämer zu sehen, mit rot-weiß kariertem Hemd und braunem Strickjanker, und rechts sein Sohn in Sweatshirt und Jeansjacke. Beide hatten ihre Arme um die Schultern der Frau in ihrer Mitte gelegt: um die der unbekannten Toten aus der Aubinger Lohe.

»Das«, entgegnete Toni, »möchten wir Herrn Krämer lieber persönlich sagen.«

Acht

»Okay, dann zögert die Sache bitte so lange raus, bis wir da sind. Er darf die Wache auf keinen Fall verlassen, verstanden?«

Sören steckte sein Handy zurück in die Jacke und sah Toni an.

»Er ist tatsächlich in Pasing und meldet in diesem Moment seine Ehefrau als vermisst.«

Toni biss die Zähne zusammen und gab Gas, und keine fünfzehn Minuten später stellte sie den Wagen vor dem Revier ab. Sie hatte den Schlüssel bereits abgezogen und wollte gerade die Tür öffnen, als Sören seine Hand auf ihren Arm legte.

Sie hielt inne, wandte sich zu ihm um. Wollte er sich wieder absprechen, wie sie vorgehen sollten? Das stand doch eigentlich außer Frage. Sie hob die Brauen, sah ihren Kollegen an.

Sören erwiderte ihren Blick, hielt aber nur zwei Sekunden stand, dann wich er aus, schaute durch die Windschutzscheibe, in den Fußraum, zurück in ihr Gesicht.

»Toni«, fing Sören an. »Wegen vorhin. In der Besprechung. Es ... es tut mir leid. Ich ...«

Sie legte die Hand auf seinen Unterarm. »Ist schon gut«, sagte sie und lächelte. Ihre Knie zitterten, als sie ausstieg, und ihr war fast schlecht vor Erleichterung. Jetzt war alles wieder gut zwischen ihnen. Sören und sie waren wieder ein richtiges Team. Ein Team, das in wenigen Minuten einen Mörder oder wenigstens Totschläger in sein Auto setzen würde, und dann war es nur noch eine Frage der Zeit, bis sie den Fall als gelöst betrachten konnten. Der Tag hatte sich zunächst in eine ziemlich beschissene Richtung entwickelt, aber nun sah es danach aus, als ob er ziemlich gut enden würde.

Beschwingt drückte Toni die schwere Holztür auf und ging die Steinstufen hinauf. Sie klingelte und hielt ihren Dienstausweis gegen das Fenster. In dem kleinen Kabuff am anderen Ende des Wachraums hob der Dienstgruppenleiter den Kopf. In der Sendlinger Inspektion war Toni auch immer dort gesessen. Am Anfang war sie sich hinter der Glasscheibe, die den DGL-Raum von der eigentlichen Wache trennte, ein bisschen vorgekommen wie in einem Terrarium. Nur das Schild *Bitte nicht an die Scheibe klopfen* hatte noch gefehlt.

Der Kollege durchquerte den Wachraum, warf einen Blick auf ihren Ausweis und drückte dann auf den Türöffner. Sören stellte sie beide vor, während Toni sich in der Wache umschaute. Von drei Arbeitsplätzen waren zwei besetzt. An einem saß ein Paar mittleren Alters, am anderen ein Mann um die vierzig. War das Martin Krämer?

Dasselbe hatte Sören gerade den Dienstgruppenleiter gefragt. Dieser nickte, und nun drehte sich auch Martin Krämer um. Er hatte dieselben dunklen Locken wie sein Sohn, nur wesentlich kürzer und bereits von ein paar silbernen Fäden durchzogen. Auch den Hauch von Melancholie hatte Sebastian eindeutig von seinem Vater geerbt, und als Martin Krämer sich erhob, wurde klar, dass der Junge seine schlanke Figur ebenfalls seinem Vater verdankte.

Toni konnte nicht umhin, zuzugeben, dass Martin Krämer ziemlich attraktiv war. Auch wenn er für ihren Geschmack einen etwas zu sanften und nachgiebigen Eindruck machte. Nie im Leben würde man hinter dieser Maske einen Sadisten vermuten, der Freude daran hatte, andere zu quälen, zu verprügeln und zu töten.

Toni konnte sich genau vorstellen, was die Nachbarn der Krämers später den diversen Journalisten über den Mörder in ihren Reihen sagen würden: »Heilige Maria, das war so ein netter Mann. Und so freundlich. Er hat immer gegrüßt. Und mir hat er sogar einmal die Einkaufstasche ins Haus getragen. Ich könnt auf der Stelle tot umfallen, wenn ich daran denke, dass ich einen Mörder in die Wohnung gelassen hab.« Wie immer war es der, von dem man es am wenigsten erwartete. Mit dem man seit Jahren Zaun an Zaun lebte, und über den man doch überhaupt nichts wusste.

»Sind Sie Martin Krämer?«, fragte Sören pro forma, denn Toni war sich sicher, dass er in ihm ebenfalls den Mann auf dem Foto wiedererkannt hatte.

Martin Krämer nickte, auf dem Gesicht eine Mischung aus Ratlosigkeit und Skepsis. Dann fiel der Groschen.

»Meine Frau!« Er sprang von seinem Stuhl auf und eilte mit großen Schritten zu ihnen an den Tresen. »Haben Sie Julia gefunden? Wo ist sie? Wie geht es ihr? Kann ich zu ihr?« Er sah mit offenem Mund von einem zum anderen, die Finger wie zum Gebet ineinander verhakt.

Erster Auftritt des besorgten Ehemanns, dachte Toni. Großes Kino. Sehr glaubwürdige Vorstellung. Mal sehen, was er noch draufhatte. Mike hatte in puncto Schauspielerei die Latte sehr hoch gelegt. Ob Krämer das noch toppen konnte? Sie schluckte. Der Zynismus schmeckte bitter und schnürte ihr die Kehle zu.

»Können wir irgendwo ungestört reden?«, wandte sie sich an den DGL. Der nickte und führte sie aus der Wache, vorbei an zwei unbesetzten Zellen. Toni sah, wie Krämer schluckte. Ob er damit rechnete, bald auf der anderen Seite der Gitterstäbe zu sitzen? Sie jedenfalls würde alles dafür tun, dass es so weit kam. Hoffentlich konnten sie genügend Beweise zusammentragen, damit sie heute noch einen Haftbefehl bekamen.

Der Kollege in Uniform öffnete die Tür zu einem kleinen Vernehmungsraum und ließ sie dann allein.

»Bitte.« Sören bedeutete Martin Krämer, das Zimmer zu betreten. Der tat es nur sehr zögerlich, machte ein paar Schritte in den Raum und blieb dann neben dem Besucherstuhl stehen.

»Setzen Sie sich doch«, sagte Sören, nachdem Toni die Tür geschlossen hatte, doch Krämer schüttelte den Kopf.

»Ich möchte lieber stehen.« Er sah von einem zum anderen. »Ihr ist etwas zugestoßen, nicht wahr? Julia ist etwas passiert. Wo ist sie? Ist sie verletzt? Kann ich zu ihr? Nun reden Sie schon!«

Er hob die Hände, als wollte er Sören an der Jacke packen und eine Antwort aus ihm herausschütteln. Für den Bruchteil einer Sekunde wünschte Toni sich, Martin Krämer würde Sören attackieren und ihr so den perfekten Grund geben, ihn zu packen, auf den Boden zu werfen und ihm Handfesseln anzulegen, doch zu Tonis heimlicher Enttäuschung ließ er die Arme wieder sinken.

»Bitte.« Seine Stimme hatte jetzt einen flehenden Klang angenommen. »Ich hatte seit Sonntag keine ruhige Minute mehr. Sagen Sie mir schon, was los ist. Ich drehe sonst noch durch.«

Wäre ja nicht das erste Mal, dachte Toni und stieß geräuschvoll die Luft durch die Nase aus. Sören warf ihr einen warnenden Blick zu, den sie jedoch ignorierte. Der Mann hatte seinen zehnjährigen Sohn und seine Frau verprügelt und machte jetzt einen auf fürsorglichen Gatten. Fehlte nur noch, dass er gleich ein paar Krokodilstränen über seine Wangen kullern ließ. Sie griff in ihre Jackentasche, zog ein Foto heraus und klatschte es auf den Tisch.

»Ist das Ihre Frau?«, fragte Toni.

Martin Krämer starrte sie sekundenlang an, als wagte er nicht, den Blick von ihrem Gesicht abzuwenden. Schließlich tat er es doch. Als er auf das Foto hinabsah, das Contutto in der Rechtsmedizin geschossen hatte, verlor sein Gesicht alle Farbe. Seine Lippen wurden so weiß, als hätte jemand alles Blut aus seinem Körper gesogen.

»Ja«, flüsterte er dann, ohne den Kopf zu heben. »Das ist Julia.« Er schluckte wieder. »Ist sie ... Ich meine ... Auf dem Foto, da sieht sie so ...«

Martin Krämer verstummte. Schwer ließ er sich auf den Stuhl fallen, senkte den Kopf und vergrub das Gesicht in den Händen. Seine Schultern hoben und senkten sich unter schweren Atemzügen. Schließlich blickte er auf.

»Sie lebt nicht mehr, richtig?«

Tränen standen in seinen Augen, und seine Stimme zitterte. In Toni begann es zu brodeln. Dieser elende Heuchler! Die Nummer konnte er sich für seinen Rechtsanwalt aufheben, bei ihr kam er damit ganz bestimmt nicht durch! Sörens Hand schloss sich fest um ihren Arm.

»Ja, Herr Krämer«, sagte ihr Kollege leise. »Ihre Frau ist tot. Mein Beileid.«

Toni presste die Lippen aufeinander und riss sich los. Beileid? Blödsinn. Der Kerl tat doch höchstens sich selbst leid. Wenn Sören die Samthandschuhe auspacken wollte –

bitte schön. Sie würde ihre in der Tasche stecken lassen. Und zwar ganz tief unten.

»Wie?«, hörte sie Martin Krämer fragen. »Wie ist es passiert? Hatte sie einen Unfall?«

»Das werden Sie alles noch erfahren.« Diesmal war Toni Sören zuvorgekommen. »Allerdings nicht hier, sondern im Präsidium.« Sie öffnete die Tür.

»Präsidium?« Martin Krämer riss die Augen auf. »Jetzt gleich? Muss das sein? Ich will zu meinem Sohn. Ich muss ihm doch sagen, dass Julia ...« Er brach mitten im Satz ab. Seine Unterlippe begann zu zittern.

»Die Gelegenheit dazu werden Sie schon noch bekommen. Jetzt muss ich sie erst einmal bitten, uns zu begleiten«, beharrte Toni. »Wir brauchen Ihre Aussage, je schneller, desto besser.«

»Aber das können wir doch auch hier machen. Oder danach. Bitte.« Er stand auf. »Ich muss nach Hause.«

»Tut mir leid, das muss warten.« Sören machte einen Schritt auf Martin Krämer zu. Der Mann wich zurück, stieß gegen den Stuhl, der krachend umfiel. Er ballte die Fäuste. Sein Blick huschte an Sören und Toni vorbei zur Tür.

Toni registrierte das Zucken seiner Augen, doch bevor sie regieren konnte, hatte Martin Krämer Sören bereits weggestoßen und rannte nun auf sie zu. Sie hörte ihren Kollegen fluchen, sah ihn gegen die Wand taumeln und spürte im nächsten Moment, wie Krämer sie mit der Schulter beiseiterammte. Sie hatte instinktiv ihre Muskeln angespannt, und so brachte die zornige Wucht sie nur kurz aus dem Gleichgewicht, aber nicht zu Fall. Trotzdem schaffte Krämer es bis zur Tür. Er griff nach der Klinke, drückte sie und zog, als Toni sich von hinten gegen ihn warf. Krachend fiel die Tür wieder ins Schloss, und nur den

Bruchteil einer Sekunde später war Sören auch bei ihr. Mit vereinten Kräften pressten sie den Mann gegen das Türblatt.

»Hören Sie auf!«, keuchte Sören. »So kommen Sie garantiert nicht nach Hause zu Ihrem Sohn!«

Toni stemmte sich mit aller Macht gegen Krämer und machte sich auf den nächsten Gewaltausbruch gefasst. Sie mussten den Kerl irgendwie zu Boden bringen und fesseln, bevor er sie in seiner Wut am Ende beide aufmischte. Doch so weit kam es nicht. Von einer Sekunde auf die andere wich alle Spannung aus Martin Krämers Körper, als hätte man die Fäden einer Marionette gekappt, und er sank wie ein nasser Sack auf die Knie.

»Alles in Ordnung bei euch?«, rief ein Kollege durch die Tür.

»Ja, alles im Griff«, antwortete Sören. »Wir kommen gleich raus.« Dann wandte er sich an Martin Krämer. »Können Sie aufstehen?«

Der Mann nickte kaum merklich.

»Gut. Dann Hände nach hinten.«

Krämer folgte der Aufforderung und ließ sich widerstandslos Handfesseln anlegen.

»Und jetzt hoch mit Ihnen. Und versuchen Sie so einen Scheiß nicht noch einmal. Verstanden? Wir sind hier eindeutig in der Überzahl.«

Ungelenk stand Martin Krämer auf. Mit hängendem Kopf wartete er, bis Sören die Tür geöffnet hatte, und ließ sich dann gehorsam durch den Wachraum nach draußen lotsen. Toni folgte ihnen argwöhnisch, achtete auf jede noch so kleine Regung, die auf einen erneuten Fluchtversuch hindeutete, doch jeglicher Kampfgeist schien den Mann verlassen zu haben. Wie ein Lamm auf dem Weg zur Schlachtbank trottete er hinter Sören her. Er erwähnte seinen Sohn mit keiner einzigen Silbe mehr und starrte während der gesamten Fahrt nur stumm aus dem Fenster.

Im Innenhof des Präsidiums stellte Toni den Wagen ab. Hoch ragten die Wände des mittlerweile über einhundert Jahre alten Gebäudes über ihnen auf, beschnitten den Himmel auf ein deprimierendes, schmutziggraues Rechteck. Martin Krämer blickte nach oben und zog den Kopf ein. Toni bemerkte das mit einer gewissen Genugtuung. War ihm endlich bewusst geworden, dass sie ihn am Haken hatten und alles daransetzen würden, dass er diese Mauern nicht mehr als freier Mann verließ?

Früher, als genau an diesem Ort noch ein Kloster der Augustinermönche gestanden hatte, hätte Krämer vielleicht gegen ein paar Vaterunser, eine Handvoll Ave-Maria und einen mehr oder weniger kleinen Obolus die Absolution von seinen Taten erhalten. Doch zu Beginn des 20. Jahrhunderts waren die alten Gebäude abgerissen und anstelle der klösterlichen Mauern der neue Sitz des Münchner Polizeipräsidiums errichtet worden, und seither konnte man so inbrünstig beten und flehen, wie man wollte – hier half einem keine göttliche Macht, sondern höchstens ein guter Anwalt weiter.

Schweigend fuhren sie mit dem Aufzug in den vierten Stock. Während Sören den Ehemann der Toten in ein Vernehmungszimmer brachte, trommelte Toni ihre Kollegen im Besprechungsraum zusammen. Beate war inzwischen ebenfalls zurück und setzte sich zu Toni, Hans und Contutto an den Tisch. Wenig später kam auch Sören dazu.

»Ich habe den Krämer in Raum eins geparkt«, sagte er. »Ein Kollege der Hauswache passt auf ihn auf, damit er uns nicht ungeplant verlässt.« Sören blickte in die Runde. »Und jetzt bestätigt mir bitte, dass ihr in der Zwischenzeit genügend Material zusammengetragen habt, damit wir ihn festnageln können. Momentan ist die Beweislage ja eher dünn, um es positiv auszudrücken.«

»Die wird leider auch nicht viel dicker werden«, antwortete Hans. »Beate und Stephan, wollt ihr beginnen?« Sie nickten.

»Die Kollegen haben ganze Arbeit geleistet«, begann Beate. »Der Mantrailer hat die Spur der Toten bis zu dem Toyota zurückverfolgt. Sie ist also aller Wahrscheinlichkeit nach selbst mit dem Auto zum Parkplatz gefahren und von dort in den Wald gegangen, und zwar ohne Umwege. Der Hund lief schnurgerade vom Auffindeort zur Straße.«

»Fast genauso gut war die Spürnase eines Kollegen der Einsatzhundertschaft«, fuhr Contutto fort. »Er hat nicht nur den Fahrzeugschlüssel gefunden, der zu dem Toyota gehört, sondern auch die Stelle, an welcher der Täter möglicherweise den Stein aufgehoben hat, mit dem die Frau erschlagen wurde. Der Boden war dort ein wenig aufgewühlt, es könnte also sein, dass es dort vor der eigentlichen Tat zu einer körperlichen Auseinandersetzung gekommen ist. Leider haben aber weder der vierbeinige noch die zweibeinigen Kollegen den fraglichen Stein gefunden. Sieht ganz danach aus, als wäre der Täter schlau genug gewesen, ihn mitzunehmen und irgendwo anders zu entsorgen.«

»Sonst irgendwelche Spuren?«, fragte Hans.

»Nichts bis auf die Schuhabdrücke«, sagte Beate. »Die Kollegen vom Erkennungsdienst gleichen sie gerade ab.«

»Danke«, sagte Hans. »Und jetzt zu euch.« Er wandte sich Toni und Sören zu. »Ihr konntet die Tote also identifizieren?«

Neun

Toni überließ es Sören, von ihren Ergebnissen zu berichten. Jetzt, da die Anspannung ein klein wenig nachgelassen hatte, breiteten sich pulsierende Kopfschmerzen von ihrem Nacken über den ganzen Schädel bis in ihre Stirn aus. Noch eine halbe Stunde, und sie würde kaum noch denken können.

Sie entschuldigte sich, holte eine Schmerztablette aus ihrem Büro, ging auf die Toilette und schluckte das Medikament mit einem großen Schluck Wasser aus dem Hahn hinunter. Dann stützte sie die Hände auf das Waschbecken und schloss die Augen, versuchte den Schmerz zurückzudrängen.

Wenn sie Martin Krämer jetzt richtig anpackten, gestand er vielleicht noch heute. Und ein Geständnis brauchten sie, denn Beweise gegen ihn hatten sie tatsächlich keine in der Hand. Die Tatsache, dass er schon einmal in Verdacht gestanden hatte, seinen Sohn geschlagen zu haben, warf zwar nicht gerade das beste Licht auf ihn, bewies in diesem Fall aber gar nichts.

Für ihn als Täter sprach allerdings, dass er erst heute seine Frau als vermisst gemeldet hatte, obwohl sie bereits seit Samstag abgängig war. So lang wartete doch niemand, der sich ernsthafte Sorgen um ein Familienmitglied machte. Außer, er musste etwas verschwinden lassen. Spuren zum

Beispiel. So wie einen Stein mit Blut und Knochensplittern daran.

Sie an seiner Stelle hätte ihn einfach in einen der Seen in der Gegend geworfen. Es gab hier im Umkreis genügend Badeseen, und auch der Ammersee war nicht einmal eine halbe Stunde entfernt. Dort würde garantiert niemand nach dem Stein suchen. Und selbst wenn – die Nadel im Heuhaufen war einfacher zu entdecken.

Wenn Martin Krämer dieser Gedanke auch gekommen war, standen sie natürlich auf verlorenem Posten. Sie mussten also unbedingt Zeugen auftreiben, die ihn im Wald gesehen oder etwas gehört hatten. Einen Streit zum Beispiel. Oder seine Handydaten, die Aufschluss darüber gaben, wo er zur mutmaßlichen Tatzeit gewesen war. Irgendetwas Handfestes, das seine Täterschaft bewies.

Toni hob den Kopf und musterte ihr Gesicht im Spiegel. Das Licht hier drin war fürchterlich. Hoffentlich hatte sie nicht wirklich solche Augenringe. Sie sah aus, als hätte sie seit Tagen nicht geschlafen. Genau wie Martin Krämer. Seine Augenringe kamen allerdings nicht vom Licht. Er hatte bei Tageslicht genauso müde und ausgesehen wie unter den Neonröhren in der Pasinger Inspektion. Offenbar steckte er es doch nicht ganz so einfach weg, dass er seine Ehefrau ermordet hatte.

Und wenn er es doch nicht gewesen war? Wenn er seine Frau nicht umgebracht hatte? Der Kummer hatte sehr echt gewirkt, ebenso seine Verzweiflung und seine Sorge um seinen Sohn. Gut. Die konnte ja auch echt sein. Schließlich würde der Junge auch noch seinen Vater verlieren, wenn sie ihm die Tat nachweisen konnten und er dafür ins Gefängnis wanderte. Von dem Bruch zwischen Vater und Sohn ganz zu schweigen.

Einen Moment lang schwankte Tonis bisher so feste Überzeugung. Hatten sie wirklich den Richtigen? Das ging alles fast zu schnell, um wahr zu sein. Das Blut an der Leiche war kaum getrocknet, und sie hatten den Täter bereits gefasst. Sie gestand es nicht gern ein, aber für ihren Geschmack war das alles viel zu leicht gegangen.

Doch warum eigentlich nicht, verflixt noch mal? Die Klärung eines Falls musste doch nicht immer Wochen und Monate dauern. In den meisten Fällen handelte es sich bei Mord um eine Beziehungstat, und oft war es eben der aktuelle oder ehemalige Lebenspartner, der zum Täter oder zur Täterin geworden war. Warum sollte es hier anders sein?

Sie mussten in der Vergangenheit des Opfers wühlen. Vielleicht fanden sie dort ein Motiv. Untreue zum Beispiel. Oder eine bevorstehende Trennung. Eifersucht. Besitzdenken. Angst vor Macht- und Kontrollverlust. Alles war denkbar. Alles war möglich.

Toni fuhr sich noch einmal mit den Händen über das Gesicht, um ein wenig Farbe in ihre Wangen zu bringen, dann ging sie zurück in den Besprechungsraum, wo Sören gerade seinen Bericht beendet hatte.

»Dann seht mal zu, was ihr aus ihm herausbringt«, sagte Hans zu Toni und Sören. »Und ihr beiden«, er wandte sich an Contutto und Beate, »fahrt zu den Krämers und stellt alles sicher, das uns weiterhelfen könnte: Laptop, Handys, Tagebücher und was weiß ich noch alles. Und vergesst das Auto nicht. Aber was rede ich. Ihr wisst ja, wie das geht.«

Zehn

Als Toni und Sören den Vernehmungsraum betraten, trug Martin Krämer keine Fesseln mehr. Er hatte seine Hände vor sich auf dem Tisch verschränkt und schien seine Fassung einigermaßen wiedergewonnen zu haben. Seine Schultern hingen nicht mehr nach unten, und auch sein Gesichtsausdruck war energischer geworden.

»Was soll das?«, fing er an, noch bevor Toni die Tür geschlossen hatte. »Erst kann es Ihnen nicht schnell genug gehen, mich hierher zu bringen, und dann lassen Sie mich schmoren wie einen dummen Schuljungen, der etwas ausgefressen hat.«

»Etwas ausgefressen ist gut«, murmelte Toni und nahm zusammen mit Sören am Tisch Platz. Wieder spürte sie Sörens Blick auf sich. Nicht zu Unrecht, wie sie sich eingestehen musste. Sie durfte sich nicht provozieren lassen. Aber bei diesem Mann fiel es ihr einfach so verdammt schwer, ruhig zu bleiben. Kurz blitzte der Gedanke auf, dass es damit zu tun hatte, dass er wie Mike war – ein Typ, der sich an Schwächeren vergriff und vermutlich seinen Opfern auch noch die Schuld an seinen gewalttätigen Übergriffen gab. Hatte Hans mit seinen Bedenken am Ende doch nicht so falschgelegen? Setzte ihr diese Parallele mehr zu, als sie sich selbst gegenüber zugeben wollte?

Schwachsinn. Sie schüttelte innerlich den Kopf. Sie war

Profi genug, um das eine vom anderen trennen zu können. Krämer war ihr Mann, und das würden sie früher oder später beweisen.

»Ich mache Sie darauf aufmerksam, dass wir Ihnen wieder Handfesseln anlegen werden, wenn Sie so etwas wie vorhin noch einmal versuchen. Haben Sie verstanden?«, begann Sören.

Martin Krämer wich seinem Blick aus und nickte.

»Kann ich jetzt endlich erfahren, was mit Julia geschehen ist?«, fragte er.

»Können Sie«, antwortete Sören. »Ihre Frau hatte keinen Unfall.«

»Sie wurde ermordet«, fuhr Toni dazwischen. »Erschlagen, um genau zu sein. Wo waren Sie vergangenen Samstagnachmittag, Herr Krämer?«

Der Mann starrte sie völlig perplex an. Sein Mund stand offen, und Toni glaubte sehen zu können, wie sein Gehirn versuchte, die Information zu verarbeiten.

»Das ist nicht Ihr Ernst, oder? Er... erschlagen?«, stammelte er schließlich. »Aber warum? Ich meine ... wer? Wer sollte Julia so etwas antun?« Sein Blick saugte sich an Toni fest, bis er verstand, was ihre Worte eigentlich bedeutet hatten.

»Das glaube ich jetzt nicht!« Er sprang von seinem Stuhl auf. Toni erhob sich ebenfalls und griff nach den Handschellen an ihrem Gürtel, doch Sören hielt sie zurück.

»Was sind Sie nur für ein Mensch?« Er starrte Toni an. »Erst knallen Sie dieses Foto vor mir auf den Tisch, dann schleudern Sie mir eiskalt ins Gesicht, dass Julia ... dass sie ...« Er fuhr sich mit den Fingern durch die Haare. »Und dann unterstellen Sie mir auch noch, dass ich sie getötet habe? Nein, das glaube ich jetzt nicht.« Er lief im Raum auf und ab. »Das glaube ich einfach nicht!«

»Bitte, Herr Krämer, setzen Sie sich wieder«, sagte Sören ruhig, aber Martin Krämer machte keinerlei Anstalten, der Aufforderung zu folgen.

»Herr Krämer, bitte«, wiederholte Sören, diesmal um einiges bestimmter. Mit einem Ruck blieb der Mann stehen. Er hatte ihnen den Rücken zugewandt, so dass sie sein Gesicht nicht sehen konnten. Seine Fäuste öffneten und schlossen sich in raschem Wechsel. Unvermittelt drehte er sich um und fixierte Sören mit weit aufgerissenen Augen. Dann wich jegliche Spannung aus seinem Körper, und er schlich zurück zu seinem Stuhl, setzte sich und verschränkte die Hände wieder vor sich auf der Tischplatte. Genau wie auf dem Revier in Pasing war er von einer Sekunde auf die andere in sich zusammengefallen, als hätte jemand die Luft aus ihm herausgelassen.

Toni musterte ihn aus zusammengekniffenen Augen. Mit dem war irgendetwas faul. So schnell wechselte bei keinem normalen Menschen die Stimmungslage. Von aufbrausend zu lammfromm innerhalb einer Zehntelsekunde, als würde er in seinem Kopf einen Schalter umlegen.

»Müssen Sie mich jetzt nicht über meine Rechte belehren?«, fragte Martin Krämer, noch bevor Sören oder sie Gelegenheit hatten, ihn weiter zu befragen. »Sie glauben ja ganz offensichtlich, dass ich es war, oder nicht? Müssen Sie mir dann nicht sagen, dass ich mich nicht zur Sache äußern brauche?« Er sah sie an. »Ich bin schon einmal auf dieser Seite eines Tisches gesessen, wie Sie sicherlich schon längst wissen. Es ist zwar schon ein paar Jahre her, aber ich kann mich immer noch an die Worte Ihrer Kollegen von damals erinnern. So etwas vergisst man nicht.

Und deshalb können Sie von mir meine Personalien haben, aber kein Wort darüber hinaus.«

Martin Krämers Lippen wurden zu einem schmalen, farblosen Strich. Er lehnte sich zurück und blickte schweigend auf seine Finger hinab.

Sören sprach es nicht aus, aber Toni konnte es deutlich in seinen Augen lesen: *Toll hingekriegt, Gratulation! Jetzt haben wir ein bockiges Kind hier sitzen, aus dem wir garantiert nichts mehr herausbekommen. Halt jetzt bloß die Klappe und lass mich versuchen, die Karre wieder aus dem Dreck zu ziehen.*

»Ich fürchte, Sie haben da etwas in den falschen Hals bekommen, Herr Krämer«, sagte Sören so beschwichtigend, wie er konnte. »Wir versuchen lediglich herauszufinden, wer Ihre Frau zuletzt gesehen hat und wer etwas darüber weiß, mit wem sie sich getroffen oder welches Ziel sie gehabt hat. Da Sie Ihr Ehemann sind, liegt es natürlich nahe, dass Sie uns da weiterhelfen könnten.« Er lehnte sich ein wenig nach vorne und sah sein Gegenüber eindringlich an. »Wir sind nicht Ihr Feind. Wir wollen dasselbe wie Sie.«

Martin Krämer rutschte auf seinem Stuhl hin und her. Seine Kiefermuskeln arbeiteten.

Schließlich räusperte er sich.

»Ich kann Ihnen nicht helfen«, sagte er leise. Seine Stimme klang flach und ausdruckslos. »Ich weiß nichts. Weder wann Julia gegangen ist noch wohin. Kann ich jetzt zu meinem Sohn?« Er blickte zur Tür.

»Das macht es für uns umso unverständlicher, warum Sie Ihre Frau erst heute als vermisst gemeldet haben, Herr Krämer«, bemerkte Sören, ohne auf die Frage des Mannes einzugehen. »Ich würde nicht so lange warten, wenn meine Frau nicht nach Hause kommt und ich sie nicht erreichen kann.«

Martin Krämer schüttelte den Kopf.

»Es heißt doch immer, dass die Polizei bei einem Erwachsenen in den ersten achtundvierzig Stunden nichts unternimmt. Deshalb habe ich bis heute gewartet.«

Er sagte beinahe wortwörtlich dasselbe wie Eva Feurer. Wahrscheinlich hatte er ihr und vor allem seinem Sohn das so eingetrichtert, damit die beiden die Füße stillhielten und er genügend Zeit hatte, seine Spuren zu verwischen.

»Kann ich jetzt endlich gehen?« Wieder rutschte er auf seinem Stuhl herum, als müsse er dringend auf die Toilette. Martin Krämer ging Toni mit seiner geheuchelten Sorge um seinen Sohn tierisch auf die Nerven. Die Gedanken hätte er sich machen sollen, bevor er dem Jungen die Mutter genommen hatte. Ekel über diese Schmierenkomödie stieg in ihr auf, und am liebsten hätte sie den Mann am Kragen gepackt und die Wahrheit aus ihm herausgeschüttelt, aber sie hielt sich eisern zurück, überließ Sören weiter die Gesprächsführung.

»Tut mir leid, Herr Krämer«, fuhr der auch sogleich fort. »Wir müssen da erst noch etwas abklären, bevor wir Sie gehen lassen können.« Er erhob sich, und Toni tat es ihm gleich.

»Aber ich muss zu meinem Sohn! Ich muss ihm das mit Julia sagen!«

»Das erledigen unsere Kollegen. Sie sind gerade auf dem Weg zu Ihrem Haus.«

»Nein!« Martin Krämer erbleichte. »Das werden sie nicht tun. Das muss ich selbst machen. Das muss er von mir erfahren, nicht von irgendwelchen Fremden! Es geht um seine Mutter, Herrgott!« Er schlug mit der flachen Hand auf die Tischplatte.

»Bitte beruhigen Sie sich, Herr Krämer.« Sören hob beschwichtigend die Hände. »Unsere Kollegen wissen, was sie tun. Ich versichere Ihnen, dass sie sehr behutsam vorgehen werden.«

Doch Martin Krämer war nicht zu beruhigen.

»Es ist mir scheißegal, wie oft Ihre Kollegen das schon gemacht haben.« Speichel hatte sich in seinen Mundwinkeln gesammelt, bildete kleine weiße Bläschen. »Hier geht es um meinen Sohn, verdammt noch mal. Ich werde ihm diese Nachricht überbringen. Ich und sonst niemand, und daran werden auch Sie mich nicht hindern!«

Martin Krämer griff nach seiner Jacke und wandte sich um, doch Toni versperrte ihm den Weg. Er war fast einen Kopf größer als sie und hatte sie schon einmal beiseitegeräumt, aber davon ließ sie sich nicht beeindrucken.

»In dieser Situation waren wir bereits, Herr Krämer, und Sie wissen, wie die ausging.« Toni deutete auf die Fesseln an ihrem Gürtel.

Martin Krämers Blick folgte ihrer Bewegung. Seine Nasenflügel bebten. Er starrte Toni an, die Hände zu Fäusten geballt.

Los!, dachte Toni. *Tu es! Greif mich an, dann landest du in der Zelle!* Sie bemerkte, dass Sören sich ebenfalls bereitmachte. Toni fuhr sich mit der Zunge über die Lippen. *Nun mach schon, du verdammter Feigling! Gib mir einen Grund, dich einzusperren!*

Doch Krämer tat ihr den Gefallen nicht. Seine Schultern sackten nach unten, seine Fäuste öffneten sich, und seine Jacke fiel zu Boden. Stumm ließ Martin Krämer sich zurück auf den Stuhl sinken, legte die Hände flach auf die Tischplatte und starrte an die Wand gegenüber.

Nun war es Toni, die enttäuscht und wütend die Fäuste ballte. Sören trat neben sie und berührte sie am Arm. Sie tauschten einen kurzen Blick.

»Wir sind gleich wieder da, Herr Krämer«, sagte er und verließ den Raum. Toni folgte wenige Augenblicke später. Auf dem Flur blieben sie beide stehen und atmeten tief durch.

»Du hast dir gewünscht, dass er auf dich losgeht, nicht wahr?«, fragte Sören.

»Ertappt«, antwortete Toni, ohne ihren Kollegen anzusehen.

»Einen Moment lang dachte ich, dir wachsen Fangzähne und du beißt ihm erst die Kehle durch und reißt ihm dann das noch schlagende Herz aus der Brust. Das war ganz schön beängstigend.«

Gegen ihren Willen musste Toni lachen, und sie spürte, wie die Anspannung wich und auch einen Teil der Wut auf Krämer mit sich nahm. Sören wusste einfach, wie er sie wieder auf den Boden brachte, und dafür war sie ihm unheimlich dankbar. Nichts war kontraproduktiver für Ermittlungen als ein von Emotionen vernebelter Blick. Sie holte noch einmal tief Luft, dann wandte sie sich zu ihrem Kollegen um.

»Ich weiß ja nicht, was du für einen Eindruck von dem Kerl hast.« Toni deutete auf die Tür, hinter der ihr Verdächtiger saß. »Aber ganz rund läuft der meiner Meinung nach nicht. Diese ständig wechselnden Stimmungen, das ist doch nicht normal, oder?«

»Ich weiß nicht.« Sören wiegte den Kopf hin und her. »Irgendwie kann ich das schon nachvollziehen. Nehmen wir an, er sagt die Wahrheit und hatte wirklich keine Ahnung, wo seine Frau abgeblieben ist. Erst ist er krank vor Sorge, dann schöpft er Hoffnung, weil wir sie gefunden haben, dann erfährt er, dass sie umgebracht wurde, und schließlich verdächtigen wir ihn auch noch. Da würde doch wohl jeder komisch reagieren, oder nicht?« Er sah Toni an. »Und wenn er wirklich der Täter ist, dann ist der Druck auf ihn noch viel größer, weil er weiß, dass wir ihm auf der Spur sind. Er kann ja nicht ahnen, dass wir bis auf einen vagen Verdacht überhaupt nichts gegen ihn in der Hand haben.« Sören seufzte. »Das wird Hans nicht gefallen und dem Staatsanwalt noch viel weniger. Wir brauchen mehr Fleisch, sonst bekommen wir nie einen Haftbefehl.«

Und genau so war es. Schweigend hörte sich ihr Vorgesetzter an, was sie ihm zu berichten hatten. Toni überließ auch hier Sören das Wort. In ihr brodelte es noch zu dicht unter der Oberfläche, und sie wollte Hans' Zweifel an ihrer Objektivität nicht noch weiter schüren.

Als Sören geendet hatte, lehnte ihr Chef sich zurück, legte die Fingerspitzen aneinander, stützte sein Kinn darauf und blickte von einem zum anderen. Die Skepsis stand ihm deutlich ins Gesicht geschrieben, und Toni konnte es ihm nicht verdenken. Zum momentanen Ermittlungsstand waren sie von einem dringenden Tatverdacht noch meilenweit entfernt. Allerdings war ein solcher unabdingbare Voraussetzung, um einen Haftbefehl erlassen zu können. Ohne diesen würde sich kein Richter dazu bereit erklären, jemanden auch nur vorübergehend hinter Gitter zu bringen. Mit an Sicherheit grenzender Wahrscheinlichkeit würden sie bereits beim Staatsanwalt, der den Antrag auf Haftbefehl dem Richter vorlegte, mit Pauken und Trompeten abblitzen.

»Wenn wir nichts Handfesteres finden«, sagte Hans dann auch, »können wir ihn nicht länger hierbehalten, das wisst ihr genauso gut wie ich. Sein aufbrausendes Wesen allein reicht nicht aus. Wenn es danach ginge, müsste Contutto auch die eine oder andere Nacht in der Haftanstalt verbringen.« Er presste Daumen und Zeigefinger gegen die Nasenwurzel. »Zieht die Zeugenvernehmung so weit wie möglich in die Länge. Vielleicht verplappert er sich, und wir haben unseren Verdacht.«

Keiner der drei sprach es aus, aber sie alle wussten, wie ihre Chancen standen, dass so etwas passierte.

»Vielleicht bringen uns die Bewegungsprofile der Handys von Martin Krämer und seiner Frau weiter«, sagte Sören. »Wenn beide Telefone zur mutmaßlichen Tatzeit am selben Ort waren, ist das zumindest ein Belastungsmoment.«

Toni nickte stumm. Noch besser wäre es natürlich, wenn sie Julia Krämers Handy in die Finger bekommen würden, doch das war immer noch nicht aufgetaucht. Ob ihr Mann es hatte verschwinden lassen?

Mit gedämpften Stimmen hielten sie weiter Kriegsrat, drehten und wendeten die dürren Fakten, die sie bisher zusammengetragen hatten, bis ihre Köpfe rauchten, doch sie kamen zu keinen neuen Erkenntnissen. Sie mussten warten, bis Contutto und Beate zurück waren, und darauf hoffen, dass sie im Haus der Krämers etwas gefunden hatten, das ihnen weiterhalf.

Sie hatten die Besprechung gerade beendet und waren im Begriff, aufzustehen, als Contutto seinen Kopf zur Tür hereinstreckte.

»Ist der Krämer noch hier?«, fragte er.

»Ist er«, antwortete Toni und spitzte die Ohren. Waren er und Beate fündig geworden?

»Tja.« Contutto zuckte mit den Schultern. »Dann holt mal den Schlüssel und sperrt das Käfigtürchen auf.«

Toni sah ihren Kollegen befremdet an.

»Wie kommst du auf diese Schnapsidee? Wir beratschlagen hier gerade, wie wir den Krämer hierbehalten, nicht, wie wir ihn am schnellsten wieder loswerden.«

»Alibi«, antwortete Contutto schlicht. »Zweifach. Sohn und Nachbarin. Traute Dreisamkeit den ganzen Samstagnachmittag und auch den ganzen Abend über.«

Sören ließ sich gegen die Stuhllehne fallen.

»Scheiße«, sagte er.

»Scheiße«, bestätigte Toni.

Elf

Fröstelnd zog Toni die Schultern hoch. Einen zugigeren Platz hätte sie sich kaum aussuchen können. Sie stand an der Ecke Löwengrube und Karmeliterstraße hinter dem Pfeiler des dortigen Bankhauses und beobachtete den Zugang zum Areal des Polizeipräsidiums. Jetzt musste er doch langsam herauskommen. Sie vergrub die Hände noch tiefer in den Jackentaschen und trat von einem Fuß auf den anderen. Zwar konnte sie nicht direkt auf das große eiserne Tor sehen, aber trotzdem würde ihr niemand entgehen, der das Gelände verließ. Zumindest dann, wenn er nicht einen der anderen Ausgänge nahm, und davon gab es so einige. Wenn er das getan hatte, dann konnte sie sich hier noch stundenlang die Beine in den Bauch stehen.

Aber sie vertraute darauf, dass er auch heute seinen Gewohnheiten treu bleiben würde, und sie irrte sich nicht. Inzwischen hatte die Dunkelheit Einzug gehalten, doch das Licht der Straßenlaternen reichte aus, um ihn eindeutig zu identifizieren. Das war er. Zweifellos. Sie hatte es gewusst. Hans war nun mal ein Gewohnheitstier. Er verließ das Präsidium immer durch den Haupteingang, schlenderte gemütlich durch die Fußgängerzone hinauf zum Stachus, wo er in die Tram der Linie 27 stieg und Richtung Nordbad fuhr. Heute marschierte er allerdings sehr zügig. Seinen abgehackten Bewegungen nach steckten ihm die mageren

Ergebnisse des heutigen Tages noch in den Knochen und verdarben ihm wohl die Lust am Schlendern.

Toni wartete, bis ihr Vorgesetzter hinter dem Eck der Kirche Sankt Michael verschwunden war, dann verließ sie ihren Beobachtungsposten und eilte auf das Tor des Präsidiums zu. Die steinernen Löwen, die in fast vier Metern Höhe den Zugang bewachten, fauchten lautlos und mit erhobenen Pranken auf sie herab. Genau wie an dem Tag, als sie als junge Kommissarsanwärterin zum ersten Mal ehrfurchtsvoll vor dem Tor gestanden hatte, winkte sie den beiden Löwen verstohlen zu und ging auf das Portal des Präsidiums zu.

Der matt glänzende Türknauf war eiskalt, als Toni daran zog. Sie zeigte dem Beamten an der Pforte ihren Ausweis und lief die Stufen hinauf in den vierten Stock. Keine Menschenseele begegnete ihr. Kein Wunder, inzwischen war es kurz nach sieben, da hatten alle Tagdienstler längst das Weite gesucht und es den Kollegen im Schichtdienst überlassen, sich dem Verbrechen in den Weg zu stellen. Ausgenommen waren nur diejenigen, deren Vorgesetzte sich und ihre Abteilung für so wichtig hielten, dass unbedingt noch irgendwelche Schreiben fertiggemacht werden mussten, die dann frühestens am übernächsten Tag gelesen wurden. Wenn überhaupt.

Ebenfalls ausgenommen waren diejenigen, die sich hier wohler fühlten als zu Hause. Weil sie kein richtiges Zuhause hatten. Keine sozialen Kontakte. Niemanden, der auf sie wartete und sich auf sie freute. Leute wie Toni.

Tiefe Schatten beherrschten ihr Büro. Sie knipste die Schreibtischlampe an, steckte ihr Handy in den knapp küchenrollengroßen Lautsprecher auf dem Fensterbrett, tippte sich durch das Musikmenü bis zu Wolfgang Ambros und drückte auf *Play*. Dann loggte sie sich in den Computer ein, lehnte sich in ihrem Stuhl zurück und legte die Füße auf den Tisch.

Nachdenklich betrachtete sie den Monitor, wo die Fotos aus dem Wald zu sehen waren. Die Blutergüsse auf den Oberschenkeln von Julia Krämer hoben sich auf dem Bildschirm noch drastischer von der bleichen Haut ab als gestern unter freiem Himmel. Wie Magneten hielten die gelben, grünen und violetten Flecken ihren Blick fest, und Toni glaubte, selbst wieder die Schmerzen an Armen und Beinen zu fühlen. Sie wusste genau, wie das war, wenn man zusammenzuckte, weil jemand unwissentlich eine wunde Stelle berührt hatte und man rasch irgendeine Erklärung aus dem Ärmel schütteln musste. Der Sommer war am schlimmsten. Lange Ärmel und Hosenbeine bei dreißig Grad – das musste man seiner Umwelt erst einmal plausibel machen.

Sie griff nach der Maus und klickte die Fotos weg. Im Hintergrund wandelte Wolfgang Ambros auf den Spuren von Neil Young und suchte nach einem Herzen aus Gold.

Erst jetzt bemerkte sie, dass das rote Licht an ihrem Telefon leuchtete. Offenbar ein verpasster Anruf. Sie nahm die Beine vom Tisch. Ein Zettel flatterte zu Boden, doch sie beachtete ihn nicht weiter, sondern beugte sich nach vorn und inspizierte das Telefondisplay. Ein Anruf über die Vermittlung kurz vor halb sieben. Da hatte Hans sie alle gerade nach Hause geschickt. Leider war nur die Nebenstelle der Vermittlung gespeichert. Toni zuckte mit den Schultern. Wenn es um etwas Wichtiges gegangen war, würde derjenige es morgen bestimmt noch einmal versuchen.

Sie bückte sich und suchte den Zettel, den sie hinuntergeworfen hatte. Natürlich lag er so weit vorne, dass sie gerade so mit den Fingerspitzen hinreichte. Dann endlich hatte sie ihn. Es war eine Nachricht von Hans.

»Apotheker müsste man sein«, murmelte sie, während sie versuchte, die Wörter auf dem Papier zu entziffern.

18.36 Uhr. Dr. Mulder hat angerufen. Hat nicht gesagt, worum es geht. Probiert es morgen noch mal.

Tonis Herz blieb stehen, machte gleich darauf einen Satz und raste dann wie wild los. Mulder. Das konnte nicht sein. Sie las die Notiz noch einmal, krakeligen Buchstaben für krakeligen Buchstaben. Es blieb dabei. Mulder hatte versucht, sie zu erreichen. Und was bedeutete das nun?

Ihre Hand, in der sie den Zettel hielt, zitterte. Sie warf das Papier auf den Schreibtisch. Das Wort *Mulder* sprang sie regelrecht an.

Was hatte er gewollt? Ihr dummes, unverbesserliches Herz hoffte, dass er sie sehen wollte. Vielleicht, um ein Bier im O'Donnell's zu trinken. Vielleicht, um dort anzuknüpfen, wo sie im Krankenhaus von Hans unterbrochen worden waren?

Blödsinn.

Wolfgang Ambros suchte immer noch nach einem goldenen Herzen. Ob das der Weisheit letzter Schluss war? Ein Herz aus Metall? Wobei so ein kaltes Herz das Leben manchmal sicher einfacher machte. Jetzt zum Beispiel.

Toni rollte mit dem Stuhl zum Fensterbrett und scrollte durch den Musikordner ihres Handys, bis sie gefunden hatte, was sie suchte. Sie drehte die Lautstärke hoch. Sekunden später begann Marilyn Manson lautstark über den dritten Tag einer siebentägigen Sauftour zu singen und übertönte damit das kindische Herzklopfen in Tonis Brust.

In der Fensterscheibe spiegelte sich ihr Gesicht. Die eine Seite war erhellt vom Licht der Schreibtischlampe, während die andere in Dunkelheit zerfloss. Es sah aus, als wäre sie zur Hälfte ausradiert. Toni schloss die Augen, wollte ihr unvollständiges Ich nicht länger anschauen. Ein kalter Luftzug strich ihr über das Genick, schickte eine Gänsehaut über ihre Arme. Fröstelnd öffnete sie die Augen und sah im Fenster, wie sich in den Schatten hinter ihr etwas bewegte. Etwas mit dem Umriss eines Menschen.

Erschrocken sprang sie auf und wirbelte herum. Eine unsichtbare Faust schlug ihr mit Wucht in den Magen, als sie registrierte, wer vor ihr stand. Nein. Das war unmöglich. Entgeistert starrte sie den Mann an. Das konnte nicht sein! Aber er war es.

»Doc!«, rief sie, als sie die Sprache wiedergefunden hatte. Ihre Stimme war ganz knapp davor, sich zu überschlagen. »Was machen Sie denn hier? Ich meine: Wie sind Sie hier hereingekommen?«

In seinen Gewitteraugen flackerte für einen Moment etwas auf. War es Unsicherheit? Toni konnte es nicht mit Bestimmtheit sagen, denn das Flackern war so schnell verschwunden, wie es gekommen war, und schon in der nächsten Sekunde vertieften sich die Lachfältchen in seinen Augenwinkeln. Gleichzeitig verzog sich sein Mund zu dem schiefen, etwas spöttischen Lächeln, das Toni schon bei ihrer ersten Begegnung innerhalb von Sekundenbruchteilen in die Knie gezwungen hatte. Auch jetzt spürte sie, wie ihre Hände feucht wurden. Genau wie damals.

»Wie jeder normale Mensch.« Er deutete mit dem Daumen hinter sich. »Durch die Tür. Ich habe geklopft, aber Sie haben mich ganz offensichtlich nicht gehört.« Sein Lächeln schrumpfte, als Toni nichts darauf entgegnete. »Aber wenn ich störe, gehe ich natürlich wieder. Ich will Sie ja nicht von der Arbeit abhalten. Ich dachte nur ...«

Jetzt war sein Lächeln ganz verschwunden. Seine Augen waren dunkler geworden, und nun erkannte Toni definitiv Unsicherheit in ihnen. Der Doc hatte also genauso Schiss wie sie. Und doch stand er hier vor ihr. Aber nicht mehr lange, wenn sie nicht endlich einen Ton herausbrachte.

»Nein, Sie stören überhaupt nicht«, sagte sie schnell. »Ich war nur so überrascht, das ist alles. Ich …« Toni schüttelte den Kopf. »Moment bitte.«

Ihre Finger zitterten, als sie die Lautstärke an ihrem Handy herunterregelte. In ihrer Brust führten ein unbändiges Glücksgefühl und mindestens ebenso große Nervosität einen erbitterten Kampf.

»So, jetzt müssen wir uns nicht mehr anschreien.« Sie schob die Hände in die Gesäßtaschen ihrer Jeans und lächelte. Es fühlte sich an, als würden ihre Mundwinkel jeden Moment ihre Ohrläppchen berühren. Sie musste unheimlich bescheuert aussehen.

»Bitte.« Sie zog eine Hand wieder aus der Hosentasche und deutete auf den Stuhl vor ihrem Schreibtisch. »Das heißt, wenn Sie überhaupt so viel Zeit haben. Was führt Sie eigentlich hierher? Die Arbeit?«

Sie setzte sich, und Mulder tat es ihr gleich.

»Nein, nicht direkt«, antwortete Mulder und ließ den Blick durch ihr Büro schweifen. »Sind Sie eigentlich ganz allein hier?« Er sah zu der Verbindungstür, die in das Büro nebenan führte. Sie war allerdings versperrt und die Klinke schon vor Jahren abmontiert worden, da der Raum nur als Materiallager diente.

Toni runzelte die Stirn. Was war das denn für eine Frage?

»So allein, wie man in einem Polizeigebäude eben sein kann«, antwortete sie.

»Dann ist es also eher unwahrscheinlich, dass gleich einer Ihrer Kollegen hereinplatzt?«

Langsam wurde ihr doch etwas mulmig zumute. Was hatte der Doc vor, dass er dabei keine Zeugen brauchen konnte?

»Wirklich sicher sein kann man nie«, sagte Toni und bemühte sich um einen lockeren Tonfall. »Kollegen tauchen ja grundsätzlich immer dann auf, wenn man sie am wenigsten brauchen kann, nicht wahr?«

»Dann hoffe ich, dass Ihre Kollegen diesmal eine Ausnahme machen.«

Er griff unter seine Jacke und hielt einen Augenblick später eine Flasche Wein in die Höhe. In Tonis Brust platzte ein dicker Knoten, und sie lachte erleichtert auf. Sie musste langsam wirklich etwas gegen ihren Verfolgungswahn unternehmen.

»Um Himmels willen, Doc!«, rief sie in gespieltem Entsetzen. »Alkohol in einem Polizeigebäude. Noch dazu im Präsidium! Wenn das ins Allerheiligste dringt«, sie deutete nach unten, wo drei Stockwerke tiefer der Präsident residierte, »schleudert der Göttervater selbst seine Blitze auf mich.«

Sie sah Mulder an, und nun fühlte es sich tatsächlich an, als träfe sie ein Blitz. Elektrische Ströme rasten in Millisekunden durch ihre Nervenbahnen und entluden sich auf ihrer Haut. Ihr ganzer Körper kribbelte, und jedes einzelne Härchen auf ihren Armen richtete sich auf. Es war wie damals im Krankenhaus. Nur dass sie jetzt nicht auf seinem Bett saß, sondern ein mit Papier- und Aktenstapeln beladener Schreibtisch wie ein Anstandswauwau zwischen ihnen hockte.

Einer von ihnen musste jetzt wegsehen, bevor es peinlich wurde. Zu Tonis Erleichterung und gleichzeitig Enttäuschung kam Mulder ihr zuvor und rückte wieder den Wein in den Mittelpunkt.

»Dann war das also eher keine so gute Idee?«, sagte er und deutete auf die Flasche.

»Doch«, antwortete Toni. »Eine sehr gute sogar. Sind Sie einigermaßen wetterfest und kälteresistent?«

»Ja«, sagte Mulder gedehnt und sah sie fragend an. »Warum?«

»Das werden Sie gleich sehen. Kommen Sie mit.«

Zwölf

Reglos saß Sebastian da und starrte auf den Fernseher. Bunte Bilder flimmerten vor seinen Augen vorbei. Er hörte Stimmen und Musik, aber sein Gehirn konnte das alles nicht zu einem Ganzen zusammenfügen. Wie Puzzleteile in einem Tornado wirbelten die Farben und Geräusche durch seinen Kopf, ohne dass er auch nur ansatzweise hätte sagen können, was sie bedeuteten. Sein Gehirn war vollauf damit beschäftigt, seine Arme und Beine ruhigzustellen und zu verhindern, dass er aufsprang, schrie und tobte und alles zertrümmerte, was ihm unter die Finger geriet. Und damit, ihn zum Weiteratmen zu zwingen und ihn am Leben zu erhalten.

Aber wollte er überhaupt noch leben? Wäre es nicht besser, wenn jemand den Schalter umlegte? Den Strom abstellte. Den Stecker zog. Wenn es von einer Sekunde auf die andere schwarz wurde und nie mehr hell. Wenn alle Prozessoren vom Netz genommen waren. Festplatte gelöscht. Das Ich getilgt. Jetzt und für immer. So wie bei ihr.

Ein Schrei rottete sich in seiner Brust zusammen. Ein schwarzer, galliger Schrei, gemacht aus Schmerz, Ohnmacht und Zorn, und je mehr Sebastian die Lippen aufeinanderpresste, desto stärker drängte der Schrei nach draußen. Er schwoll an, weiter und weiter, kroch seine Kehle empor, steckte in seinem Hals wie die Faust eines Riesen, wucherte wie ein Krebsgeschwür, bis nichts anderes mehr in ihm existierte als dieser Schrei.

Sebastian sank nach vorne auf die Knie. Er schaffte es nicht, konnte ihn nicht mehr aufhalten. Sein Mund öffnete sich, und er erbrach sich in einem sauren Schwall auf den Fußboden.

Er hatte seit heute Morgen nichts gegessen, deshalb war es nicht viel, das er aufzuwischen hatte. Er sammelte die zusammengeknüllten Küchentücher ein und trug sie nach unten, warf sie in den Abfalleimer unter der Spüle. Seine Kehle schmerzte, und an seinem Gaumen klebte ein widerwärtiger Geschmack. Er trank ein paar Schlucke Wasser direkt aus dem Hahn, wischte sich mit dem Ärmel über den Mund. Sie hätte ihn ausgeschimpft, wenn sie das gesehen hätte. *Nimm wenigstens ein Glas*, hätte sie gesagt. Aber sie würde es nie mehr sagen, weil sie ihn nie mehr sehen würde.

Mit hängendem Kopf wandte Sebastian sich um und lehnte sich gegen die Spüle. Auf den Fliesen vor dem Herd war ein Fleck. Genau dort hatte Julia immer gestanden und in den Töpfen und Pfannen gerührt. Als er noch klein gewesen war, hatte sie ihm immer dann, wenn es wieder einmal besonders schlimm gewesen war, Blaubeerpfannkuchen gemacht. Mit Beeren aus dem Glas. Solchen, die ganz schwarz und süß waren und so weich, dass man sie am Gaumen zerdrücken konnte, und von denen die Zähne und die Zunge dunkel wurden.

Zuerst hatte der Mixer gesurrt und gerattert, dann, wenn sie den flüssigen Teig in die Pfanne gegossen hatte, hatte es laut gezischt, und schließlich war der tröstliche Duft durch die Küche gezogen. Er war währenddessen mucksmäuschenstill auf der Eckbank gesessen, auf den Wangen die langsam trocknenden Tränenspuren, und hatte jeden Handgriff beobachtet, hatte gewartet, bis sie zu ihm kam, in der Hand einen Teller mit zwei aufgerollten Pfannkuchen, die so dick mit Blaubeeren gefüllt waren, dass sie links und rechts herausquollen.

Stumm saß sie dann immer neben ihm, strich ihm nur ab und zu mit der Hand über die Haare und sah ihm zu, wie er sich ein Stück nach dem anderen in den Mund schob, bis der Teller leer und sein Magen so voll war, dass in seinem Bauch kein Platz mehr blieb für Angst und Dunkelheit. Wenn sie den Teller wieder an sich nahm, streckte er seine blaue Zuge heraus, und sie lachte jedes Mal, als hätte sie das noch nie gesehen.

Plötzlich sehnte er sich so sehr nach diesem albernen Ritual, dass es sich anfühlte, als würde ihm jemand die Gedärme herausreißen. Erneut stieg Übelkeit in ihm auf, und er grub die Fingernägel in die Handflächen, bis der Schmerz das flaue Gefühl zurückgedrängt hatte.

Sebastian hob den Kopf. Sein Vater war zu einer Statue geronnen. Das Bier stand unberührt vor ihm, mit zusammengefallenem Schaum, am Glasrand festgetrocknet. Seine Hände lagen ineinander verschränkt auf der Tischplatte, der Blick war ins Nichts gerichtet. Das grässliche Licht der Energiesparlampe machte seine Haut blass und wächsern.

Genau so sahen Leichen in Filmen aus.

Einen grausamen Moment lang glaubte Sebastian, sein Vater wäre auch gestorben. Hier, im Sitzen, einfach so am Küchentisch vor seinem warm und schal gewordenen Bier. Panik schoss heiß durch seine Adern. Dann sah er, wie die Nasenflügel seines Vaters sich aufblähten und wieder zurücksanken. Sebastian glotzte sie an, als hätte er so etwas noch nie gesehen. Aufblähen und zurücksinken. Aufblähen und zurücksinken.

Erleichtert schloss er die Augen. Sein Vater lebte. Er war nicht tot. Ein Klumpen aus Tränen schnürte ihm die Kehle zu, und plötzlich hatte er das Gefühl zu ersticken. Er wollte Luft holen, doch er konnte nicht. Seine Rippen waren wie stählerne Zangen, die seine Lungen zusammenpressten und ihm nicht erlaubten zu atmen. Wie ein an Land gezogener Fisch schnappte er nach Luft, versuchte verzweifelt, Sauerstoff in seine Lungen zu saugen, aber es ging nicht.

Mit weit aufgerissenem Mund, unfähig, auch nur einen Ton von sich zu geben, starrte er seinen Vater an, doch der schien ihn überhaupt nicht zu bemerken. Er war weit, weit weg in einer Welt, in die ihm niemand folgen konnte.

Plötzlich geriet die Küche aus den Fugen. Der Boden unter seinen Füßen wurde zu einer schiefen Ebene, so schief, dass die Schränke ins Rutschen gerieten. Auch er selbst konnte sich nicht mehr halten, verlor das Gleichgewicht, kippte nach hinten – und fiel direkt in die Arme seines Vaters. Ein Schluchzen, viel zu tief und mächtig für einen Menschen allein, brach aus Sebastian hervor und mit ihm so viele heiße Tränen, wie er noch nie in seinem Leben geweint hatte. Irgendwann versiegten die Tränen und machten einer bleischweren Erschöpfung Platz. Alles an ihm fühlte sich wund an: seine Seele, seine Augen, seine Haut.

Schwer lehnte Sebastian an der Brust seines Vaters. Er wünschte sich, dass die Welt um sie herum verschwinden möge. Nichts anderes sollte mehr existieren außer der Wärme und Verlässlichkeit dieser Umarmung.

Behutsam strich sein Vater ihm über den Kopf.

»Warum?«, hörte Sebastian ihn fragen. »Warum habt ihr für mich gelogen?«

Dreizehn

Das Geräusch ihrer Schritte hallte hohl von den Wänden der leeren Gänge wider. Die Kaffeetassen in Tonis Hand klirrten leise vor sich hin.

»Sie wissen schon noch, wo wir sind, oder?« Mulder blickte hinter sich. »Nach all dem Treppauf und Treppab könnte ich nicht einmal mehr sagen, in welchem Stockwerk wir uns gerade befinden.«

»Wie?« Toni blieb stehen und sah den Arzt mit weit aufgerissenen Augen an. »Sagen Sie bloß, Sie haben vergessen, Brotkrumen zu streuen? Wie sollen wir dann jemals den Rückweg finden? Am Ende müssen wir verhungern und verdursten!«

»Das mit dem Verdursten können wir noch ein wenig hinauszögern.« Er klopfte mit der Hand auf seine Jacke, unter der er die Weinflasche verborgen hatte. »Vorausgesetzt, wir erreichen unser Ziel, so lange wir noch kräftig genug sind, um das gute Stück zu entkorken.«

»Das sollte klappen, wir sind fast da.« Toni blieb vor einer unscheinbaren Stahltür stehen und holte ihren Schlüsselbund aus der Jackentasche. Kalte, staubig riechende Luft schwappte ihnen entgegen, als sie die Tür öffnete.

Ihre Hand tastete über die Wand und fand schließlich den Lichtschalter. Die Neonröhre sprang mit einem widerwilligen Klingeln an, und Toni hörte, wie Mulder leise durch die Zähne pfiff. Sie lächelte. Genau so hatte sie auch reagiert. Sie hatte damals auch nicht erwartet, auf dem Dachboden des Präsidiums zu stehen, umringt von schweren, vom Alter dunkel gewordenen Holzbalken, die nach dem Staub und den Geschichten Tausender Tage und Nächte rochen.

»Also, wenn ich vieles erwartet hätte – das war nicht darunter.« Er sah sie staunend an. »Sie sind wirklich immer für eine Überraschung gut.«

Toni hatte das Gefühl, von Mulders dunkelgrauen Augen aufgesogen zu werden. Sie standen so dicht beieinander, dass sie seinen warmen Atem an ihrem Gesicht spüren konnte. Sie roch sein Aftershave und erkannte es sofort wieder. Es war dasselbe wie damals im O'Donnell's. Holzig und herb. Es passte zu seinen Lachfältchen. Und zu seinen Augen, die die ihren immer noch festhielten. Ihre Unterlippe begann zu zittern, und sie biss automatisch darauf. Mulders Mund verzog sich kaum merklich zu diesem spöttischen Lächeln, das sie so auf die Palme brachte und das gleichzeitig so verdammt sexy war. Hitze breitete sich von ihrem Hals über ihre Wangen aus.

Toni schluckte und trat eilig einen Schritt zurück.

»Dabei ist das noch gar nicht die eigentliche Überraschung.« Sie wandte sich von ihm ab. Ihr Gesicht glühte. Wahrscheinlich leuchtete sie im Dunkeln. »Die wartet dort oben.«

Sie ging zu einer steilen Holztreppe und machte sich an den Aufstieg. In ihrem Rücken hörte sie, wie Mulder ihr die Stufen hinauffolgte. Dass er ihr jetzt genau auf den Hintern sehen konnte, verdrängte sie. Auf einer kleinen Plattform angekommen, öffnete sie eine Metalltür und schritt hindurch. Toni wartete, bis der Arzt neben sie getreten war.

»Und?«, fragte sie dann und deutete mit großer Geste um sich. »Habe ich zu viel versprochen?«

Sie blickten hinweg über ein Meer aus roten, schwarzen oder mit Grünspan überzogenen Dächern. Über ihnen wölbte sich der pechschwarze Münchner Nachthimmel, und sogar ein paar Sterne blinzelten durch die löchrige Wolkendecke. Schräg gegenüber erstrahlten die mächtigen Türme der Frauenkirche im Scheinwerferlicht, und wie um das Bild perfekt zu machen, hing genau über den beiden grün schimmernden Turmhauben der Februarvollmond wie ein kugelrunder Lampion. Der perfekte Kitschpostkartenanblick.

»Unglaublich«, murmelte Mulder. »Einfach unglaublich.« Er drehte sich einmal um die eigene Achse. »Und was haben Sie als Nächstes auf Lager?«

»Ich nichts mehr. Jetzt sind Sie dran.« Toni klimperte auffordernd mit den Tassen. Das ließ sich Mulder nicht zweimal sagen. Mit einem leisen Ploppen glitt der Korken aus dem Flaschenhals. Er schenkte ihnen beiden ein und sah Toni an. Sein Blick bohrte sich direkt in ihr Herz.

»Ich finde, es ist höchste Zeit, dieses dämliche Gesieze sein zu lassen. Ehrlich gesagt, dachte ich mir das schon damals in der Kneipe, aber ...«, er verzog das Gesicht, »... erst wollte ich nicht unverschämt sein, und dann war der richtige Zeitpunkt plötzlich vorbei. Doch einen besseren als jetzt werden wir wohl kaum mehr bekommen. Was denkst du?«

Toni lächelte.

»Ja, das sehe ich genauso«, sagte sie.

»Na dann.« Seine Augen waren von einem so dunklen Grau wie der Himmel kurz vor dem ersten Donnerschlag eines Jahrhundertgewitters, und Tonis Herz schlug so heftig gegen ihre Rippen, dass sie fest davon überzeugt war, dass Mulder es auch hören musste. Er hob seine Tasse.

»Toni«, sagte er.

»Doc«, antwortete sie.

Fast hätte sie *Tom* gesagt, doch sie brachte es immer noch nicht über die Lippen.

Mit einem hellen Klang stießen ihre Tassen gegeneinander. Toni nahm einen Schluck, doch sie schmeckte kaum etwas von dem Wein. Zu intensiv war plötzlich Mulders Gegenwart, schien alles in sich aufzusaugen wie ein Schwarzes Loch. Und wenn sie nicht aufpasste, würde sie selbst hineingezogen. Nein. Würde sie nicht. Das war nämlich schon längst passiert.

Fünf Stockwerke unter ihnen drückte jemand sekundenlang auf die Hupe, doch das Geräusch drang wie aus weiter Ferne an Tonis Ohr. Alles um sie herum war komplett in den Hintergrund getreten. Es gab nur sie und ihn. Hollywood könnte es nicht besser hinkriegen.

Sie wünschte sich so sehr, dass er sie an sich ziehen, in den Arm nehmen und küssen würde, dass es weh tat. Richtig weh. Sie wollte ihre Hand heben, sie auf seine Wange legen, über sein Gesicht streichen, aber sie war unfähig, auch nur den kleinen Finger zu rühren. Was, wenn er zurückwich? Wenn er sie abwies?

Auch Mulder bewegte sich nicht, stand einfach nur da und sah sie unverwandt an. Warum tat er nichts, verdammt? Toni hielt es nicht mehr aus.

»Woher wusstest du eigentlich, dass ich noch in meinem Büro bin?«, fragte sie, und der Zauber des Augenblicks zerplatzte wie eine Seifenblase. Mulder blinzelte, wirkte irritiert, doch er fing sich sofort wieder.

»Ich wusste es nicht, ich habe nur zufällig gesehen, wie

du in das Präsidium gegangen bist, und da habe ich vermutet, dass du noch arbeitest. Dem Beamten am Eingang habe ich gesagt, ich hätte einen Termin bei dir. Es ginge um den Mord. Er wollte dich anrufen, damit du herunterkommst und mich abholst. Das konnte ich ihm zwar gerade noch ausreden, aber er hat darauf bestanden, dass einer seiner Kollegen mich begleitet. Das sei so Vorschrift, meinte er. Zum Glück, denn sonst hätte ich auf halbem Weg wahrscheinlich wieder kehrtgemacht.«

Er griff nach der Flasche und schenkte ihnen beiden nach.

»Nachdem man mich aus dem Krankenhaus entlassen hatte, bin ich oft ins O'Donnell's gegangen, habe nach dir Ausschau gehalten und auf dich gewartet, doch du kamst nicht. Irgendwann habe ich dann aufgegeben. Um ehrlich zu sein, habe ich ein paarmal daran gedacht, zu deiner Pension zu fahren, aber erstens wusste ich ja nicht, ob du immer noch dort wohnst, und zweitens ...« Er zuckte mit den Schultern. »Zweitens wollte ich nicht, dass du mich für aufdringlich hältst. Das hier«, er hob seine Tasse, »war übrigens auch nicht geplant. Eigentlich wollte ich damit heute auf den ersten Abend in meiner neuen Wohnung anstoßen, stand im einen Moment noch mit der Flasche in der Hand an der Supermarktkasse und fand mich im nächsten Moment vor dem Präsidium wieder. Ich habe mich gerade gefragt, was um alles in der Welt ich eigentlich hier tue, noch dazu um diese Uhrzeit. Und dann bist du aufgetaucht.«

Mulder verstummte und schüttelte den Kopf.

»Kennst du das«, fuhr er einen Augenblick später fort, »die ganze Zeit über malst du dir etwas aus, und wenn es dann tatsächlich passiert, weißt du nicht, was du tun sollst? So ging es mir in dieser Sekunde. Ich stand einfach nur da und habe zugeschaut, wie du auf mich zukamst, ohne mich zu bemerken. Ich hätte bloß zu winken und zu rufen brauchen, aber ich konnte mich nicht bewegen, war mir auf einmal gar nicht mehr sicher, ob ...«

Er brach ab, schüttelte den Kopf und blickte hinüber zu den Türmen der Frauenkirche.

»Zwei Dumme, ein Gedanke«, murmelte Toni.

Mulder sah sie an.

»Was hast du gesagt?«

Stumm erwiderte Toni seinen Blick, und bevor sie es sich anders überlegen konnte, stellte sie ihre Tasse ab, nahm sein Gesicht in beide Hände und zog es zu sich herab.

Die erste Berührung ihrer Lippen war federleicht, kaum spürbar, nicht viel mehr als ein Windhauch und so schnell vergangen, dass sie gar nicht wusste, ob es überhaupt passiert war. Sie sah Mulder an, die Hände immer noch auf seinen Wangen. Sie spürte, wie er lächelte. Dann legte er endlich die Arme um sie, und Toni schloss die Augen.

Vierzehn

Leise vor sich hin summend, stieg Toni aus dem Paternoster und schlug den Weg zu ihrem Büro ein. Sie musste sich zusammenreißen, um nicht durch die Gänge zu hüpfen wie ein kleines Mädchen. Wie lange hatte sie heute Nacht wohl geschlafen? Zwei Stunden? Drei? Egal. Sie war so vollgepumpt mit Endorphinen, dass sie ihr vermutlich bereits in Fontänen aus der Kopfhaut sprudelten und sie einen glitzernden Glückshormonschleier hinter sich herzog.

Nachdem sie auf dem Dach des Präsidiums die Flasche Wein geleert hatten, waren sie und Mulder noch lange unter dem Münchner Nachthimmel gestanden, hatten über die Dächer hinweggeblickt und einfach nur die Nähe des anderen genossen. Sie hatten nicht viel geredet, aber genau das war so schön daran gewesen. Endlich hatte Toni sich nicht gezwungen gefühlt, die Stille mit Worten ausfüllen zu müssen, um sie ertragen zu können. Es gab zwar noch so vieles, das sie ihn fragen, so vieles, das sie ihm sagen wollte, aber nicht an diesem Abend.

Mulder hatte sie anschließend noch bis zur S-Bahn begleitet, und nachdem der dritte Zug eingefahren war, hatte sie sich auch endlich von ihm losreißen können. Als sie eine halbe Stunde später die Tür ihres Pensionszimmers aufsperrte, waren schon die ersten beiden WhatsApp-

Nachrichten auf ihrem Handy eingegangen, und es folgten noch jede Menge mehr, bis ihr schließlich beim Tippen die Augen zugefallen waren und sie ihm einen letzten Gutenachtkuss geschickt hatte.

Teenager benahmen sich nicht schlimmer, so viel stand fest.

»Hast du heute bei den Kollegen vom Rauschgift in der Asservatenkammer gefrühstückt, oder warum bist du so gut drauf?«

Sören lehnte am Türstock ihres Büros, rührte in seinem Schnegga-Becher und musterte sie unter skeptisch zusammengezogenen Brauen.

»So ähnlich«, antwortete Toni. »Unser Zucker ist alle, da habe ich mir dort ein Tütchen geborgt.«

»Sehr gute Idee«, sagte er. »Und völlig egal, was es war – hol dir noch mehr davon und nimm es regelmäßig. In diesem Zustand bist du nämlich wirklich zu ertragen.«

»Du irrst dich, lieber Kollege«, konterte Toni. »Andersherum wird ein Schuh daraus. Die Drogen helfen mir dabei, euch zu ertragen. Ich frage mich immer noch, warum ich nicht viel früher darauf gekommen bin.«

Ihr Smartphone meldete den Eingang einer neuen Nachricht, und Toni warf automatisch einen Blick auf das Display. Die Nachricht war von Mulder, genau wie sie gehofft hatte. Obwohl sie sich alle Mühe gab, sich nichts anmerken zu lassen, konnte sie nicht verhindern, dass ihre Mundwinkel sich zu einem Lächeln verzogen. Das entging Sören natürlich nicht, und er machte neugierig den Hals lang.

»Ist das dein Dealer?«, fragte er und grinste. »Kriegst du eine neue Lieferung?«

Rasch drehte sie das Handy um, dass es mit dem Display nach unten auf dem Tisch lag.

»Hast du nicht irgendetwas zum Lochen und Abheften?«, fragte sie und warf einen Kugelschreiber nach ihrem Kollegen, doch der machte sich nicht einmal die Mühe, dem Stift auszuweichen.

»Du hast auch schon mal besser getroffen«, bemerkte Sören trocken und blickte über seine Schulter in den Flur, wo der Kugelschreiber klackernd gelandet war.

»Das war nur ein Warnschuss«, sagte Toni. »Der zweite trifft. Du kannst es gern darauf ankommen lassen.« Sie streckte ihre Hand nach dem Tacker aus, was Sören dazu veranlasste, vorsichtshalber die Flucht zu ergreifen. Als seine Schritte verklungen waren, öffnete sie die Nachricht.

Mache mich jetzt auf den Weg. Melde mich, wenn ich wieder zurück bin.

Mulder holte heute seine restlichen Sachen aus Würzburg, denn er hatte nur das Nötigste nach München mitgenommen. Die Wohnung am Bordeauxplatz war vollständig möbliert gewesen. Sie gehörte einem von Mulders Kollegen, der für ein halbes Jahr ins Ausland gegangen war und sie Mulder so lange zur Verfügung gestellt hatte, bis er etwas eigenes gefunden hatte.

Nachdenklich zupfte Toni an ihrer Unterlippe. Einmal Würzburg hin und zurück, das allein dauerte schon etwa sechs Stunden. Vorausgesetzt, die Autobahn war frei und es gab keine größeren Baustellen. Selbst wenn alles klappte wie am Schnürchen – und bei welchem Umzug klappte schon alles? –, würden sie sich heute also nicht mehr sehen. Das allein nagte schon an ihr, aber noch mehr machte ihr der Gedanke zu schaffen, dass Mulders Sachen bei seiner Noch-Frau im ehemals gemeinsamen Haus standen.

Als er das gestern erwähnt hatte, hatte es ihr einen heftigen Stich versetzt. Das war dämlich, das wusste sie selbst. Sie hatten sich gerade erst zum ersten Mal geküsst, und schon hatte sie Angst, ihn wieder an seine Noch-Frau zu verlieren.

Sie hatte das natürlich für sich behalten und versuchte tapfer, jeden Gedanken an seine Hoffentlich-bald-Ex-Frau zu verdrängen, aber trotzdem ertappte sie sich immer wieder bei der Vorstellung, wie die andere wohl aussehen mochte. Bestimmt hatte sie lange blonde Haare, trug maximal Größe 36, war sehr hübsch und dazu natürlich klug und charmant.

Sie spürte, wie die Hochstimmung, die ihr gerade noch Flügel verliehen hatte, ihren Glanz verlor und Risse bekam. Mit einem Ruck schob Toni ihren Stuhl zurück und stand auf. Sie durfte sich nicht immer selbst so runterziehen. Es gab überhaupt keinen Grund dafür. Wer seine Frau immer noch liebte und mit ihr zusammen sein wollte, suchte sich nicht knapp dreihundert Kilometer entfernt eine neue Wohnung.

Auf dem Weg zur Morgenbesprechung hatte Toni sich wieder einigermaßen gefangen. Als sie im Begriff war, den Besprechungsraum zu betreten, traf eine neue Nachricht auf ihrem Handy ein. Sie stammte von Mulder.

Telefonieren wir heute Abend?

Was für eine Frage.

Wehe, wenn nicht!, antwortete sie.

Auf dem Tisch lagen die Tageszeitungen von heute. Erwartungsgemäß dominierte der Mord sämtliche Schlagzeilen. *Wer ist die Tote vom Teufelsberg?*, titelte eine Zeitung.

»Teufelsberg?«, fragte Sören. »Wie kommen die denn darauf?«

Toni zuckte ratlos mit den Schultern.

»Was seid ihr nur für Münchner?«, sagte Contutto und schnalzte missbilligend mit der Zunge.

»Ähm ...«, setzte Sören an, und sein Kollege winkte sofort ab.

»Na gut, ostfriesische Gastarbeiter sind entschuldigt. Aber ihr beiden«, er zeigte mit dem Kaffeelöffel auf Toni und Beate, »solltet das eigentlich schon wissen. Das lernt man doch schon in der Grundschule. Der Teufelsberg ist ein Berg in der Aubinger Lohe. Na ja, genau genommen ist es mehr ein Hügel, aber dafür sollen dort angeblich Schätze unter der Erde liegen, die man nur mit Hilfe des Teufels heben kann. Ist für die Schlagzeile in Zusammenhang mit einem Leichenfund deshalb natürlich wie geschaffen. Fehlen bloß noch ein paar Gerüchte um satanistische Rituale mit geopferten Jungfrauen und so einem Kram.«

Contutto verstummte, als Hans am Tisch Platz nahm.

»Heute kommen jede Menge Vernehmungen auf uns zu«, kündigte ihr Vorgesetzter an. »Es könnte also ein wenig zugehen wie beim Schlussverkauf. Der Kollege, der damals die Anzeige wegen Misshandlung Schutzbefohlener gegen Martin Krämer bearbeitet hat, ist heute wieder erreichbar. Sören, kümmerst du dich bitte darum?«

Sören nickte und machte sich eine Notiz.

»Die Ergebnisse der Mobilfunkanbieter bezüglich des Bewegungsprofils sind da«, fuhr Hans fort. »Martin Krämers Handy hat sich tatsächlich den ganzen Tag in derselben Funkzelle befunden, und zwar in derjenigen, in der auch sein Wohnhaus liegt.«

»Was nichts heißen muss«, warf Toni ein. »Er kann das Haus ja auch ohne sein Telefon verlassen haben.«

»Das stimmt, aber zunächst einmal passt es zu den Aussagen seiner Nachbarin und seines Sohnes, nämlich dass er den ganzen Tag zu Hause war. Das Handy von Julia Krämer bewegte sich von der häuslichen Funkzelle bis zur Aubinger Lohe. Dort blieb es, bis es um 17.28 Uhr ausgeschaltet wurde, und seither ist es tot. Vermutlich hat der Täter es an sich genommen und entsorgt, und damit wir es nicht orten und am Ende doch noch finden können, hat er es zuvor ausgeschaltet oder gleich den Akku entfernt. Vielleicht befürchtet oder weiß er, dass etwas auf ihrem Handy gespeichert ist, das uns zu ihm führen könnte.«

»Wir brauchen unbedingt ihre Verbindungsdaten und die komplette Auswertung der Funkzelle«, warf Sören ein, »damit wir wissen, welche Handys im Tatzeitraum in der fraglichen Zelle eingeloggt waren. Möglicherweise hat sie ja vor ihrem Tod noch mit dem Täter telefoniert. Wenn eine der Rufnummern aus ihren Verbindungsdaten mit einem der eingeloggten Handys übereinstimmt, haben wir einen neuen Anhaltspunkt.«

»Ist beides in Arbeit«, bestätigte Hans.

»Hast du den IT-Forensikern ein wenig Beine gemacht?«, wollte Toni wissen.

»Ja, habe ich, was den Kollegen hörbar genervt hat. *Es dauert so lang, wie es dauert*, war seine Antwort. *Ich heiße schließlich nicht Bibi, und wir sind nicht auf dem Blocksberg.*«

»Ich habe mir das mit der Funkzellenauswertung einmal erklären lassen«, bemerkte Contutto. »Das ist wohl eine ziemliche Fieselarbeit. Wenn ich es richtig verstanden habe, erstellt jeder Mobilfunkanbieter eine Liste mit den Rufnummern, die bei ihm registriert sind. Je nach Auswertungszeitraum und Aufkommen in der jeweiligen Funkzelle kann die ganz schön lang sein. Dummerweise haben diese Listen weder ein einheitliches Format noch einheitliche Parameter, so dass die Kollegen, die diese

Listen bekommen, erst einmal herausfinden müssen, was die ganzen Kürzel bedeuten. Wenn sie die Kürzel nicht entschlüsseln können, fragen sie bei den Mobilfunkanbietern nach. Die Ansprechpartner am Telefon haben allerdings oft selbst keine Ahnung und müssen erst intern jemanden finden, der sich damit auskennt. Was manchmal wohl ganz schön dauern kann.« Er kratzte sich am Kopf. »Also ganz ehrlich – ich beneide die Kollegen nicht um ihre Arbeit. Ich würde durchdrehen, wenn ich den ganzen Tag nichts anderes tun müsste, als solche Listen zu bearbeiten. Aber jetzt wundert es mich jedenfalls nicht mehr, dass die ein paar Tage brauchen, bis sie uns Ergebnisse schicken können.«

Sören nickte zustimmend.

»Könnt ihr euch noch daran erinnern, als wir einmal diese endlose Liste mit Kontodaten und Bankverbindungen auswerten mussten? Ich wollte nach Dienst Geld am Automaten abheben, aber mir schwirrten immer noch so viele Zahlen durch den Kopf, dass ich meine PIN nicht mehr wusste. Ich musste mir damals allen Ernstes Geld von meinem Nachbarn leihen, damit ich mir wenigstens etwas fürs Abendessen kaufen konnte.«

Toni räusperte sich.

»Hans, da kannst du auch das eine oder andere Lied von singen, oder? Wie oft hat der Automat deine Karte schon eingezogen, weil du die PIN falsch eingegeben hast? Dreimal? Viermal?«

»Zweimal«, sagte er und sah sie finster über den Rand seiner Brille hinweg an. »Und einmal war meine Frau schuld, weil sie bei der neuen Karte die alte Geheimzahl verwendet hat. Aber das tut hier auch nichts zur Sache. Wo waren wir stehengeblieben?« Er warf einen Blick in seine

Unterlagen. »Ach ja. Der Laptop. An dem arbeiten die IT-Forensiker ebenfalls. Ein erstes Ergebnis bekommen wir eventuell schon heute Nachmittag. Sonst noch etwas? Nein? Dann Abmarsch. Ach, Toni.« Er sah sie an. »Einen Moment noch, bitte.«

Er wartete, bis sie allein waren.

»Dr. Mulder hat gestern angerufen. Hast du den Zettel gesehen?«

»Ja, habe ich, danke. Ich habe ihn in der Zwischenzeit schon erreicht.« Sie hatte alle Mühe, nicht über das ganze Gesicht zu grinsen.

»Und?«

Toni sah ihren Chef irritiert an.

»Wie – und? Was meinst du damit?«

»Na, wie es ihm geht. Ist er okay? Arbeitet er wieder?«

»Ach so. Ja. Alles ist gut verheilt. Er hat diese Woche noch Urlaub, weil er umzieht, aber ab kommendem Montag schnippelt er wieder an mehr oder weniger frischen Leichen herum. War's das?«

»Ja, das war's«, sagte er und ließ ihr mit einer leichten Verbeugung den Vortritt. »Moment, eines hab ich noch.«

Toni blieb stehen und wandte sich um.

»Wenn du den Doktor das nächste Mal siehst, bestell ihm schöne Grüße von mir.«

Augenzwinkernd und mit einem angedeuteten Grinsen auf den Lippen ging er an ihr vorbei und verschwand in seinem Büro. Perplex sah Toni ihm nach. Wie hatte er das nun wieder gemeint? Ahnte er etwas?

Sie zuckte mit den Schultern. Und wenn schon. Hans war mit Sicherheit der Letzte, der ihr das missgönnen würde. Ganz im Gegensatz zu einer anderen Person: Mike. Wenn er das mit ihr und Mulder herausfand … Bei der Vorstellung platzte etwas Schwarzes, Giftiges in ihrem Bauch. Wie eine Blase aus Faulgasen in einem Moortümpel stieg ein ungutes Gefühl in ihr auf. Mike würde das mit Mulder und ihr garantiert nicht so einfach hinnehmen. Hoffentlich ließ er seine Wut dann nur an ihr aus.

Fünfzehn

»Vielen Dank, dass Sie uns geholfen haben.« Toni schüttelte der dicklichen Dame zum Abschied die Hand und wartete, bis die Ausgangstür hinter ihr zugefallen war. Inzwischen war es kurz nach dreizehn Uhr. Ihr Magen knurrte schon seit einer Stunde, einmal sogar so laut, dass die Frau, deren Namen Toni schon wieder vergessen hatte, in ihrer Handtasche gekramt und ihr eine Handvoll Bonbons neben die Tastatur gelegt hatte.

»Zucker hilft immer«, hatte sie gesagt und verschämt über ihr Bäuchlein gestrichen. »Ich weiß, wovon ich rede.«

Nach Zucker war ihr jetzt aber so gar nicht zumute. Eher nach etwas Herzhaftem, gern auch richtig fettig.

»Ich hole Döner!«, rief Contutto ihr schon von weitem zu, als sie wieder im vierten Stock angelangt war.

»Döner?« Sören streckte den Kopf aus seinem Büro. »Du? Keine Pizza mit allem? Bist du krank?«

Contutto tat, als hätte er die Bemerkung nicht gehört.

»Am Altheimer Eck hat ein neuer Laden aufgemacht, und die Kollegen vom Raub sind ganz begeistert. Der vegane Döner muss der Knaller sein.«

»Veganer Döner?« Sören riss die Augen auf. »Ist er krank?«, fragte er Toni.

»Hundertprozentig«, bestätigte sie. »Glaubst du, man kann sich dagegen noch impfen lassen?«

»Idioten«, brummte Contutto. »Ihr habt ja keine Ahnung, was der Fleischkonsum für Auswirkungen auf die Umwelt hat. Ach, was rede ich. Ihr Ignoranten versteht das sowieso nicht. Was ist jetzt? Döner oder nicht?«

Zwanzig Minuten später zog ein unverkennbarer Geruch durch die Gänge, und die gesamte Mordkommission saß schweigend und kauend am Tisch. Contutto hatte tatsächlich ein veganes Exemplar erstanden, und seinem zufriedenen Gesichtsausdruck nach zu urteilen, schien es ihm sogar zu schmecken.

»Wie läuft es bisher?«, fragte Hans und wischte sich mit einer Serviette über den Mund. Toni, Beate und Contutto antworteten mit Kopfschütteln und mehr oder weniger artikulierten Lauten, was so viel wie *Nichts, was uns weiterhelfen würde* bedeutete. Nur Sören hatte etwas beizutragen.

»Ich habe den Kollegen Dankesreiter vom K 22 erreicht«, sagte er. »Er konnte sich noch gut an die Ermittlungen in Sachen Sebastian Krämer erinnern. Waren ziemlich *spooky*, wie er sich ausdrückte. Alle drei haben geschwiegen wie die Gräber, aus keinem konnte man auch nur ein Wort mehr herausbringen, als sie unbedingt von sich geben mussten. Sebastian war leichenblass und machte sich auf seinem Stuhl so klein, als hoffte er, dadurch unsichtbar zu werden. Dankesreiter hatte den Eindruck, dass dem Jungen etwas auf der Seele lag, das ihn extrem belastete und mit dem er allein kaum fertig wurde. Er schielte wohl auch die gesamte Zeit zu seiner Mutter hinüber, als bäte er um ihre Erlaubnis, sein Herz ausschütten zu dürfen, aber die bekam er offenbar nicht, und somit hielt er ebenfalls eisern den Mund.«

»Die Eltern werden ihm vorher schon eingetrichtert haben, dass er den Papa nicht verpfeifen darf«, warf Contutto mit vollem Mund ein. »Was in der Familie passiert, bleibt in der Familie. Was sollen denn sonst die Nachbarn denken?«

Der schöne Schein, dachte Toni. Hauptsache, der wurde gewahrt. Da konnte hinter den Kulissen schon längst alles in Trümmern liegen – so lange die Angst vor dem Gesichtsverlust stärker war als der Schmerz, so lange würde sich nichts ändern. Wer wüsste das besser als sie?

»Was ist mit der Anzeige?«, hakte Beate nach.

»Ist schon auf dem Weg zu uns«, antwortete Sören und sah auf die Uhr. »Genau genommen sollte sie schon längst da sein. Die Aktenstelle ist ja nur auf der gegenüberliegenden Stockwerkseite. Das hätte eigentlich eine Sache von ein paar Minuten sein sollen. Ich frage gleich einmal nach.«

»Mach das.« Hans nickte und sah dann in die Runde. »Was steht bei euch noch an?«

»Für vierzehn Uhr sind noch zwei potentielle Zeugen vorgeladen«, berichtete Beate. »Toni und Sören haben sich bereit erklärt, die beiden zu übernehmen, so dass Contutto und ich nach Aubing fahren und die Nachbarn der Krämers abklappern können.«

Toni war Beates Frage, ob sie und Sören die letzten Vernehmungen übernehmen würden, sehr gelegen gekommen. Sie hatte das unbestimmte Gefühl, dass die fünf Jahre alte Anzeige gegen Martin Krämer für ihren Fall von Bedeutung war, und sie wollte so schnell wie möglich einen Blick hineinwerfen.

Zuerst einmal brauchte sie aber dringend einen Kaffee. Nachdem die Mittagsrunde aufgehoben war, stand Toni an den Küchenschrank gelehnt und sah zu, wie die pechschwarze Flüssigkeit in ihre Tasse lief, als Sören in den Raum stürzte. Auf seinen Wangen blühten tiefrote Flecken.

»Manchmal glaube ich, ich bin von Vollidioten umzingelt«, legte er los. »Stell dir vor, du sitzt in der Aktenstelle und es ruft jemand von der Mordkommission an, der den Vorgang mit dem Aktenzeichen XY braucht, den damals das K 22 bearbeitet hat. Wohin schickst du die Akte?«

»An die Mordkommission«, antwortete Toni, die schon ungefähr ahnte, was jetzt gleich folgen würde.

»Das wäre auch meine logische Schlussfolgerung gewesen, aber die Kollegin dort drüben hat offenbar noch nicht mitbekommen, dass man den Kopf auch zum Denken benützen kann. Jedenfalls hat diese ... diese ...« Sörens Adamsapfel hüpfte auf und ab, als er ein vermutlich nicht gerade freundliches Wort hinunterschluckte. »... diese *Frau* den Vorgang an das K 22 geschickt. Mann!« Er schlug mit der Hand gegen den Schrank. »So bescheuert kann einer allein doch gar nicht sein.«

Toni seufzte. Doch. Und noch viel bescheuerter. Sie dachte an einen Kollegen, der zeitgleich mit ihr in das Sendlinger Revier versetzt worden war. Er hatte sich als ziemliche Pfeife herausgestellt, es aber seltsamerweise irgendwie fertiggebracht, zur Hundestaffel versetzt zu werden. Böse Zungen behaupteten, nach vierzehn Tagen hatte der Diensthund Lenkrad und Funkgerät übernommen.

»Und jetzt?«, fragte sie.

»Jetzt mache ich die Vernehmung, fahre anschließend in die Landshuter Allee zum K 22 und bringe die Akte höchstpersönlich hierher.«

Toni warf zwei Stück Würfelzucker in ihre Tasse und trug sie in ihr Büro. Sie hatte sich noch nicht richtig hingesetzt, als ihr Telefon klingelte. Eine Münchner Rufnummer leuchtete im Display auf, mit der sie jedoch nichts anfangen konnte.

»Mordkommission München, Stieglitz«, meldete sie sich.

»Grüß Gott. Volkhardt ist mein Name. Anneliese Volkhardt. Ich sollte heute zu Ihnen kommen wegen der Frau am Teufelsberg. Da bin ich doch richtig bei Ihnen, oder?«

»Sind Sie, Frau Volkhardt. Worum geht es denn?«

»Es tut mir sehr leid, aber ...« Die Frau am anderen Ende druckste herum. »Ich kann nicht. Ich bin gestürzt und habe mir den Knöchel verstaucht. Jetzt kann ich nicht richtig gehen.«

»Kein Problem, dann fahre ich zu Ihnen. Passt es Ihnen heute noch?«

»Nein«, kam es wie aus der Pistole geschossen. »Heute geht nicht.«

»Auch gut, dann sagen wir morgen Vormittag um zehn?«

»Nein, morgen Vormittag geht nicht. Und auch nicht am Nachmittag.«

Toni verdrehte die Augen. Das war wieder eine von der schwierigen Sorte.

»Bis Donnerstag kann ich aber nicht warten, Frau Volkhardt. Schließlich geht es um Mordermittlungen, da zählt jede Stunde.« Ein bisschen Druck konnte nicht schaden. Bestimmt fiel ihr gleich ein, dass sie es vielleicht doch irgendwie möglich machen konnte, Toni zu empfangen. Prompt fing die Volkhardt auch an, herumzudrucksen.

»Also«, sagte sie, »eigentlich ... eigentlich habe ich ja gar nichts gesehen. Ich war an dem Wochenende nicht einmal in der Aubinger Lohe. Genau genommen war ich an dem Tag, als Ihre Kollegen mich angesprochen haben, zum allerersten Mal dort. Ich wollte nur sehen, wo die Frau ... also wo das passiert ist. Aber das konnte ich dem jungen Mann doch nicht sagen, da hätte ich mich ja geschämt.

Deshalb habe ich behauptet, ich würde dort jeden Tag spazieren gehen, damit er nicht denkt, ich wäre einer von diesen Gaffern.«

Ihre Stimme war immer leiser geworden, bis sie schließlich ganz erstarb. Toni atmete tief durch. Am liebsten hätte sie der Frau den Kragen umgedreht. Ersatzweise nahmen ihre Finger den Telefonhörer in Klammergriff.

»Ihnen ist aber schon klar, dass Sie uns mit Ihrer Wichtigtuerei wertvolle Stunden gestohlen und die Ermittlungen unnötig aufgehalten haben? Ich könnte Sie jetzt anzeigen, Frau Volkhardt, und Ihnen richtig große Probleme machen. Ihr Glück, dass ich Besseres zu tun habe.«

Toni war am Ende absichtlich lauter geworden und hatte ihren Ärger auch nicht mehr verborgen. Sollte die Frau heute Nacht ruhig schlecht schlafen, das geschah ihr ganz recht. Aus dem Hörer drang noch einmal die Stimme der Volkhardt. Sie klang kleinlaut und weinerlich, aber Toni hörte gar nicht mehr hin und legte auf. Sie verließ ihr Büro und begegnete Sören, der mit einem jungen Mann im Schlepptau auf sein Zimmer zusteuerte.

»Meine Zeugin hat abgesagt«, teilte sie ihm mit. »Wenn du willst, fahre ich in die Landshuter Allee und hole die Unterlagen.«

Sören hob zustimmend den Daumen, und Toni machte sich auf den Weg. Wider Erwarten blieb sie heute von dem sonst üblichen zähfließenden Innenstadtverkehr nahezu vollständig verschont, so dass sie bereits kurz nach fünfzehn Uhr wieder zurück im Präsidium war. Leider hatte sie den Kollegen Dankesreiter nicht im K 22 angetroffen.

»Ist beim Dienstsport«, hatte sein Zimmerkollege kurz und knapp erklärt. »Von dort fährt er immer gleich nach Hause. Er ist also erst morgen wieder im Büro.«

Schade. Sie hätte mit Dankesreiter gern persönlich gesprochen. Aber bestimmt ergab sich später noch die Gelegenheit, und vielleicht tauchten beim Studium der Anzeige noch weitere Fragen auf, die sie ihm dann auch gleich noch stellen konnte.

Zunächst übergab sie die Akte jedoch an Sören. Ihre Neugier war zwar riesengroß, und am liebsten hätte sie sich gleich darüber hergemacht, doch Hans hatte Sören die Aufgabe übertragen, also bekam er die Unterlagen auch als Erster.

Kurz vor achtzehn Uhr betrat Hans ihr Büro und drückte ihr die Anzeige wieder in die Hand.

»Sören hat das Ding rauf und runter gelesen, aber nichts gefunden, was für uns von Bedeutung wäre. Deshalb reicht es vollkommen, wenn du morgen einen Blick hineinwirfst. Für heute ist nämlich erst einmal Feierabend. Und das ist ein Befehl.«

Toni sah den Blätterstapel an. Eigentlich wollte sie jetzt noch nicht Schluss machen, aber sie wusste, dass es keinen Sinn hatte, sich zu widersetzen. Hans würde keine Ruhe geben, bis sie nicht vor seinen Augen ihr Büro verschlossen und mit ihm das Gebäude verlassen hatte. In der Vergangenheit hatte sie ein paarmal versucht, ihn auszutricksen, aber er hatte sie immer durchschaut. Deshalb fuhr sie nach seiner Ansage ohne Murren den PC herunter, schlüpfte in ihre Jacke und schaltete das Licht aus.

Die kurze Nacht steckte ihr nun doch spürbar in den Knochen, und als sie die Eingangstür der Pension Maria aufdrückte, konnte sie es kaum erwarten, den Fernseher anzuschalten, sich auf das Bett fallen zu lassen und mit Mulder zu telefonieren.

Sechzehn

Mulder fuhr sich mit der Hand über das Gesicht. Er hatte gewusst, dass es heute alles andere als einfach werden würde, aber dass dieser Tag Anwärter auf den Titel *Katastrophentag des Jahres* werden würde, damit hatte er nicht gerechnet.

Er hatte von Anfang an kein gutes Gefühl gehabt, und das Ziehen im Bauch hatte sich mit jedem Kilometer verstärkt, den er Richtung Würzburg gefahren war. Als er schließlich in die Straße eingebogen war, in der er mehr als fünfzehn Jahre mit Susanne gelebt hatte, hatte es sich auf einmal angefühlt, als wäre er nie weg gewesen. Nichts hatte sich verändert. Gar nichts.

Plötzlich war es, als hätte ihn etwas aus der Zeit gekickt, und er hatte sich verwirrt gefragt, ob er sich alles nur eingebildet hatte. Ob sich die Ereignisse der letzten Monate wirklich so abgespielt hatten oder nur in seiner Phantasie existierten, und wenn er nicht in einem Mercedes Sprinter gesessen hätte, dessen leerer Laderaum auf die Überreste seines ehemaligen Lebens wartete, hätte er wahrscheinlich tatsächlich geglaubt, auf dem Heimweg vom Dienst an der Würzburger Rechtsmedizin zu sein.

Er hatte sich viele Gedanken darüber gemacht, wie er Susanne begrüßen sollte. Sie umarmen? Auf die Wange küssen? Oder ihr die Hand schütteln wie einer entfernt Bekannten? Diese Überlegungen hatten sich in dem Moment erledigt, als Susanne die Tür öffnete, beiseitetrat und mit vor der Brust verschränkten Armen wartete, bis er eingetreten war. Wie ein ungebetener Gast stand er im Flur. Keiner von ihnen sprach ein Wort.

Susanne trug ihre Haare jetzt dunkler und kinnlang, nicht mehr bis über die Schultern. Es stand ihr gut, machte sie jünger, fast mädchenhaft. Und sie war noch dünner geworden, wirkte noch zarter. Noch mehr wie eine Elfe, mit der er sie in der Hochphase der Verliebtheit immer verglichen hatte.

Aber da war auch etwas Gläsernes, Kaltes in ihrem Blick, das so gar nicht zu einer Elfe passen wollte. Zumindest nicht zu einer, die ihm wohlgesonnen war. Nein, die Zeit hatte das Verhältnis zwischen ihnen nicht verbessert, hatte die Splitter und scharfen Kanten nicht abschleifen können.

»Ist Josy …«

»Jo«, unterbrach sie ihn. »Sie will nur noch Jo genannt werden.«

Susanne musste ihm nicht extra unter die Nase reiben, dass er das wissen würde, wenn er sich die letzten Monate nicht dreihundert Kilometer entfernt in einer Wohnung eingeigelt, sondern sich mehr um seine Tochter gekümmert hätte. Er hatte damit gerechnet, dass so etwas kommen würde, und geglaubt, dagegen gewappnet zu sein, doch der unausgesprochene Vorwurf durchschlug seine viel zu brüchige Rüstung mit Leichtigkeit und bohrte sich tief in sein Herz. Sie hatte ihn mit erschreckender Präzision genau dort getroffen, wo er am verwundbarsten war: bei seinen Schuldgefühlen gegenüber seiner Tochter. Und er konnte es ihr nicht einmal verdenken. Schließlich hatte er sie zu der verletzten, unnahbaren Frau gemacht, die sie jetzt war.

»Ist sie noch in der Schule?«

»Ja. Sie kommt gegen fünfzehn Uhr.«

Den Satz *Ich möchte, dass du bis dahin fertig und wieder verschwunden bist!* musste sie nicht laut aussprechen. Er verstand es auch so, und er würde sich daran halten. Er würde rechtzeitig verschwinden. Zumindest aus dem Haus, aus der Straße. Dass er vorhatte, an der Bushaltestelle auf seine Tochter zu warten, behielt er für sich.

Er konnte doch nicht wieder fahren, ohne seine Tochter wenigstens aus der Ferne gesehen zu haben. Hatte sie immer noch ihre langen blonden Haare, oder waren die mit der Verwandlung zu *Jo* auch Geschichte geworden? Nein, dachte er. Sicher nicht. Josefine würde sich nie von ihren Haaren trennen. Wobei er auch nicht gedacht hatte, sich jemals von seiner Tochter trennen zu müssen. Glühender Stacheldraht wickelte sich um sein Herz und zog sich zusammen.

Nein, er würde sich nicht einfach so davonstehlen. Er musste mit ihr sprechen, sie in den Arm nehmen, auch wenn der Abschied dann nur umso schmerzhafter war.

Und dann stand Josefine plötzlich in der Tür. Blass und mit weit aufgerissenen Augen, die durch den schwarzen Kajal noch größer wirkten. Wann hatte sie begonnen, sich zu schminken? Er hatte das Gefühl, hundert Jahre von seiner Tochter getrennt gewesen zu sein, nicht nur ein paar Monate, und obwohl keine zwei Meter zwischen ihnen waren, schien sie immer noch meilenweit weg zu sein. Sie hatte ihre Haare zwar nicht abschneiden, aber auf der rechten Seite eine breite violette Strähne hineinfärben lassen. Das Shirt, das sie trug, war viel zu groß, die Jeans zerrissen. Sie wollte erwachsen aussehen, dachte er, erwachsen und abgebrüht, aber sie war nur eine verunsicherte Vierzehnjährige in einer viel zu großen, fremden Welt, in der sie erst noch ihren Platz finden musste.

Wie zuvor Susanne hatte sie die Arme vor dem Körper verschränkt, doch sie hatte noch nicht die Beherrschung ihrer Mutter, und Mulder sah ihr an, dass sie nicht wusste, ob sie wegrennen, sich in seine Arme werfen oder mit ihren Mädchenfäusten auf ihn einschlagen sollte. Der Anblick brach ihm beinahe das Herz.

»Hallo Jos...«, fing er an, verbesserte sich aber sofort. »Hallo Jo.«

Er breitete die Arme aus, um es ihr leichter zu machen, und schon im nächsten Moment flog sie auf ihn zu. Schluchzend klammerte sie sich an ihn, und auch ihm stiegen Tränen in die Augen. Als sie sich wieder einigermaßen beruhigt hatte, setzten sie sich auf den Boden, neben den halb abgebauten Schrank. Und jetzt? Was sollte er sagen?

»Wie geht's in der Schule?«, fragte er. Das war keine besonders einfallsreiche Frage, aber Josefine schien es nichts auszumachen. Als hätte sie nur darauf gewartet, fing sie zu erzählen an, erzählte von der Mathe-Schulaufgabe, die sie vermutlich ziemlich verhauen hatte, und davon, dass sie mit dem Fechten begonnen hatte. Der Trainer meinte, sie hätte richtig Talent dafür. Er konnte hören, wie stolz sie war, und freute sich mit ihr, doch gleichzeitig gab es ihm einen Stich, weil er nicht dabei sein konnte. Weil er nicht miterlebte, wie sie Fortschritte machte. Weil er sie nicht trösten konnte, wenn sie einmal einen Rückschlag erlitt.

»Kannst du nicht bleiben, Papa?«

Mit dieser Frage hatte er gerechnet, sie war eine logische

Konsequenz, und trotzdem traf sie ihn mit unglaublicher Wucht.

Er versuchte ihr zu erklären, warum es nicht ging. Warum er und Susanne nicht mehr unter einem Dach leben konnten, aber er war sich darüber im Klaren, dass sie es nicht verstehen konnte. Für einen pubertierenden Teenager war es schon schwer genug, sich in einer heilen Welt zurechtzufinden. Wie viel verstörender musste es sein, wenn diese heile Welt auch noch auseinanderbrach und sie plötzlich in einem Haufen Scherben überleben musste?

»Ist da jemand, den du lieber hast als mich?«

Nein, antwortete Mulder, natürlich war da niemand, den er lieber hatte als sie. Das ging überhaupt nicht. Sie würde immer der wichtigste Mensch in seinem Leben bleiben.

»Wenn du mich wirklich so lieb hättest, Papa, dann würdest du bei mir bleiben.« Mit diesen Worten stand sie auf und ging, ließ ihn zurück zwischen halb abgebauten Schränken, leeren Regalen und Erinnerungsstücken, die keine Bedeutung mehr hatten. Und dem Gefühl einer riesigen, klaffenden Wunde in der Brust.

Erst kurz nach achtzehn Uhr hatte er den letzten Karton im Laderaum verstaut und war losgefahren. Josefine hatte er bis dahin nicht mehr zu Gesicht bekommen. Jetzt war es fast halb acht. Er hatte noch hundertsiebzig Kilometer vor sich und war bereits vollkommen gerädert. Die Begegnung mit seiner Tochter hatte ihn aller Energie beraubt. Er fühlte sich leer, wie ausgesaugt, und die Schuldgefühle hockten wie riesige, pechschwarze Krähen auf seinen Schultern.

Er dachte an Toni. Er sollte sie anrufen. Eigentlich war ihre Stimme jetzt auch genau das, was er brauchte, aber er konnte es nicht. Sie würde ihm anhören, dass etwas nicht stimmte, und auch wenn sie nicht fragte, was los war, würde er sich gezwungen fühlen, es zu erklären, und dazu war er jetzt einfach nicht in der Lage. Später ja, aber nicht in diesem Moment.

Was er nach Tonis Stimme am zweitdringendsten brauchte, war eine Zigarette. Er griff in die Brusttasche seines Hemdes, als ihn vom Armaturenbrett her ein riesiger Aufkleber mit einer durchgestrichenen Zigarette ansprang.

»Dann eben nicht«, brummte er. »Aber trinken ist erlaubt, oder?« Er nahm die Mineralwasserflasche vom Beifahrersitz, klemmte sie zwischen seine Oberschenkel und drehte am Verschluss. In einer zischenden Fontäne schoss das Wasser aus der Öffnung.

»Scheiße!« Hastig schraubte er den Deckel wieder auf die Flasche und wischte das Wasser vom Sitz und von seiner Hose. Als er wieder nach vorne sah, war der Abstand zu dem Lkw vor ihm auf weniger als die Hälfte geschrumpft und wurde rapide kleiner.

Mulder trat mit Wucht auf die Bremse. Hinter ihm geriet die Ladung ins Rutschen. Der Lkw kam immer noch näher. Das würde er nie schaffen.

Siebzehn

Das Licht der Straßenlaterne fiel durch den schmalen Spalt zwischen den Vorhängen und malte einen hellen Streifen auf den Boden. Das Handy lag neben ihr auf dem Kopfkissen, stumm und dunkel. Als sie das letzte Mal das Display angeschaltet und sich davon überzeugt hatte, dass sie keinen Anruf und keine Nachricht von Mulder verpasst hatte, war es kurz nach elf Uhr gewesen.

Eine gute Stunde zuvor erst war sie in ihr Zimmer gegangen. Frau Wilmerdinger hatte sie abgefangen, als sie vom Dienst zurückgekommen war.

»Ich habe es leider noch nicht geschafft, Ihnen etwas vor die Tür zu stellen, Fräulein Toni. Ich hatte heute nämlich Besuch und habe vor lauter Ratschen völlig die Zeit vergessen. Ich bin gerade erst mit dem Kochen fertig geworden. Wenn Sie noch einen kleinen Augenblick warten wollen, bringe ich Ihnen etwas.«

Geschäftig hatte sie sich umgedreht, war jedoch nach ein paar Schritten wieder stehengeblieben und hatte sich erneut Toni zugewandt.

»Ach, warum essen Sie denn nicht gleich bei mir?«

Toni hatte sich erst ein wenig geziert. Sie war ziemlich erledigt und hatte sich auf ihr Bett gefreut, doch Frau Wilmerdinger hatte sie so erwartungsvoll angeschaut, dass Toni gar nicht anders konnte, als die Einladung anzunehmen.

»Und jetzt noch etwas zur Verdauung«, hatte ihre Wirtin nach dem Essen gesagt und eine Flasche Grappa aus dem Schrank geholt.

»Den habe ich von einem Gast aus Italien bekommen«, erklärte sie. »Florenz, wenn ich mich recht erinnere. Er blieb zwei Nächte, hatte aber nur Geld für eine. Die andere hat er mit Kaffeebohnen und dieser Flasche bezahlt. Das war ein echter Hallodri, aber ein sehr charmanter. Dem konnte man einfach nicht böse sein.«

Bei einem Glas Grappa war es allerdings nicht geblieben. Wie viele hatte sie getrunken? Vier? Fünf? Jedenfalls genug, dass sich ihre Zunge gelöst hatte und wie durch ein Überdruckventil alles aus ihr herausgeströmt war, das sich in den letzten Monaten in ihr angestaut und gegärt hatte.

Sie hatte Frau Wilmerdinger alles erzählt. Von Mike, wie er sie jahrelang verprügelt und gedemütigt hatte. Von ihrer Flucht, ihrer Scham und ihrer Angst. Und von der Reaktion ihrer Kollegen, als sich herumgesprochen hatte, dass sie Mike angezeigt hatte. Dass sie nun für einige das Kollegenschwein war. Eine Verräterin, die bei der Polizei nichts mehr zu suchen hatte. Sie war vom Opfer zum Täter geworden. Jemand, mit dem man nichts mehr zu tun haben wollte.

Ihre Wirtin hatte reglos am Tisch gesessen, Bestürzung und Betroffenheit auf dem Gesicht. Zu Tonis großer Erleichterung hatte sie jedoch weder die Hände über dem Kopf zusammengeschlagen noch sie bedauert oder irgendwelche inhaltsleeren Floskeln von sich gegeben. Sie hatte einfach nur zugehört.

»Und lässt er Sie nun in Frieden?«, hatte sie gefragt, als Toni zu Ende erzählt hatte.

»Bis jetzt ja«, hatte Toni geantwortet. »Aber ich traue

ihm nicht. Ich weiß nicht, ob das nur die Ruhe vor dem Sturm ist und er nur so lange den einsichtigen, geläuterten Beamten spielt, bis das Straf- und das Disziplinarverfahren abgeschlossen sind, um dann aus dem Hinterhalt so richtig zuzuschlagen. Zuzutrauen ist es ihm. Er ist nicht der Typ Mann, der eine solche Kränkung einfach so auf sich beruhen lassen und zur Tagesordnung übergehen kann.«

Vor allem, wenn er das mit Mulder und mir herauskriegt, dachte Toni und starrte an die Decke. Die Schatten in den Ecken schienen dunkler geworden zu sein und tiefer zu hängen. Auch wenn Mike ihr nicht mehr nachstellte, war er noch immer präsent. Er war der Verfolger, den man nur im Augenwinkel sah. Die Bewegung, die es nicht mehr gab, sobald man den Kopf drehte. Das Monster im Schrank und das Klopfen in der Wand.

Sie aktivierte erneut das Display ihres Handys. Im ersten Moment musste sie die Augen zusammenkneifen, weil das Licht sie blendete. Dreiundzwanzig Uhr siebzehn und noch immer keine Nachricht von Mulder.

Achtzehn

Toni war mit verklebten Lidern und klopfendem Herzen aufgewacht. Das konturlose Echo eines Traums klebte wie Teer in ihrem Kopf und ließ sich auch von dem kalten Wind, der durch die Fußgängerzone fegte, nicht vertreiben. Mulder beherrschte ihre Gedanken, seit sie die Augen aufgeschlagen hatte, und ihr erster Griff hatte dem Telefon gegolten. Unverändert. Keine Nachricht, kein entgangener Anruf. Aber warum? War er immer noch in Würzburg bei seiner Noch-Frau? Hatten sie vielleicht entdeckt, dass sie sich immer noch liebten, und deshalb beschlossen, es noch einmal miteinander zu versuchen?

Als sie nach dem Abendessen mit Frau Wilmerdinger wieder in ihrem Zimmer gewesen war, hatte sie mindestens fünf Nachrichten geschrieben, aber keine davon abgeschickt. Auch anzurufen hatte sie nicht gewagt, aus Angst davor, in seiner Stimme oder im Hintergrund etwas zu hören, das nicht für ihre Ohren bestimmt war.

Toni schlüpfte hinter zwei Kollegen durch die Eingangstür des Präsidiums und betrat den Paternoster. Sie war so in Gedanken, dass sie den Ausstieg im vierten Stock verpasste. Erst als ihre Kabine rumpelnd und rüttelnd den Wendepunkt erreichte und auf der anderen Seite wieder hinunterfuhr, bemerkte sie ihren Fehler.

Contutto hatte es bis heute nicht gewagt, einmal ganz

rundherum zu fahren. Irgendjemand hatte ihm erzählt, dass die Kabinen auf dem Kopf stehend wieder nach unten fuhren und man unweigerlich sozusagen von der Decke fiel, wenn man den Ausstieg verpasste. Das war natürlich völliger Quatsch, aber er achtete trotzdem stets peinlich genau darauf, rechtzeitig auszusteigen.

Immer noch wie ferngesteuert, holte sich Toni einen Kaffee, setzte sich an ihren Schreibtisch und rief den täglichen Lagebericht auf, um zu sehen, was in der vergangenen Nacht so alles vorgefallen war. Als das Telefon auf ihrem Schreibtisch klingelte, zuckte sie erschrocken zusammen. Der Monitor war inzwischen schwarz geworden, ohne dass sie es bemerkt hatte.

»Mordkommission München, Stieglitz.«

»Guten Morgen, Frau Stieglitz. Hier ist die Vermittlung. Ein Gespräch für Sie. Ich verbinde.«

»Wer ist …« … denn dran?, hatte sie fragen wollen, aber der Kollege hatte sich bereits aus der Leitung geworfen, und statt der näselnden Stimme des Vermittlers ertönte nun ein an- und abschwellendes Rauschen. Vorbeifahrende Autos, mutmaßte Toni. Sehr viele vorbeifahrende Autos.

»Mordkommission München, Stieglitz«, wiederholte sie.

»Guten Morgen, Toni. Ich bin's, Tom.«

»Doc?«, fragte sie ungläubig, und ihre Hände begannen zu zittern. Wo bist du? Was ist los? Warum hast du nicht angerufen? Diese und ein halbes Dutzend weiterer Fragen lagen ihr auf der Zunge, doch sie schluckte alle hinunter. Niemand mochte mit derartigen Fragen bombardiert werden. Sie selbst neigte in solchen Fällen immer dazu, den Rückzug anzutreten, weil sie sich kontrolliert und eingeengt fühlte, und sie wollte auf keinen Fall riskieren, dass es Mulder genauso erging.

»Du hörst dich an, als würdest du auf dem Mittleren Ring auf einer Verkehrsinsel stehen«, sagte sie stattdessen. »Kannst du nicht irgendwo hingehen, wo es etwas leiser ist? Ich kann dich kaum verstehen.«

»Das würde ich gern, aber Telefonzellen sind so verdammt unhandlich.«

»Telefonzelle?« Toni zog die Brauen hoch. »Was machst du in einer Telefonzelle? Haben sie dir dein Handy geklaut?«

»Das gerade nicht«, antwortete Mulder. »Ich bin draufgetreten.«

»Draufgetreten? So viel besser finde ich das allerdings auch nicht. Wie ist das denn passiert?«

»Durch die berühmte Verkettung unglücklicher Umstände. Es war gestern auf der Rückfahrt nach München. Ich habe einen Moment nicht aufgepasst, und plötzlich war da dieser Lkw. Ich weiß nur noch, dass ich mit voller Wucht in die Eisen gestiegen bin, und im nächsten Moment stand ich auf dem Pannenstreifen. Die Sekunden dazwischen, in denen ich irgendwie an dem Lkw vorbeigeschlingert sein muss, fehlen völlig. Totaler Blackout. Das Einzige, woran ich mich erinnere, ist das Krachen hinten im Laderaum, als alles durcheinandergeflogen ist.«

Die letzten Worte gingen im Lärm eines Martinshorns unter. Als es verklungen war, sprach Mulder weiter.

»Bei der Vollbremsung muss mein Telefon im Fußraum gelandet sein, und als ich die Tür aufgemacht habe, ist es aus dem Auto gefallen. Das habe ich dummerweise erst bemerkt, als ich aus der Fahrerkabine gesprungen bin und es unter meinem Schuh ziemlich laut geknackt hat.«

»Autsch«, sagte Toni und schloss erleichtert die Augen. Er hatte also nicht mit seiner Frau bis in die frühen Morgenstunden Versöhnung gefeiert. »Und ich dachte schon, du hättest dich ins Ausland abgesetzt.«

»München ist für einen Franken Ausland genug. Schon allein die Sprache ...« Sie hörte, wie Mulder grinste, und musste ebenfalls lächeln. »Sehen wir uns heute?«, fragte er dann.

»Tut mir leid«, antwortete sie mit aufrichtigem Bedauern. »Ich habe meiner Wirtin gestern versprochen, ihr heute einen Intensivkurs in Sachen Enkeltrickbetrüger zu geben. Du weißt schon, die Scheißkerle, die sich am Telefon vorzugsweise als Enkel oder Neffen ausgeben und alten Leuten mit irgendwelchen Lügengeschichten oft Tausende von Euro aus der Tasche ziehen. Eine ihrer Bekannten hat letzte Woche so einen Anruf erhalten, und wenn der Bankmitarbeiter nicht so aufmerksam gewesen wäre, wäre sie jetzt wohl ihre gesamten Ersparnisse los.«

Toni dachte daran, wie aufgelöst Frau Wilmerdinger gewesen war, als sie davon erzählt hatte. Dass diese Verbrecher bis in ihren eigenen Umkreis vorgedrungen waren, hatte der alten Dame sichtlich zugesetzt, und als Toni ihr angeboten hatte, mit ihr das Verhalten bei solchen Anrufen zu üben, hatte sie vor Freude ganz rote Wangen bekommen. Obwohl Toni nichts lieber wollte, als Mulder am besten sofort zu sehen, konnte sie ihrer Wirtin unmöglich absagen. Das brachte sie auf gar keinen Fall übers Herz.

Mulder schien dafür Verständnis zu haben; zumindest klang er nicht beleidigt, dass sie ihm zugunsten einer alten Frau einen Korb gab und ihn auf den nächsten Tag vertröstete.

»Gut, dann bis Donnerstag um halb acht«, schloss sie und legte auf. Ihr Blut sprudelte wie Brausepulver.

»Na, da hat jemand aber richtig gute Laune.«

Contutto stand in der Tür und grinste bis über beide Ohren.

»Gut, dass ich nicht neugierig bin, sonst würde ich dich jetzt fragen, ob hinter dem Glitzern in deinen Augen der Mann steckt, mit dem du gerade telefoniert hast.«

Toni versuchte die Kontrolle über ihre Gesichtszüge wiederzuerlangen. Ihre Wangenmuskeln schmerzten, weil sie während des Telefonats pausenlos gelächelt hatte.

»Du sagst es, werter Kollege. Gut, dass du nicht neugierig bist, deshalb erwartest du ja auch keine Antwort.«

Mit einem Zwinkern ging sie an ihm vorbei in den Besprechungsraum, wo sich der Rest der Mordkommission bereits versammelt hatte. Am Stand der Dinge hatte sich über Nacht jedoch nichts geändert. Keine neuen Hinweise, keine Spuren, nichts. Die Kollegen der IT-Forensik kämpften noch immer mit dem Laptop von Julia Krämer. Offenbar gab es irgendwelche Probleme mit der Festplatte. Welche, hatte Hans jedoch nicht wiedergeben können. Kein Wunder, er stieß schon bei den einfachsten Computeranwendungen ziemlich schnell an seine Grenzen und hatte sein neues Smartphone nach nur einem Tag wieder gegen sein uraltes Handy ersetzt.

Heute standen noch einige Vernehmungen an, unter anderem die von Julia Krämers ehemaligen Arbeitskollegen. Sie hatte in den letzten Jahren in mehreren Kliniken als Pflegekraft gearbeitet. Vielleicht war vom dortigen Personal noch etwas in Erfahrung zu bringen, das ihnen weiterhalf.

Während Beate und Contutto sich nach der Besprechung

auf den Weg zum Krankenhaus Dritter Orden machten, wo das Mordopfer zuletzt gearbeitet hatte, vertiefte sich Toni in die alte Anzeige gegen Martin Krämer.

Langsam und sorgfältig las sie jeden einzelnen Vermerk und jede einzelne Vernehmung, die die Kollegen damals angefertigt hatten, aber es ergab sich kein anderes Bild als das, welches Sören bereits gezeichnet hatte. Die einzig neue Erkenntnis für Toni war, dass die ganze Sache aufgrund eines anonymen Briefes an die Staatsanwaltschaft ins Rollen gekommen war. Sie zog die Nase kraus.

Anonyme Hinweise waren so eine Sache. Kein Ermittler mochte sie wirklich gern, weil sie immer einen faden Beigeschmack hatten. Wollte sich eine Frau an ihrem Ex rächen, weil er sie wegen einer anderen verlassen hatte? Ein Mieter an seinem Nachbarn wegen der ständigen Partys bis in die Morgenstunden? Oder ein entlassener Angestellter an seinem ehemaligen Chef? Oder waren es einfach nur Verrückte, die etwas mitteilen wollten, was ihnen die Stimmen aus der Mikrowelle verraten hatten?

»Der Herrgott hat eben einen großen Tiergarten«, hatte Haferl-Schorsch, ihr Einweisungsbeamter bei der Sendlinger Inspektion, immer gesagt, wenn der alte Herr von gegenüber wieder einmal um zwei Uhr morgens auf die Wache gekommen war, um seine Aufzeichnungen über die geheimen Botschaften abzugeben, welche er in den Mustern der Kondensstreifen am Himmel entdeckt hatte.

Im Fall von Sebastian Krämer hatten die ermittelnden Beamten es damals jedoch weder mit einem verwirrten Mitteiler noch mit einem Racheakt zu tun gehabt. Schon beim ersten Kontakt mit dem Jungen und seiner Mutter hatte Kollege Dankesreiter Lunte gerochen; bestätigt hatte sich der Verdacht dann Zug um Zug bei den Vernehmungen.

Wie es hinterher so oft der Fall war, hatten auf einmal viele Leute etwas geahnt: Mehrere Eltern hatten bei ihren Kindern etwas von *vielen blauen Flecken beim Sebi* aufgeschnappt, und der Sportlehrer hatte sich gewundert, warum Sebastian so oft vom Schwimmunterricht entschuldigt war.

»Dabei war der Junge so sportlich und engagiert«, hatte er bei seiner Befragung angegeben. »Der war immer als Erster in der Halle und half noch beim Aufräumen, wenn die anderen sich schon längst umzogen. Bei Spielen war er manchmal regelrecht übermotiviert und sprang mit seinen Mitschülern nicht unbedingt zimperlich um. Natürlich ist mir aufgefallen, dass er den einen oder anderen Bluterguss mehr hatte als die anderen Jungen. Allerdings fand ich das nicht allzu ungewöhnlich, so stürmisch wie Sebastian sich im Sportunterricht gebärdete. Ich habe das im Rahmen einer Elternsprechstunde seinem Vater gegenüber trotzdem vorsichtig anklingen lassen. Als Lehrer muss man bei solchen Sachen unheimlich sensibel vorgehen, sonst stehen die Eltern am nächsten Tag im Direktorat, schreiben an das Kultusministerium oder zeigen einen wegen Verleumdung an. Herr Krämer hat aber sehr verständnisvoll und auch ein wenig zerknirscht reagiert. Er meinte, dass Sebastian auch zu Hause kaum zu bändigen sei und es keinen Baum im Umkreis von einem Kilometer gäbe, auf den er noch nicht geklettert und von dem er manchmal auch wieder heruntergefallen sei. Ich hatte den Eindruck, dass der Junge seinem Vater gelegentlich ganz schön zu schaffen macht.«

Toni schnaubte laut, als sie das las. Natürlich war der Krämer verständnisvoll gewesen und hatte gleich eine Ausrede parat gehabt. Er musste ja schließlich irgendwann damit rechnen, dass ihn jemand wegen Sebastians Verletzungen fragen würde. Genau für diese Situation hatte er sich etwas Plausibles zurechtgelegt, um die misstrauischen Gemüter zu beruhigen. Und es hatte perfekt funktioniert. Alle hatten die Erklärung bereitwillig geschluckt und waren erleichtert gewesen, sich nicht in fremde Angelegenheiten einmischen zu müssen.

Der anonyme Briefschreiber war aber keinen Deut besser gewesen. Zwar hatte er die Ermittlungen angestoßen, aber anstatt sich dann aus der Deckung zu wagen und dem Jungen durch eine offizielle Aussage zu helfen, war er oder sie feige in seinem Versteck geblieben und hatte das Martyrium des Jungen weiter mit angesehen. Dementsprechend war die ganze Anzeige schließlich im Sand verlaufen.

Ein Tatnachweis kann nicht geführt werden, stand somit auch im Schlussvermerk, in dem die gesamten Ermittlungen und das Ergebnis zusammengefasst wurden, bevor die Anzeige ihre Reise zur Staatsanwaltschaft antrat.

Toni schlug die Akte zu und stand auf, um sie zu Hans zurückzubringen, doch statt zu ihm zu gehen, blieb sie reglos an ihrem Schreibtisch stehen. Ein Satz aus dem Schlussvermerk hatte sich in ihrem Hinterkopf verhakt. Irgendetwas stimmte damit nicht. Sie setzte sich wieder hin und suchte die Stelle. Sie las den Satz einmal, ein zweites und schließlich noch ein drittes Mal. Dann zog sie Stift und Papier zu sich heran, machte sich Notizen, blätterte ein paar Seiten zurück und verglich das, was dort stand, mit dem, was sie gerade aufgeschrieben hatte.

Ihr Zwerchfell begann zu flattern. Sie war auf etwas gestoßen. Etwas von Bedeutung, dessen war sie sich sicher. Aber bevor sie damit vor das Team trat, musste sie sich vergewissern.

Sie rief INPOL auf, das Informationssystem der Polizei,

und machte einige Abfragen in der Einwohnerdatei der Stadt München. Dann wählte sie die Nummer von KHK Dankesreiter. Hoffentlich war er zur Abwechslung einmal im Büro.

Sie hatte tatsächlich Glück.

Toni stellte ihre Frage und bekam die Antwort, auf die sie gehofft hatte. Mit einem grimmigen Lächeln auf den Lippen bedankte sie sich, legte auf und klemmte sich die Akte unter den Arm.

»Deinem Gesichtsausdruck nach hast du entweder im Casino die Bank gesprengt oder den Fall gelöst«, sagte Hans, als sie dreißig Sekunden später bei ihm in der Tür stand.

»Nicht ganz, aber ich bin auf dem besten Weg dorthin«, antwortete Toni und legte die aufgeschlagene Anzeige auf Hans' Schreibtisch. »Hier.« Sie tippte mit dem Zeigefinger auf eine Markierung im Text. »Lies.«

Ihr Vorgesetzter zögerte einen Moment, dann senkte er seinen Blick auf das Blatt Papier. Seine Brauen zogen sich zusammen, während er las. Schließlich hob er den Kopf und sah Toni über den Rand seiner Brille hinweg an.

»Und?«

»Na, was sagst du dazu?«

»Wozu?«

»Zu dem, was dort steht.«

»Was soll ich dazu sagen? Tragisch, aber nicht ungewöhnlich.«

Toni nickte. Allerdings nicht, weil sie Hans zustimmte, sondern weil er genau wie sie zunächst das eigentlich Entscheidende übersehen hatte.

»Was steht da denn genau?«, fragte sie wie eine Lehrerin, die einem begriffsstutzigen Schüler auf die Sprünge half.

Hans war deshalb auch sichtlich irritiert. Er bedachte Toni erst mit einem langen Blick, bevor er die Textstelle noch einmal durchlas. Seine Augäpfel bewegten sich ruckartig von links nach rechts. Als er aufsah, war sein Gesichtsausdruck noch verwirrter als zuvor.

»Dort steht, dass Sebastians Mutter auf unbestimmte Zeit in die Psychiatrie eingewiesen worden war und bis zum Abschluss des Falles nicht mehr vernommen werden konnte.« Er zuckte mit den Schultern. »Das ganze Tamtam war wohl zu viel für sie. Wie gesagt: tragisch, aber nicht außergewöhnlich.«

Doch Toni war mit dieser Antwort nicht zufrieden und schüttelte den Kopf.

»Schau noch mal genau. Wer wurde in die Psychiatrie eingewiesen?«

Hans' Verwirrung wandelte sich allmählich zu Ungeduld.

»Toni, sag mir einfach, worauf du hinauswillst. Du weißt genau, dass ich diese Spielchen nicht leiden kann.«

»Wer wurde eingewiesen?« Sie ließ sich nicht beirren. Hans klappte den Mund auf und zu, dann atmete er tief ein und sagte: »Sebastians Mutter. Frau Krämer.«

»Falsch!« Sie tippte wieder mit dem Finger auf den Text. »Lies noch einmal. Am besten laut.«

»Toni, was soll ...«

»Bitte, Hans. Tu es einfach.«

Ihr Chef murmelte etwas, dann las er: »Die leibliche Mutter des Ju...«

»Stopp!«, rief Toni. »Das ist es! Die *leibliche* Mutter des Jungen. Julia Krämer ist aber nicht Sebastians leibliche Mutter. Sie ist zwar die aktuelle Ehefrau von Martin Krämer, aber auf die Welt gebracht hat ihn eine Frau namens Bettina Richter.«

Erwartungsvoll sah sie ihren Vorgesetzten an.

»Gute Arbeit, Toni«, sagte Hans und nahm seine Brille ab. »Dieses Detail ist Sören und mir bisher tatsächlich entgangen. Das ist zwar noch nicht der große Durchbruch, aber auf jeden Fall etwas, dem wir nachgehen sollten.«

Was? Das war alles? Mit ein wenig mehr Begeisterung über ihre Entdeckung hatte sie eigentlich schon gerechnet. Ihre eigene Euphorie kühlte merklich ab, während Hans mit Sören telefonierte und ihn zu sich ins Büro bat.

Ihr Kollege nickte bedächtig, nachdem Toni ihre Erkenntnisse noch einmal dargelegt hatte. »Stimmt, das hätte uns eigentlich auffallen sollen. Ich finde auch, dass wir uns das auf jeden Fall näher ansehen sollten. Das bringt einen ganz neuen Aspekt in die Sache. Vielleicht hat die Ex die Trennung bis heute nicht akzeptiert. Möglicherweise wollte sie ihren Mann zurück und dachte, wenn sie die Nebenbuhlerin aus dem Weg räumt, kann alles wieder so werden, wie es einmal war.«

»Moment«, warf Toni ein. »Ihr glaubt doch nicht, dass die Richter die Täterin ist?« Ungläubig sah sie von einem zum anderen. Sowohl Hans als auch Sören nickten.

»Warum nicht?«, fragte Sören. »Du hast die Frau doch selbst ins Gespräch gebracht.«

»Aber doch nicht als Täterin, sondern als Zeugin! Sebastian hatte nach der Trennung bestimmt noch Kontakt zu seiner Mutter. Vielleicht weiß sie etwas von Streitereien in letzter Zeit. Von Übergriffen durch Krämer auf seine Frau. Vielleicht hat er sich ihr auch damals schon anvertraut, als es mit den Misshandlungen losging. Vielleicht hat Krämer seine erste Frau auch schon verprügelt und …«

»… und deshalb lebt sein Sohn auch bei ihm?« Hans

schüttelte den Kopf. »Das scheint mir doch sehr unwahrscheinlich.«

»Mir nicht. Erstens: Unterschätze nie die Bindung zwischen Kindern und ihren Eltern. Die halten oft noch in Situationen zu ihren Müttern und Vätern, in denen jeder Erwachsene vom Glauben abfällt. Zweitens: Was, wenn Bettina Richter schon früher in der Psychiatrie war? Wenn Krämer sie vielleicht sogar gezielt in die Klapsmühle gebracht hat, um frei für seine neue Flamme zu sein? Als die Ehefrau dann aus dem Weg war, hat er sich schnell das Sorgerecht erstritten, und schon war Klein Sebastian bei ihm.«

Ein paar Sekunden herrschte Stille im Raum. Eine Taube landete mit klatschenden Flügelschlägen auf dem Fensterbrett.

»Toni«, sagten Sören und Hans wie auf Kommando und verstummten sofort wieder. Die Männer sahen sich an, dann nickte Sören und verließ den Raum. Toni schaute ihm sprachlos hinterher. Was sollte das denn jetzt? Sie wandte sich wieder ihrem Vorgesetzten zu und hob die Hände, um ihm zu signalisieren, dass sie gerne gewusst hätte, was hier vor sich ging. Doch Hans wartete ab, bis die Tür geschlossen und sie allein waren. Dann erst ergriff er wieder das Wort.

»Toni, ich weiß, dass du das jetzt nicht hören willst, aber als deinem Vorgesetzten bleibt mir nichts anderes übrig.« Er hob die Hände, weil sie bereits Anstalten machte, ihm ins Wort zu fallen. Richtig. Sie wusste, was jetzt gleich kommen würde, und sie wollte es nicht hören. Denn es würde um sie und Mike gehen. Wieder einmal. Warum in aller Welt konnten die anderen dieses Thema nicht endlich dort lassen, wo es hingehörte – in der Versenkung.

»Auch wenn du immer das Gegenteil behauptest«, fuhr

Hans fort, »ich habe das Gefühl, dass du die Sache mit Mike noch nicht verarbeitet hast und du diesen Fall deshalb zu nah an dich ranlässt. Dass du die Tat beinahe schon persönlich nimmst. Ich kann das ja auch nachvollziehen, und es liegt mir fern, dir einen Vorwurf daraus zu machen.« Seufzend lehnte Hans sich nach vorne und stützte die Unterarme auf den Schreibtisch. »Aber ich bin auch für die Ermittlungen verantwortlich, und wenn ich den Eindruck habe, dass einer meiner Leute nicht mehr mit der notwendigen Objektivität an die Sache herangeht, dann ...«

Er musste den Satz nicht vollenden. Toni wusste auch so, was er sagen wollte: Wer nicht objektiv war, wurde abgezogen, weil er nicht nur die Ermittlungen, sondern auch eine spätere Verurteilung des Täters gefährdete. Ein Polizeibeamter, dem man auch nur im Ansatz mangelnde Neutralität unterstellen konnte, war ein gefundenes Fressen für jeden Verteidiger. Wenn der Anwalt halbwegs geschickt an die Sache heranging, konnte er die ganzen Ermittlungen anzweifeln und im schlimmsten Fall die Beweiskette pulverisieren.

Trotzdem dachte Toni nicht daran, so einfach klein beizugeben. Ja, Mike und das, was er ihr angetan hatte, verfolgten sie immer noch, das musste sie zugeben. Und ja, sie hatte geschluckt, als sie die Hämatome an den Beinen der Toten gesehen hatte. Aber deshalb bezog sie die Tat doch nicht auf sich! Sie setzte an, um Hans genau das zu sagen, doch er sprach bereits weiter.

»Du verrennst dich da in etwas, Toni. Martin Krämer hat ein Alibi, schon vergessen? Trotzdem bist du immer noch so sehr auf ihn als Täter fixiert, dass du alle anderen Möglichkeiten vollkommen ausblendest. So kenne ich dich überhaupt nicht. Normalerweise denkst du in alle Richtungen, auch in die abwegigsten, aber hier ...« Er zuckte ratlos mit den Schultern. »Hier scheinst du Scheuklappen zu haben.«

»Blödsinn!«, entgegnete Toni schärfer, als sie beabsichtigt hatte. »Es spricht nur mehr für als gegen ihn als Täter. Ich bin so frei und fasse zusammen: Seine Stimmung wechselt innerhalb eines Wimpernschlags von in sich gekehrt zu aufbrausend, von antriebslos zu angriffslustig. Er hat bereits eine Anzeige wegen Misshandlung Schutzbefohlener am Hals, die zwar eingestellt wurde, allerdings mit einem extrem faden Beigeschmack. Seine Frau verschwindet spurlos, und er wartet seelenruhig zwei Tage, bis er sie als vermisst meldet. Als sie wieder auftaucht, liegt sie halbnackt und mit eingeschlagenem Schädel in einem Wald, den Körper übersät mit Blutergüssen und Narben. Gib es zu, Hans. Du glaubst doch auch, dass das Alibi erstunken und erlogen ist und Krämer der Täter war.«

»Wir sind keine Glaubensgemeinschaft, Toni, sondern die Polizei, und deshalb ist es völlig egal, was ich glaube oder nicht. Selbst wenn Martin Krämer seine Frau misshandelt hat, heißt das noch lange nicht, dass er auch ihr Mörder ist. So lange wir einen Täter nicht eindeutig festgenagelt haben, müssen wir in alle Richtungen ermitteln, selbst wenn wir überzeugt sind, den Schuldigen längst zu kennen. Aber das sollte ich dir eigentlich nicht mehr sagen müssen.«

Hans' Stimme war mit den letzten Sätzen lauter geworden. Er setzte seine Brille auf und nahm sie gleich wieder ab, klappte die Bügel zu und wieder auf.

»Toni«, sagte er dann, sichtlich bemüht, sich wieder in den Griff zu kriegen. »Ich will dich nicht von den Ermittlungen ausschließen müssen. Das hatten wir erst, und es hat mir alles andere als Spaß gemacht. Aber wenn ich es für notwendig halte, werde ich es noch einmal tun. Hast du das verstanden?«

Sekundenlang starrten die beiden sich an, dann senkte Toni den Blick und nickte. Sie wusste, dass das keine leeren Drohungen waren und es jetzt besser war, nicht weiter mit ihm zu diskutieren. Auch wenn sie sich immer noch falsch verstanden und ungerecht behandelt fühlte.

»Gut. Dann fährst du jetzt zusammen mit Sören zu Sebastians leiblicher Mutter, und ihr seht zu, was ihr über die alte und neue Familie Krämer in Erfahrung bringen könnt. Und, Toni – reiß dich zusammen! Ich verlasse mich auf dich!«

Neunzehn

Eva Feurer nahm einen Schluck Kaffee und blinzelte in die Sonne. Viel Kraft hatte sie noch nicht, aber hier in der windgeschützten Ecke ihrer kleinen Terrasse konnte man es aushalten. Eine Böe fuhr halbherzig durch die Hecke und ließ die vertrockneten Blätter der Hainbuchen leise rascheln. Jetzt war es noch möglich, zu Martin hinüberzuschauen. In drei, spätestens vier Monaten würde wieder eine dichte grüne Wand ihr Grundstück begrenzen. Sie hätte viel lieber blühende Sträucher gehabt. Oder eine Hecke aus Kartoffelrosen mit pinkfarbenen Blüten im Sommer und großen orangeroten Hagebutten im Herbst. Aber ihr Mann hatte damals auf Hainbuchen bestanden. »Die sind robust, pflegeleicht und überleben uns wahrscheinlich um hundert Jahre.«

Heute konnte sie bei der Erinnerung an diesen prophetischen Satz schon wieder lächeln. Vor acht Jahren, nachdem Thorsten den Kampf gegen den Krebs verloren hatte, waren ihr jedes Mal Tränen in die Augen gestiegen, wenn ihr Blick auf die verdammte Hecke fiel. Ihre ganze Verzweiflung und Wut über den so ungerecht frühen und qualvollen Tod ihres Mannes hatte sich auf die kleinen Bäume konzentriert, als wären sie allein schuld daran, dass es so gekommen war. Als der Schmerz sie in einer Nacht schier zu zerreißen drohte, war sie im Nachthemd in den Geräteschuppen gegangen, hatte die elektrische Heckenschere genommen und sich wie ein Berserker über die Pflanzen hergemacht.

Wie in einer Raumkapsel hatte sie sich damals gefühlt. Ihre ganze Welt hatte nur aus den ratternden Scherblättern und den umherfliegenden Zweigen bestanden. Sie hatte weder die Lichter in den anderen Häusern wahrgenommen noch die Nachbarn auf der Straße oder die Polizisten in ihrem Garten. Erst der Geruch von Hühnersuppe hatte auch den Rest der Welt zurückgebracht. Irgendjemand hatte ihr die Heckenschere aus der Hand genommen, sie auf einen Sessel bugsiert, ihr eine Decke über die Schultern gelegt und einen Plastikbecher mit dampfender Fertigsuppe vor sie auf den Tisch gestellt.

Verwirrt hatte sie sich umgeschaut. Wo war sie? Das war nicht ihr Wohnzimmer. Aber wessen dann? Da entdeckte sie Martin, der ihr gegenüber auf einem Sofa saß, neben sich seinen schlafenden Sohn. Er trug Pantoffeln, einen Morgenmantel und darunter einen gestreiften Pyjama. Sie sah an sich hinunter, sah ihr Nachthemd, an dessen Saum noch immer Blattfetzen und kleine Zweige hingen. Es war also kein Traum gewesen. Heiße Schamesröte schoss ihr in die Wangen. Wahrscheinlich hielt die ganze Nachbarschaft sie jetzt für verrückt, tuschelte hinter ihrem Rücken und fragte sich, wann sie Amok laufen und jemandem mit der Heckenschere den Kopf abschneiden würde.

»Das war die actionreichste Pyjamaparty meines Lebens«, sagte Martin und lächelte. Es war ein warmes Lächeln, voller Verständnis und ganz ohne Häme. Sie spürte, dass er genau wusste, wie es in ihr aussah, dass er sie nicht dafür verurteilte, was sie getan hatte, weil er das alles selbst durchgemacht hatte, und dieses Wissen war so tröstlich, dass in ihr alle Dämme brachen.

Als sie sich die letzte Träne von den Wangen wischte, war die Suppe fast kalt geworden, und doch schmeckte sie besser als alles, was sie je zuvor gegessen hatte. Zum ersten Mal seit Thorstens Tod hatte sie die echte Hoffnung, trotz des Schmerzes in ihrem Inneren überleben zu können.

Martin, der bis zu dieser Pyjama-Nacht nicht mehr als der Nachbar von gegenüber gewesen war, kümmerte sich in der Folgezeit rührend um sie, und auch Sebastian, der sie anfangs nur stumm und aus sicherer Entfernung gemustert hatte, taute immer mehr auf.

»Seit Sebastian weiß, dass du in einem Spielwarengeschäft arbeitest, will er dich unbedingt heiraten«, erzählte Martin einmal lachend, und Eva lachte mit. Ein Heiratsantrag von einem Achtjährigen? Wenn das kein verlockendes Angebot war. Einen Augenblick lang überlegte sie, ob sie noch einmal heiraten würde. Natürlich keinen Achtjährigen, sondern jemanden in ihrem Alter, aber auch das konnte sie sich damals nicht vorstellen. Thorsten war die Liebe ihres Lebens gewesen, ihn hatte sie zum Mann gewollt und sonst niemanden. Trotzdem gab es ihr einen Stich, als sie eines Morgens zufällig sah, wie eine junge Frau Martins Haus verließ. Julia, wie sich später herausstellte.

Voller Befremden hatte Eva damals festgestellt, dass sie tatsächlich eifersüchtig war. Martin hatte sich zu einem wichtigen Teil ihres Lebens entwickelt, den sie nicht mehr missen und vor allem nicht verlieren wollte. Ganz besonders nicht an Julia. Diese Frau war nicht die Richtige für Martin und Sebastian, das hatte sie von der ersten Sekunde an gespürt. Sie hatte deshalb auch immer wieder behutsam versucht, es ihm klarzumachen, aber sie war chancenlos gewesen. Julia war wie Sonnentau, diese fleischfressende

Pflanze, die ihre ahnungslose Beute mit süßen, klebrigen Sekreten in die Falle lockte und sie dann unentrinnbar festhielt und zersetzte, bis nichts mehr von ihnen übrig war.

Aber auch diese Pflanzen waren nicht unsterblich, genau wie Julia. Die lag nun tot und kalt in irgendeinem Kühlfach, und Martin war wieder frei. Eva Feurer hielt ihr Gesicht in die Sonne, schloss die Augen und lächelte.

Zwanzig

Als Toni am nächsten Morgen kurz vor halb sieben den Gang entlangging, der zu ihren Büros führte, drang bereits das Kreischen des Mahlwerks an ihr Ohr. Da Hans zurzeit wegen seiner Magenschmerzen keinen Kaffee trank, Beate sich morgens einen Cappuccino aus der Kantine mitbrachte und Contutto immer erst auf den letzten Drücker zum Dienst kam, konnte es nur Sören sein, der die Maschine angeschaltet hatte. Das war ungewöhnlich für ihn, denn normalerweise tauchten Sören und Toni ungefähr gleichzeitig gegen drei viertel sieben auf. Offenbar hatte er ähnlich schlecht geschlafen wie sie, wenn auch sicherlich aus anderen Gründen.

Hans' gestrige Standpauke hatte Toni zu denken gegeben und sie noch lange wach gehalten. Unruhig hatte sie sich von einer Seite auf die andere gewälzt und mit weit geöffneten Augen an die Wand gestarrt. Zweifel waren in ihr aufgekeimt und hatten Wurzeln geschlagen wie lästiges Unkraut. Lief sie in diesem Fall wirklich mit Scheuklappen durch die Gegend? Wurde sie doch mehr durch die Sache mit Mike beeinflusst, als sie sich bewusst war? War sie wirklich davon überzeugt, dass Martin Krämer seine Frau getötet hatte, oder *wollte* sie nur, dass er es war?

Irgendwann hatte der Schlaf die Gedanken verdrängt, doch als sie heute Morgen mit der Zahnbürste im Mund vor dem Spiegel gestanden hatte, waren sie mit einem Schlag wieder da gewesen und surrten seither als ständiges Hintergrundrauschen durch ihren Kopf.

»Senile Bettflucht, Herr Kollege?«

Toni blieb in der Tür des Aufenthaltsraums stehen. Der verlockende Geruch nach frisch gebrühtem Kaffee stieg ihr in die Nase.

»Wenn du es so nennen willst«, entgegnete Sören, ohne den Blick von seiner Tasse zu nehmen. »Allerdings bist du älter als ich und ebenfalls schon hier. Wie heißt das dann bei dir? Wiederauferstehung?«

»Blödmann.« Toni schnitt ihrem Kollegen eine Grimasse. »Du wirst dein loses Mundwerk noch bereuen, wenn ich dir die apokalyptischen Reiter auf den Hals hetze.«

Sie wandte sich um, um zu ihrem Büro zu gehen, als ihr etwas einfiel. Auf Zehenspitzen huschte sie hinüber zum Zimmer ihres Vorgesetzten, doch noch bevor sie die Tür aufsperren konnte, ertönte hinter ihr Sörens Stimme: »Zu spät. Die Fahrzeugschlüssel habe ich schon in der Tasche.«

Toni ließ die Hand sinken und seufzte ergeben. Na gut. Dann würde sie sich heute eben wieder mit dem Platz auf der Beifahrerseite begnügen müssen.

Sebastians leibliche Mutter Bettina Richter wohnte im Stadtteil Oberföhring im berühmt-berüchtigten Pharao-Haus, einem Beton-Ungetüm aus den frühen Siebzigerjahren. Es bestand aus drei rechtwinklig angeordneten Gebäudeteilen, die nach oben hin schräg zuliefen und bei wohlwollender Betrachtung aus einiger Entfernung an eine Pyramide erinnerten. Der höchste Gebäudeteil protzte mit immerhin achtzehn Stockwerken. Klein und zierlich konnte man den Komplex also nicht unbedingt nennen.

»Hoffentlich sind wir heute erfolgreicher«, sagte Toni, als Sören gut zwei Stunden später den Audi im Fritz-Meyer-Weg abstellte. Die Ermittlungsergebnisse des gestrigen Tages konnte man nämlich in genau einem Satz zusammenfassen: Außer Spesen nichts gewesen. Sie hatten weder Bettina Richter angetroffen noch aus den Nachbarn etwas Vernünftiges herausbekommen. Von einem einfachen Schulterzucken über »Ich dachte, die wohnt gar nicht mehr hier« bis hin zu »Noch nie gesehen« waren sämtliche Stadien der Ahnungslosigkeit und Gleichgültigkeit vertreten gewesen.

Die Eingangstüren des Gebäudes öffneten sich automatisch, als Sören und Toni sich näherten, und Toni fühlte sich dabei ziemlich unbehaglich. Man brauchte weder einen Schlüssel, noch musste man klingeln, um hineinzugelangen. Absolut jeder konnte das Haus betreten, egal, mit welchen Absichten er kam, ob er darin etwas zu suchen hatte oder nicht. Wie geschaffen für Stalker wie Mike. Ungehinderter Zutritt, wann immer er wollte. In so ein Haus würde sie niemals ziehen. Nie.

Sie folgte Sören in das Gebäude und blieb wie bereits gestern nach wenigen Schritten in der Eingangshalle stehen. Das Pharao-Haus machte seinem Namen nicht nur von außen alle Ehre.

»Wie heißen die Gestalten noch einmal?«, fragte Toni und betrachtete die Wandmalerei, die sich gegenüber des Eingangs von einer Seite der Halle zur anderen zog.

»Du meinst die drei über dem Aufzug?«, fragte Sören, und Toni nickte. »Osiris, Anubis und Horus, die drei bekanntesten ägyptischen Gottheiten. Anubis, der mit dem Schakalkopf, war ursprünglich so eine Art Totengott, wurde aber dann von Osiris abgelöst und war dann nur noch für die Wägung der Herzen zuständig. Das sieht man übrigens auf dem Bild gleich links daneben, wo Anubis neben der Waage kniet. Wer das Wägen nicht bestand, wurde von der Jenseitsgöttin verspeist.«

»Das hast du dir jetzt gerade ausgedacht, oder?« Toni sah ihren Kollegen skeptisch an.

»Nein.« Er schüttelte den Kopf. »Das ist original altägyptische Mythologie. Oder zumindest das, woran ich mich noch erinnere. Mit zehn Jahren wollte ich nämlich unbedingt Archäologe werden und eine ägyptische Grabkammer nach der anderen entdecken. Natürlich mit jeder Menge verfluchter Mumien darin. Am besten solche, die nachts aus ihren Sarkophagen aufstehen und durch die Gegend laufen.«

»Und warum verfolgst du nun Mörder statt Mumien?«, fragte Toni.

»Weil ein Schulfreund mich mit seiner Begeisterung für Sherlock Holmes angesteckt hat und die Chance, einen freilaufenden Mörder zu fangen, wesentlich höher ist als die, eine freilaufende Mumie zu erwischen.«

»Da ist was dran«, bestätigte Toni. »Dann kannst du Meisterdetektiv mir bestimmt sagen, was das hier ist.« Sie deutete auf eine der Wände.

»Das? Katastrophal hässliche Fliesen aus den Siebzigern, würde ich sagen.«

»Fliesen? Von wegen.« Sie fuhr mit den Fingern über die Wand. »Das ist Teppich.« Das war ihr gestern gar nicht aufgefallen. Welche Drogen musste man nehmen, um auf so eine Idee zu kommen? Und wie in aller Welt machte man den Teppich sauber? Staubsaugen auf die konventionelle Art dürfte sich ziemlich schwierig gestalten.

»Es tut mir von Herzen weh, dich in deiner Bewunderung stören zu müssen«, sagte Sören. »Aber der Aufzug ist da.«

Im dreizehnten Stockwerk stiegen sie aus und gingen zur Wohnung von Bettina Richter. Ihre Schuhsohlen quietschten unangenehm laut auf dem glattpolierten Steinboden.

»Von dem Geräusch bekomme ich Zahnschmerzen«, murmelte Sören und versuchte, so leise wie möglich zu gehen. »Wie viele Leute wohnen hier wohl?«, brummte er, nachdem er auf den Klingelknopf gedrückt hatte. »Achthundert? Tausend? Manches Dorf hat nicht einmal halb so viele Einwohner, und doch kannst du in so einem Bunker jahrelang leben, ohne dass die Nachbarn auch nur deinen Namen kennen oder die leiseste Ahnung haben, mit wem sie gerade Aufzug fahren.« Er fasste sich an die Wange, als habe er tatsächlich Zahnschmerzen. »Was die Leute im Dorf zu viel über dich wissen, wissen sie hier zu wenig. Kein Wunder, dass immer wieder jemand drei Jahre lang tot in seinem Sessel sitzt, ohne dass es den anderen auffällt.«

»In der Wohnung der Richter bewegt sich jedenfalls noch jemand«, sagte Toni. »Oder etwas. Wenn das eine Mumie sein sollte, die durch den Flur schlurft, bist du als verhinderter Archäologe zuständig, so viel steht fest.«

Aber es war dann doch eine Frau aus Fleisch und Blut, die ihnen öffnete, was Toni fast ein wenig bedauerte.

»Frau Richter?«, fragte Toni. Aus den Einwohnermeldedaten wussten sie, dass Bettina Richter einundvierzig Jahre alt war, doch ihr Körper schien das komplett ignoriert zu haben. Sie hatte mehr Ähnlichkeit mit einer zu schnell in die Höhe geschossenen Zwölfjährigen als mit einer erwachsenen Frau. Wären die Schatten unter ihren Augen und die tiefen Falten an den Mundwinkeln nicht gewesen, wäre sie leicht als Anfang dreißig durchgegangen. Vor allem ihre riesengroßen, fast manga-artigen hellgrauen Augen ließen sie wesentlich jünger, beinahe schon kindlich erscheinen.

»Stieglitz, Kripo München«, sagte Toni und hielt ihren Dienstausweis in die Höhe. »Und das ist mein Kollege Herr Palstek. Dürfen wir kurz reinkommen?«

»Kripo?« Die Augen der Richter wurden noch größer. »Worum geht es denn? Sind wieder Kellerabteile aufgebrochen worden? Oder der Fahrradraum? Dann sind Sie bei mir falsch. In meinem Kellerabteil steht nur wertloser Kram, und nachdem mir innerhalb eines halben Jahres zwei Räder geklaut wurden, habe ich mir kein neues mehr gekauft.« Sie schob die Tür ein wenig zu, verharrte jedoch an Ort und Stelle, vermutlich hin- und hergerissen zwischen Neugier und der Befürchtung, in etwas Unangenehmes hineingezogen zu werden.

»Nein«, antwortete Toni. »Von einem Einbruch ist uns nichts bekannt. Es geht um eine Sache, die wir lieber nicht im Treppenhaus mit Ihnen besprechen würden.«

Sie machte eine vage Geste in Richtung der Nachbarwohnungen, und nach kurzem Zögern trat Bettina Richter beiseite.

»Kann ich Ihnen etwas anbieten?« Sebastians Mutter hatte sie in die Küche geführt und stand nun wie ein Fremdkörper inmitten des kleinen Raums. Toni lehnte dankend ab und trat an das Fenster. Die Aussicht war phänomenal, von hier aus konnte man den gesamten Münchner Nordwesten überblicken und noch ein gutes Stück in die Nachbarlandkreise hinein. Aus dem Dunstschleier, der noch über der Stadt lag, erhob sich weithin sichtbar das Münchner Windkraftrad, dessen riesige Flügel sich behäbig drehten, und ein wenig unterhalb lag die Allianz Arena wie ein gestrandetes Schlauchboot.

»Sieht nachts bestimmt spektakulär aus, wenn das Stadion beleuchtet ist«, sagte Toni und drehte sich wieder zu Bettina Richter um. Die zuckte mit den Achseln.

»Man gewöhnt sich daran«, sagte sie, ohne selbst aus dem Fenster zu schauen. »Aber Sie sind bestimmt nicht wegen der Aussicht hier, oder?« Ihr Blick sprang zwischen Toni und Sören hin und her und blieb schließlich an ihrem Kollegen hängen.

»Nein«, bestätigte er. »Das sind wir nicht. Wir sind von der Mordkommission«, fuhr Sören fort, »und ermitteln im Fall der Toten aus der Aubinger Lohe. Sie haben davon gehört?«

Bettina Richter reagierte nicht, fixierte nur unverwandt Sörens Gesicht. Sie sah aus, als hätte sie die Frage überhaupt nicht registriert.

»Der Name der Frau ist Julia Krämer.«

Wieder keine Reaktion.

»Julia Krämer«, wiederholte er. »Der Name sagt Ihnen etwas, nicht wahr?«

Doch Bettina Richter bewegte sich immer noch nicht. Als wäre sie zu Stein geworden, dachte Toni. Sören trat einen Schritt näher und berührte die Frau sanft am Arm. Schlagartig kehrte das Leben in Bettina Richters Körper zurück, und sie riss ihren Arm mit einer so heftigen Bewegung zurück, dass Toni überrascht zusammenzuckte.

»Natürlich sagt mir der Name etwas«, fauchte die Frau und drückte sich gegen den Herd. »Das wissen Sie genauso gut wie ich. Julia ist … war die Frau meines Ex-Mannes, und jetzt ist mir auch klar, warum Sie hier sind, nämlich wegen mir, der verrückten Ex-Frau. Wegen der Irren, der man alles zutrauen kann. Schließlich war die schon ein paarmal in der Klapse. Die ist wohl immer noch nicht über den Verlust hinweg und hat jetzt ganz offensichtlich durchgedreht, genau so, wie alle immer vorausgesagt haben.« Sie zog die Schultern hoch und schlang die Arme um ihren Oberkörper. »Wie praktisch für die Polizei. Täter gefunden, Fall gelöst. Gratulation.«

Toni und Sören tauschten einen raschen Blick. Sie konnte sehen, dass ihr Kollege genauso verdutzt war wie sie selbst. Die verrückte Ex-Frau? Die Irre?

»Frau Richter, Sie haben da etwas missverstanden. Niemand hat gesagt, dass ...«

»Dass ich verrückt bin?«, fuhr Bettina Richter Sören ins Wort und stieß ein hartes, bitteres Lachen aus. »Oh doch. Alle haben das gesagt. Die Nachbarn. Meine Kollegen. Martins Eltern. Anfangs haben sie mich nur schief angeschaut, doch dann haben sie begonnen, hinter meinem Rücken zu tuscheln. Die haben wohl geglaubt, ich würde das nicht merken, aber wenn im Zeitungsladen plötzlich alle zu reden aufhören, sobald man hereinkommt, dann kapiert irgendwann der Dümmste, dass etwas nicht stimmt. Alle sind sie mir aus dem Weg gegangen, haben mich vorgelassen, damit ich schnell wieder draußen bin. Und dann haben sie mir hinterhergeschaut. Könnte ja sein, dass ich auf offener Straße durchdrehe und Amok laufe. Das wollte sich keiner von denen entgehen lassen. Keiner.«

Sie hielt inne, drehte den Kopf und sah Toni direkt in die Augen.

»Wenn sie sich wenigstens nur auf mich konzentriert und Sebastian aus der ganzen Sache herausgehalten hätten. Aber es hat ihnen nicht gereicht, nur mich auszuschließen. Die Kinder in der Straße durften von heute auf morgen nicht mehr mit meinem Jungen spielen, und der ach so katholische Kindergarten hatte plötzlich keinen Platz mehr frei. Kein Zutritt für das Kind der Verrückten. Natürlich hatte keiner von diesen Feiglingen das Rückgrat, mir den Grund ins Gesicht zu sagen. Stattdessen haben sie es auf ein Versehen in der Verwaltung geschoben. Eine schlechtere Ausrede ist ihnen nicht eingefallen.«

Sie riss ein Blatt von der Küchenrolle ab und schnäuzte sich. Toni spürte, wie tiefschwarze Bitterkeit durch den Raum schwappte, wie sie sich an den Wänden brach und in zähen Schlieren daran hinablief. Das ganze Zimmer war plötzlich gefüllt mit erstickender Einsamkeit, und sogar das Vormittagslicht, das durch das Küchenfenster hereindrang, schien seine Kraft verloren zu haben und war auf einmal staubig und trüb.

»Das tut mir leid«, sagte Toni behutsam. »Davon wussten wir nichts. Deshalb sind wir auch nicht hier. Wir müssen wissen, ob Sie seit der Trennung von Herrn Krämer immer noch Kontakt zu Sebastian haben.«

Bettina Richter knüllte das Papiertuch zusammen und warf es in den Müll.

»Natürlich habe ich immer noch Kontakt, was denken Sie denn? Was wäre ich für eine Mutter, wenn ich ihn einfach so aus meinem Leben streichen könnte? Sebastian ist mein Kind, und ich werde niemals zulassen, dass irgendjemand einen Keil zwischen mich und meinen Sohn treibt.«

»Gibt es denn jemanden, der das versucht?«, fragte Toni.

Bettina Richter zögerte einen Augenblick, dann nickte sie.

»Und wer ist das? Ihr Ex-Mann? Herr Krämer?«

»Martin? Nein. Das würde er nie tun. Er weiß, wie viel Sebastian mir bedeutet.«

»Und wer dann?«

»Das fragen Sie noch? Sie natürlich. Julia. Die Hexe.«

Bettina Richter spuckte ihnen das letzte Wort regelrecht vor die Füße. Diese heftige Reaktion überraschte Toni. Die Wunden von damals waren ganz offensichtlich noch immer nicht verheilt.

»Hexe«, sagte Toni. »Ein hartes Wort, finden Sie nicht?«

Sebastians Mutter schnaubte.

»Nicht hart genug für eine Frau wie die.«

»Weil sie Ihnen den Mann und den Sohn weggenommen hat?« Toni entschied sich, in die Offensive zu gehen. »Weil sie das bekommen hat, was Ihnen zusteht?«

Bettina Richter stieß dasselbe Lachen aus wie zuvor, kurz und hart.

»Sie haben keine Ahnung, was damals passiert ist, nicht wahr? Überhaupt keine Ahnung. Dass ich Martin verloren habe, das hatte nichts mit Julia zu tun. Aber alles, was danach kam, daran war nur sie ganz allein schuld.«

»Sie meinen die Schläge? Die Tatsache, dass Julia Krämer Ihren Sohn nicht genügend schützen konnte und Sebastian seinem Vater hilflos ausgeliefert war?«

Bettina Richter schüttelte den Kopf.

»Sie haben ja keine Ahnung, wovon Sie reden, Frau Stieglitz«, sagte sie. »Martin ist der friedfertigste Mensch, den man sich vorstellen kann. Er hat noch nie in seinem Leben die Hand gegen Sebastian erhoben. Es war Julia. Sie hat meinen Sohn geschlagen. Ihn und auch seinen Vater.«

Einundzwanzig

»Und? Was denkst du?«, fragte Sören, bevor er sich das letzte Stück seines Salami-Baguettes in den Mund schob. Sie hatten auf dem Rückweg in das Präsidium bei einer Bäckerei haltgemacht, weil ihnen beiden der Magen geknurrt hatte.

»Ich denke«, sagte Toni und schob die Salzkörner auf ihrem Teller zu einem Häufchen zusammen, »dass du tatsächlich Probleme mit den Zähnen hast. Du kaust nämlich die ganze Zeit nur auf einer Seite.«

Sören hielt inne und warf ihr einen Blick zu, der keiner Worte bedurfte. *Hör auf mit dem Blödsinn, du weißt genau, was ich meine!*, sagte seine Miene, und natürlich wusste Toni, worauf die Frage bezogen war. Sie hatte mit ihrer ausweichenden Antwort nur Zeit gewinnen wollen, um sich darüber klarzuwerden, was sie dachte. Das hatte sie schon die gesamte Fahrt über versucht, vor allem im Hinblick auf die Standpauke, die Hans ihr gehalten hatte. Trotzdem war sie immer wieder zu demselben Ergebnis gekommen.

»Ich glaube ihr kein Wort«, sagte sie und sah Sören dabei zu, wie er sich mit der Serviette über den Mund tupfte. Wieder einmal musste sie feststellen, dass diese Geste bei ihm selbst mit dem billigsten Papierding immer so aussah, als hätte er gerade in einem Nobelrestaurant gespeist und würde nun das gestärkte Damasttuch zur Seite legen. Das war es, was Toni immer mit hanseatisch-nobel bezeichnete, wohingegen Sören das überhaupt nicht gern hörte. »Ich bin Ostfriese, kein Hanseat«, sagte er dann immer. Allerdings mit einer Mutter aus den besseren Hamburger Kreisen, und das brach einfach immer wieder bei ihm durch.

»Und wovon glaubst du der Richter kein Wort?«, fragte Sören nun seinerseits. »Insgesamt oder nur auf Martin Krämer bezogen?«

Jetzt warf Toni ihrem Kollegen den Das-weißt-du-ganz-genau-Blick zu, antwortete ihm aber trotzdem.

»Das mit den Schlägen. Dass er das Opfer war und nicht sie. Das nehme ich ihr nie und nimmer ab.«

»Und warum? Ist es für dich so unvorstellbar, dass Männer auch Opfer sein können? Glaubst du nach all den Jahren bei der Polizei immer noch an das Klischee von den Männern als alleinige Täter und den Frauen und Kindern als alleinige Opfer?«

Toni traute ihren Ohren nicht. Ihr Mund wurde zu einer farblosen Linie, und sie musste sich beherrschen, um nicht von ihrem Stuhl aufzuspringen und nach draußen zu laufen. Dieser Satz war jetzt nicht wirklich gefallen, oder? Und ausgerechnet von Sören. Hielt er sie tatsächlich für ein wandelndes Klischee? Eine abgenutzte, überbeanspruchte Schablone? Einen schlechten Witz?

Ihr Herz klopfte hart gegen ihre Rippen, als sie den Finger an die kleine Narbe in ihrer Augenbraue legte.

»Klischee?«, presste sie hervor. »Dann ist das hier also auch nichts weiter als ein Klischee? Nur mal so zur Klarstellung: Die Narbe habe ich nicht vom Brauenzupfen.«

Sören lief von einer Sekunde auf die andere tiefrot an.

»Scheiße, nein, natürlich nicht!«, ruderte er zurück. »Tut mir leid, Toni, so war das nicht gemeint. Ich habe in dem Moment einfach nicht daran gedacht, dass ... dass du ... Ach verdammt, du weißt genau, dass ich das, was dir passiert ist, nicht kleinreden und verharmlosen wollte.«

Zwei Teenager am übernächsten Tisch hatten aufgehört, sich zu unterhalten, und warfen ihnen aus den Augenwinkeln sichtlich interessierte Blicke zu.

»Lass uns draußen weiterreden«, sagte Sören und nahm seine Jacke. Wortlos folgte Toni ihrem Kollegen zu ihrem Dienstwagen und lehnte sich mit verschränkten Armen gegen die Motorhaube. Sie wollte Sören so gern glauben, dass das nur ein verbaler Ausrutscher war. Dass er es wirklich nicht so gemeint hatte. Aber sie wusste nicht mehr, was sie noch glauben sollte. Das war nun schon das zweite Mal, dass er ihr eine Breitseite verpasste. War sein ganzes Verständnis nur Fassade? Dachte er in Wirklichkeit ganz anders von ihr? Tonis Magen zog sich zusammen. Hoffentlich nicht. Sören war nicht einfach nur ihr Lieblingskollege. Er und Hans waren die Krücken, die sie nach dem ganzen Mist auf dem Friedhof und vor allem nach der Anzeige gegen Mike aufrecht gehalten hatten. Sie gestand es sich nur ungern ein, aber sie brauchte die beiden immer noch, und zwar mehr, als ihr lieb war.

»Toni.«

Sören war neben sie getreten und berührte sie sanft am Ellenbogen. Am liebsten hätte Toni ihren Arm weggezogen, doch sie rührte sich nicht, blickte nur auf ihre Schuhspitzen hinab. Sie wollte Sören auf keinen Fall in die Augen schauen, aus Angst, dort ihre Zweifel an ihm und seiner Loyalität bestätigt zu sehen.

»Es war wirklich nicht so gemeint. Es ist nur ...«

Er ließ ihren Ellenbogen los und hob die Hände in einer hilflosen Geste.

»Es ist nur so, dass ich manchmal einfach keine Ahnung habe, wie ich mich dir gegenüber verhalten soll. Ich weiß, dass du nicht in Watte gepackt werden willst. Dass du dir eher die Zunge abbeißt, als jemanden um Hilfe zu bitten. Dass du alles mit dir allein ausmachst und alles allein schaffen willst.« Er lehnte sich neben sie an den Audi. »Letzte Woche in der Kantine, als sich hinter mir in der Schlange zwei sogenannte Kollegen das Maul über dich zerrissen haben, weil du das Arschloch von Mike angezeigt hast, da war ich kurz davor, ihnen ihre Schaschlikspieße in den Hintern zu rammen, bis sie oben am Zäpfchen anstoßen, und ihnen dabei zu erklären, wer hier die Kollegenschweine sind. Aber ich wusste, dass du das nicht willst, und so hab ich meinen Mund gehalten. Obwohl ich fast explodiert wäre.«

Er schüttelte den Kopf.

»Entschuldige bitte meine Ausdrucksweise. Gut, dass du nicht meine Mutter bist. Die hätte jetzt die Hände über dem Kopf zusammengeschlagen.« Er lächelte schwach. Toni schluckte, blieb aber weiter stumm.

»Was ich eigentlich sagen wollte«, fuhr Sören fort, »ich weiß genau, wie viel du einstecken kannst, Toni. Als Boxer hättest du verdammt gute Nehmerqualitäten. Aber auch mit denen kann man ausgeknockt werden. Niemand von uns hält dich für einen Schwächling, wenn du zugibst, dass dir etwas zu nahe geht oder zu viel wird. Ich weiß, dass du das glaubst, aber da irrst du dich. Und zwar gewaltig.«

Danach hatte er den Wagen aufgesperrt und sich hinter das Steuer gesetzt. Toni war noch einen Moment draußen stehengeblieben. Hätte sie sich gleich neben ihn gehockt, hätte sie vermutlich zu heulen begonnen.

Keiner von beiden sprach während der restlichen Fahrt

ein einziges Wort. Erst als sie in der Ettstraße aus dem Auto stiegen, fand Sören die Sprache wieder.

»Ich gehe noch schnell in die Apotheke.« Er deutete in Richtung Fußgängerzone. »Mit den Zahnschmerzen hattest du leider nicht so ganz unrecht.«

Toni verzog das Gesicht.

»Willst du nicht lieber gleich zum Zahnarzt? Meinen Erfahrungen nach toben sich Zahnschmerzen mit Vorliebe mitten in der Nacht oder am Wochenende aus. Falls du dann beim zahnärztlichen Notdienst an denselben Metzger geraten solltest wie ich, wünschst du dir garantiert, du hättest den Klempnernotdienst gewählt.«

»Du kannst einem wirklich Mut machen. Aber ich probiere es trotzdem erst mit der Apotheke. Ich hoffe immer noch auf einen überempfindlichen Zahnhals.«

»Dein Wort in Gottes Ohr«, sagte Toni, drehte sich schwungvoll um und wäre fast mit einem Mann zusammengestoßen, der hinter ihr aus dem Gehsteig gewachsen sein musste.

»Hoppla«, sagte Toni und lächelte entschuldigend. »Tut mir leid, ich habe Sie nicht gesehen.«

»Nichts passiert.« Der Mann lächelte zurück. »Ich bin robust.«

Das war er allerdings. Typ Türsteher, dachte Toni. Keine Turnschuhe, nur für Stammgäste, geschlossene Gesellschaft und so weiter.

»Dann bin ich ja beruhigt«, antwortete Toni. »Sonst hätte ich heute Nacht garantiert nicht schlafen können.«

»Machen Sie sich mal wegen mir keine Sorgen.« Der Mann lächelte immer noch. Toni hatte das unbestimmte Gefühl, dass nach diesem Satz noch etwas kommen musste, aber er hob nur die Hand, drehte sich um und ging.

Sie sah ihm noch einen Moment lang hinterher, dann zuckte sie mit den Schultern und schritt unter dem strengen Blick der steinernen Löwen auf den Eingang des Präsidiums zu.

Oben angekommen, gesellte sie sich zu Hans, Beate und Contutto, die sich ihr Mittagessen schmecken ließen. Kurze Zeit später kam auch Sören hinzu, warf einen kurzen Gruß in den Raum und spülte zwei Tabletten mit einem großen Schluck Wasser hinunter.

»Was sagt der Apotheker?«, fragte Toni. Sören antwortete mit einem unverständlichen Brummen.

»Apotheker? Wieso Apotheker?«, hakte Hans zwischen zwei Bissen nach. »Fehlt dir etwas?«

»Nein, so gut wie nichts. Ein Zahn nervt, das ist alles.«

»Dann geh mal lieber zum Arzt«, sagte Hans und stocherte mit der Gabel in der Luft herum. »Die richtigen Schmerzen kom...«

»... kommen immer außerhalb der Sprechstunden«, beendete Sören den Satz. »Danke, diese Weisheit durfte ich mir bereits zweimal anhören.«

»Vom Anhören allein gehen die Zahnschmerzen aber nicht weg«, setzte nun auch Contutto nach.

»Klookschieters«, brummte Sören und ließ sich auf einen Stuhl fallen.

»Das hab ich verstanden«, rief Beate aus der Ecke, wo sie die Reste von ihrem Teller in den Mülleimer warf. »Platt ist keine Geheimsprache, falls du das glauben solltest.«

Sören verschränkte die Arme vor der Brust und warf ihr einen finsteren Blick zu.

»Zerbrecht euch eure Köpfe lieber über den Fall und nicht über meine Zähne. Bettina Richter hat uns nämlich gerade etwas um die Ohren gehauen, das garantiert keiner von euch auf dem Schirm hatte.«

Während Sören von ihrem Besuch bei Martin Krämers Ex-Frau berichtete, saß Toni vollkommen reglos auf ihrem Stuhl. Nur der rechte Zeigefinger ihrer ineinander verschränkten Hände zuckte ab und zu. Als Sören geendet hatte, hielt sie ihren Blick immer noch fest auf Contuttos Pizzakarton gerichtet.

Eine halbe Minute lang sagte niemand ein Wort. Dann brach Beate das Schweigen.

»Darauf bin ich tatsächlich nicht gekommen. Aber – warum nicht? Männer werden öfter Opfer häuslicher Gewalt, als man denkt. Die meisten halten allerdings den Mund, weil es nicht ins gesellschaftliche Rollenklischee passt, wenn das starke Geschlecht vom schwachen geschlagen wird.«

Schon wieder dieses Wort: Klischee. Fiel denn im Zusammenhang mit Gewalt niemandem etwas anderes ein? Toni spürte, wie ihr Puls sich beschleunigte. Sie biss die Zähne zusammen und fixierte den Käserest auf Contuttos Messer. Erst denken, dann reden, Stieglitz, mahnte sie sich. Erst denken!

»Hm.« Hans hatte seine Brille auf die Stirn geschoben und sah Beate an. »Ich weiß nicht. Passt das zu Martin Krämer? Sören, Toni – auf euch machte er doch nicht gerade einen unterwürfigen Eindruck, sondern den eines Mannes, der durchaus Gegenwehr zeigt, oder nicht?«

Sören nickte bedächtig.

»Ja, das schon, aber …« Er betastete seine Wange mit den Fingerspitzen. »… aber dieses aufbrausende Verhalten, das war für mich nichts Halbes und nichts Ganzes. Er ging ja auch nicht richtig auf uns los, sondern schubste uns nur beiseite. In meinen Augen war das eher ein verzweifelter Überrumpelungsversuch und kein wirklicher Angriff. Sobald er merkte, dass er uns damit nicht einschüchtern konnte und wir nicht klein beigeben würden, verpuffte seine ganze Energie und er sackte kraftlos in sich zusammen. Echte Gegenwehr würde ich das nicht nennen.«

»Als ich noch auf Streife war«, begann Contutto, »wurden wir zu einem Einsatz in die Tulbeckstraße geschickt. Passanten hatten zwischen geparkten Autos einen blutüberströmten Mann gefunden. Er saß völlig apathisch auf dem Randstein. Sein linkes Auge war so geschwollen, dass wir im ersten Moment dachten, da müsse ein Golfball drinstecken. Ein paar Meter entfernt war eine ziemlich üble Boazn.«

Er warf Sören einen kurzen Blick zu.

»Für unsere ausländischen Kollegen: Das ist eine Kneipe, in der nicht unbedingt die oberen Fünfhundert verkehren. Deshalb waren wir fest davon überzeugt, dass wir dort drin mindestens einen weiteren Typen finden würden, der ähnliche Verletzungen hatte. Wir haben unsere Meinung erst geändert, als der Sani Kratz- und Bissspuren am Körper des Mannes fand. Der Kerl war regelrecht übersät davon. Wolle, mein damaliger Streifenpartner, hat bei ihm wohl den richtigen Ton angeschlagen, jedenfalls stellte sich heraus, dass seine Frau ihn seit Jahren misshandelte, und in dieser Nacht muss sie vollkommen ausgerastet sein. Sie hat ihn tatsächlich mit dem Nudelholz vermöbelt. Wie in einem schlechten Film. Wir haben das Ding später sichergestellt, und die Rechtsmedizin hat es eindeutig als Tatwerkzeug identifiziert. Sie hat ihm damit das Jochbein und die Augenhöhle gebrochen. Wenn ihr den Mann gesehen hättet, hättet ihr das nie geglaubt. Der hatte einen Nacken wie ein Stier und Hände wie Klodeckel. Und trotzdem konnte er sich nicht wehren. *Ich schlage doch keine Frauen.* Das war seine schlichte Erklärung.«

Contutto hob seine Hände und sah sie an, als überlegte er, ob er in der Lage wäre, damit auf seine Frau und seinen Sohn loszugehen.

»Was mich betrifft«, sagte er dann und ließ seine Hände wieder auf die Tischplatte sinken, »ich halte nichts mehr für ausgeschlossen, und ich wüsste nicht, warum ich Martin Krämers Ex weniger Glauben schenken sollte als den anderen Zeugen.«

»Und du, Toni?«, wollte Hans wissen. »Was denkst du?«

Ja, was dachte sie? Auf jeden Fall so viel auf einmal, dass sie einen Moment brauchte, um das, was in ihrem Kopf hin und her schoss, zu strukturieren.

»Ich denke«, sagte sie schließlich, »dass Bettina Richter nicht die Wahrheit gesagt hat. Es stimmt nicht, dass Julia Krämer die Täterin und Martin und Sebastian ihre Opfer waren. Das hat sie sich nur ausgedacht, um ihren Ex zu schützen.«

»Und warum sollte sie das tun?«, fragte Beate. »Korrigiere mich, aber du bist doch immer noch davon überzeugt, dass Martin der Täter ist, oder?«

Toni nickte.

»Gut. Dann erkläre mir, warum sie den Mann schützen sollte, der ihren Sohn und möglicherweise auch sie misshandelt hat. Müsste sie nicht genau das Gegenteil tun und aller Welt erzählen, was er für ein Horrorvater ist, damit sein Sohn vor ihm geschützt wird?«

Genau diese Frage hatte Toni sich auch gestellt, doch sie glaubte, in der Wohnung von Bettina Richter die Antwort gefunden zu haben.

»Frau Richter hat sich selbst als Verrückte bezeichnet, die schon ein paarmal in der Klapse war. Auf dem Tisch lag ein Briefumschlag mit dem Isar-Amper-Klinikum als Absender, das würde also durchaus passen. Außerdem stand auf dem Fensterbrett ein kleines Körbchen mit jeder Menge Medikamentenschachteln. Mindestens zwei davon waren Antidepressiva, dazu noch Beruhigungs- und Schmerzmittel. Ich habe die starke Vermutung, dass ihre psychischen Probleme der Grund dafür sind, dass Sebastian bei seinem Vater lebt, und dass ihr diese Trennung extrem zu schaffen macht. Sie liebt ihren Sohn über alles, das kam bei unserem Gespräch ganz deutlich heraus, und ich glaube, dass sie es ohne Zögern in Kauf nehmen würde, wieder mit ihrem gewalttätigen Ex unter einem Dach zu leben, wenn sie dadurch ihren Sohn zurückgewinnt.«

»Das würde sie aber gleichzeitig auch zur Verdächtigen machen«, sagte Hans und ließ seine Brille am Bügel rotieren. »Denn angenommen, Bettina Richters Ziel ist tatsächlich eine Familienwiederzusammenführung, dann war das größte Hindernis die neue Frau an der Seite ihres Ex-Mannes. Dieses Hindernis galt es zu beseitigen – was inzwischen auch passiert ist. Somit hätte sie ein ziemlich starkes Motiv.«

»Zweifellos«, stimmte Toni ihm zu. »Die eigentliche Tat, also der Krämer den Schädel einzuschlagen, hätte sie vermutlich auch bewerkstelligen können. Alles andere hätte sie aber nie alleine auf die Reihe gebracht. Wie ja inzwischen sicher feststeht, ist der Auffindeort der Leiche nicht der Tatort, und da es keine Schleifspuren gibt, muss sie zu dem umgestürzten Baum getragen worden sein. Die Richter ist allerdings so schmächtig, dass ich ihr kaum zutraue, einen Kasten Mineralwasser weiter als zehn Meter zu schleppen, geschweige denn mit einer Toten über der Schulter durch den Wald zu marschieren. Wenn sie es wirklich war, muss sie einen Helfer gehabt haben. Und an diesem Punkt käme wieder Martin Krämer ins Spiel.«

»Nicht unbedingt«, warf Beate ein. »Es könnte auch jemand anderes gewesen sein, zum Beispiel ihr aktueller Lebensgefährte. Sofern sie einen hat.«

»Das halte ich für äußerst unwahrscheinlich«, entgegnete Toni. »Selbst wenn sie einen Partner hätte, und der noch dazu bereit wäre, sich auf einen Mord einzulassen, so würde dies Bettina Richters Situation in keiner Weise verbessern. Sebastian wäre immer noch genauso weit entfernt wie vor der Tat, da er immer noch bei seinem Vater lebt und dieser sie kaum einladen wird, mit ihrem neuen Partner bei sich im Haus einzuziehen. Nein, wenn die Richter überhaupt an der Tat beteiligt ist, dann nur zusammen mit Martin Krämer. Alles andere ergibt keinen Sinn.«

»Hm«, brummte Hans. »Das entbehrt nicht einer gewissen Logik, wenn auch einer ziemlich verdrehten. Wobei es fraglich ist, ob Bettina Richter die Folgen der Tat so gründlich durchdacht hätte, wenn sie psychisch wirklich so angeschlagen ist, wie sie nach eurer Schilderung zu sein scheint. Deshalb sollten wir zunächst überprüfen, ob sie überhaupt die Gelegenheit hatte, den Mord zu begehen, bevor wir über mögliche Motive und Mittäter spekulieren. Wo war sie denn zur Tatzeit? Habt ihr dahingehend etwas aus ihr herausbekommen?«

»Nein«, antwortete Sören. »Sie wurde immer aufgeregter, je länger sie mit uns sprach. Als sie anfing, am ganzen Leib zu zittern, und sich setzen musste, haben wir abgebrochen. Wir hatten beide die Befürchtung, sie würde kollabieren, wenn wir weiterfragen. Wir haben ihr angeboten, einen Arzt zu rufen, aber sie hat vehement abgelehnt. Somit noch kein Alibi für Frau Richter.«

»Ihr bleibt aber dran, oder?«, fragte Hans.

»Natürlich!«, sagten Sören und Toni wie aus einem Mund.

»Gut. Dann zu euch beiden.« Er wandte sich Contutto und Beate zu. »Was habt ihr von Julia Krämers ehemaligen Kollegen erfahren?«

»So einiges«, begann Contutto. »Bisher waren wir im Krankenhaus Dritter Orden und im Haunerschen Kinderspital, und alle sprechen nur in den höchsten Tönen von ihr. Immer freundlich, immer verständnisvoll und hilfsbereit bis zur Aufopferung. Der Seelsorger im Haunerschen hat sie sogar als *wahren Engel* bezeichnet. Sie war bei Patienten, Kollegen und Vorgesetzten gleichermaßen beliebt, und alle haben es zutiefst bedauert, als sie ihre Kündigung eingereicht hat.«

»Und da wären wir bei einem etwas merkwürdigen Punkt«, sagte Beate und strich sich eine Haarsträhne hinter das Ohr. Erstaunt bemerkte Toni, dass Beates Haaransatz deutliche Grauspuren aufwies. Sie musste einige Wochen nicht mehr nachgefärbt haben. Das passte so gar nicht zu ihr. Normalerweise war Beate vom Kopf bis zu den Schuhspitzen der Inbegriff der Makellosigkeit. Nicht umsonst nannte Toni ihre Kollegin in Gedanken heimlich *Miss Perfect*.

»Julia Krämer hat es bei keiner Stelle länger als anderthalb, maximal zwei Jahre ausgehalten«, fuhr die nicht mehr ganz so makellose Beate fort, »dann hat sie gekündigt, war ein paar Monate ohne Beschäftigung und fing in einem anderen Krankenhaus wieder an. Unseren bisherigen Recherchen zufolge ging das mindestens fünfmal so.«

»Und das hat niemanden in der Personalabteilung stutzig gemacht?«, wollte Sören wissen.

»Nein. Ihre Zeugnisse waren immer einwandfrei, und bei dem derzeitigen Mangel an Pflegekräften war vermutlich jedes Krankenhaus froh, eine engagierte Schwester zu bekommen, so dass keiner tiefer nachgebohrt hat.«

Hans runzelte die Stirn.

»Gab es irgendwelche Auslöser für die Kündigungen? Streitigkeiten untereinander, Probleme mit Vorgesetzten, Ärger mit Patienten?«

»Ebenfalls nein.« Beate schüttelte den Kopf, und die Strähne löste sich wieder. »Nichts dergleichen. Allerdings berichteten alle Schwestern und Pfleger übereinstimmend, dass sie jeweils die letzten Monate sehr abgearbeitet, erschöpft und geistesabwesend wirkte. Wenn sich dann jemand Sorgen um sie machte und sich nach ihrem Befinden erkundigte, konnte sie von einer Sekunde auf die andere aus der Haut fahren. Wie eine Katze, die aus heiterem Himmel nach der Hand schlägt, die sie streichelt. So hat sich eine Schwester im Dritten Orden ausgedrückt.«

»Gab das denn niemandem zu denken?«, fragte Toni und dachte dabei an Hans, wie er sich um sie gesorgt hatte, und wie sie manchmal davon genervt gewesen war. Augenblicklich bohrte sich das schlechte Gewissen in ihren Magen.

»Doch, natürlich.« Toni war einen Moment lang durch ihre eigenen Gedanken so abgelenkt, dass sie beinahe überhört hätte, wie Contutto das Wort ergriff. »Alle dachten, es hinge mit ihrer Aufopferungsbereitschaft zusammen. Dass sie sich zu viel zugemutet hätte et cetera. Deshalb war ihr auch niemand ernsthaft böse, wenn sie einmal verbal um sich schlug. Alle, ob Vorgesetzte oder Kollegen, drängten sie, sich Urlaub zu nehmen und endlich einmal nur an sich statt an andere zu denken. Aber davon wollte sie nichts hören. Ganz im Gegenteil. Je mehr die anderen sich um sie bemühten, desto weiter zog sie sich zurück, bis sie schließlich ihre Kündigung einreichte und sich von nichts und niemandem mehr umstimmen ließ.«

»Was ist mit ihren Verletzungen?«, fragte Toni. »Haben ihre Kollegen davon etwas bemerkt?«

»Nein«, ergriff Beate wieder das Wort. »Sie trug immer langärmelige Kleidung. Begründet hat sie das mit ihrer angeblichen Neigung zu aktinischer Keratose. Das ist eine Verhornungsstörung der oberen Hautschicht, die durch UV-Strahlung verursacht wird. Das sieht je nach Stadium nicht nur unschön aus, sondern kann auch richtig gefährlich werden, weil sich daraus ein Karzinom, also ein Tumor entwickeln kann. Angeblich wollte Julia Krämer durch die langen Ärmel einerseits ihre Haut vor dem Sonnenlicht schützen, andererseits den Patienten den Anblick ersparen.«

»Ich bin ja kein Dermatologe«, ergänzte Contutto, »aber mir ist bei der Obduktion an ihren Armen nichts Ungewöhnliches aufgefallen. Von den Verletzungen natürlich abgesehen. Und ich bin mir auch absolut sicher, dass Doktor M nichts von irgendwelchen Verhornungsstörungen erwähnt hat. Das war ganz sicher nur eine Schutzbehauptung, um ihre Narben und Hämatome zu verbergen. Trotzdem werde ich noch einmal in der Rechtsmedizin anrufen, um alle Eventualitäten auszuschließen.«

Sören fuhr sich mit der Hand über den Nacken.

»Könnte es nicht sein, dass Julia Krämer ihre berufliche Überforderung an Sebastian und Martin ausgelassen hat? Dass sie zu Hause das ausgelebt hat, was sie im Dienst nicht konnte, und in den eigenen vier Wänden nicht nur verbal, sondern richtig zugeschlagen hat?«

»Möglich wäre es, aber das erklärt immer noch nicht die Blutergüsse an ihrem eigenen Körper«, warf Toni ein. »Die muss ihr irgendjemand beigebracht haben. Wer außer Martin Krämer sollte das gewesen sein? Ihre bettlägrigen Patienten ganz sicher nicht.«

Contutto stieß ein Schnauben aus.

»Pack schlägt sich, Pack verträgt sich«, sagte er lapidar. »Was, wenn sie sich gegenseitig verprügelt haben? Soll in den besten Familien vorkommen.«

So sehr Toni sich wünschte, dass es nicht so gewesen wäre und Martin Krämer der alleinige Täter war, musste sie sich eingestehen, dass sie gerade genau dasselbe gedacht hatte. Das Bild von Julia Krämer als unschuldigem Opfer hatte jedenfalls einen ersten Riss bekommen.

Zweiundzwanzig

Sebastian hatte den Kopf in beide Hände gestützt und starrte auf das aufgeschlagene Buch. Genetik. *Die Rolle der Proteine bei der Merkmalsausbildung.* Er las die Überschrift zum tausendsten Mal, aber er hatte keine Ahnung, was sie bedeutete. Hatte keine Ahnung, was der ganze Text bedeutete. Er sah die Wörter, aber er konnte sie nicht in einen sinnvollen Zusammenhang bringen. Als ob da eine Mauer in seinem Kopf war, an der die Wörter abprallten und dann kaputt liegen blieben. Egal wie oft er sie aufhob, neu zusammensetzte und vor sich hin murmelte, sie ergaben einfach keinen Sinn.

»Verdammte Kacke!«

Er fegte das Buch vom Küchentisch und riss sich die Kopfhörer aus den Ohren. Die Red Hot Chili Peppers verstummten abrupt. So brachte er den Scheiß nie bis morgen in sein Gehirn. Aber noch eine Fünf konnte er sich nicht leisten. Sein Vater hatte ihn zum Arzt schleppen und krankschreiben lassen wollen. »Dann hast du deine Ruhe«, hatte er gesagt. Aber Sebastian hatte sich geweigert. Ruhe war das Letzte, das er gebrauchen konnte. Wenn es ruhig war, hörte er seine Gedanken, wie sie in seinem Kopf im Kreis rannten. Pausenlos, immer rundherum, ohne die Chance, jemals zur Ruhe zu kommen.

Außerdem war seine Schule weit weg, in der Nähe des

Hauptbahnhofs. Dort hatte bis auf Miro keiner in seiner Klasse geschnallt, dass er der Sohn der *Toten vom Teufelsberg* war. Miro war der Einzige, der sich mit ihm abgab und mit dem Sebastian sich abgeben wollte. Die anderen nervten nur.

Die Lehrer wussten es natürlich auch. Er erkannte es an den Blicken, die sie ihm zuwarfen. Ganz unauffällig und immer nur von der Seite, und wenn er dann den Kopf drehte, sahen sie schnell weg. Als hätten sie Angst, dass er sie plötzlich mit seinem Kummer belästigen könnte. Nur der alte Hillebrand, der Direktor, hatte ihn direkt angesprochen. Hatte ihn in sein Büro rufen lassen. Sebastian wusste selbst nicht, was er erwartet hatte, als er sich auf den Stuhl vor dem riesigen dunklen Schreibtisch gesetzt hatte, aber ganz sicher nicht ein ruhiges, fast schon sachliches Gespräch, nach dem er sich tatsächlich ein bisschen besser gefühlt hatte. Der Hillebrand hatte ihm direkt ins Gesicht gesehen, hatte nicht drum herumgeredet und auch nicht versucht, ihn mit irgendwelchen blöden Floskeln zu trösten, sondern ihm angeboten, dass er zu ihm kommen könne, wenn er sich vom Schulalltag überfordert fühle. Dann könne er natürlich auch jederzeit nach Hause gehen.

Aber das wollte Sebastian auf keinen Fall. Nicht nach Hause, wo sein Vater in seinem Büro im Dachgeschoss saß und ihn mit seiner Anwesenheit erdrückte. Er dünstete sein schlechtes Gewissen aus wie Schweißgeruch, zäh, klebrig, widerlich. Es stieß Sebastian ab, und doch empfand er gleichzeitig Mitleid. Sein Vater hatte nie gewollt, dass es so weit kam, das wusste er, aber er hatte auch nichts getan, um es aufzuhalten. Er hatte einfach immer weitergemacht. Weiter und weiter, hatte getan, als merkte er nicht, dass ihm längst alles aus den Händen geglitten war. Hatte ignoriert, dass in den letzten Wochen die Abstände zwischen den Ausbrüchen immer kürzer geworden waren. Hatte sich jedes Mal, nachdem es wieder geknallt hatte, aufs Neue entschuldigt, hatte irgendwelche bescheuerten Geschenke mit nach Hause gebracht und versprochen, dass ab jetzt alles anders werden und alles in Ordnung kommen würde.

Und das Schlimmste war, dass sein Vater das wahrscheinlich sogar selbst geglaubt hatte. Er hatte es sich so lange eingeredet, bis er selbst davon überzeugt gewesen war. Hatte alles schöngeredet, hatte die Wirklichkeit unter einer dicken Schicht aus hohlen Worten begraben, damit er diesen kaputten Scherbenhaufen, den er immer noch Familie nannte, nicht mehr sehen musste. Damit er weiterhin so tun konnte, als ob nie etwas passiert wäre.

Sebastian presste die Handflächen an die Schläfen. Sein Kopf fühlte sich schon wieder an wie ein Druckkessel. Ein Druckkessel mit kaputtem Ventil, aus dem der Dampf nicht entweichen konnte. Bei dem der Zeiger des Manometers zitternd weiter und weiter in den roten Bereich stieg.

Mit einem Satz sprang Sebastian auf. Krachend fiel der Stuhl nach hinten um, doch der Junge hörte es kaum. Das Rauschen und Pfeifen in seinen Ohren übertönte bereits jetzt fast jedes Geräusch und wurde mit jedem Atemzug lauter.

»Aufhören!«, schrie er. »Das soll aufhören!« Er schlug sich mit den Händen gegen den Kopf, doch es hörte nicht auf. Stattdessen kamen jetzt auch noch die Ameisen. Erst waren es nur einzelne, eine kleine Vorhut, die von seinem Nacken die Wirbelsäule hinunterlief. Dann wurden es mehr. Und mehr. Und noch mehr.

Sie strömten seinen Rücken hinab, liefen über seine

Schultern, durch seine Arme bis in seine Fingerspitzen. Er spürte sie in seinen Oberschenkeln, seinen Waden, in jeder einzelnen Zehe. Millionen winziger Wesen krabbelten durch seinen Körper, und der Strom riss einfach nicht ab.

Er musste sie loswerden, bevor nicht mehr genügend Platz in ihm war. Bevor die Haut sich immer weiter dehnte, immer dünner wurde und schließlich aufriss und die wimmelnden Leiber aus ihm herausquollen.

Stolpernd lief er aus der Küche und hinauf in sein Zimmer. Vor dem Nachttisch fiel er auf die Knie und zog die Schublade heraus. Das kleine Päckchen war noch da. Niemand hatte es zwischen den Papiertaschentüchern entdeckt. Er schloss die Faust darum und ging ins Bad, verschloss die Tür hinter sich. Dann zog er sich den Pulli über den Kopf und hockte sich auf den Rand der Badewanne. Mit zitternden Fingern öffnete er das Päckchen und nahm eine Rasierklinge heraus.

Der stählerne Schmerz war kalt und scharf und so rein, dass der Druck in Sebastians Kopf augenblicklich verschwand. Auch das Rauschen verstummte, und als das Blut rot und warm in die schneeweiße Badewanne tropfte, flossen endlich auch die Ameisen aus ihm heraus.

Dreiundzwanzig

Die S-Bahn fuhr in den Bahnhof Pasing ein und spuckte Toni zusammen mit Dutzenden anderen Passagieren aus. Der Wind trieb ihr feinen Sprühregen ins Gesicht, und sie zog die Schultern hoch, als sie zur Treppe eilte. Es war kurz vor achtzehn Uhr. Ihr blieben also noch etwas mehr als anderthalb Stunden bis zu ihrem Date mit Mulder. Das sollte reichen, um sich auf Vordermann zu bringen. Toni lächelte in sich hinein. Sie war nervös wie ein Teenager und war in der S-Bahn immer von einem Fuß auf den anderen getreten. Ob es Mulder ähnlich erging?

Ellenbogen an Ellenbogen mit den anderen Fahrgästen lief sie die Treppe hinunter und wurde in der Fußgängerunterführung von ziemlich schrägen Akkordeonklängen empfangen. Produziert wurden die Töne von einem Mann, der hinter einem aufgeklappten Instrumentenkoffer auf dem Boden saß und die vorbeihastenden Menschen mit einem breiten, nahezu zahnlosen Grinsen bedachte. Er und sein Instrument hatten ganz offensichtlich schon bessere Zeiten erlebt, und wenn es nach seiner musikalischen Darbietung ging, würde die Zukunft garantiert nicht rosiger werden.

Wie die Leute vor ihr, ging Toni an ihm vorbei, ohne ein Geldstück in den Koffer zu werfen, doch die Glückshormone in ihrem Blut ließen sie nach wenigen Metern innehalten und auf dem Absatz kehrtmachen. Mit diesem Manöver zog sie sich den Unmut zweier Männer zu, die ihr auf dem Fuß gefolgt waren und im letzten Moment gerade noch ausweichen konnten. Toni entschuldigte sich, trat beiseite und suchte in ihrer Umhängetasche nach dem Geldbeutel. Hätte sie das nicht getan, hätte sie vermutlich das Klingeln ihres Handys überhört, denn der Mann fing nun auch noch zu singen an. Es klang ebenso laut und falsch wie sein Akkordeonspiel.

Doc stand groß und leuchtend auf dem Display. Toni hob ab, so schnell sie konnte.

»Wo in aller Welt bist du denn?«, fragte Mulder. »Du hast dafür doch hoffentlich keinen Eintritt bezahlt?«

»Und ob«, antwortete Toni, während sie sich mit der linken Hand das Telefon gegen das eine Ohr presste und mit der rechten das andere zuhielt. »Das ist der letzte Schrei. Avantgardistische Akkordeonmusik in der Bahnhofsunterführung. Ich konnte gerade noch die letzte Karte ergattern. Steht morgen garantiert ausführlich in der *Süddeutschen*.« Sie verfiel in Laufschritt, um dem Musiklärm zu entkommen. »Falls du wissen willst, ob ich pünktlich sein werde, dann lautet die Antwort ja. Ich konnte heute rechtzeitig aus dem Präsidium fliehen und bin schon so gut wie zu Hause. Unserem Date steht also nichts im Weg.«

Einen Moment lang herrschte Stille, dann drang ein Räuspern aus dem Telefon. Toni ahnte nichts Gutes.

»Ich fürchte doch«, sagte Mulder dann auch. »Ich habe mich in Eching durch das große schwedische Möbelhaus gekämpft und stecke jetzt auf der A 9 im Stau. Unfall mit Vollsperrung. Angeblich hat ein Lkw die Mittelleitplanke durchbrochen. Keine Ahnung, wie lang das noch dauern wird.«

Das Lächeln auf Tonis Gesicht erstarb, und die Glückshormone wurden zu grauen Ascheflocken, die ihr Blut verklumpen und ihr Herz langsamer schlagen ließen.

»Oh«, war alles, was sie herausbrachte.

»Tut mir wirklich leid, Toni. So war das nicht geplant, glaub mir.« Er verstummte, und ein paar Augenblicke lang sagte keiner von ihnen ein Wort. Schließlich zwang Toni ein Lächeln auf ihr Gesicht.

»So leicht entkommst du mir aber nicht«, sagte sie und versuchte, sich ihre Enttäuschung nicht zu sehr anmerken zu lassen. »Morgen um dieselbe Zeit?«, fragte sie.

»Selbe Zeit, selber Ort«, bestätigte Mulder.

»Gut. Dann bis morgen.«

»Bis morgen.«

Toni legte auf und ließ ihr Telefon langsam in die Jackentasche gleiten. Und nun? Am liebsten wäre sie zurück in das Präsidium gefahren, um sich mit Arbeit abzulenken, aber das war Blödsinn. Dort gab es heute nichts Sinnvolles mehr zu tun, und sie würde sicher nur aus dem Fenster starren und vor sich hin grübeln.

Der Regen war inzwischen stärker geworden, und die Wassertropfen rannen aus ihren Haaren in den Jackenkragen. Es fühlte sich an wie eiskalte Finger, die ihr über den Nacken strichen. Sie beschleunigte ihren Schritt, auch wenn es ihr davor graute, den ganzen Abend auf dem Bett in ihrem kleinen Zimmer zu liegen und zu spüren, wie Sehnsucht und Enttäuschung in ihr wühlten.

Sie brauchte etwas, das die Trübsal vertrieb und sie auf andere Gedanken brachte. Toni holte das Telefon wieder aus der Tasche, scrollte durch ihre Kontakte, bis sie den richtigen Eintrag gefunden hatte. Nach dem siebten Klingeln wollte sie schon wieder auflegen, als sich doch noch jemand meldete. Bereits beim Klang seiner Stimme wurde ihr wärmer.

»Hallo Raff«, sagte sie. »Ich habe gründlich über deine Frage nachgedacht und bin zu einem Ergebnis gekommen.«

»Und das lautet wie?«, fragt er.

»Ich will.«

»Wirklich?« Toni hörte am Klang seiner Stimme, dass er lächelte.

»Ja, wirklich.«

»Okay, Patentante. Dann ist es wirklich an der Zeit, dass du Iris kennenlernst. Hast du zufällig heute schon etwas vor?«

Vierundzwanzig

»Verflixte Scheiße!«

Toni hob den Kopf und blickte mit hochgezogenen Brauen auf den Flur hinaus. Dass Sören so laut fluchte, war ausgesprochen ungewöhnlich. Normalerweise murmelte er Schimpfwörter nur halblaut vor sich hin, gelegentlich auch auf Platt, aber dann musste er sich schon richtig geärgert haben. Toni beneidete ihren Kollegen manchmal um seine Beherrschung, doch momentan war es mit dieser ganz offensichtlich nicht besonders weit her.

Neugierig ging sie hinüber zu Sören und streckte den Kopf durch die Tür. Ihr Kollege saß weit zurückgelehnt in seinem Stuhl, die eine Hand an die Wange gelegt, während die andere auf dem Tisch herumtrommelte, und starrte mit finsterer Miene an die Decke.

»Wo hakt's?«, fragte Toni, konnte es sich aber schon ungefähr denken. Vermutlich hing es mit der angebissenen Wurstsemmel zusammen, die vor Sören auf dem Tisch lag. Allem Anschein nach war es immer noch die von heute Morgen.

»Die Richter geht seit unserem gestrigen Hausbesuch nicht mehr ans Telefon«, antwortete Sören und drehte sich mit seinem Stuhl zu Toni um. »Wir hätten nicht so verdammt verständnisvoll, sondern hartnäckiger sein sollen. Wenn Hans richtigliegt und sie tatsächlich an der

Tat beteiligt war, ist sie dank unseres Auftritts inzwischen untergetaucht und kommt garantiert nicht mehr zurück, um nachzuschauen, ob im Briefkasten eine Vorladung für sie liegt.«

Er stand auf, ging zum Fenster, stapfte zurück zum Schreibtisch und ließ sich wieder auf seinen Stuhl fallen, die Hand immer noch an der Wange, als wäre sie dort festgeklebt.

»Mist, verdammter!« Er schlug mit der Faust so fest auf den Tisch, dass der Bildkalender umfiel.

»He!«, sagte Toni. »Contutto und ich haben hier das Monopol auf lautes Fluchen. Noch mehr aus der Rolle fallende Mitarbeiter gibt die Quote nicht her, sonst spricht sich am Ende noch herum, dass in der Mordkommission auch nur ganz normale Polizisten arbeiten und keine Übermenschen.«

Doch ihr Aufmunterungsversuch verfehlte seine Wirkung. In Sörens Gesicht zuckte nicht ein einziger Muskel.

»Ich sehe schon«, sagte Toni und setzte sich auf eine Schreibtischecke. »Mein brillanter Humor kommt bei dir heute nicht an. Vielleicht heitert dich stattdessen die Tatsache auf, dass sich an der jetzigen Situation überhaupt nichts ändern würde, wenn wir Bettina Richter gestern vernommen hätten. Selbst wenn sie es wirklich getan hat, hätte sie das uns gegenüber doch nie im Leben zugegeben, und wir hätten sie wieder laufen lassen müssen, weil wir überhaupt keine Beweise für ihre Tatbeteiligung haben. Also kein Grund zur Aufregung. Ich glaube ohnehin, dass das hier der wahre Grund für deine entzückende Laune ist.«

Toni beugte sich ein wenig nach vorn und stupste die angebissene Semmel mit dem Zeigefinger an wie ein neugieriges Kind einen toten Vogel.

»Ich wette, dein Zahn tobt wie die Hölle, aber weil du panische Angst vor dem großen bösen Bohrer hast, quälst du lieber dich und uns, statt einen Fachmann ranzulassen. Und wag jetzt nicht, mit dem Kopf zu schütteln. Ich erkenne einen Zahnarztphobiker, wenn ich ihn sehe.«

Sörens Gesicht verfinsterte sich noch mehr, aber er widersprach nicht. Na also, sie hatte es doch gewusst.

»Gut. Das haben wir gleich.«

Toni zog ihr Handy aus der Gesäßtasche, tippte darauf herum und hielt es sich schließlich ans Ohr.

»Stieglitz am Apparat«, sagte sie und lachte, als ihr Gesprächspartner etwas erwiderte. »Ja, genau. Die mit dem hohen Keramikanteil im Gebiss. Ich schicke Ihnen jetzt meinen Kollegen Herrn Palstek in die Praxis. Er mimt seit Tagen das Leiden Christi und hat inzwischen sogar die Nahrungsaufnahme eingestellt, weil er sich so sehr vor dem Onkel Doktor fürchtet.« Toni lauschte kurz und lachte erneut. »Ich? Nein, da müssen Sie mich mit jemandem verwechseln. Ich bin die Furchtlosigkeit in Person. Mein Kollege eher weniger. Falls er zu fliehen versucht, haben Sie meine ausdrückliche Erlaubnis, ihn zu fesseln. Die Handschellen bringt er selbst mit.«

»Das war ein Bluff, oder?«, fragte Sören, nachdem Toni das Gespräch beendet hatte. »Du hast doch nicht wirklich bei deinem Zahnarzt angerufen?«

»Doch, genau das habe ich getan.« Toni notierte etwas auf einem Zettel. »Und das hier ist seine Adresse. Der Mann arbeitet mit Hypnose. Oder mit dem Holzhammer. Je nachdem, wie empfänglich du für Hypnose bist. Das Ergebnis ist aber dasselbe: Du hast keine Angst mehr, und es tut nicht weh. Vertrau mir, ich weiß, wovon ich rede.«

Sie stand auf, nahm Sörens Jacke und drückte sie ihrem Kollegen in die Hand.

»Na los! Worauf wartest du noch? Ich kann mich doch darauf verlassen, dass du zur Praxis fährst – oder muss ich dich an der Hand nehmen?«

Es war nicht zu übersehen, dass Sören von Tonis Attacke völlig überrumpelt worden war. Obwohl ihm Widerwille, Empörung und auch ein Hauch von Panik ins Gesicht geschrieben waren, stand er gehorsam auf und zog sich seine Jacke über.

»Das bekommst du zurück«, sagte er, als er an Toni vorbeiging.

»Ich hab dich auch lieb«, antwortete sie und winkte ihm grinsend hinterher. Manche Menschen musste man zu ihrem Glück zwingen.

Zurück in ihrem Büro, setzte sie sich an den Schreibtisch und wippte auf ihrem Stuhl nachdenklich vor und zurück. Zugegeben, ihr waren wegen Bettina Richter dieselben Gedanken durch den Kopf gegangen: Was, wenn sie Julia Krämer tatsächlich umgebracht hatte und längst in einem Flugzeug nach Südamerika saß?

Doch Toni verwarf den Gedanken so schnell, wie er in ihrem Gehirn aufgeploppt war. In dem Zustand, in dem sie die Frau gestern in ihrer Wohnung zurückgelassen hatten, wäre sie wohl kaum in der Lage gewesen, aus dem Stegreif einen Fluchtplan zu schmieden und von jetzt auf gleich in die Tat umzusetzen. Viel wahrscheinlicher hatte sie sich wie ein Kind die Decke über den Kopf gezogen und die garstige Welt um sich herum ausgesperrt, Tür- und Telefongeklingel eingeschlossen. Wenn Toni etwas befürchtete, dann dass die Richter tatsächlich einen Zusammenbruch erlitten hatte und nun völlig verwirrt durch die Gegend lief oder sich in der hintersten Kellerecke verkrochen hatte. Hoffentlich stand sie nicht auf der Balkonbrüstung. Im dreizehnten Stock konnte so etwas ziemlich dumm ausgehen.

Nun war Toni doch mulmig zumute. Sie musste sich vor Ort davon überzeugen, dass mit Bettina Richter alles in Ordnung war.

»Frau Richter?« Toni presste ihr Ohr an die geschlossene Wohnungstür. Auf der anderen Seite herrschte vollkommene Stille. Keine Schritte, keine Musik, keine Fernsehgeräusche.

»Frau Richter? Hier ist Stieglitz. Bitte machen Sie auf.«

Toni klopfte ein paarmal energisch gegen die Tür, doch noch immer rührte sich nichts.

»Die ist nicht da.«

Toni drehte sich um. Zwei Türen weiter stand ein junger Mann, ein Bein in der Wohnung, das andere auf dem Fußabstreifer. Sie erinnerte sich an ihn. Das war der Nachbar, der bei der Befragung nur mit den Schultern gezuckt hatte. Heute schien er gesprächiger zu sein.

»Was heißt *nicht da*?«, fragte sie und ging auf ihn zu.

»Was es eben heißt. Sie ist nicht in ihrer Wohnung. Ist weggegangen.«

»Sind Sie sicher? Haben Sie Frau Richter beim Weggehen beobachtet?«

»Beobachtet ist gut. Sie hat mich über den Haufen gerannt.«

Über den Haufen gerannt? Das klang nach ziemlicher Eile. War sie doch auf der Flucht?

»Wie und wo ist das passiert?«

»Unten am Fahrstuhl. Ich habe davor gewartet, und als

die Tür aufging, ist sie beim Aussteigen voll in mich hineingelaufen. Mir wären dabei fast meine Einkäufe aus der Hand gefallen.«

»Was für einen Eindruck machte Frau Richter auf Sie?«

»Was für einen Eindruck? Dass sie gar nicht schnell genug wegkommen konnte. Sie hat mich eine Sekunde lang aus weit aufgerissenen Augen angestarrt, dann hat sie etwas gemurmelt, was vermutlich eine Entschuldigung sein sollte, und weg war sie. Sie ist fast zum Ausgang gerannt. So, als würde sie vor irgendetwas abhauen. Oder vor irgendwem.« Er sah Toni an. Die unausgesprochene Frage, ob Bettina Richter vor der Polizei davongelaufen war, hing in blinkender Leuchtschrift zwischen ihnen in der Luft, doch Toni tat, als würde sie es nicht bemerken.

»Hatte sie etwas bei sich?«

Der Mann überlegte einen Moment und zuckte dann mit den Schultern.

»Ich glaube, sie hatte eine Tasche dabei. So eine zum Umhängen, wie Ihre. Aber beschwören kann ich das nicht.«

»Keinen Koffer oder eine Reisetasche?«

Er schüttelte den Kopf.

»Und wann war das?«, fragte Toni.

»Vor fünfzehn, höchstens zwanzig Minuten.«

Mist. Sie hatte die Richter also ganz knapp verpasst. Aber immerhin hatte sie sich nichts angetan und irrte auch nicht im Nachthemd durch München. Auf der Flucht schien sie auch nicht unbedingt zu sein. Vermutlich war sie einfach noch durch den Wind, was bei der Richter eher der Normalzustand statt die Ausnahme zu sein schien. Sie bat den jungen Mann, sie anzurufen, falls er seine Nachbarin zurückkommen sehen sollte, und verabschiedete sich.

Und nun? Toni trommelte mit den Fingern auf das

Lenkrad. Sollte sie hier auf gut Glück warten? Nein, das war Blödsinn. Von hier aus hatte sie den Eingang nicht im Blick, dazu müsste sie sich schon in die Passage stellen. Aber dort zog es erstens wie Hechtsuppe, und zweitens gab es keine Möglichkeit, wo sie sich halbwegs unauffällig verstecken konnte. Nein, sie würden die Richter vorladen müssen. Zu ärgerlich, dass sie nicht daran gedacht hatte, eine Vorladung auszudrucken, dann hätte sie die wenigstens gleich in den Briefkasten stecken können.

Sie ließ den Motor an und fädelte in den Verkehr auf der Cosimastraße ein. Als sie aus dem Richard-Strauss-Tunnel wieder an die Oberfläche fuhr, kam ihr eine Idee. Sie sah auf die Uhr. Kurz vor halb eins. Das könnte klappen.

Fünfundzwanzig

Es hatte nicht geklappt. Ihr Plan war gewesen, Sebastian Krämer bei Schulschluss abzupassen, doch im Sekretariat des Luisengymnasiums hatte sie erfahren, dass er heute gar nicht zum Unterricht erschienen war. Sein Vater hatte ihn am Morgen krankgemeldet.

Toni parkte den Wagen einige Meter vom Wohnhaus der Krämers entfernt und schlenderte den Fußweg entlang. Der Himmel hatte sich ein bleigraues Laken übergehängt, und es war so duster, als hätte die Abenddämmerung bereits eingesetzt, obwohl es erst kurz nach ein Uhr war. In einigen Häusern brannte deshalb bereits Licht, so auch bei Familie Krämer.

Ein Fenster im ersten Stock war erleuchtet. Es war also jemand zu Hause. Sebastian? Theoretisch ja. Aber nur theoretisch, wenn sie an ihre eigene Schulzeit zurückdachte.

Das Gartentor stand sperrangelweit offen. Toni drückte auf den Klingelknopf in der Zaunsäule und ging direkt zur Haustür. Von drinnen erklang Türenschlagen, dann polterten Schritte eine Treppe hinunter. Sekunden später stand Sebastian Krämer vor ihr. Er war tatsächlich sehr blass, und unter seinen Augen lagen Schatten, die ebenso grau waren wie der Himmel über ihnen. Als er Toni erkannte, wurde er noch bleicher und presste die Lippen zusammen.

Der Junge sah definitiv krank aus, fand Toni. Hoffentlich kotzte er ihr nicht gleich vor die Füße. Ihr eigener Magen war auch nicht unbedingt der stabilste, zumindest unter bestimmten Voraussetzungen. Leichen, egal in welchem Zustand oder Verwesungsstadium, ließen ihn ziemlich kalt; wurde in privaten Dingen der psychische Druck jedoch zu groß, konnte er sich unter Umständen ziemlich schlagartig von seinem Inhalt trennen.

»Mein Vater ist nicht da.«

Das war mehr ein Knurren als ein Satz. Sebastians Zähne hatten sich höchstens zwei oder drei Millimeter auseinanderbewegt. Wenn Tonis überraschendes Auftauchen dem Jungen Übelkeit bereitet hatte, dann hatte sie sich binnen Sekundenbruchteilen in Feindseligkeit gewandelt. Allerdings gepaart mit Unsicherheit und Furcht. Kein Wunder. Ganz sicher hatte Martin Krämer seinem Sohn erzählt, dass die Polizei ihn verdächtigte. Zu Unrecht selbstverständlich. Die Polizei wollte Sebastians Vater einen Mord in die Schuhe schieben, den er nicht begangen hatte, und somit war Toni der Feind.

Sie war diejenige, die Sebastian nun auch noch den Vater nehmen wollte und damit das, was von seiner Familie noch übriggeblieben war, vollends zerstören würde. Lieber eine kaputte Familie als gar keine. Das hatte sie in der Vergangenheit schon bei vielen Kindern erlebt. Deshalb konnte Toni es Sebastian nicht verdenken, dass er nichts mit ihr zu tun haben wollte. Noch dazu hatte sie ihn allein erwischt, ganz ohne Nachbarin als Rückendeckung. Das verunsicherte den Jungen natürlich noch mehr.

Wenn sie irgendwie mit ihm ins Gespräch kommen wollte, durfte sie ihn auf keinen Fall noch mehr in die Ecke drängen.

»Das macht nichts«, antwortete Toni. »Ich wollte ohnehin mit dir sprechen. Lässt du mich rein?«

Der Junge bewegte sich nicht.

»Brauchen Sie dafür nicht einen Durchsuchungsbefehl oder so was?«

»Nur, wenn ich euer Haus durchsuchen will. Aber das will ich nicht. Ich will nur reden. Versprochen.«

»Und wenn ich nicht mit Ihnen reden will?«

Sebastian legte die Hände auf Kopfhöhe an die Tür und die Wand, bildete mit den Armen eine Barriere. Dabei rutschten die Ärmel seines Sweatshirts zurück und enthüllten einen Verband am linken Unterarm. Toni stockte der Atem. Sie hatte sofort die Bilder von den Brandnarben in Julia Krämers Ellenbeugen vor Augen. Vergriff Martin Krämer sich jetzt wieder an seinem Sohn? Brauchte er ein neues Ventil für seine Aggressionen?

Sebastian hatte Tonis Blick bemerkt und zog sofort die Ärmel wieder hinunter.

»Auf Wiedersehen.« Er machte Anstalten, die Tür zu schließen. Wenn ihr nicht sofort etwas einfiel, war's das gewesen. Dann würde sie höchstwahrscheinlich nie mehr einen Zugang zu ihm bekommen. Aber sie brauchte Sebastian. Nur er konnte sagen, was sich wirklich hinter der Fassade der Familie Krämer abgespielt hatte und sich offenbar immer noch abspielte.

»Ich weiß, wie das ist«, sagte sie und deutete auf den Verband, der jetzt wieder unter dem Sweatshirt verborgen war.

Durch den Körper des Jungen ging ein Ruck. Er war winzig, kaum wahrnehmbar, doch Toni hatte ihn bemerkt. Hatte sie ihn am Haken? Sie wusste es nicht, aber immerhin machte er die Tür nicht noch weiter zu, das war zumindest ein kleiner Hoffnungsschimmer.

»Ich habe das jahrelang mitgemacht. Das Versteckspiel. Die Ausreden. Die Lügen. Die Scham und der Selbsthass, wenn es wieder passiert war. Und immer sitzt einem die Panik im Nacken, dass jemand etwas davon mitkriegen könnte.«

Sebastian war wie festgefroren. Er schaute sie nicht an und tat keinen Mucks, doch Toni wusste, dass er ihr genau zuhörte.

»Bei mir war es mein damaliger Freund. Er hat mich verprügelt. Immer und immer wieder. Beim ersten Mal hat er sich noch wortreich entschuldigt. Hatte sogar Tränen in den Augen. Hat gesagt, es täte ihm unendlich leid und es würde nie mehr vorkommen. Aber natürlich kam es wieder vor. In immer kürzeren Abständen und immer brutaler. Ich hatte Angst vor ihm. Todesangst. Und trotzdem habe ich es lange Zeit nicht fertiggebracht, mich zu wehren. Ich habe zwar oft darüber nachgedacht, ihn zu verlassen, mich aber schon bei dem bloßen Gedanken immer wie eine Verräterin gefühlt. Dann habe ich angefangen, die Schuld für die Schläge bei mir zu suchen. Das war der einfachste Weg. So konnte ich mein Schweigen vor mir selbst rechtfertigen und hatte einen guten Grund, alles weiter in mich hineinzufressen. Irgendwann habe ich selbst geglaubt, es nicht anders zu verdienen.«

Toni verstummte. Sebastian hatte sich immer noch nicht bewegt. Seine Haare hingen wie ein Vorhang vor seinem Gesicht, verdeckten jede Regung. Dann hob er langsam den Kopf.

»Sie wissen also wie das ist?«, sagte er leise und sah sie an. Dann schnaubte er. »Bullshit! Sie wissen nichts, verdammt noch mal. Gar nichts!«

Krachend flog die Haustür zu.

Sechsundzwanzig

Als Toni am Nachmittag ihr Büro verließ, ärgerte sie sich immer noch. War sie eigentlich von allen guten Geistern verlassen gewesen? Wie hatte sie nur so naiv sein und glauben können, Sebastian Krämer würde sich auch nur im Geringsten davon beeindrucken lassen, wenn sie sich ihm ebenfalls als Gewaltopfer präsentierte? Als ob er sich dadurch sofort mit ihr solidarisch fühlen, auf ihre Seite überlaufen und ihr sein Herz ausschütten würde. Als ob man das Band zwischen Kindern und Eltern durch ein paar rührselige Sätze zerschneiden konnte.

Nur gut, dass sie allein gewesen war. So gab es wenigstens keine Zeugen dieser peinlichen Vorstellung. Und sie würde es auch garantiert niemandem verraten, was sie für einen Bockmist gebaut hatte. Die Ermittlungen hatte sie damit auf jeden Fall nicht gerade vorwärts gebracht.

Sie stieß den schweren Türflügel auf und trat ins Freie. Kalter Februarwind blies ihr in das Gesicht, und sie zog fröstelnd den Reißverschluss ihrer Jacke weiter zu. Nichts wie weg. Sie brauchte jetzt dringend ein wenig Abstand von den Ermittlungen. Ihr Gehirn fühlte sich an, als hätte es jemand zerpflückt und falsch wieder zusammengesetzt. Zum Glück war Freitag. Das bedeutete nicht nur Wochenende, sondern vor allem, dass sie Mulder in ein paar Stunden endlich wiedersehen würde.

Bei dem Gedanken an den Doc klopfte ihr Herz sofort ein paar Takte schneller. Ein Lächeln stahl sich auf ihr Gesicht und verdrängte den Ärger, der in ihrem Bauch gegrummelt hatte.

Mit beschwingten Schritten ging sie in Richtung Fußgängerzone. An den Zeitungskästen, die an der Präsidiumsmauer aufgestellt waren, lehnte ein Mann und blätterte durch eine Tageszeitung. Er kam Toni vage bekannt vor. Sie kramte in ihrem Gedächtnis, und da fiel es ihr wieder ein. Es war der Typ, in den sie gestern fast hineingelaufen wäre. Der Kerl, der aussah wie ein Türsteher. Er hatte wohl öfter hier zu tun, und ihr Polizistengehirn hatte auch sofort die Gründe dafür parat: Entweder war der Mann ein Kollege – was sie allerdings ausschloss –, oder er war zur Vernehmung vorgeladen. Vermutlich eher als Beschuldigter denn als Zeuge.

Sie war nur noch zwei Schritte von ihm entfernt, als der Mann die Zeitung senkte und aufsah. Ihre Blicke trafen sich, und auch er schien sie wiederzuerkennen, denn er nickte ihr lächelnd zu. Vielleicht war sein Lächeln ein wenig zu breit und ein wenig zu aufdringlich, aber Toni war zu gut gelaunt, um sich darüber auch nur ansatzweise Gedanken zu machen. Sie lächelte ebenso breit zurück, und im nächsten Moment rutschte ihr ein spontanes »Schönes Wochenende!« über die Lippen.

Der Türstehertyp grinste breit.

»Ebenso. Und bis bald, Frau Kommissarin!« Er zwinkerte ihr zu und widmete sich dann wieder seiner Zeitung. Tonis Lächeln schrumpfte in sich zusammen, und sie kam einen Moment lang aus dem Tritt, wäre fast über ihre eigenen Füße gestolpert. Kommissarin? Wieso Frau Kommissarin? Müsste sie ihn doch kennen? Toni durchforstete noch einmal ihr Gedächtnis, konnte sich aber an keine frühere Begegnung erinnern. Nein, sie war sich sicher, ihm gestern zum ersten Mal über den Weg gelaufen zu sein. Aber woher wusste er dann, wer sie war?

Ihr Herz klopfte schneller, und sie musste gegen den urplötzlichen Drang ankämpfen, vor dem Mann wegzulaufen und sich vor ihm in der Menge zu verstecken.

Verdammt noch mal, Stieglitz!, schimpfte sie sich im nächsten Moment selbst. War sie allen Ernstes immer noch so paranoid, dass ihr Gehirn sofort in den Panikmodus schaltete und die naheliegenden Gründe völlig ausblendete? Der Kerl hatte sie gestern aus dem Dienstwagen aussteigen sehen, und heute war sie zum Präsidiumstor herausmarschiert. Da musste er nicht einmal eins und eins zusammenzählen können, um zu dem Ergebnis zu kommen, dass sie bei der Polizei war. Und da für die meisten Leute Polizisten in Zivil automatisch Kommissare waren – auch wenn das eine mit dem anderen nichts zu tun hatte –, war gar nichts Ungewöhnliches daran, dass er sie so angesprochen hatte. Also alles im grünen Bereich und überhaupt kein Grund, sich vom nächsten Stalker verfolgt zu sehen.

Trotzdem drehte sie sich noch einmal um. Die Zeitungskästen waren verwaist, der Türstehertyp nirgends zu sehen, als hätte er sich in Luft aufgelöst. Toni schüttelte den Kopf und ging weiter, doch ein leichtes Unbehagen klammerte sich noch immer an ihren Nacken. Sie versuchte das Gefühl zu ignorieren und lief weiter in Richtung Stachus, als sie plötzlich eine Stimme hinter sich hörte.

»Frau Stieglitz?«

Toni blieb stehen und drehte sich um.

»Frau Richter!«, sagte sie überrascht. »Was für ein Zufall. Sind Sie auf Shopping-Tour?«

»Nein.« Bettina Richter sah Toni aus ihren riesengroßen Augen an. »Ich gehe nicht gern einkaufen. Die Auswahl überfordert mich, und ich fahre meistens wieder nach Hause, ohne auch nur ein Teil anprobiert zu haben.« Sie lächelte gequält. »Ich ...« Sie stockte. »Ich habe hier auf Sie gewartet. Ich muss Sie sprechen, Frau Stieglitz. Bitte.«

»Sie haben auf mich gewartet? Hier?« Toni hob fragend die Augenbrauen. Erst jetzt fiel ihr auf, dass Bettina Richter zitterte. »Wie lange denn schon?«

»Ich weiß nicht genau. Vielleicht zwei oder drei Stunden.«

»So lange? Um Himmels willen. Warum haben Sie mich denn nicht angerufen oder an der Pforte gefragt?«

Bettina Richter schaute zu Boden.

»Ich habe Ihre Karte zu Hause vergessen, und da hinein«, sie warf einen raschen Blick auf das Präsidium, »habe ich mich nicht getraut. Ich hatte zwar den Türgriff schon in der Hand, aber plötzlich hatte ich das Gefühl, das Gebäude würde mich verschlingen, wenn ich nur einen Schritt weitergehe.« Wieder lachte sie gequält. »Ich weiß, wie das klingt. Wie die Worte einer Verrückten. Ich habe mich dann auf die Steinbank vor den Stufen gesetzt und wollte dort auf gut Glück auf Sie warten. Nach ein paar Minuten kam ein junger Polizist in Uniform heraus und hat mich gefragt, was ich hier mache, und da bin ich davongelaufen.«

Es begann zu nieseln. Definitiv kein Wetter, um noch länger im Freien herumzustehen.

»Kommen Sie, gehen wir in mein Büro. Dort ist es warm und trocken. Und es gibt Kaffee.« Toni ging einen Schritt in Richtung Ettstraße, doch Bettina Richter rührte sich nicht vom Fleck.

»Könnten wir nicht woanders hin?«, fragte sie. »Vielleicht in ein Café?«

Sie sah Toni so flehentlich an, dass sie zustimmte. Je wohler sich das Gegenüber fühlte, desto bereitwilliger gab es Auskunft. Altes Vernehmungsgesetz.

»Gut«, sagte Toni. »Ich weiß ein kleines Café in der Damenstiftstraße. Da dürfte um diese Uhrzeit nicht viel los sein, und es ist keine fünf Minuten von hier.«

Sie setzte sich in Bewegung, und diesmal tat Bettina Richter es ihr gleich. Stumm durchquerten sie die Fußgängerzone und bogen in die Eisenmannstraße ein. Toni versuchte erst gar nicht, Smalltalk zu betreiben. Sie spürte, dass Bettina Richter in diesem Moment keinen Nerv dafür hatte. Immerhin musste Toni sich nun keine Gedanken mehr darüber machen, ob die Frau hilflos durch die Gegend irrte oder sich etwas angetan hatte. Diese Fragen hatten sich erledigt. Aber nicht die übrigen, die Toni noch unter den Nägeln brannten.

»Gehen wir nach nebenan«, sagte sie, als sie das Café betraten. »Dort ist es ruhiger, und es zieht nicht, wenn die Tür aufgeht.«

Im Nebenraum drängelten sich sechs kleine Tische aneinander. An einem davon saß ein junges Pärchen und knutschte sich die Lippen wund, vollkommen von der Außenwelt abgeschottet in einer rosa Blase aus purer Verliebtheit.

»Ich denke, hier können wir uns ungestört unterhalten«, sagte Toni und deutete lächelnd mit dem Kinn in Richtung des Pärchens. »Die würden nicht einmal bemerken, wenn ihnen der Himmel auf den Kopf fällt.«

Sie zog ihre Jacke aus und hängte sie über die Stuhllehne, während Bettina Richter ihren kurzen Mantel noch enger um sich schlang und regelrecht in ihm abtauchte. Die Bedienung kam, nahm die Bestellungen auf und stellte wenige Minuten später zwei große Tassen mit dicker Milchschaumhaube auf den Tisch. Sebastians Mutter hatte noch kein einziges Wort gesagt. Etwas wenig dafür, dass sie behauptet hatte, eigens auf Toni gewartet zu haben, um mit ihr sprechen zu können. Auch als sie zwei Zuckertütchen aufriss, den Inhalt im Milchschaum versenkte und mechanisch wie ein Roboter in ihrer Tasse rührte, kam keine Silbe über ihre Lippen. Das Klirren des Löffels und das verliebte Gurren des Pärchens in der Ecke waren die einzigen Geräusche im Raum.

Tonis Geduldsfaden begann auszufransen.

»Sie glauben mir nicht«, sagte Bettina Richter so unvermittelt, als hätte sie Tonis wachsende Ungeduld gespürt. »Das mit Julia. Dass sie Martin geschlagen hat und nicht umgekehrt. Sie denken, dass ich lüge und mir alles nur ausgedacht habe.« Ihre Finger hielten noch immer den Löffel umklammert, doch sie hatte aufgehört, damit in der Tasse herumzurühren, als wäre der Kaffee plötzlich zu Beton geworden.

»Wie kommen Sie darauf, dass ich Ihnen nicht glauben könnte?«, fragte Toni, die von der Gesprächsrichtung zugegebenermaßen ein wenig überrascht war.

»Ich weiß nicht«, sagte Bettina Richter mit einem Achselzucken. »Da ist irgendetwas mit Ihnen passiert, als ich Ihnen und Ihrem Kollegen das mit Julia erzählt habe. Ihr Gesichtsausdruck war auf einmal so ... so ...« Sie schien nach dem richtigen Wort zu suchen. »... so anders. Härter. Und Sie waren plötzlich irgendwie verschlossen. Ich musste an eine Burg denken, bei der vor dem Tor ein massives Eisengitter heruntergerasselt. Ein dummer Vergleich, ich weiß. Aber das war genau, was mir durch den Kopf ging. Sie wirkten, als ob Sie nichts mehr an sich heranlassen wollten.«

Zuvor war Toni nur überrascht gewesen. Jetzt fühlte sie sich völlig überrumpelt. Zum Glück hielt die Richter ihren Blick weiter in die Tasse gerichtet und sprach auch sofort weiter.

»Er hat es nicht getan, Frau Stieglitz. Das müssen Sie mir glauben. Martin könnte keiner Fliege etwas zuleide tun. Er ist der Typ Mensch, der immer wieder die andere Wange hinhält, egal wie oft er geschlagen wird.«

Bettina Richter legte den Löffel neben ihre Tasse. Braunmelierter Milchschaum tropfte auf die Tischplatte.

»Ich will Ihnen nicht zu nahe treten, Frau Richter«, sagte Toni, »aber Sie glauben gar nicht, wie oft ich den Satz *Mein Kind tut so etwas nicht* schon gehört habe, weil die Eltern sich absolut nicht vorstellen konnten, dass ihr braves Söhnchen oder Töchterchen Autoreifen zerstochen, Klassenkameraden erpresst oder Dutzende Kosmetikartikel geklaut hat. Selbst wenn wir ihnen Videoaufzeichnungen von den Taten gezeigt haben, haben sie es immer noch geleugnet. Und wie oft hat sich schon herausgestellt, dass der liebende Ehemann, treusorgende Familienvater oder hilfsbereite Kollege ein zweites, unvorstellbar grausames Gesicht hat, das er jahrelang hinter einer perfekten Maske verborgen hatte?« Toni beugte sich ein wenig nach vorne und schaute ihrem Gegenüber fest in die Augen. »Können Sie wirklich ganz sicher sein, dass Ihr Ex-Mann nie zugeschlagen hat?«

Bettina Richter wich Tonis Blick aus. Sie nahm den Löffel wieder in die Hand, legte ihn auf die Untertasse und wischte mit einer Serviette die kleine Milchschaumpfütze weg. Dann faltete sie die Serviette zusammen und klemmte sie unter den Henkel der Tasse.

»Ja«, sagte sie dann mit leiser Stimme. »Ja, das kann ich.«

Sie hob den Blick, und nun war sie es, die Toni fest in die Augen schaute.

»Ich habe mir nämlich gewünscht, Martin würde mich umbringen. Ganz egal wie. Hauptsache, ich wäre tot und müsste dieses gottverdammte Leben nicht mehr ertragen. Müsste ihn nicht mehr ertragen und mich nicht und diese brennende, tobende, eiskalte Leere in mir. Ich habe Martin bis aufs Blut provoziert, habe ihn beschimpft, ihn beleidigt, ihn angeschrien, bin sogar mit den Fäusten auf ihn los – aber er hat nicht ein einziges Mal die Hand gegen mich erhoben. Er stand immer nur da wie ein geprügelter Hund und hat mit hängenden Schultern alles über sich ergehen lassen. *Ich bin doch schuld an allem*, hat er nur gesagt. *Ich verdiene es nicht anders.* Und das hat mich noch wütender und verzweifelter gemacht. Weil es nämlich genau das war, was mir selbst pausenlos durch den Kopf ging. Weil es genau diese Gedanken waren, die jede einzelne Sekunde meines Lebens vergifteten: Martin war schuld. Schuld an allem. An meinen Schmerzen. An der Leere. Am Tod unseres Kindes.«

Toni horchte auf. Die beiden hatten noch ein Kind miteinander gehabt? Das allein war schon eine überraschende Neuigkeit. Aber dass Martin Krämer auch noch etwas mit dessen Tod zu tun haben sollte …

»Das haben Sie nicht gewusst, nicht wahr?«, fragte Bettina Richter, und Toni schüttelte den Kopf.

»Das habe ich in der Tat nicht«, bestätigte sie. »Ich dachte immer, Sebastian wäre ein Einzelkind.«

»Nein, das ist er nicht. Und irgendwie doch. Ist ein Kind ein Einzelkind, wenn es sein Geschwisterchen nur im Bauch seiner Mutter kennengelernt hat? Oder bleibt Sebastian trotzdem ein großer Bruder, auch wenn seine Schwester gestorben ist, bevor er sie sehen und berühren konnte?«

Bettina Richter holte ein Papiertaschentuch aus ihrer Handtasche und schnäuzte sich. Dann sah sie aus dem Fenster, an dem inzwischen die Regentropfen hinabliefen. Ihr Blick ging ins Leere, als sie weitersprach.

»An diesem Tag waren wir vormittags beim Arzt, Martin und ich. Ich war in der zwanzigsten Woche. Mit etwas Glück würden wir erfahren, ob Sebastian ein Brüderchen oder ein Schwesterchen bekommen würde. Martin war noch aufgeregter als ich. Während der gesamten Ultraschalluntersuchung hielt er meine Hand so fest, dass ich fürchtete, meine Finger würden absterben. Wir starrten wie gebannt auf den Bildschirm, und als hätte Stefanie es gewusst, drehte sie sich genau im richtigen Moment und ließ keinen Zweifel daran, dass ich ein Mädchen erwartete.«

Stefanie. Wie musste es wohl sein, einem Baby einen Namen zu geben, obwohl man es nie mit diesem Namen rufen, nie mit ihm sprechen würde? Nein – das stimmte nicht. Bettina Richter hatte ganz sicher oft mit der Kleinen gesprochen und tat es bestimmt immer noch. Eine Gänsehaut lief Tonis Rücken hinab. Manche Dinge gingen ihr auch nach Jahren noch unter die Haut und würden es bis zum Ende ihrer Dienstzeit tun, egal wie viele Tote sie noch sehen und wie vielen Schicksalen sie noch begegnen würde. Und das war auch gut so. Wenn sie einmal nichts mehr fühlte, war es Zeit, sich einen anderen Beruf zu suchen.

»Wir sind nach dem Arzttermin wie aufgekratzte Teenager durch München gelaufen«, fuhr Bettina Richter fort. »Es war einfach alles perfekt. Wir hatten uns nämlich so sehr eine kleine Schwester für Sebastian gewünscht. Natürlich hätten wir uns über einen zweiten Jungen genauso gefreut«, schob sie schnell hinterher. »Aber mit unserer kleinen Stefanie war unsere Familie so komplett, wie sie nur hätte sein können. Ich zog Martin in eine Konditorei, weil ich auf einmal eine unwiderstehliche Lust auf Torte hatte. Ich habe mir zwei Stück Schwarzwälder Kirschtorte bestellt, so unersättlich habe ich mich in diesem Moment gefühlt. Ich weiß noch genau, wie Martin versucht hat, mich zu einem Stück Apfelkuchen zu überreden, doch ich ließ mich nicht beirren. Ich habe Schwarzwälder Kirschtorte von klein auf geliebt, doch als ich mit Stephanie schwanger wurde, vertrug ich auf einmal keine Sahnetorte mehr. Manchmal wurde mir schon allein bei dem Gedanken daran übel. An diesem Tag aber war alles anders. Ich war so glücklich, fühlte mich so unbesiegbar, dass ich daran keinen Gedanken verschwendete. Und ich habe beide Stücke gegessen, bis auf den letzten Krümel.«

Sie nahm einen Schluck von ihrem Milchkaffee und stellte die Tasse mit einem wehmütigen Lächeln auf dem Gesicht wieder ab.

»Ich habe es damals gerade noch nach Hause auf die Toilette geschafft, und das war es dann mit der Torte. Wie immer kam von Martin nicht das leiseste Wort des Vorwurfs. Er trug mich sogar die Treppe hinauf in das Schlafzimmer und brachte mir kühle Umschläge. Es war ein ungewöhnlich heißer Junitag, und für den Abend waren Gewitter angesagt. Es begann bereits drückend zu werden, da war ich für die Umschläge natürlich doppelt dankbar. Viel geholfen haben sie allerdings nicht, und als es langsam Zeit wurde, mich umzuziehen, fühlte ich mich immer noch elend. Ich fragte Martin, ob er denn nicht ohne mich zu der Gartenparty gehen könnte. Ich wollte lieber im Bett bleiben, weil sich mir bei dem unvermeidlichen Grillgeruch der Magen umdrehen würde. Doch dieses eine Mal ließ er nicht mit sich reden. Die Party war wichtig für ihn. Martin ist Architekt, wie Sie sicherlich wissen, und an diesem Abend hatte er die Chance, ein Großprojekt an Land zu ziehen: eine millionenschwere Villa am Tegernsee. Martin hatte den Auftrag so gut wie in der Tasche und hätte die Sache auch ganz leicht ohne mich über die Bühne gebracht. Aber seit seinem ersten großen Deal war er abergläubisch. Er war fest der Meinung, er hätte es nur meiner Anwesenheit zu verdanken gehabt, dass er den Zuschlag bekommen hatte, und seither musste ich immer in der Nähe sein, selbst wenn ich nur in einem Nebenzimmer saß oder auf der Straße im Auto auf ihn wartete. Deshalb wollte er mich auch an diesem Abend bei sich haben. Er flehte und flehte, war so überzeugt davon, dass alles den Bach hinuntergehen würde, wenn ich nicht bei ihm wäre, dass ich mich schließlich doch breitschlagen ließ.«

Bettina Richter verstummte, blickte auf ihre Finger hinab. Sie hatte während der gesamten Zeit an einem Stückchen Nagelhaut am linken Zeigefinger herumgezupft, und nun hatte es angefangen zu bluten. Sie versteckte die Hand unter ihrem Oberschenkel.

»Ich war schon wackelig auf den Beinen, als wir in Gauting aus dem Auto stiegen. Martin wurde von einigen Männern in Beschlag genommen, kaum dass wir das Haus betreten hatten. Ich stand ziemlich verloren zwischen den anderen Gästen herum, weil ich niemanden kannte, und ging schließlich hinaus in den Garten. Es war ein Hanggrundstück mit einem großen Schwimmteich am Fuß des Hangs. Ich weiß noch, wie ich oben an der steilen Treppe stand und die Stufen hinunterblickte. Das Nächste, an das ich mich erinnere, sind schemenhafte Gesichter, die sich über mich beugen, und fürchterliche Schmerzen in meinem Bauch, als würde jemand mit dem Messer auf mich einstechen. Der Notarzt hat mich sofort ins Krankenhaus gebracht, aber sie konnten Stefanie nicht retten.«

Bettina Richter holte tief Luft und presste die Lippen aufeinander. Toni schwieg. Was sollte sie darauf auch sagen? *Es tut mir leid* klang genauso hohl und leer wie alle anderen Floskeln, die ihr durch den Kopf gingen.

Der Regen war stärker geworden, und die Leute drängten nun in das Café. Toni registrierte am Rande, dass der Tisch, an dem das knutschende Pärchen gesessen hatte, leer war, aber sie blendete diese Tatsache sofort wieder aus. In ihrem Kopf drehte sich alles um die Frage, wie Martin Richter in dieses Drama verwickelt war.

Toni war sich bewusst, dass es nicht unbedingt feinfühlig war, jetzt an dieser Stelle nachzubohren, aber sie waren nicht zum Kaffeekränzchen hier. Das war immer noch Teil der Ermittlungen in einem Mordfall, und da zog die Rücksichtnahme eben manchmal den Kürzeren.

»Und wieso geben Sie Ihrem Ex-Mann die Schuld daran?«, fragte sie. Bettina Richter zuckte beim Klang von Tonis Stimme zusammen und sah sie an wie ein Schlafwandler, der in dem Moment aufwacht, als er über einen Zebrastreifen geht. In ihren Augen lag ein verwirrter und gleichzeitig gehetzter Ausdruck, und Toni befürchtete schon, die Frau würde wortlos aufstehen und nach draußen laufen. Doch Bettina Richter blieb sitzen. Sie blinzelte einmal, zweimal, dann griff sie nach ihrer Tasse, sah, dass sie inzwischen leer war, und stellte sie behutsam zurück.

»Weil das nie passiert wäre, wenn Martin mich nicht so gedrängt hätte, ihn zu begleiten«, sagte sie mit leiser Stimme. »Dann wäre ich den ganzen Abend in meinem Bett gelegen und Stefanie wäre noch am Leben. Ich wäre nie diese Treppe hinuntergefallen, wenn er nicht so abergläubisch und so auf mich als seinen angeblichen Glücksbringer fixiert gewesen wäre. Warum hatte er nicht einfach akzeptieren können, dass es mir nicht gutging? Stattdessen schleppte er mich erst zu dieser verfluchten Party und ließ mich dann einfach so stehen. Wie einen Talisman, den man in die Jackentasche schiebt und dann an der Garderobe abgibt und vergisst.«

Ihre Stimme war bei den letzten Sätzen immer härter geworden. Sie räusperte sich, als wäre ihr dieser Klang fremd und unangenehm.

»So dachte ich damals, und das habe ich Martin jede einzelne Sekunde spüren lassen. Ich konnte nicht anders. Ich hatte unser Kind verloren, hatte es nicht beschützen können, obwohl es in meinem Bauch doch sicher hätte sein müssen. Weil ich die Last aber nicht allein tragen konnte, brauchte ich einen Sündenbock, den ich für ihren Tod verantwortlich machen und dem ich die Schuld daran geben konnte.«

Sie schniefte und kramte wieder in ihrer Handtasche nach einem Taschentuch. Toni schwieg noch immer. Natürlich hätte sie sagen können, dass niemand die Schuld am Tod des Babys traf, denn genau so war es. Es war ein Unglück, das niemand hatte vorhersehen können. Das hatte Bettina Richter in den vergangenen Jahren sicher bereits Hunderte Male gehört, aber manchmal war es leichter, sich selbst oder irgendjemand anderen zum Sündenbock zu machen, als zu akzeptieren, dass es Dinge gab, auf die niemand Einfluss hatte. Hilflosigkeit war schwerer zu ertragen als Hass.

»Ich weiß nicht mehr viel von den Wochen nach Stefanies Tod«, fuhr Bettina Richter fort. »Ich erinnere mich nur an den Schmerz und die Wut und dass ich wie unter einem nassen schwarzen Tuch begraben lag, das mich taub und blind machte und mir die Luft zum Atmen nahm. Das war der Zeitpunkt, an dem ich zum ersten Mal in die Klinik kam. Die Klinik.« Sie lachte freudlos. »So hat Martin die Psychiatrie immer genannt. Er muss immer alles beschönigen, denn was er nicht sieht oder ausspricht, existiert nicht. Indem er alles vermied, was sich auch nur entfernt nach Geisteskrankheit anhörte, konnte er sich einreden, ich hätte irgendein körperliches Gebrechen, das nach ein paar Wochen Klinikaufenthalt geheilt war wie ein gebrochener Knochen. Doch so einfach war es nicht. Als ich wieder nach Hause durfte, ertrug ich Martins Anwesenheit einfach nicht mehr. Seine Stimme, der Geruch seines Deos, seine Wäsche im Wäschekorb – alles erinnerte mich an diesen einen Abend, der mein Leben zerstört hatte. Ich glaubte ersticken zu müssen, wenn ich nur seine benutzte Kaffeetasse in der Spüle sah.«

Bettina Richter zog den Kragen ihres Mantels auseinander. Auf ihrer Oberlippe hatten sich kleine Schweißperlen gebildet.

»Trotzdem konnte ich Martin nicht verlassen. Ich wollte mich für mein Versagen bestrafen, indem ich mich zwang, weiter mit ihm zusammenzuleben. Der Psychiater, bei dem ich damals in Behandlung war, sagte zu mir, ich müsse loslassen und mir endlich gestatten, Schorf über die Wunde wachsen zu lassen, um mich nicht kaputtzumachen und weiterleben zu können. Aber genau das wollte ich nicht. Ich wollte lieber sterben als vergessen. Ich war es Stefanie schuldig, mich an sie zu erinnern. Jede einzelne Stunde meines restlichen Lebens. Ich landete bald darauf erneut in der Psychiatrie und wurde wieder entlassen, ohne dass man mir wirklich geholfen hatte. So ging das einige Male, bis ich endlich an einen Arzt geriet, der mich verstand und mich richtig anzupacken wusste. Mit ihm gelangte ich an einen Wendepunkt. Ich schaffte es, Martin um die Scheidung zu bitten, und er willigte ohne Widerspruch ein. Wir einigten uns darauf, dass Sebastian bei ihm bleiben sollte, weil ich noch viel zu labil war, um mich um den Kleinen kümmern zu können. Er war damals ja gerade vier Jahre alt geworden.«

Bettina Richter lehnte sich zurück und fuhr sich mit dem Handrücken über die Stirn. Sie sah erschöpft aus, als hätte der Monolog sie viel Kraft gekostet.

Toni konnte es nachvollziehen. Als sie damals nach der Anzeige gegen Mike die Polizeiwache verlassen hatte, hatte sie sich so ausgelaugt gefühlt wie nach einer Woche ohne Schlaf und hatte sich kaum noch auf den Beinen halten können. Sie hätte Bettina Richter gern eine Verschnaufpause gegönnt, aber sie konnte nicht. Sie musste die Frage stellen, die ihr auf der Zunge lag.

»Haben Sie die Regelung nie bereut oder versucht, Sebastian zu sich zu holen? Nicht einmal nach der Anzeige gegen Ihren Ex-Mann und den Vorwürfen, er hätte Ihren Sohn misshandelt? Sie wussten doch davon, nicht wahr?«

Der Körper der Frau versteifte sich, und ihr Gesicht verlor alle Farbe. Die Sekunden verstrichen, ohne dass Bettina Richter sich bewegte. Sie blinzelte nicht einmal. Hatte sie sich ausgeklinkt? War sie weggetreten, weil die Erinnerungen nun doch zu viel für sie geworden waren? Toni legte ihr vorsichtig die Hand auf den Arm.

»Frau Richter? Sind Sie okay?«

Die Frau zog ihren Arm hastig weg.

»Es ... es geht schon.« Sie rückte auf ihrem Stuhl herum. »Zwei Kollegen von Ihnen waren bei mir. Ich lebte damals gerade in einer Wohngruppe, war noch nicht stabil genug, um alleine zu sein. Die Nachricht hat mir vollkommen den Boden unter den Füßen weggezogen. Ich machte mir riesige Vorwürfe, gab mir die Schuld daran, was mit Sebastian passiert war. Ich hatte ihn im Stich gelassen, genau wie Stefanie. Nachdem die Polizisten gegangen waren, brach ich komplett zusammen und wurde wieder eingeliefert.«

Sie nahm ihre Handtasche und stand auf.

»Tut mir leid. Ich muss gehen.«

Nein, verdammt, dachte Toni. Nicht jetzt. Es waren noch so viele Fragen offen.

»Die Anzeige verlief im Sand. Man konnte Ihrem Ex-Mann nichts nachweisen.«

»Natürlich nicht!« Bettina Richter schüttelte vehement den Kopf. »Er hat es ja auch nicht getan. Er liebt Sebastian über alles. Er würde seinem Sohn kein Haar krümmen.«

»Und wer hat es Ihrer Meinung nach dann getan?«

Bettina Richter schaute Toni an, als hätte sie es mit einem begriffsstutzigen Kind zu tun.

»Julia natürlich. Wer denn sonst?«

Sie griff in ihre Handtasche, zog ein paar gefaltete Blätter heraus und legte sie auf den Tisch.

»Was ist das?«, fragte Toni.

»Das, weshalb Sie und Ihr Kollege zu mir gekommen sind«, antwortete Bettina Richter, drehte sich um und ging.

Siebenundzwanzig

Toni ließ sich auf ihr Bett in der Pension Maria fallen, stand im nächsten Augenblick schon wieder auf, trat an das Fenster und blickte hinaus. Ein schwarzer Mercedes fuhr die Straße entlang. Sie schaute dem Auto hinterher, ohne es wirklich wahrzunehmen, denn in ihrem Kopf ging es drunter und drüber.

Konnte es sein, dass Martin Krämer seine Frau tatsächlich nicht umgebracht hatte? Lagen Hans und Sören richtig, und sie hatte sich nur in etwas verrannt? Immerhin hatte Martin Krämer ein Alibi, das war das stärkste Argument, das gegen ihn als Täter sprach.

Seine Ex-Frau legte ebenfalls beide Hände für ihn ins Feuer, beschrieb ihn als friedfertig und duldsam bis kurz vor der Selbstaufgabe, jemand, dem es nie in den Sinn kommen würde, andere zu schlagen. Im Gegenzug bezichtigte sie Julia Krämer der Gewalttätigkeit. Angeblich wäre sie es gewesen, die Sebastian damals geschlagen und sich auch an Martin Krämer vergriffen hatte.

Aber woher stammten dann die alten Verletzungen auf dem Körper der Toten, wenn nicht von Martin Krämer?

Seine Ex-Frau schied jedenfalls als Täterin aus. Die Unterlagen, die sie wortlos auf den Tisch im Café gelegt hatte, waren ein Bericht des Isar-Amper-Klinikums. Bettina Richter war dort in stationärer Behandlung gewesen.

Wieder einmal. Entlassen hatte man sie am Dienstag, also zwei Tage, nachdem die beiden Jungs die Leiche gefunden hatten. Ausgang hatte sie zwar gehabt, aber nur in Begleitung, und die hätte wohl kaum tatenlos zugesehen, wenn Bettina Richter versucht hätte, jemandem den Schädel einzuschlagen. Nein, ein besseres Alibi gab es wohl kaum. Nur ein Gefängnisaufenthalt könnte das noch toppen.

Aber wie weit konnte sie Bettina Richters Darstellung ihres Ex-Mannes trauen? So, wie sie über ihn gesprochen hatte, schrammte er nur knapp am Heiligen-Status vorbei. Was, wenn sie ihn so beschrieb, weil sie ihn so sehen wollte? Weil sie verdrängen musste, dass er gewalttätig gewesen war? Denn schließlich hätte sie in diesem Fall ihren kleinen Sohn den Attacken seines Vaters schutzlos ausgeliefert, ihn völlig hilflos zurückgelassen. Was, wenn sie mit diesem Wissen nicht zurechtkam und sich die Wahrheit so zurechtbog, dass sie damit leben konnte?

Und was war, wenn Bettina Richter die Wahrheit sagte und Martin Krämer wirklich so friedfertig war? Diese Vorstellung behagte Toni nicht und nagte an ihr, drängte sich aber immer mehr in den Vordergrund.

Seufzend rieb sie sich die Schläfen. So viele Ungereimtheiten ... Sie mussten unbedingt noch mehr über Julia Krämer in Erfahrung bringen. Vielleicht gab es da noch jemand anderen in ihrem Leben, von dem sie bis jetzt noch gar nichts wussten? An den großen Unbekannten, den überfallartigen Vergewaltiger, der im Wald hinter einem Baum hockte und sich auf unbegleitete Frauen stürzte, glaubte sie jedenfalls nicht.

Es war jemand aus ihrem Umfeld, dessen war sie sich sicher. Nur wer? Das Karussell ihrer Gedanken begann eine neue Runde.

»Schluss jetzt!«, sagte sie halblaut zu sich selbst. Sie war kurz davor, den Wald vor lauter Bäumen nicht mehr zu sehen. Sie brauchte unbedingt Ablenkung, um wieder einen klaren Kopf zu bekommen, und was könnte sie besser ablenken als ein Abend mit Mulder?

Wie auf Kommando flogen die Schmetterlinge in ihrem Bauch in einer riesigen bunten Wolke auf. Mit einem Lächeln auf den Lippen ging Toni ins Bad und drehte die Dusche auf.

Tonis Lächeln wurde mit jeder U-Bahn-Station, die sie näher an ihr Ziel brachte, ein wenig breiter, und die Schmetterlinge in ihrem Bauch flogen noch wilder hin und her.

»Nächster Halt Olympiazentrum«, verkündete die blecherne Stimme aus dem Lautsprecher über ihr. Was? Schon? Der letzte Bahnhof, den sie bewusst wahrgenommen hatte, war die Münchner Freiheit gewesen, der Rest war in Tagträumen untergegangen. Sie erhob sich und ging zum Ausstieg. Ihr Herz klopfte so laut, dass es eigentlich von den Zugwänden widerhallen musste.

Jemand stellte sich neben sie. Mehr aus Gewohnheit denn aus Interesse warf sie einen Blick auf das Spiegelbild der Person. Nein. Das konnte nicht sein.

Sie drehte den Kopf und schaute den Mann neben sich an. Doch. Kein Zweifel. Er war es.

»Das glaube ich jetzt nicht«, sagte Toni und lachte. »Das kann doch kein Zufall mehr sein.«

Der Türstehertyp, dem sie noch vor wenigen Stunden vor dem Präsidium begegnet war, stand nun tatsächlich in der U3 neben ihr.

»Da haben Sie recht, Frau Kommissarin.« Er grinste und zwinkerte ihr zu. »Das ist kein Zufall mehr.«

Sein Atem roch nach Zigarettenrauch, und er war älter, als Toni zunächst vermutet hatte. Ende vierzig, schätzte sie. Vielleicht sogar Anfang fünfzig. Aus dem Ausschnitt seines Shirts kroch eine Tätowierung seinen Hals empor. Es waren die Fingerspitzen einer Skeletthand, wenn sie sich nicht ganz täuschte. Na ja. Jedem das Seine. Bestimmt waren seine Arme und ein Großteil des restlichen Körpers ebenfalls tätowiert.

Sie selbst wäre mit achtzehn fast vom Tattoo-Fieber, das in ihrer Clique ausgebrochen war, angesteckt worden und hätte sich um ein Haar einen Delphin auf das Schulterblatt stechen lassen. Zum Glück war sie gerade pleite gewesen, als ihre Freundinnen ein Tattoo-Studio gestürmt hatten, denn schon vier Wochen später hatte sie die Idee gar nicht mehr so prickelnd gefunden. Heute käme eine Tätowierung für sie überhaupt nicht mehr in Frage. Wer wollte denn schon mit fünfundsechzig mit irgendwelchen ausgebleichten Bildern auf der faltigen Haut herumlaufen?

Die U-Bahn hielt an, und Toni und der Türstehertyp stiegen aus.

»Meine Mutter sagte immer, wenn man sich dreimal über den Weg läuft, muss man etwas miteinander trinken. Ich würde Sie ja gern auf einen Kaffee oder ein Bier einladen, Frau Kommissarin«, sagte er. »Aber leider bin ich geschäftlich hier.« Er hob bedauernd die Hände.

»Kein Problem«, antwortete Toni und war überhaupt nicht traurig, dass Freund Türsteher keine Zeit hatte. »Ich habe jetzt ohnehin einen Termin.«

»Einen Termin?« Er hob die Brauen. Seine Stirn legte sich dabei in eine Vielzahl von Falten. »Mit wem denn, wenn ich fragen darf?«

Toni kühlte ihr Lächeln um ein paar Grad ab.

»Tut mir leid, aber das geht Sie nun wirklich nichts an«, sagte sie.

Der Tätowierte hob wieder die Hände und setzte einen unschuldigen Gesichtsausdruck auf.

»Sorry, da haben Sie mich missverstanden, Frau Stieglitz – oder sollte ich besser sagen: Toni. Ich will das gar nicht wissen, sondern Mike. Ich soll Ihnen von ihm ausrichten, dass er sein kleines buntes Vögelchen noch nicht aufgegeben hat. Auch wenn Sie ihn nicht sehen – er sieht Sie, und er weiß immer, wo Sie sind und was Sie tun.«

Achtundzwanzig

Der Boden unter Tonis Füßen schwankte. Ihren Beinen fehlte auf einmal jegliche Kraft, und sie schaffte es gerade noch zu den grässlichen grauen Gittersitzen, bevor ihre Knie einknickten. Vor ihren Augen hing immer noch das grinsende Abbild des Türstehertyps in der Luft, durchsichtig wie ein Geist. Ein böser Geist.

Er sieht Sie, und er weiß immer, wo Sie sind und was Sie tun.

Der Satz hallte durch ihren Kopf, ein hundertfaches Echo, hin- und hergeworfen von ihren Schädelknochen. Toni presste die Hände auf die Ohren, doch die Stimme verstummte nicht. Stattdessen brachen die verdrängten Erinnerungen mit der Gewalt eines Erdrutsches über sie herein. Alle Gedanken und Gefühle, alle Ängste und Alpträume, die sie schon längst verarbeitet geglaubt hatte, waren wieder da und drohten, sie unter sich zu begraben.

Plötzlich spürte sie eine Berührung an der Schulter. Aus den Augenwinkeln sah sie eine formlose Gestalt neben sich. War er das? Hastig sprang sie auf und lief davon, ohne sich umzudrehen. Weg. Nur weg. Torkelnd wie eine Betrunkene stolperte sie in Richtung der Rolltreppe, bahnte sich mit Hilfe der Ellenbogen rücksichtslos ihren Weg hinauf.

»Geht's noch?«
»Was soll'n der Scheiß?«
»Die hat sie doch nicht mehr alle!«

Toni kümmerte sich nicht um die Kommentare. Sie musste raus hier, einfach nur raus, sonst würde sie ersticken. Taumelnd erreichte sie die Oberfläche. Ein kalter Windstoß wehte ihr entgegen, und auf einmal gaben die Lungen ihren Boykott auf. Die Luft strömte so plötzlich in ihren Brustkorb, dass sie einen Hustenanfall bekam. Keuchend und mit Hustentränen in den Augen lief sie an dem kleinen Döner-Imbiss vorbei und schlängelte sich zwischen den abgestellten Fahrrädern hindurch. Ihre Knie zitterten und waren kurz davor, ihren Dienst aufzugeben. Sie lehnte sich mit dem Rücken gegen einen Laternenmast und ließ sich in die Hocke sinken.

Dieser elende Scheißkerl! Toni biss sich auf die Lippe, um nicht zu schluchzen. Sie hatte es von Anfang an gewusst. Mike würde nicht aufgeben. Niemals. Kein Stalker auf der ganzen Welt gab einfach so auf. Nur waren die meisten zu dumm oder zu krank, um nach dem ersten Warnschuss auf Tauchstation zu gehen. Aber Mike war nicht dumm. Er nicht. Er hatte nur so getan, als würde er aufgeben. Hatte sie in Sicherheit gewiegt. Sie Atem holen und Hoffnung schöpfen lassen, um dann aus dem Hinterhalt zuzuschlagen.

Mike wusste genau, dass ihr dieser Überraschungsangriff den Boden unter den Füßen wegzog, dass sie das viel stärker traf, als wenn er seine Nachstellungen nie aufgegeben hätte. Mit dieser Attacke führte er ihr seine Macht vor Augen. Die Macht, die er immer noch über sie hatte. Die er immer über sie haben würde.

»Toni?«

Sie riss den Kopf nach oben. Ein Schatten war über ihr. Ein Mann. Doch das Licht der Laterne blendete sie, und sie konnte sein Gesicht nicht erkennen. War es wieder einer von Mikes Schergen? Sie sprang auf, wollte davonlaufen, doch ihre Beine knickten ein. Blitzschnell griffen zwei Hände nach ihr und fingen sie auf.

»Nein!«

Toni riss sich los, die Finger lösten ihren Griff jedoch nur halbherzig.

»Toni! Was ist los? Ich bin es – Tom!«

Mulder? Toni blinzelte, sah den Mann an. Tatsächlich. Er war es. Sofort gab sie ihren Widerstand auf, entwand sich seinem Griff aber trotzdem. Schnell drehte sie sich zur Seite und wischte mit den Händen über ihre Wangen. Er sollte nicht sehen, dass sie geweint hatte, aber das war ihm sicher schon aufgefallen. Ihr ganzes Gesicht war nass von Tränen, und bestimmt waren ihre Augen so rot wie die eines Albinokarnickels.

»Hier. Nimm.«

Er hielt ihr ein Taschentuch hin. Toni nahm es und schämte sich dabei in Grund und Boden. Was war sie nur für eine jämmerliche Gestalt. Was musste er nur von ihr denken? Und was zur Hölle machte er eigentlich hier? Er sollte in seiner Wohnung sein und dort auf sie warten. So hätte sie noch genügend Zeit gehabt, sich zu sammeln und die Spuren ihrer Panikreaktion zu verwischen. Ihre Hände bebten immer noch, als sie sich schnäuzte und anschließend das Taschentuch in ihrer Jeans verstaute.

Es kostete sie große Überwindung, den Blick zu heben und Mulder in die Augen zu sehen. Sein Gesichtsausdruck war so besorgt und auf seiner Stirn hatten sich so tiefe Falten gebildet, dass Toni unwillkürlich ein Mittelding zwischen Schniefen und Lachen entschlüpfte.

»Was ist so komisch?«, fragte er. »Sehe ich etwa auch aus wie ein Panzerknacker?«

»Panzerknacker?«

Mulder deutete mit dem Zeigefinger Kreise um seine Augen an. Sie verstand. Die angeblich wasserfeste Wimperntusche hatte sich in Wohlgefallen und schwarze Ringe aufgelöst. Auch das noch. Trotzdem spürte sie, wie auf einmal eine Last von ihr abfiel, als hätte sie einen Rucksack von den Schultern genommen.

»Blödmann«, sagte sie und lächelte. Ihr Herz klopfte, und ihr Magen zog sich zusammen, aber diesmal war es ein schönes Gefühl. Dass ihre Knie immer noch weich waren, schob sie jetzt auf Mulders Anwesenheit.

»Willst du mich nicht endlich in den Arm nehmen? Oder muss ich mich erst neu schminken?«

»Na ja, also wenn du mich so fragst …« Er kniff die Augen zusammen. »Ein bisschen Restaurieren würde nicht scha…«

Der Rest ging in dem langen Kuss unter, den Toni ihm auf die Lippen drückte. Mulder schloss die Arme um sie, und Toni wäre am liebsten unter seine Jacke gekrochen. Der Doc war hier. Sie war in Sicherheit. Zumindest für den Moment. Bis Mike von ihm erfuhr. Oder wusste er schon Bescheid? Wenn nicht, dann war es nur noch eine Frage von Minuten. Wenn der Türstehertyp hier noch irgendwo herumlungerte, dann hatte er bestimmt schon das Handy am Ohr und petzte Mike brühwarm, was er gerade sah.

Tonis Muskeln verkrampften sich, und sie machte sich von Mulder los. Unruhig blickte sie sich um. Sie konnte ihn nirgends entdecken, aber es gab genügend Winkel und Nischen, wo er sich verbergen konnte. Dafür standen sie hier im Licht einer Laterne wie auf dem Präsentierteller, man konnte sie fast so gut sehen wie den benachbarten Fernsehturm.

»Was …«, fing Mulder an, doch sie schnitt ihm das Wort ab und packte ihn bei der Hand.

»Wir müssen weg von hier. Los, komm.«

Sie wollte den Doc mit sich ziehen, doch er blieb stehen.

»Nicht, bevor du mir erzählst, was eigentlich los ist.«

Toni warf einen gehetzten Blick in alle Richtungen. Der Schatten dort – war er das?

»Das mache ich. Aber nicht hier. Komm. Bitte!«

Sie zog wieder an seiner Hand.

»Na gut«, sagte Mulder zögerlich. »Aber zu meiner Wohnung geht's da lang.« Er deutete in Richtung Conollystraße.

»Gut«, sagte sie, lief los und wäre fast mit einem Radfahrer zusammengestoßen, wenn der Arzt sie nicht in letzter Sekunde zurückgerissen hätte.

»So nicht, Toni«, sagte er und hielt sie fest. »Ich gehe keinen Schritt weiter, bevor du mir nicht endlich erklärst, was mit dir los ist. Bist du auf der Flucht, oder was? Hast du eine Bank überfallen? Eine Oma ausgeraubt? Jemanden umgebracht?«

Toni konnte an seinen Augen ablesen, dass er es ernst meinte. Sie ließ die Schultern sinken. Na gut. Es war ohnehin egal, ob Mike es jetzt oder erst morgen, übermorgen oder nächste Woche erfuhr. Wenn er es nicht ohnehin schon längst wusste.

»Eigentlich«, fing sie an, zögerte, atmete tief ein und fuhr dann fort. »Eigentlich hatte ich vor, dir den ganzen Mist erst zu erzählen, wenn ich mindestens zwei Promille intus habe. Dann könnte ich mich am nächsten Tag an nichts davon erinnern, vor allem nicht daran, wie du mit mir Schluss gemacht hast.«

Sie verstummte und schaute hinab auf ihre Schuhspitzen. Sie brachte es nicht über sich, Mulder jetzt in die Augen zu sehen. Sie wusste, dass es nicht ihre Schuld war, dass Mike ein Gewalttäter war und sie stalkte – und doch fühlte es sich so an. Und sie schämte sich immer noch dafür. Dabei hatte sie gedacht, das einigermaßen hinter sich gelassen zu haben.

Mulder sagte kein Wort, und auch sie schwieg, wusste nicht, wie und wo sie anfangen sollte. Dem neuen Mann in seinem Leben vom Ex zu erzählen, war nie gut. Von so einem Ex wie Mike erzählen zu müssen, war der Super-GAU. Sie gab sich einen Ruck und wollte gerade irgendwo beginnen, als Mulder mit der Zunge schnalzte.

»Entweder hältst du mich für ein ziemliches Arschloch, wenn du glaubst, dass ich so einfach mit dir Schluss mache«, sagte er, »oder du hast etwas wirklich Schlimmes auf Lager. Ich hoffe, es ist Variante Nummer zwei.«

Toni lächelte gequält.

»Es ist Nummer zwei«, antwortete sie.

»Dann ist ja alles gut.« Sie hörte das Lächeln in seiner Stimme, und im nächsten Moment spürte sie seinen Arm um ihre Schultern. Eine Sekunde lang sträubte sie sich, dann ließ sie zu, dass er sie an sich zog und einfach nur festhielt.

»Lass uns zu mir gehen«, murmelte er in ihr Haar. »Ich glaube, wir beide könnten jetzt ein Glas Wein gebrauchen.«

Schweigend gingen sie in Richtung Olympiadorf, von den Bewohnern meist nur Olydorf genannt. Es war im Zuge der Baumaßnahmen für die Olympischen Sommerspiele in München im Jahr 1972 errichtet worden und diente damals als Wohnanlage für die Sportler, wobei in den hohen, teils terrassenförmig angelegten Gebäuden im Norden ausschließlich männliche Sportler, in den niedrigen Bungalows im südlichen Teil ausschließlich Frauen untergebracht gewesen waren.

Nach den Olympischen Spielen waren in den Männerwohnungen Familien und Singles eingezogen, während die Frauenbungalows zur Studentenwohnanlage wurden. Die Studenten hatten zusätzlich die Erlaubnis bekommen, die Bungalowfassaden ganz nach ihren Vorstellungen zu gestalten, was zu teilweise abenteuerlichen Farbkombinationen, aber auch sehr kreativen Ausbrüchen geführt hatte.

Mulders Wohnung lag im achten Stock eines Terrassenbaus mit einem herrlichen Blick auf den Olympiapark mit dem Fernsehturm und seinen Bauchbinden aus roten Blinklichtern, der unverwechselbaren Zeltdachkonstruktion, die sich über das Stadion und die beiden Hallen spannte, und dem Olympiasee, in dem sich die Lichter des Parks spiegelten. Wenn sie den Hals ein wenig reckte, konnte sie sogar den sogenannten Vierzylinder erkennen, das Hauptverwaltungsgebäude und Wahrzeichen von BMW, das gleißend hell über dem Mittleren Ring thronte.

»Bei Föhn hast du wahrscheinlich das Gefühl, direkt auf die Alpen spucken zu können«, sagte Toni, als sie aus dem Fenster sah. »Und bei Open-Air-Konzerten bekommst du die Musik frei Haus geliefert. Darf ich mich bei dir auf dem Balkon einquartieren, wenn Bon Jovi mal wieder in der Stadt sind?«

Sie hatte die Arme um sich geschlungen und versuchte, sich zu wärmen. Das Beben hatte sich von ihren Fingern über ihren ganzen Körper und bis tief in ihre Eingeweide ausgebreitet. Sie drehte sich zu Mulder um, der sich inzwischen an einer Flasche Wein zu schaffen machte.

»Warum warst du eigentlich am U-Bahnhof?«, fragte

sie. »Wir hatten doch ausgemacht, dass ich zu dir heraufkomme. Daran, dass du nicht aufgeräumt hast, kann es jedenfalls nicht liegen.«

Sie ließ ihren Blick durch das große, aber noch ziemlich kahle Wohnzimmer schweifen. Eine nagelneue anthrazitfarbene Eckcouch, die sich ihre Sitzfalten erst noch verdienen musste, ein niedriger Glastisch und eine schlichte Schrankwand – das war alles. In einer Ecke standen noch Umzugskartons, und ein paar Bilder lehnten sich mit dem Gesicht gegen die Wand. Es sah genau so aus, wie es eben kurz nach einem Umzug üblicherweise aussah: nicht völlig unpersönlich, aber auch noch nicht richtig bewohnt. Ähnlich wie ihr Zimmer in der Pension Maria, nur dass das Zimmer im Gegensatz zu dieser Wohnung nie ein echtes Zuhause sein würde.

»Der Elektriker hat mich versetzt«, sagte Mulder und stellte die entkorkte Flasche auf den Tisch. »Eigentlich wollte ich etwas für uns kochen, aber der Herd funktioniert nicht. Genau genommen war das schon beim Besichtigungstermin so. Der Vormieter versprach mir hoch und heilig, dass er für die Reparatur sorgen würde, aber er hatte wohl wichtigere Dinge zu tun. Deshalb wollte ich dich unten am U-Bahn-Aufgang abfangen, gleich wieder hinunterlotsen und mit dir nach Schwabing fahren. Ein Kollege hat mir seinen Lieblingsspanier ans Herz gelegt. Winzig klein, aber angeblich mit den besten Tapas außerhalb von Barcelona.«

Mulder sah Toni an.

»Ich war vielleicht noch dreißig Meter vom Aufgang entfernt, als du herausgerannt kamst. Ich dachte erst, du hättest es besonders eilig, zu mir zu kommen – bis du da an diesem Laternenmast gestrandet bist. Da war mir klar, dass irgendetwas komplett aus dem Ruder gelaufen sein musste.«

Er trat auf sie zu und umfasste mit beiden Händen ihre Schultern.

»Verrätst du mir jetzt, was los war?«, fragte er leise.

Toni musste all ihre Kraft aufbringen, um seinem Blick nicht auszuweichen. *Entweder hältst du mich für ein ziemliches Arschloch ...* hörte sie ihn wieder sagen. Nein, das tat sie garantiert nicht. Und trotzdem hatte sie Angst vor seiner Reaktion, wenn sie ihm von Mike erzählte. Wenn er sie für einen Schwächling hielt? Oder für einen Nestbeschmutzer? Sie fühlte sich schäbig, weil sie sich nicht einfach in seine Arme fallen ließ und ihm alles gestand. Weil sie ihm nicht einfach vertraute.

»Was ...«, fing sie an, doch ihre Stimme war ganz belegt, und sie räusperte sich. »Was hältst du davon, wenn wir uns eine Pizza kommen lassen? Mein Magen ist so leer, dass er nicht einmal mehr genügend Kraft zum Knurren hat. Wenn ich jetzt Wein trinke, haut es mich spätestens nach dem ersten Glas um.«

Mulder hielt sie noch einen Moment fest und ließ dann die Arme sinken. Der enttäuschte Ausdruck in seinen Gewitteraugen bohrte sich wie eine glühende Lanze mitten in Tonis Brust. Sie war so ein Vollidiot. Egal, was sie machte – es war immer verkehrt. Am besten zog sie sich wieder an und verschwand. Aus seiner Wohnung und aus seinem Leben. Das würde ohnehin nicht gutgehen mit ihnen. Nicht, so lange Mike noch in ihrem Leben herumwühlte.

»Welche Pizza möchtest du?«

Mulder tippte auf seinem Handy herum, ohne aufzublicken.

»Schinken und Oliven bitte.«

Er nickte, und als sich am anderen Ende jemand meldete, gab er die Bestellung auf. Dann ging er in den Flur und schlüpfte in seine Schuhe.

»Was machst du da?«, fragte Toni. »Hast du nicht gerade mit dem Lieferservice telefoniert?«

Mulder nickte.

»Ja, habe ich. Die sind hier unten in der Ladenstraße. Deshalb hole ich sie selbst, das geht schneller.«

Ohne ein weiteres Wort nahm er seinen Schlüssel und ging. Toni stand da wie vor den Kopf geschlagen. So hatte sie sich den Abend nicht vorgestellt. Und der Doc ganz sicher auch nicht. Das würde eine jämmerlich verkrampfte Veranstaltung werden. Sie würden schweigend und möglichst schnell ihre Pizza in sich hineinschaufeln, höchstens ein paar belanglose Worte wechseln, und nach der Anstandsminute würde sie aus seiner Wohnung flüchten und hoffen, ihm nie mehr zu begegnen. Die Termine in der Rechtsmedizin konnten Contutto und Sören übernehmen. Sie würde dort keinen Fuß mehr hineinsetzen. Zur Not würde sie das Dezernat wechseln. Beim Staatsschutz konnten sie immer Leute gebrauchen. Ständig nur Leichen – das war auf die Dauer auch nichts.

Toni ging in die Küche und durchsuchte die Schubladen nach Besteck. Servietten fand sie keine, aber Zewa funktionierte genauso gut. Sie trug ihre Beute zum Wohnzimmertisch und deckte ihn provisorisch. Je eher sie mit dem Essen begannen, desto eher konnte sie abhauen. Sie fand zwei Weingläser in einem Hängeschrank in der Küche und stellte sie neben das Besteck. Dann ging sie zum Fenster, lehnte den Kopf an die Wand und blieb reglos und mit geschlossenen Augen stehen, bis sie hörte, wie ein Schlüssel in das Schloss gesteckt wurde.

Mulder trug die Kartons in die Küche und holte Teller aus dem Schrank. Toni setzte sich. Ihr Hals war wie zugeschnürt, und ihr Magen schien mit Beton gefüllt zu sein. Sie versuchte, ihr Handy allein durch Willenskraft zum Klingeln zu bringen. Eine neue Leiche vielleicht. Oder Martin Krämer, der durchdrehte. Aber ihr Telefon blieb stumm.

»Guten Appetit.«

Mulder stellte die Teller auf den Tisch und setzte sich neben sie. Der Abstand war groß genug, dass sie ihn auch versehentlich nicht berühren würde. Sie streckte die Hand nach der Pizza aus, legte sie dann aber zurück in ihren Schoß. Nein. Sie konnte nichts essen. Nicht jetzt und nicht so.

»Es war Mike. Mein Ex. Er ist auch Polizist. Ich habe mich vor vier Monaten von ihm getrennt.« Sie sah aus den Augenwinkeln, wie Mulder in der Bewegung innehielt, doch sie durfte ihn jetzt nicht anschauen, sonst würde sie auf der Stelle der Mut verlassen. Deshalb konzentrierte sie sich auf die schwarze Olive, die von der Pizza auf den Tisch gefallen war, als würde sie diesem kleinen schrumpeligen Ding das alles beichten und nicht dem Mann neben ihr.

»Mike war aber nicht in der U-Bahn. Nicht direkt. Er hat jemanden geschickt. Mit einer Botschaft. Der Botschaft, dass Mike mich niemals gehen lassen wird und dass er immer weiß, wo ich bin und was ich tue.«

»Glaubst du, dass das stimmt?«, fragte Mulder.

Toni lächelte die Olive müde an.

»Ich glaube es nicht nur, ich weiß es.« Nun hob sie doch den Blick und sah den Doc an. »Er hat es schon einmal getan, gleich nachdem ich ihn verlassen hatte. Er hat mich verfolgt. Mich bedroht. Mir widerliche ...«, sie schüttelte sich bei der Erinnerung, »... Geschenke geschickt. Dadurch wollte er mich so weit bringen, dass ich zu ihm zurückgekrochen komme, damit er mich weiter wie sein Eigentum behandeln und mich nach Strich und Faden verprügeln kann.«

Mulders Augen weiteten sich.

»Er hat *was* getan?«

»Mich verprügelt«, flüsterte Toni. »Jahrelang. Weil ich nie den Mut hatte, mich zu wehren oder es jemandem zu sagen.« Sie lachte freudlos. »Verdammt feige für eine Polizistin, nicht wahr?«

Tränen tropften auf ihre Jeans, malten dunkelblaue Flecken auf den Stoff. Diesmal reichte ihr Mulder kein Taschentuch, sondern zog sie einfach an sich, und da brachen alle Dämme in ihr.

Sie weinte, bis sie völlig erschöpft war und keine Tränen mehr hatte. Dann fing sie an zu erzählen.

Neunundzwanzig

Mattes Sonnenlicht hatte Toni geweckt. Schläfrig öffnete sie die Augen. Das Wissen, dass irgendetwas nicht stimmte, robbte quälend langsam durch ihr Gehirn, aber es dauerte einige Sekunden, bis ihr Verstand dieses Wissen umgesetzt hatte. Es war das Fenster. Es war an der falschen Stelle. Und es gab keine Vorhänge. Auch der Schrank war nicht derselbe wie in ihrem Pensionszimmer. Und das Bett war viel zu groß. Groß genug für zwei. Für sie und ... Mulder.

Sie drehte sich um. Die andere Seite des Bettes war leer. Nein, nicht nur leer. Sie war unbenutzt. Toni setzte sich auf und versuchte, ihre Erinnerungen an den vergangenen Abend zu sortieren. Sie hatte Mulder alles erzählt. Wie es mit ihnen angefangen hatte. Wie er ihr die erste Ohrfeige verpasst hatte. Dann die zweite. Die dritte. Wie die Abstände zwischen seinen Gewaltausbrüchen immer kürzer geworden und wie schließlich die Polizei angerückt war, Mike aus der Wohnung geschmissen hatte und sie abgehauen war. Und wie sie dumm genug gewesen war, zu hoffen, er hätte die Anzeige als definitives Schlusssignal verstanden und aufgegeben. Nur ihre Befürchtungen, Mike könnte sich nicht nur an ihr rächen wollen, hatte sie für sich behalten.

Mulder hatte stumm zugehört, hatte sie nicht bemitleidet, nicht gesagt, dass schon alles wieder gut werden würde, ihr keine Vorwürfe gemacht. Stattdessen war da etwas in seinem Blick gewesen ... Verständnis, ja das auf jeden Fall, aber noch etwas anderes. Tieferes. Sie hatte keinen Namen dafür, doch es hatte ihr einen Schauer über den Rücken gejagt. Er hatte wohl auch seine Leichen im Keller, aber ihr hatte in diesem Augenblick die Kraft gefehlt, darüber nachzudenken.

Als ihre Tränen getrocknet waren, hatten sie die kalte Pizza gegessen und den Wein dazu getrunken. Es war die beste kalte Pizza ihres Lebens gewesen, so viel stand fest. Danach hatte sie sich an den Doc gekuschelt und musste irgendwann eingeschlafen sein.

Sie schlug die Decke zurück und sah an sich herab. Mulder war definitiv ein Gentleman. Nicht einmal die Jeans hatte er ihr ausgezogen. Sie lächelte und schwang die Beine aus dem Bett. In diesem Moment klopfte es an der Tür.

»Ich bin wach«, rief Toni.

Mulder lugte in das Zimmer.

»Na, ausgeschlafen?« Er kam zu ihr und gab ihr einen Kuss. »Das Frühstück steht schon auf dem Tisch. Wollen Mylady sich zuvor noch etwas frisch machen?«

»Unbedingt«, sagte Toni. Sie sah mit Sicherheit grauenerregend aus. Verschmiertes Make-up, zerzauste Haare, zerknitterte Klamotten – das volle Programm. Zum Glück hatte sie in ihre Tasche ihr kleines Übernachtungs-Notfallset gepackt, bevor sie losgefahren war. Damit konnte sie die schlimmsten Schäden beseitigen. Sie hatte insgeheim gehofft, nicht in ihrem eigenen Bett aufzuwachen. Diese Variante war in ihren Plänen allerdings nicht vorgekommen. Egal. Sie stand auf, gab Mulder einen Kuss auf die Nasenspitze und verschwand im Bad.

Eine heiße Dusche und ein paar Schlucke Kaffee später spürte Toni, wie ihre Lebensgeister langsam erwachten und die alptraumartigen Teile des gestrigen Abends sich in die hinteren Regionen ihres Gedächtnisses zurückzogen. Sie konnte zwar noch deren Umrisse erkennen, aber es war alles wie weichgezeichnet, und sie fragte sich selbst, warum sie so ausgetickt war. Nur das Türstehergesicht samt der Tätowierung am Hals ließ sich nicht verdrängen.

»Wie kommt ihr eigentlich in den Teufelsberg-Ermittlungen voran?«, fragte Mulder und biss in seine Honigsemmel. Er schien ein Süßer zu sein, bemerkte Toni. Erst Marmelade, jetzt Honig. Aber den Kaffee trank er nur mit Milch.

»Um ehrlich zu sein«, sagte sie und stellte ihre Tasse ab, »tappen wir noch ziemlich im Dunkeln.« Vor allem sie selbst hatte das Gefühl, völlig im Wald zu stehen. Das gestrige Gespräch mit Bettina Richter arbeitete unaufhörlich in ihr, und obwohl es ihr gegen den Strich ging, musste Toni sich eingestehen, dass sie inzwischen nicht mehr zu hundert Prozent von Martin Krämers Täterschaft überzeugt war. Aber wer konnte es sonst gewesen sein? Und wer hatte Julia Krämer die Verletzungen beigebracht? Diese Fragen kreisten in ihrem Kopf wie lärmende Möwen über einem Fischkutter und machten sie auch genauso irre.

»Toni?« Mulder wedelte mit der Hand vor ihrem Gesicht herum. »Bist du noch da?«

»Ja.« Sie schüttelte den Kopf, um die Gedankenmöwen loszuwerden. »Entschuldige bitte. Ich habe nur das Gefühl, im Kreisverkehr Runde um Runde zu drehen und die Ausfahrt nicht zu finden.«

Mulder nickte bedächtig.

»Frau am Steuer«, sagte er mit vollkommen ernster Miene.

»Wie bitte?« Sie hob das Buttermesser, an dem noch ein wenig von der blutroten Kirschmarmelade klebte.

»Okay, okay«, sagte Mulder und lachte. »Du hast gewonnen. Aber im Ernst: Kann ich dir irgendwie helfen?«

Toni legte das Messer weg und dachte nach. Warum eigentlich nicht? Ein Außenstehender hatte oft einen ganz anderen Blick, war nicht betriebsblind wie diejenigen, die bis zum Hals in der Sache drinsteckten. Erlaubt war das natürlich nicht. Mulder war kein Polizeiangehöriger, bla bla bla. Aber er war Rechtsmediziner und ständig in polizeiliche Ermittlungen involviert. Außerdem vertraute sie ihm, und das war es, worauf es ankam.

»Was ich nicht verstehe«, schloss sie ihren Bericht, »wenn ihr Mann sie nicht misshandelt hat – woher hat sie dann die Verletzungen am ganzen Körper?«

»Sadomaso-Sex?«

»Du meinst, der Gatte, der keiner Fliege was zuleide tun kann, wird im Schlafzimmer zum Folterknecht?« Toni zog skeptisch die Nase kraus.

»Es muss ja nicht ihr braver Ehemann gewesen sein. Vielleicht stand der ja wirklich nur auf Blümchensex, weshalb sie sich ihr Vergnügen woanders geholt hat.«

»Und Martin Krämer hat dem Treiben so lange zugesehen, bis es ihm zu bunt wurde und er sie umgebracht hat? Schöne Theorie, denn dann wäre ich wieder bei meinem Lieblingsverdächtigen als Täter.«

Seufzend schob Toni die Krümel auf ihrem Teller hin und her. Egal, wie sie es drehte und wendete – am Ende zeigten immer alle Pfeile auf Martin Krämer.

»Na los. Worauf wartest du noch?«

Toni schaute von ihrem Teller auf und warf Mulder einen verständnislosen Blick zu. War das eine Aufforderung an sie, den Tisch abzuräumen?

»Ich verstehe nicht ganz«, sagte sie.

»Zieh deine Schuhe und deine Jacke an und mach, dass du ins Präsidium kommst. Du sitzt doch auf glühenden Kohlen, oder nicht?«

Heiß schoss ihr die Röte in die Wangen. Seit sie Mulder in allen Einzelheiten von dem Fall erzählt hatte, kribbelte es in ihr, als wäre in ihrem Bauch ein Eimer voller Ameisen umgefallen. Gab es vielleicht irgendeinen Ermittlungsansatz, den sie bisher übersehen hatten? Sie schob ihren Stuhl zurück und stand auf.

»Danke. Du bist der Beste.«

»Sag mir etwas, das ich noch nicht weiß.«

»Du hast Marmelade auf der Nase.«

»Was?« Mulder fuhr sich mit den Fingern über die Nasenspitze. »Warum hast du das nicht gleich gesagt?«

»Ich finde, es steht dir. Nicht jeder Mann kann Kirschrot tragen.«

Sie ging in den Flur und zog ihre Schuhe an. Mulder folgte ihr, lehnte sich gegen den Türrahmen und sah ihr zu.

»Gibst du meinen Kochkünsten heute Abend noch eine Chance?«, fragte er.

»Ohne Ofen?«, erwiderte Toni. »Du meinst wohl den Kochkünsten des Pizzabäckers.«

»Nein, ich meine schon das, was ich gesagt habe. Ich kenne da jemanden, der jemanden kennt, und der könnte den Ofen vielleicht bis heute Abend hinkriegen. Und falls nicht, dann muss der Spanier in Schwabing an die Kochtöpfe.«

»Okay. Rufst du mich an?«

»Mache ich.«

Er zog Toni an sich und küsste sie, und plötzlich war die Aussicht, den Samstag am Schreibtisch zu verbringen, nur noch halb so verlockend, Tendenz sinkend. Doch dann löste Mulder sich von ihr und schob sie zur Tür.

»Ab mit dir.«

»Sag mal, willst du mich loswerden?«

»Erraten. In fünfzehn Minuten kommt der nächste Damenbesuch, und ich möchte nicht, dass ihr euch begegnet.«

Toni klappte den Mund auf und zu. Der Mann schaffte es immer wieder, sie sprachlos zu machen.

»Dann solltest du dich umziehen. Du hast auch Marmelade auf dem Shirt«, sagte sie, drehte sich um und schlüpfte zur Tür hinaus.

Dreißig

Toni stand auf, streckte sich und ließ die Schultern kreisen. Sie hatte fast alle Vernehmungen, Vermerke und sonstige Ergebnisse durchgesehen, und ihr war absolut nichts aufgefallen, wo sie noch einmal einhaken könnten. Vielleicht sollten sie die Nachbarn noch einmal befragen. Oder einen weiteren Aufruf über die Presse starten.

Sie rieb sich die brennenden Augen. Bevor sie sich an den Rest machte, brauchte sie eine Pause. Die Buchstaben führten auf dem Papier schon ein Eigenleben. Mit einer Tasse Kaffee und etwas Sauerstoff sollte sich das aber in den Griff bekommen lassen. Ein wenig Bewegung konnte auch nicht schaden, und so entschied sie sich, dem Café zur Mauth an der Ecke zur Fußgängerzone einen Besuch abzustatten, und kehrte wenige Minuten später mit einem großen Becher Cappuccino an ihren Schreibtisch zurück.

Toni leckte sich den letzten Rest Milchschaum von den Lippen, als der Benachrichtigungston ihres Computers ihre Aufmerksamkeit auf sich zog. Eine Mail war im Dienststellenpostfach eingegangen. Ihre Augenbrauen hoben sich, als sie den Absender sah: K 123, die Fachdienststelle für die Sicherung und Auswertung von Computern, Handys und sonstigen Datenträgern. Hatten die IT-Forensiker endlich Julia Krämers Laptop und die Funkzellen und Verbindungsdaten ihres Handys ausgewertet? Beides zusammen wäre Toni am liebsten gewesen, aber das wäre vermutlich zu viel des Guten.

Diese Vermutung bestätigte sich, als sie die Nachricht durchlas: Die Verbindungsdaten waren noch in Arbeit, und der Laptop schien auch immer noch Schwierigkeiten zu machen. Wenn Toni das Fachchinesisch richtig interpretierte, gab es Probleme mit der Festplatte, die offenbar beschädigt war und deshalb in einem aufwendigen und entsprechend langwierigen Verfahren ausgelesen und kopiert werden musste, was noch einige Zeit in Anspruch nehmen würde.

Einige Zeit war ein dehnbarer Begriff. Das konnte wenige Tage oder mehrere Wochen bedeuten. So lange wollten und konnten sie allerdings nicht warten. Vielleicht war es möglich, dass die Kollegen die bereits gesicherten Daten vorab auf einen USB-Stick zogen? Dann könnten sie zumindest damit arbeiten. Kurzerhand wählte Toni die Nummer der Sachbearbeiterin. Da diese die Mail erst vor wenigen Minuten verschickt hatte, war die Wahrscheinlichkeit hoch, dass sie noch in ihrem Büro saß.

»K 123, Schwärmer«, meldete sich eine weibliche Stimme.

»Stieglitz von der Mordkommission«, antwortete Toni. »Ich habe gerade deine Nachricht in Sachen Julia Krämer gelesen. Die Probleme mit der Festplatte sind natürlich ärgerlich und bremsen unsere Ermittlungen ziemlich aus. Könntet ihr uns deshalb den Teil der Daten, den ihr bereits gesichert habt, jetzt schon zuschicken?«

»Ach, hallo Toni!«

Toni schwieg überrumpelt.

»Kennen wir uns?«, fragte sie und kramte in ihrem Gedächtnis nach einer Kollegin mit diesem Namen, wurde aber nicht fündig.

»Ja, ich bin es, Janina von K 14. Allerdings hieß ich damals noch Kistler.«

Jetzt fiel der Groschen. Sie gehörte zum Kreis derjenigen Kollegen, die Toni während ihres kurzen Zwangsaufenthalts beim Kommissariat für Vermisste und unbekannte Tote kennengelernt hatte.

»Das ist aber auch unfair«, sagte Toni. »Die Dienststelle wechseln und dann auch noch heiraten. Wie lang ist die Hochzeit denn her? Kann ich noch gratulieren?«

»Sechs Wochen.«

»Sechs Wochen? Und da verbringst du deine Samstage schon im Büro? Solltet ihr nicht gerade auf dem Sofa sitzen und die Fotos von euren Flitterwochen sortieren?«

Ein tiefes Seufzen kam aus dem Hörer.

»Ja, eigentlich schon. Aber Patrick ist beim SEK und wurde heute mitten in der Nacht alarmiert. Keine Ahnung, worum es geht. Die sind ja immer in geheimer Mission unterwegs. Ich konnte nach der Alarmierung nicht mehr einschlafen und bin im Nachthemd durch die Wohnung getigert. Ziemlich komisch für eine Polizistin, sich derartige Sorgen zu machen, oder? Eigentlich müssten wir ja daran gewöhnt sein. Jetzt lenke ich mich eben mit Arbeit ab. Wir sind hier ohnehin am Absaufen, und die Mordkommission macht es uns noch schwerer, weil sie es natürlich wieder besonders eilig hat.«

»Wir sind eben auch besonders wichtig«, konterte Toni in demselben frotzelnden Tonfall. »Deshalb kann ich ja auch nicht warten, bis ihr die Festplatte komplett wiederhergestellt habt. Du kannst mir nicht zufällig aus dem Stegreif einen neuen Ermittlungsansatz liefern?«

»Ich fürchte nein. Ich habe ja keine Ahnung von euren Ermittlungen und weiß nicht, was für euch unbekannt oder wichtig ist.«

»Schade.« Toni seufzte. »Ich trete hier irgendwie auf der Stelle und könnte einen neuen Impuls dringend gebrauchen.«

»Den konnte die Krämer offenbar auch gebrauchen.«
»Wen?«
»Den neuen Impuls.«
»Wie meinst du das?«
»Moment. Ich rufe schnell die Internetprotokolle auf.«

Toni hörte eifriges Tastengeklapper, dann meldete sich ihre Kollegin wieder.

»Hier habe ich es. Euer Opfer war Mitglied bei einem Internet-Dating-Portal. Und zwar nicht bei einem, das die Liebe fürs Leben verspricht, sondern bei einer Plattform, die mit hundertprozentiger Diskretion wirbt, wenn du verstehst, was ich meine.«

Und ob Toni verstand. Die Krämer hatte den organisierten Seitensprung gesucht? Wer hätte das gedacht. Die Frau schien jede Menge ungeahnte Facetten zu haben. Im selben Moment fiel ihr die Bemerkung von Mulder wieder ein.

»Das ist aber nicht zufällig irgendeine Sadomaso-Seite?«
»Nein. Zumindest nicht grundsätzlich. Es gibt schon Nischen für Leute mit etwas ausgefalleneren Vorlieben, aber dort hat man als Gast keinen Zugang. Nicht einmal mit einem kostenlosen Schnupperaccount, sondern nur, wenn man registrierter Nutzer und somit auch gleichzeitig zahlender Kunde ist.«

»Du weißt aber ziemlich gut Bescheid über derartige Seiten.« Diese Bemerkung hatte Toni sich nicht verkneifen können. Die Steilvorlage war einfach zu gut gewesen.

»Nun ja«, druckste ihre Kollegin, »ich war eben neugierig und ...«

»Schon okay«, sagte Toni und lachte. »Da hätte garantiert jeder nachgeschaut. Waren wenigstens ein paar interessante Männer dabei?«

»Keine Ahnung. Die Bilder sieht man erst, nachdem man die Kreditkarte gezückt hat. Wobei der größte Teil der Fotos mit der Wirklichkeit ohnehin nichts zu tun hat. Die sind doch überwiegend aus dem Netz zusammengeklaut. Bei solchen Partnerschaftsseiten wird gelogen, was die Tasten hergeben, und der sportliche Adonis mit blondem Wuschelkopf wird zur Halbglatze mit Bauchansatz, dessen einzige sportliche Aktivität darin besteht, ein *Kicker*-Abonnement zu haben.«

Der bittere Unterton im letzten Satz war Toni nicht entgangen.

»Du scheinst dich wirklich gut auszukennen. Üble Erfahrungen?«, fragte sie, doch Janina schwieg. »Sorry. Geht mich auch nichts an. Kannst du auf den Account von Julia Krämer zugreifen?«, fragte sie, um das Thema zu wechseln.

»Falls sie so hacker- und polizeifreundlich war, alle ihre Passwörter im Browser zu speichern, um sich den Anmeldevorgang zu erleichtern, dann ja. Warte einen Augenblick.«

Toni verzog das Gesicht. Passwortspeicherung. Genau das machte sie auch immer. Das sollte sie sich wohl in Zukunft abgewöhnen. Wieder hörte sie eifriges Tastengeklapper im Hintergrund.

»Nein, tut mir leid«, sagte Janina. »So einfach will es uns Dornröschen dann doch nicht machen.«

»Dornröschen?«, fragte Toni.

»Das war ihr Nickname, unter dem sie angemeldet war.«

Toni schüttelte den Kopf. Was hatte Julia Krämer sich nur dabei gedacht? Sie hatte wohl kaum vorgehabt, einhundert Jahre hinter einer Dornenhecke zu schlafen, bis endlich ihr Märchenprinz auftauchte, sie wach küsste und dann mit ihr auf seinem schneeweißen Pferd in eine goldene Zukunft galoppierte.

»Kannst du das Passwort irgendwie herausfinden?«

»Normalerweise nur durch Versuch und Irrtum. Aber ich habe da so eine Idee. Ich rufe dich in ein paar Minuten wieder an.«

Ohne auf Antwort zu warten, beendete sie das Gespräch. Toni legte den Hörer ebenfalls auf und lehnte sich in ihrem Stuhl zurück. Zug um Zug nahm vor ihrem inneren Auge ein mögliches Szenario Gestalt an: Martin Krämer, verletzt und gedemütigt von den Schlägen seiner Frau, schnüffelt in ihrem Laptop herum und findet heraus, dass Julia ihn betrügt. Er ist am Ende und völlig außer sich und weiß nicht, wohin mit seinen Gefühlen. Doch weil er nicht der Typ ist, der aufbegehrt, riesige Szenen macht und Ultimaten setzt, versucht er es auf andere Art und Weise. Vielleicht klappt es im Schlafzimmer seit längerer Zeit schon nicht mehr, und er denkt, wenn er wieder Spannung in ihr Sexleben bringt, wird es wie früher, wie ganz am Anfang, als alles rosarot und aufregend und er noch der Mittelpunkt ihres Universums war.

Er überredet sie zu einem Waldspaziergang, führt sie zu einer halbwegs einsamen Stelle. Trotzdem ist da die Gefahr, entdeckt zu werden. Spaziergänger, Jogger, Radfahrer, Reiter – sie alle sind nur ein paar Dutzend Meter entfernt. Das prickelt und muss Julia doch gefallen, oder? Sie macht tatsächlich mit, aber sie will es härter. Sie will eine gespielte Vergewaltigung. Martin willigt ein. Sie läuft vor ihm davon, er folgt ihr, holt sie ein, reißt ihr Strumpfhose und Slip herunter, doch dann kriegt er keinen hoch. Das ist nicht sein Ding. Er will kein Vergewaltiger sein. Da lacht Julia ihn aus. Schlägt ihn diesmal nicht mit den Fäusten, sondern mit Worten und verletzt ihn so tief, dass die aufgestauten Gefühle in ihm mit einem riesigen Knall explodieren. Außer sich vor Zorn, greift er nach einem Stein und erschlägt Julia. Dann kommt er zu sich und kapiert, was er getan hat. Er ist geistesgegenwärtig genug, den Stein irgendwie verschwinden zu lassen, fährt nach Hause und spielt den besorgten Ehemann.

Toni nickte langsam. So könnte es gewesen sein. Das würde auch erklären, warum keiner der Spaziergänger, Jogger und Nordic Walker einen Hilferuf gehört hatte. Wäre Julia Krämer von einem Fremden angegriffen worden, hätte sie bestimmt aus vollem Hals geschrien.

Sie schaukelte in ihrem Stuhl vor und zurück. Vielleicht war es aber auch ganz anders gewesen, und sie hatte sich mit einem Typen über diese Plattform im Wald verabredet und …

Das Klingeln des Telefons riss sie aus ihren Überlegungen.

»Du darfst Genie zu mir sagen«, meldete sich Janina. »Ich habe das Passwort.«

»Wirklich? Wie hast du das denn geschafft?«

»Ich habe mich nur ein bisschen in den Durchschnittsuser versetzt. Die meisten können oder wollen sich die ganzen Passwörter und Benutzernamen nicht merken und notieren sie sich in irgendeiner Datei auf ihrem PC oder Laptop. Die Datei bekommt natürlich einen völlig unauffälligen Namen, um sie vor neugierigen Augen zu verbergen. Dummerweise vergessen die Leute dabei aber sehr oft, dass man per Suchfunktion die Datei ganz einfach aufspüren kann, selbst wenn man nur einen Bruchteil einer Benutzerkennung vorliegen hat. Tja, und genau so habe ich das Passwort gefunden.«

»Gute Arbeit!«, sagte Toni anerkennend. Diese Lösung war so einfach – darauf wäre sie vermutlich nie gekommen. Und sie wurde wieder unangenehm an ihre eigene Methode erinnert, Passwörter und Benutzernamen zu speichern. Die war nämlich nur geringfügig besser. Sie hörte, wie bei Janina ein Handy klingelte.

»Das ist Patrick«, sagte Tonis Kollegin mit deutlicher Erleichterung in der Stimme. »Sein Einsatz scheint vorbei zu sein. Brauchst du mich noch?«

»Nicht, wenn du mir das Passwort und den Link zu dieser Seite schickst. Und so bald wie möglich den Rest, den ihr schon gesichert habt.«

»Mache ich.«

Sie verabschiedeten sich und legten auf. Eine Minute später hatte Toni eine Mail in ihrem Postfach. Sie klickte auf den darin enthaltenen Link, und einen Augenblick später öffnete sich eine Website auf ihrem Monitor.

Toni hatte fest damit gerechnet, dass ihr nun Riesenbrüste und prall gefüllte Männertangas entgegenspringen würden, weshalb sie im ersten Moment ein wenig verwirrt war, als sie statt sehr nackter Tatsachen eine Burgruine im nächtlichen Vollmondschein erblickte. An die Mauerreste gelehnt stand eine Frau im Abendkleid. Sie hatte die Augen geschlossen, den Mund erwartungsvoll geöffnet und hielt in der einen Hand ihre mörderischen High Heels, während sie die andere um den Nacken eines Mannes im Smoking gelegt hatte, dessen Hemd bereits bis zum Gürtel geöffnet war und dabei ein beeindruckendes Sixpack enthüllte.

Dazu blitzten aus dem tiefen Schlitz in ihrem Kleid halterlose Strümpfe hervor, und der herabgerutschte Träger enthüllte ein wenig von ihrem BH.

Alles in allem erinnerte die Seite an die Cover diverser Erotik-Romane, die in einer riesigen Welle in die Bücherregale geschwappt waren und Heerscharen überwiegend weiblicher Leser in ihren Bann zogen. Genau wie diese Romane, so zielte auch das Bild dieser Seite eindeutig auf Frauen als Kundschaft ab, und dazu passte auch der Titel perfekt: Secret Escapades.

Das klang nach Abenteuer und Nervenkitzel, nach Romantik und Erotik, wie geschaffen, um aus dem grauen Beziehungsalltag zu fliehen. Zumindest auf den ersten Blick. Bei näherem Hinsehen konnte das fadenscheinige Deckmäntelchen aus schönen Bildern aber nicht mehr verbergen, wofür die Plattform eigentlich stand: für organisiertes Lügen und Betrügen. Dafür, seinen Partner zu hintergehen und klammheimlich mit anderen Menschen ins Bett zu hüpfen. Schließlich änderte auch der wohlklingende englische Titel nichts daran, dass man *escapade* ganz banal mit *Seitensprung* übersetzen konnte, und spätestens, wenn man auf den Button *Enter your personal escapade* klickte, wusste man endgültig, woran man war.

Vermissen Sie das Kribbeln der ersten Begegnung?, las Toni. *Den Kitzel des ersten Mals? Schläft ER schon, wenn Sie unter die Decke schlüpfen, und hat SIE immer öfter Migräne? Holen Sie sich den Kick zurück. Diskrete Abenteuer für Männer und Frauen. Ohne Verpflichtungen. Ohne Wenn, ohne Aber. Registrieren Sie sich gleich jetzt. Vielleicht ist Ihre sexy Nachbarin auch schon hier? Oder Ihr gut gebauter Fitnesstrainer? Was ER nicht weiß, macht SIE heiß.*

»Gleich muss ich kotzen«, murmelte Toni. Hatte die Krämer sich hier wirklich herumgetrieben und nach Männern gesucht, mit denen sie fröhlich Ehebruch betreiben konnte? Das passte so gar nicht zu den Aussagen der Nachbarn und Arbeitskollegen. Die hatten Julia Krämer immer als sehr häuslich und pflichtbewusst beschrieben und ganz und gar nicht als jemanden, der ständig auf Abenteuer aus war, die außerehelichen inbegriffen.

»Never judge a book by its cover«, sagte Toni und gab den Benutzernamen und das Passwort ein, das Janina ihr übermittelt hatte. Gebannt starrte sie auf den Bildschirm. Würde es klappen? Hatte ihre Kollegin tatsächlich das richtige Passwort gefunden? Der Monitor wurde schwarz, dann baute sich die Seite erneut auf.

Willkommen zurück, Dornröschen. Bist du bereit für ein neues Abenteuer?

Bingo.

Einunddreißig

Toni blähte die Backen und ließ dann die Luft zischend entweichen. Dornröschen hatte es faustdick hinter den Ohren gehabt. Die monatliche Gebühr für die Vermittlung »diskreter Kontakte« hatte Julia Krämer auf jeden Fall voll und ganz ausgeschöpft. Anderthalb Stunden hatte Toni sich durch den Account der Toten geklickt, und ihre Augen waren dabei immer größer geworden.

Waren Dornröschen und Julia Krämer wirklich ein und dieselbe Person? Toni war nicht nur einmal an den Punkt gelangt, an dem sie sich gefragt hatte, ob das nicht ein Irrtum war und eine ganze andere Frau – oder sogar ein Mann – hinter dem Benutzernamen steckte. Aber die Internetseiten waren definitiv von Julia Krämers Laptop aus aufgerufen worden, und laut Sebastian Krämer hatte seine Stiefmutter das Gerät ganz allein genutzt. Er selbst hatte ein MacBook, Windows war nämlich nur etwas für Loser, fand er. Sein Vater wiederum hatte einen Rechner in seinem Büro im Dachgeschoss stehen. »Aber das Internet ist nicht so sein Ding. Er hat ja nicht einmal einen Account bei Amazon.«

Natürlich konnte es trotzdem sein, dass Sebastian oder Martin Krämer sich heimlich an Julia Krämers Laptop zu schaffen gemacht hatten. Aber dann hätten sie mit Sicherheit alles darangesetzt, dass man ihnen nicht auf die Schliche kam. Sich bei einer Seitensprungagentur anzumelden und als Dornröschen fremde Männer anzumachen und dann auch noch den Browserverlauf nicht zu löschen, lief jedenfalls ganz sicher nicht unter der Kategorie »heimlich«, sondern eher unter »provokant« bis »dämlich«.

Deshalb sprach alles dafür, dass Dornröschen tatsächlich Julia Krämers Alter Ego war und dass sie sich auf diesem Weg hinter dem Rücken ihres Ehemanns prächtig amüsiert und den einen oder anderen Kick geholt hatte.

Toni war dabei aber noch ein anderer Gedanke gekommen. Was, wenn Martin Krämer gar nicht der DAU, also der dümmste anzunehmende User war, als den sein Sohn ihn hinstellte? Wenn er sich nicht nur für seinen Rechner, sondern auch für den Laptop seiner Frau interessiert und darin herumgeschnüffelt hatte? Toni konnte sich beim besten Willen nicht vorstellen, dass Martin Krämer am Verhalten seiner Frau nichts aufgefallen war. Sie hatte keine Strichliste geführt, aber grob über den Daumen gepeilt musste Julia Krämer sich mit mindestens fünf Männern getroffen haben, und zwar nicht nur einmal. Entweder hatte sie eine schauspielerische und koordinative Glanzleistung hingelegt – schließlich hatte sie ihre Seitensprünge unauffällig in den Alltag integrieren müssen –, oder Martin Krämer hatte das Offensichtliche nicht gesehen. Dazu musste er allerdings ziemlich blind oder …

Tonis Gedanken stoppten abrupt. Sie schluckte und schlang unbewusst die Arme um sich. Dazu musste er entweder blind oder feige gewesen sein. Genau wie sie es lange Zeit gewesen war, wenn es um Mike ging. Manchmal, wenn sie nachts wach lag, kamen die Erinnerungen an die Oberfläche wie Wasserleichen, die durch die Faulgase in ihrem Inneren aus ihren nassen Gräbern wieder hinauf in die Welt der Lebenden stiegen. Auch sie hatte die Anzeichen nicht sehen wollen, obwohl sie so klar und deutlich gewesen waren. Wie auf dem Heimweg vom Christkindlmarkt. In ihrer Dienstgruppe war es Usus gewesen, in der Vorweihnachtszeit mindestens einmal gemeinsam auf einen Weihnachtsmarkt zu gehen, dort Glühwein zu trinken und den Abend dann bei noch mehr Alkohol in einer Kneipe ausklingen zu lassen. In ihrem ersten Jahr auf der Sendlinger Inspektion hatten sie sich den mittelalterlichen Markt am Wittelsbacherplatz ausgesucht und dort Unmengen an heißem Met in ihre Mägen geschüttet. Sie selbst hatte auch mehr getrunken, als gut für sie gewesen war, aber trotzdem war das, was auf dem Weg zur S-Bahn passierte, nicht vom Alkohol aus ihrer Erinnerung gewaschen worden, sondern immer noch in allen Einzelheiten präsent.

Der Anlass war absolut nichtig gewesen. Ein Mann, der vermutlich genauso tief in den Glühweinbecher geschaut hatte wie sie alle, war ihnen in schlingerndem Gang entgegengekommen und hatte Mike angerempelt. Es war ganz eindeutig ein Versehen gewesen. Wahrscheinlich hatte der Mann es in seinem Rausch nicht einmal bemerkt, aber Mike hatte es als Provokation aufgefasst, den Mann gepackt und in einen Schneehaufen geschmissen. Hilflos wie ein Käfer auf seinem Panzer lag er da, ruderte völlig unkoordiniert mit den Armen und versuchte vergeblich, wieder auf die Beine zu kommen. Alle lachten. Auch Toni, obwohl sie es eigentlich gar nicht lustig fand. Sie ging weiter und merkte erst nach ein paar Sekunden, dass die anderen ihr nicht folgten. Sie drehte sich um und sah, wie Mike ausholte und dem Mann einmal, zweimal, dreimal mit Wucht in die Seite trat.

Er hätte garantiert noch weitergemacht, wenn ihn nicht ein Kollege weggezogen hätte. Toni hatte fassungslos dagestanden, zu erschrocken, um auch nur einen Pieps über die Lippen zu bringen, geschweige denn das Alphatier Mike zu stoppen.

Obwohl sie Mikes wutverzerrtes Gesicht noch lange vor sich gesehen und seine Beschimpfungen noch lange im Ohr gehabt hatte, hatte sie versucht, alles zu rechtfertigen und sich selbst reinzuwaschen. Wer war sie denn damals schon gewesen? Gerade einmal drei Monate in der Schicht, zwar Kommissarin mit einem silbernen Sternchen auf der Schulter, aber an Erfahrung steckte sie jeder Polizeiobermeister mit links in die Tasche. Wie hätte sie es da wagen können, etwas gegen Mike zu unternehmen, ihren direkten Vorgesetzten, in den sie noch dazu heimlich verliebt gewesen war?

Hinter derselben Ausrede versteckte sie sich, als sie ein paar Monate später beobachtete, wie Mike eine betrunkene Obdachlose behandelte, die in einem Supermarkt eine Flasche Schnaps gestohlen und deshalb bei ihnen auf der Wache gelandet war. Spätestens da hätte sie kapieren müssen, was für ein Typ Mike in Wirklichkeit war, aber sie hatte sich einfach nur umgedreht und war aus dem Wachraum gegangen.

Toni spürte, wie ihr bei der Erinnerung daran und vor allem in Anbetracht ihrer eigenen Feigheit heiße Schamesröte über die Wangen kroch.

Und wenn Martin Krämer derselbe Feigling war wie sie? Wenn auch er die Augen verschlossen hatte – bis zu dem Zeitpunkt, der auch bei Toni irgendwann gekommen war? Als sie endlich verstanden hatte, dass sie sich wehren musste. Während sie jedoch den legalen Weg gegangen war und Mike angezeigt hatte, hatte Martin Krämer es anders versucht.

So könnte es gewesen sein – wenn sie in Dornröschens Account nicht über etwas gestolpert wäre, das sie in eine völlig andere Richtung führte.

Toni griff nach dem Hörer und suchte im Telefonspeicher nach der Handynummer ihres Vorgesetzten. Hans musste davon erfahren. Und zwar nicht erst am Montag. Gleichzeitig gab ihr Magen ein lautes Knurren von sich. Sie zögerte. Wenn sie Hans jetzt erreichte und ihm von ihrer Entdeckung berichtete, war das gleichbedeutend mit jeder Menge unaufschiebbarer Arbeit, und das wiederum war gleichbedeutend damit, dass es noch Stunden dauern konnte, bis ihr Magen etwas zu verdauen bekam.

Sie legte den Hörer wieder auf die Gabel. Der menschliche Körper brauchte Energie, um Leistung zu erbringen, und die musste man ihm in Form von Kalorien zuführen. Nicht umsonst lautete der Wahlspruch aller Einsatzkräfte *Ohne Mampf kein Kampf*, denn nur gut verpflegte Einsatzkräfte leisteten auch gute Arbeit. Sie beschloss, dem Café zur Mauth einen zweiten Besuch abzustatten. Auf die zwölf Minuten, die sie brauchte, um sich ein belegtes Sandwich zu holen, kam es nun wirklich nicht mehr an.

Wie sich sehr schnell herausstellte, waren zwölf Minuten eine mehr als optimistische Schätzung gewesen. Nicht genug damit, dass die Schlange mehrere Meter in die Fußgängerzone hinausreichte, so schien heute auch noch der Tag des unentschlossenen Kunden zu sein. Allein das Rentnerehepaar, das sich einfach nicht darüber klarwerden konnte, ob die neue Gebisshaftcreme der belegten Laugenstange gewachsen war, brachte Toni an den Rand der Verzweiflung. Sie musste sich auf die Zunge beißen, um den beiden nicht vorzuschlagen, die Laugenstange zusammen mit einer Halben Bier in den Mixer zu kippen und sie anschließend vom Suppenlöffel zu schlürfen.

Es vergingen keine zwölf, sondern geschlagene siebenundzwanzig Minuten, ehe sie sich wieder auf ihren Stuhl fallen lassen und damit beginnen konnte, ihr mit gegrilltem Gemüse belegtes Baguette auszupacken, und weitere sieben, bis sie ihre Mahlzeit bis auf den letzten Krümel vertilgt und sich mit einer Serviette den letzten Tropfen Olivenöl von den Lippen getupft hatte.

Nun war sie eigentlich bereit, um Hans anzurufen, doch sie tat es nicht. Während sie in der Warteschlange Schritt für Schritt nach vorne gerückt war, hatte auf ihrer Schulter ein kleines Teufelchen Platz genommen und ihr leise etwas ins Ohr geflüstert. Erst hatte sie das Teufelchen standhaft vertrieben, doch dann war sie neugierig geworden, hatte ihm zugehört und sich schließlich von seiner Idee infizieren lassen.

Natürlich hätte sie auch Hans von dieser Idee erzählen können, doch sie wusste, wie er reagieren würde: mit einem eisenharten, unumstößlichen Nein. Doch dieses Nein würde sie garantiert mehrere Tage massiv ausbremsen, während ihre Idee die Sache wesentlich beschleunigen konnte.

Toni knüllte die fettfleckige Papiertüte zusammen, warf sie in einem gekonnten Bogen in den Abfalleimer und zog die Computertastatur zu sich heran.

Sie öffnete eine Seite und begann zu tippen. Hans würde sie umbringen, so viel stand fest.

Zweiunddreißig

Noch drei Zahlen und ein Klick. Sollte sie es wirklich tun? Toni nahm die Finger von den Tasten und griff stattdessen nach den Ausdrucken.

Thanatos.

Sie schüttelte den Kopf. Würde sie selbst durch Partnerbörsen streifen, egal ob auf der Suche nach der Liebe des Lebens oder Spaß für eine Nacht, dann würde sie sich garantiert dreimal überlegen, ob sie sich mit einem Kerl einließ, der sich nach dem Totengott aus der griechischen Mythologie benannt hatte. Wer konnte schon mit Sicherheit sagen, dass der Typ seinen Namen nicht zum Programm machte?

Wobei sie sich eingestehen musste, dass dieser Nickname schon etwas Anziehendes hatte. Er strahlte so etwas Düster-Morbides aus, das durchaus seinen Reiz hatte. Als Toni den Namen gelesen hatte, hatte sie sofort einen großen, dunkelhaarigen Mann mit klaren, kantigen Gesichtszügen und geheimnisvoller Aura vor Augen gehabt. Wobei es natürlich ziemlicher Blödsinn war, von einem Namen auf die Person Rückschlüsse zu ziehen. Garantiert verbarg sich im wirklichen Leben so ziemlich das Gegenteil ihrer Vorstellung hinter diesem Thanatos.

Auf den Bildern in seinem Profil sah er ausgesprochen attraktiv aus, auch wenn die Fotos in Tonis Augen ein wenig zu gestellt wirkten. Genau genommen erinnerten sie die Posen an Werbeaufnahmen für ein Fitnessstudio. Er könnte mit seiner Solarienbräune, dem strahlenden Lächeln und den perfekt definierten Muskeln tatsächlich der Fitnesstrainer sein, von dem auf der Startseite von *Secret Escapades* die Rede war. Aber wie Janina schon gesagt hatte: Ein großer Teil der Bilder, mit denen sich die einsamen oder abenteuerlustigen Herzen in Partnerbörsen präsentierten, war im Netz zusammengeklaut und gehörte zu völlig anderen Menschen, die keine Ahnung davon hatten, welches Schindluder mit ihren Fotos getrieben wurde.

Toni fragte sich, ob Julia Krämer enttäuscht gewesen war, als sie Thanatos schließlich in natura vor sich gesehen hatte. Hatte sie vielleicht plötzlich keine Lust mehr auf ein Schäferstündchen mit ihm gehabt und ihn zurückgewiesen? Toni dachte an ihre Grundschulfreundin, die jedes Mal zu toben und zu heulen angefangen hatte, wenn sie bei *Mensch ärgere dich nicht* vor dem Haus hinausgeworfen worden war. Hatte Thanatos genauso reagiert, als er kurz vor dem Ziel aus dem Spiel katapultiert worden war? War er so fuchsteufelswild geworden, dass er seiner Nun-doch-nicht-Gespielin mit einem Stein den Schädel zertrümmert hatte?

Möglich war es, denn den persönlichen Nachrichten zufolge, die in Dornröschens Postfach gespeichert waren, hatten die beiden sich gegenseitig ziemlich heiß gemacht. Vor allem Julia Krämer hatte kein Blatt vor den Mund genommen, so dass Tonis Ohren manchmal ganz schön rot geworden waren. Nur gut, dass sie alleine vor dem Computer saß.

Die beiden hatten nur wenige Nachrichten gebraucht, um sich handelseinig zu werden, und hatten sich exakt für den Samstag verabredet, an dem Julia Krämer verschwunden war. Die Krönung des Ganzen war jedoch der Treffpunkt: der Parkplatz an der Aubinger Lohe.

Toni legte die Ausdrucke wieder weg und zog die Tastatur zu sich heran.

Bitte geben Sie die Prüfziffer Ihrer Kreditkarte ein.

Toni tippte die gewünschten Zahlen ein und bestätigte die Eingabe mit einem Klick.

Der Mauszeiger verwandelte sich in einen Kreis, drehte sich ein paarmal um sich selbst, dann ploppte ein Fenster auf.

Ihre Kreditkartendaten wurden erfolgreich verifiziert.

Das Fenster schloss sich, und es öffnete sich eine neue Seite.

Herzlich willkommen, Catwoman. Bist du bereit für dein erstes Abenteuer?

Catwoman.

Toni verzog das Gesicht. Sie hätte doch länger überlegen und sich mehr Mühe geben sollen. Der Name war einfach zu albern. Nein, nicht nur albern. Er war richtiggehend peinlich. Aber ihr war einfach nichts Besseres eingefallen. Außerdem war er frei gewesen und auch nicht schlimmer als die ganzen *LatinLovers* und *DesperateHousewives*, die sich hier tummelten.

Trotzdem würden ihre Kollegen sich lachend auf den Boden werfen, sobald sie von Tonis Geistesblitz erfuhren. Sie konnte sich vor allem Contutto lebhaft vorstellen, wie er zunächst noch versuchte, die Fassung zu bewahren, während sein Gesicht rot und röter wurde, bis ein brüllendes Lachen aus ihm herausbrach, das ihn an den Rand des Erstickungstods bringen würde.

Toni seufzte leise. Sie würde einen guten Teil ihres monatlichen Gehalts in Naturalien, allen voran Quarktaschen und Mohnschnecken, investieren müssen, um sich das Schweigen ihrer Kollegen zu erkaufen. Sonst lief sie Gefahr, dass ihr bis kurz vor ihrer Pensionierung dieser Nickname durch die Flure des Präsidiums hinterherhallte.

Ach, zum Teufel mit den Kollegen. Ihr Ruf war ohnehin schon längst ruiniert. Sollten sie doch denken, was sie wollten. Von ihr aus auch, dass sie in ihrer Freizeit in einem knallengen schwarzen Latexanzug über die Dächer von Haidhausen oder Milbertshofen hüpfte. Worauf es ankam, war, dass die organisierten Fremdgeher auf den Namen ansprangen. Catwoman war schließlich Sexappeal pur. Das sollte die Herren der Schöpfung doch eigentlich anziehen wie das Licht die Motten. Wobei es Toni vollkommen ausreichte, wenn sich ein einziger Mann davon angezogen fühlte: Thanatos.

Wenn ihr Plan aufging, dann hatte dieser Tag das Zeug dazu, einer der besten in den letzten Wochen zu werden. Sie wusste selbst nicht, woher sie die Gewissheit nahm, aber für sie gab es überhaupt keinen Zweifel, dass sie dem großen Unbekannten einen Köder hingeworfen hatte, in den er sich verbeißen würde, sobald er ihre Mail in seinem Postfach entdeckte. Sie hatte allerdings auch lang genug gebraucht, um sie zu formulieren. Irgendwie hatte sie es sich einfacher vorgestellt, eine Zu-mir-oder-zu-dir-Mail zu schreiben, aber kaum hatte sie einen Satz getippt, war er ihr entweder zu harmlos oder zu direkt vorgekommen, und sie hatte ihn wieder gelöscht.

Schließlich hatte sie einfach die Nachricht, mit der Dornröschen Thanatos geködert hatte, mehr oder weniger kopiert. Natürlich nicht wortwörtlich, sie wollte ihn ja nicht misstrauisch machen, aber der Inhalt war derselbe und ließ sich in wenigen Sätzen zusammenfassen: Aus Catwomans Ehe war die Luft raus, deshalb suchte sie Spaß abseits der Piste. Geld hatte sie selbst genug, und die Scheidung wollte sie auch nicht. Also alles ganz ohne Risiko, ohne emotionale Fallstricke oder doppelte Böden. No risk, only fun.

Sie ertappte sich bei der Überlegung, worauf Mulder wohl stand. Hoffentlich nicht auf Katzenkostüme aus Latex. Das würde sie ihm sonst schleunigst austreiben.

Dreiunddreißig

Sebastian drehte die Lautstärke höher. Sollten die Kopfhörer doch explodieren oder seine Trommelfelle platzen. Er brauchte jetzt etwas, das lauter und schneller schlug als sein Herz. Etwas, das sein Denken auslöschte und am besten alles um ihn herum gleich mit. Jay Weinberg, Drummer der Band Slipknot, gab sich alle Mühe, genau das geschehen zu lassen, und hämmerte wie besessen auf sein Schlagzeug ein. Trotzdem spürte Sebastian das Vibrieren seines Handys neben sich. Er sah auf das Display. Es war Melli. Er drückte ihren Anruf weg. Gleich darauf vibrierte sein Telefon wieder, diesmal aber nur ganz kurz. Er musste nicht nachsehen, um zu wissen, dass sie ihm eine Nachricht über WhatsApp geschickt hatte. Er wollte aber gar nicht wissen, was darin stand, und schob sein Telefon unter das Kopfkissen, doch schon im nächsten Moment holte er es wieder hervor.

Er musste mit jemandem reden. Aber nicht mit Melli. Mit jemand anderem. Jemandem, der ihn verstand. Der wusste, wie es in ihm aussah. Jemandem, dem er erzählen konnte, was er gesehen hatte, als er in die Garage gegangen war.

Er hatte nur sein Fahrrad holen wollen. Hatte es im Haus nicht mehr ausgehalten. Die Seitentür der Garage hatte offen gestanden, und er hatte Geräusche gehört. Sein Vater räumte wohl wieder herum. Das tat er inzwischen fast jeden Tag. Entweder auf dem Speicher oder im Keller. Jetzt machte er sich wohl auch über die Garage her. Ob er schon die Sachen von Julia in Kartons packte?

In der Tür blieb Sebastian stehen. Sein Vater hatte ihn offenbar nicht gehört. Er stand mit dem Rücken zu Sebastian über die blaue Altpapiertonne gebeugt und kramte darin herum. Auf dem Boden lag bereits ein Haufen alter Zeitungen und Kartonagen, die er herausgezogen und achtlos hatte fallen lassen.

Sebastian war wie festgenagelt. Was tat sein Vater da? Unvermittelt hielt Martin Krämer inne, verharrte einige Sekunden regungslos mit den Armen in der Tonne, dann richtete er sich langsam auf. In seinen Händen hielt er eine Aldi-Plastiktüte.

Sebastian schluckte. Etwas sagte ihm, dass er sich besser aus dem Staub machen sollte, bevor sein Vater merkte, dass er ihn beobachtete.

Sebastian ging einen Schritt rückwärts und stieß mit dem Hacken gegen die Tür. Krachend schlug die Klinke gegen die Wand. Sein Vater wandte sich um, die Tüte immer noch in der Hand, und sah seinen Sohn an.

Der Blick aus den geröteten, blutunterlaufenen Augen schälte Sebastian das Fleisch von den Knochen. Er taumelte rückwärts, fiel hin, rappelte sich auf, drehte sich um und rannte.

Vierunddreißig

Eigentlich hatte Mulder seine Wohnung mit dem Vorsatz verlassen, für heute Abend einzukaufen. Kurz nachdem Toni aufgebrochen war, hatte sich tatsächlich der Elektriker reumütig bei ihm gemeldet und zugegeben, den gestrigen Termin vollkommen verschwitzt zu haben. Ob er denn jetzt gleich vorbeikommen könnte? Er würde natürlich keinen Aufschlag für die Samstagsarbeit berechnen.

Kaum eine Stunde später hatte der bullige Mann seinen Werkzeugkoffer schon wieder eingeräumt. Gerade einmal fünfzehn Minuten hatte er gebraucht, um den Fehler zu identifizieren und zu beheben, und nun stand einem richtigen Essen mit Toni nichts mehr im Weg. Von dem leeren Kühlschrank einmal abgesehen.

Den würde er hier auf der Aussichtsplattform des Olympiaturms zwar auch nicht füllen können, aber irgendetwas hatte Mulder dazu verleitet, nicht den direkten Weg zum Supermarkt einzuschlagen, sondern in einen Fahrstuhl zu steigen und sich mit einer Geschwindigkeit von sieben Metern pro Sekunde auf annähernd zweihundert Meter Höhe katapultieren zu lassen.

Mulder schlug den Kragen hoch, trat nach vorn und legte seine Hände um die Stangen des Schutzgitters. Die Aussicht war phantastisch, und trotz des eher trüben Wetters erhoben sich sogar die Alpen als dunkelgraue Zackenlinie am südlichen Horizont.

Er atmete tief ein und spürte, wie sich seine Schultern entspannten. Die Beklemmung, die sich um seine Brust gelegt hatte, verlor immer mehr an Kraft, bis von ihr nicht viel mehr übrig war als ein flaues Gefühl hinter den Rippen. Es war, als würde die Weite, die sich vor seinen Augen ausbreitete, durch seine Haut in ihn hineinkriechen und ihn mit Freiheit und Leichtigkeit vollpumpen wie einen Ballon.

Genau so hatte er sich gefühlt, als er vor vielen Jahren in seinem altersschwachen Ford Escort in München angekommen war. Endlich lag die Zweizimmerwohnung seiner Mutter hinter ihm und mit ihr das Treppenhaus mit seinem Geruch nach Allzweckreiniger und Bausparvertrag, nach Enge, Langeweile und Spießigkeit.

Nun war er sein eigener Herr, und die Welt wartete nur darauf, von ihm erobert zu werden. Große Pläne wirbelten in seinem Studentenkopf herum – bis sie ihm über den Weg lief: Susanne, Lehramtsstudentin mit langen braunen Haaren und großen Augen, ein Jahr älter als er und ebenfalls in Würzburg aufgewachsen, nicht einmal zwei Kilometer Luftlinie von ihm entfernt.

An einem einzigen Abend brachte sie es fertig, all seine Pläne über den Haufen zu werfen. Plötzlich war es nicht mehr die Welt, die er erobern wollte, sondern sie. Und er schaffte es.

Die Eroberung der Welt verlor noch weiter an Wichtigkeit, als sie seinen Heiratsantrag annahm, und schrumpfte endgültig zur Bedeutungslosigkeit, als Josefine geboren wurde. Da waren sie schon längst zurück in Würzburg, zurück in der Enge, der er wenige Jahre zuvor für immer entkommen zu sein glaubte. Doch die Enge von damals hatte sich verwandelt, war zu Vertrautheit und Überschaubarkeit geworden, zu Verlässlichkeit und Sicherheit für seine kleine Familie.

Hier war es besser als in München, sagte er sich immer wieder. Hier regierten nicht Geld und Oberflächlichkeit, und niemand kratzte sich im Kampf um bezahlbare Kita-Plätze gegenseitig die Augen aus. Es war ihm sogar gelungen, diese Illusion einige Zeit aufrechtzuerhalten, und die Rastlosigkeit, die sich in ihm ausbreitete, interpretierte er nur zu bereitwillig als den immer stärker werdenden Wunsch, etwas von dem Glück, in dem er lebte, weiterzugeben und Menschen in Gegenden der Welt zu helfen, wo medizinische Versorgung alles andere als selbstverständlich war.

Der Gedanke, für Ärzte ohne Grenzen zu arbeiten, krallte sich in ihm fest und ließ sich nicht mehr abschütteln. Schließlich, nach vielen, am Schluss immer erbitterter geführten Diskussionen, kapitulierte Susanne, und an einem Donnerstagmorgen im Juni brach er auf in die kongolesische Provinz Nord-Kivu, in eine Hölle aus Hitze, Blut, Angst und Gewalt.

Diese Hölle trug er noch immer in sich, und würde es immer tun. Die Dämonen schliefen mit offenen Augen, warteten auf einen einzigen Augenblick der Schwäche, um wieder die Herrschaft an sich zu reißen und sein Leben ein weiteres Mal implodieren zu lassen.

Mulder verdrängte die Gedanken, konzentrierte sich ganz auf die Gegenwart und betrachtete die flackernden Lichter, die in der langsam einsetzenden Dämmerung immer mehr wurden. Bei Nacht musste es hier oben atemberaubend schön sein. Um diese Jahreszeit allerdings auch ziemlich kalt. Im Drehrestaurant ein paar Meter unter ihm war es mit Sicherheit wesentlich angenehmer, und die Aussicht war bestimmt nicht weniger spektakulär.

Eigentlich könnte er mit Toni doch auch hier essen gehen, statt selbst in der Küche zu stehen, funktionierender Herd hin oder her. Ob er sie einfach damit überraschen sollte? Würde sie ihn dann genauso entgeistert anstarren wie bei ihrer ersten Begegnung? Ein Lächeln stahl sich auf sein Gesicht, als er an diesen Tag zurückdachte.

»Stieglitz, Mordkommission München.«

Leise wiederholte er die Worte, mit denen sie sich bei ihm vorgestellt hatte, doch der Wind riss sie fort, kaum dass sie seine Lippen verlassen hatten.

Schon damals hatte er gespürt, dass sie hinter der toughen Fassade etwas zu verbergen versuchte, aber er wäre nie im Leben darauf gekommen, was es war.

Sein Magen zog sich zusammen, als er daran dachte, was Toni ihm gestern erzählt hatte. Er war von ihrer Beichte wie überfahren gewesen, hatte nicht gewusst, was er sagen sollte, und war meistens einfach nur stumm dagesessen und hatte sie erzählen lassen. Jetzt verstand er ihre Sprunghaftigkeit besser und das Flackern in ihren Augen, das immer dann aufleuchtete, kurz bevor sie sich ganz in sich zurückzog und alle Schotten dichtmachte, so dass niemand mehr an sie herankam.

Er verstand sie und machte ihr dieses Verhalten auch nicht zum Vorwurf – und doch ertappte er sich manchmal bei dem Gedanken, ob er dem auf Dauer gewachsen sein würde. Einfach würde es mit Toni sicher nicht werden. War er wirklich bereit, die Schwierigkeiten, die vermutlich eher früher als später auftauchen würden, auf sich zu nehmen? Oder war es besser, etwas zu beenden, das noch gar nicht richtig begonnen hatte, bevor es sie beide in die Tiefe riss? Wenn er ehrlich war, kannte er die Antwort längst. Er war nur zu feige, sie laut auszusprechen.

In der Innentasche seiner Jacke begann sein Blackberry zu vibrieren. Ohne auf das Display zu sehen, nahm Mulder das Gespräch an. Im ersten Moment war nur eine Lautsprecherstimme zu hören. Bahnhofsgeräusche, dachte er. Irgendjemand rief ihn von einem Bahnhof aus an.

»Hallo?« Er runzelte die Stirn, da sich niemand meldete. »Wer ist da?«

»Bitte!«, flehte eine dünne Stimme. »Bitte komm!« Der Rest ging in hilflosem Schluchzen unter. Die Verzweiflung, die darin lag, war so tief und traf ihn mit so einer Wucht, dass er sich gegen das Geländer lehnen musste.

»Was ist los? Was ist passiert?«, fragte er, doch sie war so aufgewühlt, dass sie kaum sprechen konnte. Es dauerte geraume Zeit, bis sie sich so weit beruhigt hatte, dass sie ihm alles erzählen konnte. Er hörte mit geschlossenen Augen zu, fuhr sich immer wieder mit der Hand über den Kopf.

»Ich komme«, sagte er nur, als sie fertig war, und lief die Treppe hinunter zum Aufzug.

Fünfunddreißig

Toni starrte in den Spiegel. Das vom Duschen beschlagene Glas war wie eine Nebelwand, ließ nur eine unscharfe Silhouette ihres Ebenbilds hindurchscheinen. Aber das war auch gut so. Sie wollte sich jetzt gar nicht selbst in die Augen sehen. Es genügte ihr vollkommen, dass sie immer noch die aufgesetzte Ungezwungenheit ihrer eigenen Stimme im Ohr hatte, unerträglich wie das Geräusch von Fingernägeln, die über eine Tafel kratzten. Sogar der Frau, die ihr in der S-Bahn gegenübergesessen und das Telefonat zwangsläufig mit angehört hatte, war ihr geheuchelter Tonfall aufgefallen, und sie hatte ihr einen kurzen, aber sehr aussagekräftigen Blick über den Rand ihrer Lesebrille zugeworfen.

»Kein Problem. Melde dich einfach, wenn du wieder da bist«, hatte sie gesagt, noch einen Kuss hinterhergehaucht und mit einer einzigen raschen Fingerbewegung die Verbindung getrennt.

Von wegen – kein Problem. Natürlich war es ein Problem. Sie hatte sich so auf diesen Abend mit Mulder gefreut, da machte es ihr selbstverständlich etwas aus, dass er nun doch keine Zeit hatte.

Er könne nicht kommen. Seine Familie. Es gab Probleme. Es tat ihm leid, sie würden das Essen nachholen, ganz bestimmt.

»Familie«, sagte Toni leise. Und noch einmal: »Familie.«

Sie schluckte, aber der bittere Geschmack des Wortes klebte weiter in ihrem Mund und ihrer Kehle. Für seine Familie würde er immer alles stehen und liegen lassen. Auch sie.

Sie hatte immer gewusst, dass sie mit seiner Frau und seiner Tochter nicht konkurrieren konnte, dass sie im Zweifel immer den Kürzeren ziehen würde und es irgendwann zu genau so einer Situation kommen würde. Doch sie hatte die Vorstellung mit der bewährten Vogel-Strauß-Taktik beiseitegeschoben. Was man nicht sah, existierte nicht.

Doch die Realität hatte Toni schneller eingeholt, als sie erwartet hatte. Der Schlag war wie aus dem Nichts gekommen und hatte sie so eiskalt und unvorbereitet erwischt, dass ihr nichts Besseres eingefallen war, als die Unbekümmerte zu spielen und so zu tun, als hätte sie für diesen Abend nicht nur einen Plan B, sondern mindestens noch einen Plan C und D in petto.

Sie hatte es ja nicht getan, um Mulder zu verletzen, sondern um sich selbst zu belügen. Aber diese Lüge stand auf tönernen Füßen, und schon allein die Vorstellung, den restlichen Abend in ihrem Zimmer zu sitzen und den Wänden dabei zuzusehen, wie sie immer näher rückten, ließ ihren Schutzwall bröckeln. Sie musste raus hier, musste sich ablenken, und das ging am besten an zwei Orten: im O'Donnell's oder in der Arbeit. Ein Guinness wäre jetzt wirklich nicht verkehrt, aber im O'Donnell's würde sie auch nur ständig an Mulder denken und immer wieder zur Tür sehen, in der dämlichen Hoffnung, er würde dort jeden Moment auftauchen. Nein, heute kam als Ablenkung einzig und allein der Fall Julia Krämer in Frage.

In Slip und BH huschte sie aus dem Bad hinüber zu den Umzugskartons, die sich wie am ersten Tag an der Wand stapelten. Immer noch legte sie nach ihrer Rückkehr aus dem Waschsalon die Wäsche wieder zurück in die Kartons statt in den Kleiderschrank. Vorübergehend, sagte sie sich immer wieder, der Aufenthalt in der Pension Maria war nur vorübergehend, da lohnte es sich nicht, die Kartons auszuräumen.

Bisher hatte sie allerdings nicht besonders viel unternommen, um diesen vorübergehenden Zustand zu beenden. Diese Übergangslösung war ihr Kokon, er schützte sie auf eine angenehm unverbindliche Art und Weise. So lange sie hier wohnte, musste sie sich nicht festlegen, keine endgültige Entscheidung treffen, denn so weit war sie noch nicht. Zu viele andere Dinge prasselten immer noch auf sie ein, da hatte sie keine Kapazitäten für die Suche nach einer Wohnung. Schließlich sollte die dann ihr endgültiger Start in ein neues Leben sein, und da wollte sie nicht einfach irgendwo einziehen, wo sie nicht vom ersten Moment an das Gefühl hatte, zu Hause zu sein.

Sie wusste selbst, dass das alles nur Ausreden waren, aber sie hatten ihr immer gute Dienste geleistet und ihr dabei geholfen, die Augen vor der Wirklichkeit zu verschließen – bis gestern. Der Moment, als sie in Mulders Wohnung am Fenster gestanden und hinausgeblickt hatte, hatte etwas in ihr verändert. Sie konnte nicht sagen, was es war, doch es rumorte in ihr, und sie spürte, dass dieses Etwas drauf und dran war, ihr Leben zu ändern.

»Aber nicht jetzt«, sagte sie, schlüpfte in ihre Schuhe, packte ihre Jacke und die Tupperdose, die Frau Wilmerdinger wieder vor ihrer Tür abgestellt hatte, und verließ das Zimmer.

Sechsunddreißig

Toni hatte das Kinn auf die gefalteten Hände gestützt und starrte so intensiv auf den Bildschirm, als könnte sie mit purer Willenskraft erreichen, dass im Postfach von Catwomans Account eine Nachricht von Thanatos eintraf.

Warum antwortete er nicht? War sie zu direkt gewesen? Hatte er kein Interesse? Lag er gerade mit einer anderen im Bett? Seufzend stand sie auf. Die Tupperdose stand noch immer auf dem Aktenschränkchen neben der Tür und wartete geduldig darauf, endlich geöffnet zu werden. Toni tat der Dose den Gefallen. Ein Schnitzel auf Bratkartoffeln lachte sie an. Nein, Korrektur. *Zwei* Schnitzel auf einem straßenbauarbeitertauglichen Berg Bratkartoffeln lachten sie an. Frau Wilmerdinger schien der Meinung zu sein, dass Toni zu wenig Fleisch auf den Rippen hatte. Der Meinung war sie selbst nun überhaupt nicht, ganz im Gegenteil. Abgesehen davon war ihr Magen seit Mulders Anruf wie zugeschnürt, und der Geruch nach kaltem Fett tat sein Übriges. Schnell drückte sie den Deckel wieder auf die Dose. Morgen vielleicht.

Aber ein Kaffee ging immer. Sie war schon an der Tür, als ihr Computer sie mit einem Benachrichtigungston zu sich rief. Toni sprintete regelrecht zurück an ihren Tisch. Ihr Herz klopfte aufgeregt. War er es? Hatte Thanatos sich gemeldet?

Gespannt beugte sie sich nach vorn – und ließ sich nur einen Augenblick später gegen die Rückenlehne ihres Bürostuhls sinken. Mist. Nur eine Mail an das Dienststellenpostfach. Aber wenn sie schon vor dem Monitor saß, konnte sie auch nachsehen, worum es ging. Sie öffnete den Posteingang.

Betreff: Funkzellenauswertung und Verbindungsdaten Julia Krämer.

Absender: Janina Schwärmer.

Toni schnalzte mit der Zunge und griff zum Hörer.

»Was machst du denn schon wieder im Büro?«, fragte sie ihre Kollegin statt einer Begrüßung. »Sag nicht, dass dein Patrick schon wieder ausrücken musste.«

»Hi Toni«, antwortete Janina. »Nein, das nicht. Er ist zu Hause. Glaube ich.«

»Glaubst du?«

»Ja. Er ... wir ...« Sie brach ab. Das klang nicht gut, dachte Toni.

»Ihr habt gestritten?«, fragte sie ins Blaue hinein.

Stille am anderen Ende. Dann ein tiefes Seufzen.

»Ja. Haben wir. Patrick war noch bis in die Haarspitzen voll mit Adrenalin, als er von seinem Einsatz zurückkam. Es war eine Geiselnahme. Bei einem Typen sollte am Montag die Wohnung geräumt werden. Er hat in der Nacht durchgedreht und einen Höllenlärm veranstaltet. Als eine Nachbarin bei ihm klingelte, um sich über den Krach zu beschweren, hat er sie in seine Gewalt gebracht und gedroht, sich und die Frau in die Luft zu jagen, wenn die Räumung nicht aufgehoben wird. Im Nachhinein stellte sich heraus, dass er tatsächlich mehrere selbstgebastelte Sprengsätze in der Wohnung verteilt und miteinander verbunden hatte. Wenn die losgegangen wären, hätte es das halbe Haus weggerissen. Aber den Spaßbremsen der Verhandlungsgruppe ist es gelungen, den Wahnsinnigen zum Aufgeben zu überreden. Spaßbremsen. Das hat er wortwörtlich so gesagt.« Janina stieß ein humorloses Lachen aus. »Ich verstehe nicht, wie er die Kollegen als Spaßbremsen bezeichnen kann. Ihnen hat er es schließlich zu verdanken, dass er und die anderen SEKler nicht in diese riesige Sprengfalle mussten. Wenn er es wenigstens nicht so gemeint hätte, aber das war sein voller Ernst. Ich habe ihn gefragt, ob er noch richtig tickt, und ob er es mit Gewalt darauf anlegen will, mich zur Witwe zu machen. Wenn ja, dann soll er doch gleich irgendwo runterspringen. Daraufhin hat er sich seine Laufschuhe angezogen und ist wortlos auf und davon gerannt.«

Toni hörte ein Klirren und dann eine ganze Batterie von Flüchen.

»Janina?«, fragte sie, als wieder Stille eingekehrt war. »Was ist los? Alles okay bei dir?«

»Nein. Ja. Ich habe nur wieder einmal mit Händen und Füßen geredet und dabei meinen halben Schreibtisch abgeräumt, inklusive Nummer einhunderteinundsiebzig mit Kokosmilch und Reis.«

»Autsch«, sagte Toni und verzog das Gesicht. Im selben Moment kam ihr eine Idee. »Sag mal, magst du Schnitzel mit Bratkartoffeln?«

Fünfunddreißig Minuten später stieg Toni die breiten Stufen zum Dienstgebäude in der Tegernseer Landstraße hinauf. Der riesige Klotz samt seinen zahlreichen Nebengebäuden war ab 1935 von der NSDAP auf dem ehemaligen Gelände einer Stahlbaufirma errichtet worden. Bis Kriegsende war dort die sogenannte Reichszeugmeisterei untergebracht, danach wurde das gesamte Gelände von den US-Streitkräften okkupiert, weiter ausgebaut und in McGraw-Kaserne umbenannt. Im nahegelegenen Stadtteil Fasanengarten entstand für die Soldaten und ihre Angehörigen eine Wohnsiedlung im typisch amerikanischen Kleinstadtstil. In der Ami-Siedlung, wie sie bei den Münchnern hieß, fand über Jahrzehnte hinweg auch das legendäre Little Oktoberfest statt, an das Toni noch die eine oder andere verschwommene Erinnerung hatte.

Wie lang war das eigentlich her, dass sie dort gewesen war?, überlegte sie, als sie mit dem Lift in den vierten Stock fuhr. Es musste Anfang der Neunziger gewesen sein, kurz vor dem Abzug der Amis, denn sie sah noch die Military Police vor sich, wie sie zwischen den Festbesuchern mit ziemlich strenger Miene über das Gelände patrouillierte. Die Münchner Polizei stellte damals sogenannte Verbindungsbeamte zu den amerikanischen Streitkräften, und wenn man den Geschichten so manch älterer Kollegen Glauben schenken wollte, dann fand damals ein ausgesprochen reger Verkehr von US-Gütern aus der Kaserne in Münchner Polizistenhände statt. Selbstverständlich an so ziemlich allen Vorschriften vorbei, die man sich denken konnte. Völkerverständigung der etwas anderen Art.

»Hier bin ich!«

Janina stand auf dem Flur und winkte Toni zu sich. Sie hatte sich verändert, dachte Toni. Im K 14 hatte sie ein bisschen verhuscht und unsicher gewirkt. Jetzt schien sie regelrecht aufgeblüht und ein paar Zentimeter größer geworden zu sein. Die neue Dienststelle schien ihr zu bekommen. Toni gönnte es ihr von Herzen.

Janinas Büro war etwa halb so groß wie das von Toni und bot gerade ausreichend Platz für eine Person. Neben zwei dienstlichen Rechnern mit vier Monitoren standen noch zwei weitere, vermutlich beschlagnahmte PCs, mehrere Laptops sowie Kartons mit CDs, DVDs und anderen Speichermedien herum, was den Raum zusammen mit der Dachschräge noch kleiner und beengter wirken ließ. Der unverkennbare Geruch nach asiatischem Essen hing noch immer in der Luft.

Janina bot Toni jedoch keinen Platz an. Stattdessen griff sie sich einen Stapel Papiere und lotste sie in den Sozialraum auf der anderen Seite des Ganges.

»Hier haben wir mehr Platz – und außerdem eine Mikrowelle.«

Wenig später saßen sie vor ihren dampfenden Tellern.

»Kochst du immer so viel auf einmal?«, fragte Janina.

Toni schüttelte den Kopf.

»Zurzeit koche ich überhaupt nicht, weil ich keine Küche habe. Das Essen ist von meiner Nachbarin. Sie hat mich ein wenig unter ihre Fittiche genommen und stellt mir ab und zu etwas vor die Tür, damit ich nicht ganz vor die Hunde gehe.« Das war kaum gelogen, dachte Toni, war darauf aber nicht wirklich stolz.

»Und warum nimmst du das dann mit ins Büro, statt es gemütlich zu Hause zu essen? Macht es deinem Partner nichts aus, dass du den Samstagabend nicht mit ihm verbringst?« Kaum waren ihr die letzten Sätze über die Lippen geschlüpft, verfärbten sich Janinas Wangen. »Entschuldige«, sagte sie und senkte den Blick. »Das geht mich natürlich nichts an. Manchmal rede ich schneller, als ich denke.«

»Schon okay. Ich hab dich ja genauso gelöchert«, antwortete Toni an den Bratkartoffeln vorbei, auf denen sie nun besonders intensiv herumkaute, um noch ein wenig Zeit bis zu einer Antwort zu schinden.

»Mein ...«, fing sie an, als sie heruntergeschluckt hatte, wusste aber nicht, wie sie den Satz beenden sollte. Was war das zwischen ihr und Mulder? Waren sie zusammen? Ein Paar? Oder hatten sie nur ein unverbindliches Verhältnis? Etwas Oberflächliches für zwischendurch, das man jederzeit beenden und aus dem Gedächtnis löschen konnte? Diese Vorstellung verursachte ihr Magenschmerzen, und sie legte die Gabel weg.

»Ich war verabredet, aber er hat mich versetzt«, sagte Toni. »Es ist irgendetwas mit seiner Familie dazwischengekommen, und jetzt ist er auf dem Weg zu seiner Noch-Frau und seiner Tochter.« Sie zuckte leichthin mit den Schultern. »So ist das eben mit noch nicht geschiedenen Männern.«

Sie hatte versucht, unbekümmert und spöttisch zu klingen, aber sie hörte selbst, dass dieser Versuch kläglich gescheitert war. Janina ließ ihr Besteck sinken.

»Oh«, sagte sie in einem Ton, der in einer einzigen Silbe all die Gedanken zusammenfasste, die Toni durch den Kopf schwirrten.

»Ja, genau«, antwortete sie und lächelte schief.

»Starrst du deshalb immer auf dein Handy? Weil du hoffst, dass er sich meldet?« Janina deutete mit der Gabel auf Tonis Smartphone, das neben Toni auf dem Tisch lag.

»Nein. Das ist wegen Thanatos.«

»Thanatos?« Janina sah Toni verständnislos an. »Sag jetzt bitte nicht, dass du mit irgendwelchen Göttern kommunizierst.«

»Nur, wenn ich mal wieder vergesse, meine Medikamente zu nehmen«, sagte Toni und lachte. Die Faust, die ihren Magen umklammert hielt, lockerte ihren Griff ein wenig. Dann berichtete sie, was es mit Thanatos auf sich hatte.

Die Augen von Tonis Kollegin wurden mit jedem Satz größer.

»Das glaube ich jetzt nicht«, sagte Janina, als Toni ihre Zusammenfassung beendet hatte. »Du willst doch nicht wirklich ein Date mit einem Tatverdächtigen?«

»Nein, natürlich nicht. Nur zum Schein. Ich will ihn zu einem Treffpunkt lotsen, wo hinter jedem Strauch und jedem Baum Kollegen lauern, die sich dann auf ihn stürzen, ihn zu einem handlichen Paket verschnüren und mitnehmen.«

Janina runzelte die Stirn und schob ein ziemlich dunkel geratenes Zwiebelstück auf ihrem Teller hin und her.

»Vielleicht habe ich ja was nicht mitgekriegt, aber warum gehst du nicht den normalen Weg und beantragst bei der Staatsanwaltschaft einen Beschluss, um den Plattformbetreiber damit zur Herausgabe seiner Daten zu zwingen?«

»Weil der Betreiber von *Secret Escapades* laut Impressum in Russland sitzt.«

»Ah.« Janina zog die Nase kraus. »Ich verstehe. Dann kannst du auf die Daten vermutlich bis zu deiner Pensionierung warten. Da geht es mit so einem fingierten romantischen Stelldichein natürlich schneller. Was hat eigentlich dein Chef zu dieser Idee gesagt?«

Toni kratzte sich über dem Ohr.

»Das ist der Schwachpunkt der ganzen Sache«, sagte sie. »Er weiß noch nichts davon.«

»Er weiß nichts davon? Du hast aber schon vor, es ihm zu sagen?«

Toni nickte.

»Und wann?«

»Erst wenn das Date fix ist, sonst pulverisiert er die Idee innerhalb von Sekundenbruchteilen. Vorgesetzte muss man manchmal vor vollendete Tatsachen stellen, sonst finden sie Tausende von Gründen, warum dieses und jenes nicht geht, und ruinieren deine gesamten Pläne. Aber sag mal«, sie deutete auf den Papierstapel, »was ist eigentlich damit? Hast du etwas Interessantes gefunden?«

Janina wiegte den Kopf von einer Seite zur anderen.

»Möglicherweise in den Verbindungsnachweisen. Ihr Mobilfunkanbieter gehört glücklicherweise zu denen, die die Verbindungsdaten länger als nur ein oder zwei Tage speichern. Diejenigen Rufnummern, die interessant sein könnten, habe ich markiert. Vor allem eine hat sie sehr oft ange...«

Janina verstummte, als Tonis Handy vibrierte. Sie und Toni sahen sich an.

»Ist es das, was ich denke?«, fragte sie.

»Möglicherweise«, antwortete Toni, plötzlich so atemlos, als wäre sie gerade einen Marathon gerannt. Sie zog das Telefon zu sich heran und aktivierte das Display. Janina stand auf, stellte sich hinter sie und sah ihr über die Schulter.

Eine neue Nachricht.

Toni öffnete das Mailprogramm. Sekundenlang starrten die Frauen auf den Posteingang. Dann sprang Toni auf, und die beiden liefen hinüber in Janinas Büro.

»Mit welchem Rechner kann ich ins Internet?«, fragte Toni.

»Mit dem da«, antwortete ihre Kollegin.

Toni nickte, zog die Tastatur zu sich heran und loggte sich bei *Secret Escapades* ein.

Siebenunddreißig

Mulder setzte den Blinker und bog ab. Noch fünfhundert Meter. Er rieb sich die Augen. Seine Lider waren wie aus Sandpapier. Es fühlte sich an, als wäre er die ganze Nacht durchgefahren, dabei waren noch nicht einmal vier Stunden vergangen, seit er auf dem Olympiaturm gestanden und sich auf den Abend mit Toni gefreut hatte. Dann hatte ihn ihr Anruf getroffen wie der berühmte Blitz aus heiterem Himmel.

So schnell konnte sich alles ändern.

Noch einhundert Meter.

»I ain't missing you at all«, sang John Waite. Mulder lächelte dünn. Er hatte erst gar nicht versucht, sich das einzureden, als er ausgezogen war. Er hatte gewusst, dass er sie vermissen würde. Aber dass es so weh tun würde, darauf war er nicht vorbereitet gewesen. Als er heute ihre Stimme gehört hatte, das Schluchzen, das sich in seine Eingeweide gefressen hatte wie ätzende Säure, da hatte ihn nichts mehr halten können. Nicht einmal Toni.

Er fuhr an den Straßenrand, schaltete den Motor aus und brachte damit auch John Waite zum Schweigen. Einen Moment lang betrachtete er das Haus, das so viele Jahre sein Zuhause gewesen war. Das ganze Erdgeschoss war hell erleuchtet. Die Rollos waren immer noch hochgezogen, und die Glühbirnen malten gelbliche Rechtecke auf den Rasen.

Er atmete tief durch und stieg aus.

Susannes Silhouette tauchte am Wohnzimmerfenster auf, verschwand aber so schnell wieder, dass er schon glaubte, er hätte es sich nur eingebildet, doch schon im nächsten Moment öffnete sich die Haustür. Er sah, dass sie nur Socken an den Füßen trug, und trotzdem rannte sie auf ihn zu.

Dann stand sie vor ihm.

»Endlich!«, flüsterte sie.

Achtunddreißig

Thanatos: *Bist du ein Schmusekätzchen, oder fährst du auch mal deine Krallen aus?*
Catwoman: *Das musst du schon selbst herausfinden.*
Thanatos: *Okay, Pussycat. Wie du willst. Wann?*
Catwoman: *Wann kannst du?*
Thanatos: *Ich kann immer. *lach* Und Zeit habe ich auch fast immer. Wie sieht's mit heute aus, Pussycat? 21 Uhr?*

»Heute um neun?« Toni zog die Brauen hoch. »Der hat's aber ganz schön eilig.«

»Kein Wunder, so wie du den Typen angemacht hast.« Janina grinste. »Verschweigst du mir irgendetwas? Hast du vielleicht eine Nebentätigkeit, die mit dem Dienst nicht so ganz vereinbar ist? Du weißt schon. Nullhundertneunziger Nummern, nur für Erwachsene …«

Toni grinste zurück, war dabei aber mindestens so erstaunt über sich selbst wie ihre Kollegin. Nie hätte sie gedacht, dass ihr solche Zeilen so leicht aus den Fingern fließen könnten. Und ja – Spaß hatte es auch gemacht. Aber was viel wichtiger war: Wie ging es jetzt weiter? Bis neun Uhr waren es nur noch zwei Stunden, das war definitiv zu knapp, selbst für einen improvisierten Zugriff. Sie musste ihn ein wenig hinhalten.

Catwoman:	Ich muss warten, bis der Langweiler neben mir schläft, bevor ich mich aus dem Haus schleichen kann. Sagen wir 23 Uhr?
Thanatos:	Okay. Wo?

Verdammt gute Frage. Darüber hatte sie sich fatalerweise noch keine Gedanken gemacht. Auf keinen Fall im Freien, so viel stand fest. Aber sie konnte ihn ja schlecht in das Präsidium bestellen, auch wenn sie sich dadurch den späteren Transport ersparten. Sie sah ihre Kollegin fragend an.
»Irgendeine Idee?«
»Ja. Gib mir mal die Tastatur.«

Catwoman:	Hotel Alpenrose in Pasing.
Thanatos:	Okay. Unter welchem Namen?

Janina zögerte einen Augenblick, dann flogen ihre Finger wieder über die Tasten.

Catwoman:	Frag nach Frau Katz.
Thanatos:	Frau Katz? *lach* Wie passend. Dann schärf schon mal deine Krallen, Pussycat.
Catwoman:	Worauf du dich verlassen kannst. Miau.

»Miau?«
Janina zuckte verschämt mit den Schultern.
»Kleine Hommage an Michelle Pfeiffer als Catwoman in *Batman Returns*. Das kam bei ihr richtig gut. Wenn du mich fragst, übrigens die beste Catwoman aller Zeiten.«
Toni warf einen Blick auf den Bildschirm und sah, dass Thanatos sich ausgeloggt hatte. Offenbar hatte er den Köder geschluckt. Sie wandte sich wieder ihrer Kollegin zu.

»Die Frage, wer die beste Catwoman aller Zeiten ist, hat mich jetzt nicht unbedingt beschäftigt. Schon eher die, wie du ausgerechnet auf dieses Hotel kommst.«

Wieder zuckte Janina mit den Schultern.

»Es gehört meinen Eltern«, sagte sie dann und sah zu Boden, als wäre ihr diese Tatsache ein wenig peinlich.

»Wow«, war alles, was Toni im ersten Moment dazu einfiel. Dann begann es in ihrem Kopf zu rattern. »Und du bist sicher, dass deine Eltern bei dieser Sache mitspielen? Dass sie einverstanden sind, wenn wir einem möglichen Verbrecher ausgerechnet in ihrem Hotel eine Falle stellen?«

»Lass mich nur machen.«

»Okay, wie du meinst. Dann trommle ich jetzt meine Kollegen zusammen.«

Toni griff nach ihrem Handy, aber Janina schüttelte mit dem Kopf.

»Mobilfunk kannst du in diesem Gebäude so gut wie vergessen. Zu viel Stahl und Beton. Außerdem war zu US-Zeiten hier im vierten Stock *Restricted Area*. Kann man noch an den Türen des Panzeraufzugs lesen. Angeblich residierte der US-Geheimdienst in diesen Räumen. Wer weiß, was die alles in den Decken und Wänden hinterlassen haben.«

»Panzeraufzug?«

»Ja, ziemlich monströses Ding. Trägt mehrere Tonnen. Zeige ich dir mal bei Gelegenheit.« Mit diesen Worten drehte Janina sich um und griff nach dem Telefon.

Toni überlegte kurz, ebenfalls über das Festnetz bei Hans anzurufen, entschied sich dann aber dagegen. Frische Luft konnte sie jetzt gut gebrauchen. Außerdem wurde sie das dumpfe Gefühl nicht los, dass es besser war, wenn sie das Telefonat mit Hans ohne Zuhörer führte.

Ihre Ahnung sollte sich als mehr als richtig erweisen. Toni hatte Hans' Stimme immer noch im Ohr, als sie wieder Janinas Büro betrat.

»Und? Was hat dein Chef gesagt?«

Toni verzog das Gesicht.

»Erst gar nichts, was bei ihm grundsätzlich ein sehr schlechtes Zeichen ist. Dann hat er so tief Luft geholt, dass ich dachte, er atmet sein Telefon ein – und dann hat er mich nach allen Regeln der Kunst zusammengefaltet. Ich müsste jetzt«, sie hielt Daumen und Zeigefinger mit einem kaum vorhandenen Abstand in die Luft, »ungefähr so klein mit Hut sein, wenn es nach ihm ginge.«

»Und was bedeutet das für die Aktion mit Thanatos?«

»Dass sie stattfindet.« Toni konnte nicht anders, als von einem Ohr zum anderen zu grinsen. »Wie ich schon sagte: Manchmal muss man seine Vorgesetzten vor vollendete Tatsachen stellen. Und wie lief es bei dir? Spielen deine Eltern mit?«

Janina nickte und grinste ebenso breit zurück.

»Vollendete Tatsachen. Funktioniert auch bei Eltern. Aber sag mal ...« Sie zögerte. »Könnte ich mitkommen? Ich bräuchte unbedingt wieder ein wenig Action. Bei K 14 und auch hier ist da nicht besonders viel geboten, da wäre so eine Festnahmeaktion genau das Richtige.«

Die Augen ihrer Kollegin leuchteten erwartungsvoll, doch Toni schüttelte den Kopf.

»Tut mir leid ...«

Das Leuchten erlosch, und Toni fühlte sich mies.

»Das hat aber nichts mit dir zu tun«, versuchte sie Schadensbegrenzung zu betreiben. »Das habe ganz allein ich verbockt. Du weißt sicher noch, wie die Sache mit der Entführung damals aus dem Ruder gelaufen ist.«

Janina nickte.

»Danach musste ich Hans hoch und heilig versprechen, nie mehr jemanden, der nicht zum Team gehört, eigenmächtig zu einem wie auch immer gearteten Einsatz mitzunehmen. Wenn ich dieses Versprechen jetzt breche und dir wird auch nur ein einziges Haar gekrümmt, bekomme ich mit Hans ernsthafte Probleme. Und garantiert auch mit deinem Mann. Ein SEKler, der mit der Ramme an meine Tür klopft, ist ja schon mehr als genug, aber nichts im Vergleich zu Hans, wenn er voll in Fahrt ist.«

Sie verstummte und musterte ihre Kollegin. Janina gab sich alle Mühe, ihre Enttäuschung zu verbergen, aber der Erfolg hielt sich sehr in Grenzen. Toni seufzte. Auf ein Donnerwetter mehr oder weniger kam es auch nicht mehr an.

»Vergiss, was ich gerade gesagt habe. Natürlich kommst du mit. Du bist schließlich unsere Verbindungsfrau zu den Hotelbesitzern. Wir brauchen dich da draußen. Das wird Hans schon irgendwie kapieren.«

Neununddreißig

Pasing war ein Stadtteil mit vielen Gesichtern. Während Toni am nördlichen Ende des Viertels in einer Villa aus der Gründerzeit untergekommen war, lag das Hotel Alpenrose in einer Gegend mit Ein- und Mehrfamilienhäusern aus den letzten Jahrzehnten und war ein unscheinbares vierstöckiges Gebäude, das sich fast schüchtern hinter einer Reihe von Bäumen und hohen Sträuchern verbarg. Toni wäre auch um ein Haar daran vorbeigefahren, wenn sie das Hotelschild nicht im letzten Moment durch die kahlen Äste und Zweige hindurch entdeckt hätte. Ihr alter Mercedes ächzte ungehalten, als sie abrupt abbremste und in die Parkplatzzufahrt einbog.

Im Foyer stieß sie auf Hans und Contutto, die sich mit einer Frau und einem Mann unterhielten. Toni schätzte das Paar auf Mitte bis Ende fünfzig; höchstwahrscheinlich waren es Janinas Eltern.

Toni gesellte sich zu ihnen und stellte sich vor. Dabei bestätigte sich ihre Vermutung.

»Ramona Kistler«, sagte die Frau und streckte Toni die Hand entgegen. »Ich bin Janinas Mutter. Unsere Tochter war ja schon immer für eine Überraschung gut, aber diese Mörderjagd in unserem Hotel ist bisher die ausgefallenste Idee.«

Ihr Händedruck war fest und bestimmt, und ihre Augen

blitzten fast so aufgeregt wie die ihrer Tochter. Sie schien die Vorstellung überhaupt nicht beängstigend zu finden, dass in der nächsten Stunde ein möglicher Verbrecher eines ihrer Zimmer betreten würde. Ganz im Gegensatz zu ihrem Mann, der einen verhaltenen, beinahe schon grimmigen Gesichtsausdruck aufgesetzt hatte. Toni ging jede Wette ein, dass es hinter den Kulissen zwischen den beiden noch ordentlich funken würde. Aber das sollte nicht ihr Problem sein.

»Noch haben wir keine Beweise dafür, dass der Mann wirklich« derjenige ist, der die Frau getötet hat«, versuchte Hans abzuwiegeln. »Er hatte allem Anschein nach lediglich als einer der Letzten Kontakt zu ihr, was aber nichts heißen muss. Deshalb wollen wir erst einmal mit ihm reden.«

»Hätten Sie das dann nicht einfach bei ihm zu Hause erledigen können? Müssen Sie das ausgerechnet in unserem Hotel tun?«, schaltete sich Herr Kistler ein. Seine Miene hatte sich noch weiter verfinstert.

»Ach Albert.« Seine Frau gab ihm einen Klaps auf den Oberarm. »Nun sei doch nicht immer so ein Spielverderber. Jeden Sonntag schaust du dir den *Tatort* an, aber wenn endlich einmal bei uns etwas Aufregendes passiert, dann fällt dir nichts anderes ein, als zu meckern.«

»Ihr Mann hat schon recht, Frau Kistler«, sagte Hans. »Normalerweise würden wir das genau so handhaben, aber gewisse Umstände«, er warf Toni einen vernichtenden Blick zu, »haben uns zu dieser Vorgehensweise gezwungen. Ich bin Ihnen deshalb wirklich sehr dankbar, dass Sie uns so bereitwillig unterstützen, und bitte für die Unannehmlichkeiten um Entschuldigung. Toni? Contutto? Kommt ihr?«

Außer Hörweite des Ehepaars blieben sie stehen. Über Hans' Oberlippe glitzerte ein dünner Schweißfilm.

»Normalerweise sollte ich dir für diese Aktion langsam und genussvoll den Kopf abreißen, Toni.« Er hatte seine Hände in die Hosentaschen geschoben. Vermutlich, um sich selbst davon abzuhalten, diese Drohung wahr zu machen. »Aber zu deinen Gunsten spricht, dass du mich damit vor diesem grässlichen französischen Filmabend auf Arte bewahrt hast, zu dem meine Frau mich nötigen wollte. Ein Fleißbildchen bekommst du aber trotzdem nicht. Nächstes Mal rufst du mich erst an, bevor du vollendete Tatsachen schaffst. Haben wir uns verstanden?«

»Ja, Chef«, sagte sie und mimte dabei die Zerknirschte. Hans schnaubte nur, denn er wusste so gut wie sie, dass dies nicht die letzte Standpauke dieser Art bleiben würde.

»Wo sind eigentlich Sören und Beate?«, fragte Contutto. Dasselbe hatte sich Toni auch schon gedacht. Vor allem Beates Abwesenheit verwunderte sie sehr. Irgendwie schaffte sie es immer, vor allen anderen am Tatort zu sein. Wahrscheinlich war sie schon dort, bevor der Täter überhaupt wusste, dass er an dieser Stelle ein Verbrechen begehen würde. Wie sie das bewerkstelligte, blieb Toni ein Rätsel.

»Sören kommt nicht«, antwortete Hans. »Die Geschichte mit seinem Zahn ist komplizierter, als es zunächst aussah. Er hat es mir haarklein erzählt, aber als die Worte *vereitert* und *Operation* fielen, habe ich auf Durchzug geschaltet. Fragt ihn also bitte selbst nach den Einzelheiten. Und was Beate angeht«, er machte eine vage Handbewegung, »sie kommt, aber es kann noch etwas dauern.«

Toni runzelte die Stirn. Das passte überhaupt nicht zu Beate. Sie nahm sich vor, mit Hans darüber zu reden. Direkt würde sie ihre Kollegin auf keinen Fall darauf ansprechen, das wäre das garantierte Ende ihres fragilen Waffenstillstands, und das wollte Toni nicht riskieren.

»Wir sind also ein Mann weniger«, fuhr Hans fort, »weshalb wir ein wenig umdisponieren müssen. Der ursprüngliche Plan war, dass Contutto und Sören sich im Badezimmer bereithalten, um dich, Toni, zu unterstützen, falls Thanatos Schwierigkeiten machen sollte. Ich wollte mit Beate im Foyer Stellung beziehen, um die ankommenden Gäste zu beobachten und euer Backup zu sein, falls der undenkbare Fall eintreten und Thanatos euch entwischen sollte. Jetzt werden wir aber doch noch eine zusätzliche Zivilstreife benötigen, um Toni und Contutto im Zimmer zu unterstützen.«

»Nicht unbedingt«, sagte Toni. »Janina kann uns doch helfen. Sie ist zwar ursprünglich nur mitgekommen, um ihre Eltern zu betreuen, aber sie ist schließlich auch eine vollwertige Polizistin und ...«

»Hervorragende Idee, Toni«, unterbrach sie ihr Chef. »Darauf hätte ich auch selbst kommen können. Genau so machen wir es. Dann lasst uns die Einzelheiten besprechen, sobald Beate hier ist.«

Toni starrte Hans verblüfft hinterher. Sie hatte sich eigentlich darauf eingestellt, ihn wortreich überzeugen zu müssen. Dass er so schnell nachgab, enttäuschte sie fast ein wenig und war ein völlig neuer Zug an ihm. Er schien wirklich über die Maßen erleichtert zu sein, diesem französischen Filmabend entkommen zu sein.

Toni konnte das sehr gut nachvollziehen.

Vierzig

»Gehen wir das Ganze noch einmal durch«, sagte Hans. »Stephan und Beate, ihr bezieht Stellung im Badezimmer und kommt heraus, sobald Toni sich als Polizistin zu erkennen gegeben hat. Ich postiere mich im Foyer, und Janina mimt die Rezeptionistin. Sobald ein gewisser Herr sich nach der Zimmernummer von Frau Katz alias Catwoman erkundigt, lässt Janina das Telefon im Zimmer als Signal für euch einmal klingeln. So weit alles klar?«

Er erntete ein einträchtiges Nicken als Bestätigung.

»Wie spät ist es?«, fragte Beate.

»Kurz nach zehn«, antwortete Hans. »In einer knappen Stunde sollte unsere lüsterne Gottheit also auftauchen.«

»Ich schlage vor, dass Beate und ich schon einmal ins Badezimmer verschwinden«, sagte Contutto. »Nur für den Fall, dass Thanatos schon früher auftaucht, weil er es nicht mehr erwarten kann, endlich Catwomans Fell zu kraulen. Grrr!« Er bedachte Toni mit einem breiten Grinsen, und sie schnitt ihm eine Grimasse.

»In Ordnung«, stimmte Hans zu. »Aber lasst die Handtücher und Duschgelfläschchen, wo sie sind. Ich mache hinterher Taschenkontrolle.«

»Also wirklich, Chef!« Contutto sah seinen Vorgesetzten vorwurfsvoll an. »Was denkst du von uns? Wir sind schließlich Polizisten.«

»Eben«, antwortete Hans trocken. »Als ich noch beim Betrug war, hatten wir tatsächlich einen Kollegen unter uns, der sich nicht zu schade war, das grauenhafte einlagige Schleifpapier zu klauen, das man dem Präsidium als Toilettenpapier verkauft hatte. Der Kerl muss täglich mehrere Rollen davongetragen haben, die Hausmeister mussten fast wöchentlich Nachschub herbeischaffen. Die Diebstähle haben erst aufgehört, nachdem wir ein paar Rollen mit Cayennepfeffer präpariert hatten. Leider haben wir nie herausgefunden, wer der Dieb war, obwohl wir intensiv nach Kollegen mit verkniffenem Gang und Sitzproblemen Ausschau gehalten haben. Und jetzt ab mit euch.«

Contutto salutierte und folgte Beate durch das Foyer. Toni sah ihren Kollegen hinterher. Beate hatte sie keines Blickes gewürdigt und auch sonst keinen Hehl daraus gemacht, dass sie von dieser Aktion nicht viel hielt. Zu viel Hauruck, zu wenig Planung. Tja, dachte Toni, manchmal musste man eben improvisieren. Dann saß eben einmal eine Locke nicht dort, wo sie hingehörte. Wen kümmerte das schon, wenn am Ende das Ergebnis stimmte. Und das würde es, dessen war Toni sich ganz sicher.

»Die Sache wäre wesentlich einfacher, wenn wir wüssten, wie dieser Thanatos aussieht«, sagte Hans und fuhr sich mit der Hand über den Nacken. Er war ungewöhnlich angespannt; so kannte Toni ihn gar nicht. Zugegeben, ihr wäre es auch lieber, wenn sie etwas mehr Vorbereitungszeit und vor allem mehr Informationen über Thanatos gehabt hätten, damit sie einschätzen konnten, mit wem sie es gleich zu tun bekamen. Aber so war das im Polizeiberuf nun mal. Fast immer stand man Leuten gegenüber, die alles sein konnten: von absolut harmlos und friedfertig bis kompromisslos gewalttätig. Und leider stand es niemandem auf die Stirn tätowiert, was in seinem Kopf vorging.

»Zeig noch einmal die Bilder«, sagte Hans.

Toni griff in die Gesäßtasche ihrer Jeans und zog einen zusammengefalteten Ausdruck von Thanatos' Profilbild heraus.

»Ich bin nach wie vor der Meinung, dass das ein Fake ist«, sagte sie und reichte ihrem Chef das Blatt. »Er sieht garantiert nicht so aus wie auf dem Foto. Ein Typ wie der hat es nicht nötig, sich auf Wer-will-mich-Seiten rumzutreiben. Bei dem ziehen die Frauen vermutlich Nummern, um einen Platz in der Warteschlange an seiner Bettkante zu bekommen. Ich wette, da geht es zu wie beim Passamt vor Ferienbeginn, wenn die Hälfte der Urlauber feststellt, dass ihr Ausweis abgelaufen ist.«

Hans brummte etwas Unverständliches, faltete das Blatt auseinander und hielt es auf Armlänge von sich. Mit zusammengekniffenen Augen musterte er den darauf abgebildeten Mann.

»Falls du deine Lesebrille suchst«, sagte Toni und hob die Hand, »die steckt ...«

»Leute«, unterbrach Janina. »Das glaubt ihr jetzt nicht.«

Toni und Hans drehten ihre Köpfe und sahen Janina fragend an. Diese blickte zwischen ihnen hindurch in Richtung Eingang, wandte dann aber hastig den Blick ab und ordnete stattdessen die Prospekte auf dem Tresen.

»Schaut euch jetzt bloß nicht um«, zischte sie zwischen den Lippen hindurch, doch die Warnung kam zu spät, denn Hans und Toni drehten sich mit fast bewundernswerter Synchronität um.

Heilige Scheiße!

Toni war sich nicht sicher, ob sie das tatsächlich gesagt

oder nur gedacht hatte, aber das war in diesem Moment auch völlig egal, denn wer da gerade auf die Rezeption zuschritt, war niemand anders als Thanatos.

Toni konnte es nicht fassen. Das war eins zu eins der Mann von den Bildern. Er hatte also nicht gelogen, sondern tatsächlich echte Fotos von sich eingestellt. Aber was zum Teufel machte er schon hier? Er war fast eine Stunde zu früh dran, verflixt noch mal!

Thanatos hatte sie nun beinahe erreicht, nur noch drei oder vier Meter trennten sie voneinander. Sein gerade noch dynamischer Schritt wurde zögerlich, und das breite Lächeln auf seinem Gesicht machte einem Stirnrunzeln Platz. Dann fiel sein Blick auf den Ausdruck, den Hans immer noch in der Hand hielt. Jäh blieb er stehen und starrte die drei Personen an der Rezeption an. Mit fliegenden Fingern faltete Hans das Blatt zusammen und steckte es in seine Jackentasche, doch es war zu spät. Thanatos hatte kapiert, dass die drei Leute es auf ihn abgesehen hatten, wirbelte herum und rannte los.

»Scheiße!«

Diesmal hatte sie den Fluch nicht nur gedacht. Toni erwachte als Erste aus der Starre und sprintete hinterher. Sie erreichte die Drehtüre, noch während Thanatos selbst darin steckte. Er war unmittelbar vor ihr, nur eine Armlänge entfernt, und unerreichbar. Die gläsernen Flügel drehten sich mit quälender Langsamkeit, und Toni kam sich vor wie in einem dieser Slapstickfilme, in dem zwei Männer sich um eine Litfaßsäule herum jagten. Tatenlos und wie auf Kohlen musste sie zusehen, wie Thanatos sich durch den Türspalt quetschte, sobald er groß genug geworden war. Sie hätte die Drehtüre am liebsten angeschoben, doch dann würde sie garantiert blockieren.

»Nun mach schon, du Scheißding«, fluchte sie, dann war sie endlich draußen. Mit einem Satz sprang sie über die Stufen hinweg. Links. Er war nach links über den Rasen gelaufen, vermutlich zum Parkplatz hinter dem Haus. Bestimmt stand dort sein Auto. Sie duckte sich unter den kahlen Ästen eines Ahornbaumes hindurch. Ein Zweig streifte ihre Wange, kratzte schmerzhaft über ihr Ohr, aber für solche Nebensächlichkeiten war jetzt keine Zeit.

Noch bevor sie um die Hausecke gebogen war, schlugen die Bewegungsmelder an, und mehrere Strahler tauchten den Parkplatz in helles Licht. Sie hatte also richtig vermutet. Und da sah sie ihn. Er war verdammt schnell. Wenn sie nicht verhindern konnte, dass er in sein Auto einstieg, konnte sie sich ihm nur noch in den Weg stellen und hoffen, dass er sie nicht über den Haufen fuhr.

Die Blinker eines Ford Focus leuchteten auf. Verdammt, er war schon fast bei seinem Wagen. Plötzlich bremste Thanatos aus vollem Lauf ab und drehte sich um. Sein Blick glitt suchend über den Boden, und Toni tat es ihm gleich, jedoch ohne ihr Tempo zu drosseln.

Etwas kleines Schwarzes lag auf dem Asphalt. Sein Autoschlüssel. Thanatos hatte seinen Autoschlüssel verloren. Jetzt konnte sie ihn kriegen. Sie musste nur den einen entscheidenden Schritt schneller sein.

»Polizei! Bleiben Sie stehen!«, rief Toni. Thanatos hob den Kopf. Für den Bruchteil einer Sekunde trafen sich ihre Blicke. Panik flackerte in seinen Augen. Er wusste also haargenau, warum sie hinter ihm her waren.

Jetzt waren sie gleich weit von dem Schlüssel entfernt. Thanatos war größer als sie, und seine Arme hatten eine längere Reichweite, doch sie war immer noch in vollem Lauf. Sie musste nur eine Zehntelsekunde vor ihm dran sein, dann konnte sie ihm den Schlüssel einfach vor der Nase wegkicken.

Thanatos schien dasselbe durch den Kopf zu schießen, denn er drehte sich um und rannte auf die geparkten Autos zu.

Wo wollte er hin? Dort war eine Mauer, es ging also nicht weiter. Außer ...

»Scheiße!«

Thanatos sprang auf die Motorhaube eines Wagens. Die Alarmanlage brach in lautes Jaulen und Hupen aus, doch er ließ sich davon nicht beirren, sondern machte einen großen Satz auf die Mauerkrone und verschwand in der Dunkelheit auf der anderen Seite.

Toni erreichte nun ebenfalls das Auto. Ohne zu zögern folgte sie Thanatos' Vorbild.

Die Mauerkrone war weiter entfernt, als sie gedacht hatte, aber sie hatte zu viel Schwung, um jetzt noch abzubremsen. Mit aller Kraft stieß sie sich ab. Ihr fiel ein Stein vom Herzen, als sie die Mauer unter ihrem Fuß spürte, doch sie hatte ihn nur zur Hälfte aufgesetzt. Unter ihrer Ferse war nichts als Luft, und für einen endlosen Augenblick war sie in diesem Nicht-Fisch-nicht-Fleisch-Zustand gefangen, bei dem man nicht wusste, ob man stehen oder fallen würde. Sie ruderte wie wild mit den Armen, dann hatte ihr Körper den Kampf gegen die Schwerkraft gewonnen, und sie machte einen Satz nach vorn in die Dunkelheit.

Einundvierzig

Auf Zehenspitzen schlich Mulder die Treppe hinunter. Die Stufen waren eiskalt unter seinen Fußsohlen und jagten eine Gänsehaut über seine nackten Beine. Er hätte wenigstens seine Socken anziehen sollen. Schlappen hatte er hier ja keine mehr und auch keinen Pyjama. An solche Dinge hatte er jedoch keinen einzigen Gedanken verschwendet. Ihr Anruf und die Verzweiflung in ihrer Stimme hatten ihn so eiskalt erwischt, dass er losgefahren war, ohne noch einmal in seine Wohnung zurückzukehren.

Er öffnete die Wohnzimmertür und blieb – genau wie wenige Stunden zuvor – irritiert stehen. Er fühlte sich orientierungslos, als wäre er falsch abgebogen und nun in vertrauter und gleichzeitig doch fremder Umgebung gelandet. Er erkannte das Zimmer wieder – und irgendwie doch nicht. Susanne hatte es vollkommen umgeräumt, alle Möbel hinausgeworfen bis auf die hellbraune Ledercouch. Nein. Nicht hellbraun. Cognac. Oder Karamell? Er wusste es nicht, hatte den Unterschied noch nie verstanden. Susanne hingegen kannte ein Dutzend verschiedene Bezeichnungen für Farbtöne, die in seinen Augen alle gleich aussahen, die einen vielleicht etwas heller, die anderen dunkler, mehr aber auch nicht.

Mulder ging hinüber zu der großen Fensterfront vor der Terrasse. Die Fußbodenheizung war Balsam für seine eiskalten Füße. Trotzdem fröstelte ihn, und er rieb sich über die Arme. T-Shirt und Unterhose waren nicht die richtige Kleidung für diese Jahreszeit, Heizung hin oder her.

Bleich und verzerrt starrte sein Spiegelbild ihn an. Er versuchte, durch sich hindurchzusehen, doch es gelang ihm nicht. Er war sich wieder einmal selbst im Weg. Er schnaubte und schüttelte den Kopf. Was machte er eigentlich hier? Er sollte zurück unter die Decke und zusehen, dass er noch ein paar Stunden Schlaf bekam. Der morgige Tag würde hart genug werden. Er dachte an Toni, und das schlechte Gewissen ballte sich hinter seinem Brustbein zu einem dicken Knoten. Er hatte sie auf dem Weg vom Olympiaturm zu seinem Auto kurz angerufen und sich seither nicht mehr bei ihr gemeldet.

Keine Zeit, redete er sich ein, aber das stimmte nicht. Zeit für eine Nachricht hätte er mehr als einmal gehabt. Aber was er ihr mitzuteilen hatte, war viel zu viel, um es in ein paar Zeilen zu packen, und er wollte sie nicht schon wieder mit zwei oder drei Sätzen abservieren, wie er es bei seinem überstürzten Aufbruch getan hatte. Er schuldete ihr eine Erklärung, auch wenn sie die vielleicht gar nicht hören wollte. Jedenfalls hatte sie nicht enttäuscht geklungen, als er abgesagt hatte. Ganz im Gegenteil. Sie hatte sich angehört, als machte ihr das nichts aus.

Er rieb sich mit den Händen über das Gesicht. Vielleicht war es besser so. Das hier war ... kompliziert. Komplizierter, als er gedacht hatte, und es würde noch eine ganze Weile kompliziert bleiben.

Eine Drahtschlinge zog sich um sein Herz, als er daran dachte, wie sie heute vor ihm gestanden hatte. So zerbrechlich und hilflos hatte er sie noch nie gesehen. Am liebsten hätte er sie hochgehoben und getragen, ganz fest an seine Brust gedrückt, wo niemand ihr weh tun konnte. Nicht einmal er selbst.

»Papa?«

Mulder drehte sich um. Ohne dass er es bemerkt hatte, war Josefine hereingekommen, und nun schaute sie ihn an, die Arme fest um sich geschlungen und mit tiefen Schatten unter den Augen. Wie sie so dastand, im Nachthemd und mit den dicken Wollsocken an den Füßen, sah sie so jung und verletzlich aus, dass ihm die Worte im Hals stecken blieben.

»Störe ich?«, fragte sie, verunsichert, weil er nichts sagte. »Ich kann auch wieder gehen, wenn ...« Sie biss sich auf die Lippe, die verdächtig zu zittern begonnen hatte. Mulder schüttelte den Kopf.

»Du störst nie, meine Große. Kannst du nicht schlafen?«

»Nein«, sagte sie und blickte zu Boden.

»Ich auch nicht. Sofa?«, fragte er.

»Sofa.«

Nach kurzem Zögern kuschelte sie sich an ihn, und Mulder nahm die Decke, die zusammengefaltet über der Lehne lag, und breitete sie über sich und seiner Tochter aus. Dann saßen sie einfach nur in der Dunkelheit, ohne ein Wort zu sagen. Nach einer Weile wurde er schläfrig, und seine Augenlider wurden schwer. Da hörte er seine Tochter flüstern: »Bleibst du jetzt hier?«

Zweiundvierzig

Toni war auf Asphalt vorbereitet gewesen, doch sie landete in weicher Erde und irgendwelchen Pflanzen. Sie duckte sich, machte sich klein und so unsichtbar wie möglich. Wo war er? Wo war Thanatos? Lauerte er im Mauerschatten, um sie ebenfalls hinterrücks zu erschlagen? Oder hatte er eine Waffe dabei? Für alle Fälle?

Sie sah sich um. Sie musste in einer Art Park gelandet sein, überall wuchsen Bäume und Sträucher, allerdings in regelmäßigen, schnurgeraden Reihen. Es hätte auch eine Baumschule sein können, wenn – ja wenn die Grabsteine und die flackernden Grablichter nicht gewesen wären.

»Das glaube ich jetzt nicht«, stöhnte sie, aber es gab keinen Zweifel. Sie war auf einem Friedhof. Ausgerechnet. Ohne dass sie sich dagegen wehren konnte, kam die Erinnerung zurück. Der aufblitzende Stahl. Das verzerrte Gesicht. Die warme Schwärze, die sie unter sich begrub und ihr den Atem nahm. Sie spürte, wie sie zu zittern begann.

Hör auf!, schrie sie sich in Gedanken an. Für Panik ist jetzt keine Zeit, Stieglitz! Diesmal bist du die Jägerin, nicht die Gejagte, also reiß dich gefälligst zusammen!

Sie versuchte, ihr wie wild hämmerndes Herz nicht zu beachten, und lauschte in die Dunkelheit. Hinter sich, auf der anderen Seite der Mauer hörte sie Schritte und Stimmen. Das waren ihre Kollegen, aber wo war Thanatos?

Der Strahl einer Taschenlampe huschte über sie hinweg. Da. War er das?

»Zurück nach links!«, rief sie, und tatsächlich, da lief er. Toni sprintete los. Der sandige Boden unter ihren Sohlen knirschte.

Thanatos rannte direkt vor ihr. Rechts versperrte ihm eine Reihe aus Büschen den Weg, aber nach links konnte er jederzeit zwischen den Grabsteinen verschwinden. Noch dazu hatte er einen großen Vorsprung, selbst wenn sie ihn nicht aus den Augen verlor, würde sie ihn nicht kriegen, dafür war er zu schnell. Was sie jetzt brauchten, war entweder eine Umstellung oder einen Hubschrauber mit Wärmebildkamera. Dummerweise hatten sie weder das eine noch das andere.

In vollem Lauf schlug Thanatos einen Haken nach links, doch sein Tempo war zu hoch und seine Schuhsohlen zu glatt für den sandigen Untergrund. Wie auf Seife rutschten seine Füße unter ihm weg, und für einen Augenblick schien er schwerelos in der Luft zu schweben. Dann war der Augenblick vorüber und er fiel, überschlug sich, prallte gegen ein Grabmal und blieb reglos zu Füßen eines steinernen Engels liegen.

Das Ganze hatte nur Sekunden gedauert, doch Toni war es vorgekommen, als hätte sie den Sturz in Zeitlupe beobachtet. Unbewusst hatte sie ihren Schritt verlangsamt, doch jetzt holte sie die letzten Reserven aus sich heraus. Das war ihre Chance! Sie musste bei ihm sein, bevor er wieder zu sich und auf die Füße kam.

Ihr Herz trommelte wie wild gegen ihren Brustkorb, als sie Thanatos erreichte. Er lag mit dem Rücken zu ihr auf dem Boden, hatte sich noch immer nicht bewegt. Sie zog ihre Waffe und trat vorsichtig näher.

War er bewusstlos? Oder tat er nur so? Wartete er womöglich darauf, dass sie sich zu ihm hinabbeugte, damit er ihr einen Schlag verpassen und sie überwältigen konnte?

»Thanatos?«

Keine Reaktion. Sie versuchte, einen Blick auf sein Gesicht zu werfen, doch es lag vollständig im Schatten. Sie glaubte zwar, das Weiße in seinen Augen zu sehen, aber das konnte auch Einbildung sein.

Vorsichtig näherte sie sich, stupste mit der Fußspitze gegen sein Bein. Nichts. Sie stupste noch einmal, diesmal etwas stärker, und nun war ein leises Stöhnen die Antwort.

»Polizei«, sagte sie und brachte wieder einen sicheren Abstand zwischen sich und Thanatos. »Sie sind vorläufig festgenommen. Bleiben Sie einfach liegen und machen Sie keinen Mucks.«

Er hatte sie jedoch entweder nicht gehört, oder er hatte sie nicht hören wollen, denn Thanatos hob erst stöhnend den Kopf und machte dann Anstalten, sich auf Hände und Knie aufzurichten.

»Ich sage es nur noch einmal: Hinlegen!«

Da erst reagierte er und drehte den Kopf in ihre Richtung. Blinzelnd wie jemand, der gerade aus dem Tiefschlaf geweckt worden war, sah er sie an. Seine Augen schienen Probleme mit dem Fokussieren zu haben, doch auf einmal wurden sie riesengroß, und sofort legte er sich flach auf den Boden. Er schien das klobige schwarze Ding in ihrer Hand als Pistole identifiziert zu haben.

»Na geht doch«, knurrte Toni, heilfroh darüber, dass die Waffe ihn beeindruckt zu haben schien und ihr ein weiterer Zweikampf auf einem Friedhof erspart blieb. Einer war mehr als ausreichend für den Rest ihres dienstlichen und privaten Lebens.

Als sie später den Einsatzbericht verfasste, fragte sie sich, wie lange es gedauert hatte, bis ihre Kollegen eintrafen. Es hätten zehn Sekunden oder zehn Minuten sein können – sie konnte es beim besten Willen nicht sagen. Ihr Zeitgefühl setzte erst wieder ein, als Contutto und Janina auftauchten und der gefallene Gott sich widerstandslos durchsuchen, fesseln und abführen ließ.

Hans und Beate erwarteten sie zusammen mit einer uniformierten Streife am Ausgang des Friedhofs. Zufrieden sah Toni zu, wie die Kollegen Thanatos auf den Rücksitz des Streifenwagens bugsierten, ihn anschnallten und dann die Tür zuwarfen. Von dem Aufreißer, der angeblich immer konnte, war nur noch ein Häuflein Elend übrig, das den Kopf fast bis auf die Brust hängen ließ.

Haben wir dich, dachte Toni und konnte sich ein zufriedenes Lächeln nicht verkneifen. Noch immer vibrierte jeder einzelne Nerv in ihrem Körper. Es fühlte sich an, als hätte sie statt Blut pures Koffein in den Adern. Aus den Augenwinkeln sah sie, wie Beate neben sie trat, und sie wandte sich ihrer Kollegin zu.

»Klasse gelaufen, oder?«, sagte Toni, und ohne dass sie etwas dagegen tun konnte, wurde aus dem Lächeln ein Strahlen. *Dir scheint doch die Sonne aus dem Hintern*, würde Sören jetzt sagen, und sie fand den Spruch plötzlich so witzig, dass sie lachen musste.

»Du findest das also auch noch lustig, ja?«, fauchte Beate so unvermittelt, dass Toni das Lachen auf dem Gesicht gefror.

»Wie ... was ...«, stammelte sie und sah ihre Kollegin

völlig verdattert an. Was hatte das denn jetzt zu bedeuten?

»Wann hörst du endlich mit deinen beschissenen Alleingängen auf, Toni? Warum musst du dich immer in den Mittelpunkt drängeln? Warum muss sich alles immer nur um dich drehen? Immer nur du, du, du. Du kotzt mich so an mit deinem Egotrip. Was willst du damit beweisen? Dass du besser und klüger bist als wir? Dass wir die Idioten sind, die dir niemals das Wasser reichen können?« Sogar im Halbdunkel der Straßenlaternen leuchteten die roten Flecken auf Beates Gesicht wie Feuermale. »Ich bin nicht dein Handlanger, Toni, der nur dazu da ist, dich aus der Scheiße zu ziehen und hinter dir aufzuräumen. Das war das letzte Mal, dass du mich in so etwas hineingeritten hast. Das nächste Mal kannst du deinen Arsch selbst retten oder an deinem verfluchten Ego krepieren!«

Unfähig, auch nur einen Ton von sich zu geben, stand Toni da. Sie fühlte sich, als wäre ein Tsunami über sie hinweggewalzt, als hätte Beate ihr nicht Worte, sondern Ziegelsteine an den Kopf geworfen. *Egotrip. Idioten. Handlanger.* Nur ganz allmählich wurde ihr bewusst, was Beate ihr alles vor den Latz geknallt hatte, und je mehr sie darüber nachdachte, desto mehr fiel die Schockstarre von ihr ab und desto wütender wurde sie.

Wie konnte Beate nur so etwas behaupten? Sie ballte die Fäuste. *Schließ verdammt noch mal nicht von dir auf andere!* Der Satz drängte mit aller Macht nach draußen, und wenn ein Tumult in ihrem Rücken nicht ihre Aufmerksamkeit auf sich gezogen hätte, hätte sie ihn Beate so laut hinterhergebrüllt, dass man sie noch in Schwabing gehört hätte.

Toni drehte sich gerade noch rechtzeitig um, um zu sehen, wie sich Thanatos aus der geöffneten Tür des Streifenwagens lautstark erbrach. Seine Hände waren immer noch auf dem Rücken gefesselt, und wenn der Gurt ihn nicht zurückgehalten hätte, wäre er vermutlich in seine eigene Kotze gestürzt, denn kaum hatte er seinen kompletten Mageninhalt vor den Polizeibeamten ausgebreitet, verdrehte er die Augen und wurde bewusstlos.

Dreiundvierzig

Toni warf den halb aufgegessenen Burger zurück auf das Tablett. Hatte ihr das Zeug wirklich einmal geschmeckt? Das musste Lichtjahre her sein. Sie nuckelte an ihrer Cola und ließ dabei den Blick durch das Schnellrestaurant schweifen. Bahnhof Pasing, kurz nach 2 Uhr morgens. Die Gestalten, die sich hier herumtrieben, konnten problemlos aus einem schlechten Film stammen. Nicht umsonst konnte man hier nur gegen Bargeld auf die Toilette gehen. Sie wollte gar nicht wissen, was die Leute hier alles auf und neben den Schüsseln getrieben hatten, damit solche Maßnahmen notwendig geworden waren. Aber vielleicht dachte sie auch viel zu schlecht, und die Restaurantleitung war es einfach leid gewesen, dass die Reisenden auf dem Weg von oder zu den Zügen nur noch schnell ihre Notdurft verrichtet hatten, statt sich auch ein paar Burger in den Rachen zu schieben.

Sie hielt sich die Hand vor den Mund, als sie das Gähnen nicht mehr länger unterdrücken konnte. Schon als sie noch zusammen im Besprechungsraum in der Ettstraße gesessen waren, hatte sie gespürt, dass ihr Körper das Adrenalin, das er auf dem Friedhof so großzügig ausgeschüttet hatte, nun allmählich abgebaut hatte. Schlafen würde sie vermutlich trotzdem noch lange nicht können, dafür gingen ihr zu viele Dinge durch den Kopf. Aber selbst wenn sie sich bis Sonnenaufgang von einer Seite auf die andere wälzte, war es egal. Wenn sie mitten in aktuellen Ermittlungen steckte, kam sie erstens stets mit erstaunlich wenig Schlaf aus, und zweitens trafen sie sich erst um neun Uhr wieder im Präsidium, um ihr weiteres Vorgehen zu besprechen. Bis dahin würde sie schon ein oder zwei Stunden die Augen zumachen können. Wenn sie Glück hatten und die Ärzte grünes Licht gaben, konnten sie Thanatos, der im wahren Leben Alexander Lebsche hieß, vielleicht bereits am Sonntag vernehmen. Allerdings hatte es bis zuletzt nicht unbedingt danach ausgesehen.

Contutto war dem Rettungswagen in das Klinikum Großhadern gefolgt, während die anderen im Präsidium Berichte getippt und auf Nachricht aus dem Krankenhaus gewartet hatten. Die kam kurz vor ein Uhr. Hans hatte das Telefon auf Mithören gestellt.

»Verdacht auf Schädel-Hirn-Trauma leichten bis mittelschweren Grades«, hatte Contutto berichtet. »Auch bekannt unter Commotio cerebri beziehungsweise Contusio cerebri. Oder für uns einfaches Volk: Gehirnerschütterung, wenn nicht sogar Gehirnprellung. Für Letztere war unser Halbgott nicht lang genug bewusstlos, wenn ich alles richtig verstanden habe, aber die Übergänge von der Erschütterung zur Prellung sind wohl fließend.« Er ließ sein typisches Contutto-Räuspern hören, das er immer dann von sich gab, wenn er dabei war, sich über irgendein Thema in Rage zu reden. »Da soll sich noch einer über Beamtendeutsch beschweren, der Medizinerkauderwelsch ist bei weitem schlimmer. Als der Hautarzt damals bei mir ...«

»Stephan, bleib bei der Sache«, rief ihn Hans zur Ordnung.

Wieder ein Räuspern, diesmal die Verlegenheitsvariante.

»Na, wie auch immer. Jedenfalls scheint er bei seiner Flugeinlage oder besser gesagt bei der Landung einen ordentlichen Schlag auf den Schädel bekommen zu haben. Er ist im Krankenwagen zwar aus seiner Bewusstlosigkeit wieder erwacht, aber im Klinikum gleich wieder abgedriftet. Sie machen gerade ein CT, um festzustellen, ob der Knochen einen Knacks abbekommen hat. Aber selbst wenn das nicht der Fall sein sollte, können wir so schnell wahrscheinlich nicht mit ihm sprechen. Es besteht nämlich unabhängig von einer Fraktur immer die Möglichkeit, dass Gefäße verletzt wurden und es zu Blutungen im Gehirn kommt. Das wiederum kann lebensbedrohlich sein, weil das Gehirn dadurch anschwillt, sich der Druck im Schädelinneren erhöht und Teile des Gewebes eingeklemmt werden können. Dummerweise kann das noch Stunden nach dem auslösenden Ereignis passieren, weshalb sie ihn erst einmal beobachten und vor allem von jeglicher Aufregung fernhalten wollen. Leider ließ der Arzt keinen Zweifel daran, dass mit Aufregung in erster Linie wir gemeint sind.«

Das hatte natürlich keinem von ihnen gefallen, aber ihnen blieb nichts anderes übrig, als den Stand der Dinge zu akzeptieren. Immerhin lief Thanatos ihnen jetzt nicht mehr weg.

Der Geruch des erkaltenden Burgers stieg in Tonis Nase, und sie verzog das Gesicht. Erst jetzt wurde ihr bewusst, dass sie schon wieder auf ihr Handy schaute. Verärgert und enttäuscht steckte sie es zurück in ihre Jackentasche. Wenn Mulder sich schon den ganzen Abend nicht gemeldet hatte, würde er es kaum um diese unchristliche Uhrzeit tun, das war sonnenklar. Zumindest sagte das ihr Verstand.

Ihr Herz aber hielt diesen winzigen Hoffnungsfunken am Leben, dass er vielleicht doch …

»Blödsinn, Stieglitz«, murmelte sie. »Er schläft. Oder ist beschäftigt. Womit oder mit wem auch immer.« Wobei sie leider sehr konkrete Vorstellungen hatte, womit oder mit wem Mulder beschäftigt sein könnte. Sie verscheuchte den Gedanken und stand auf, doch wie ein anhänglicher Hund entfernte der Gedanke sich gerade so weit, dass sie ihn immer im Blick hatte und keinesfalls vergessen konnte.

Vierundvierzig

Es war gekommen, wie sie alle es vermutet hatten: Alexander Lebsches Gesundheitszustand ließ eine Vernehmung noch nicht zu, und sie mussten sich wohl oder übel bis Montag gedulden. Viel hatten sie über ihn bisher nicht in Erfahrung gebracht. Der gute Thanatos war bislang ein absolut unbeschriebenes Blatt. Keine Anzeigen, keine Vorstrafen, nicht einmal das Fahrrad war ihm geklaut worden. Entweder war er bisher unter ihrem Radar hindurchgeflogen, oder er hatte sich tatsächlich nichts zuschulden kommen lassen. Bis zu dem Moment, in dem sich sein Weg mit dem von Julia Krämer gekreuzt hatte.

Kurz nachdem die Glocken der Frauenkirche die Mittagsstunde verkündet hatten, schickte Hans sie nach Hause, denn es gab nichts, was unbedingt heute noch hätte erledigt werden müssen.

»Und wagt es nicht, heute noch irgendein Polizeigebäude zu betreten«, schärfte er ihnen ein und nagelte Toni dabei mit Blicken beinahe an die Wand. »So lange ihr nichts anderes von mir hört, beschäftigt ihr euch den Rest des Tages gefälligst mit rein privaten Dingen und seid morgen ausgeruht und keinesfalls vor Beginn der Gleitzeit im Büro. Ich prüfe das auf euren Stundenkonten nach. Haben wir uns verstanden?«

Sie hatten und trollten sich gehorsam. Als Toni aus dem

Haupteingang trat, warf sie einen skeptischen Blick in den Himmel. Die asphaltgrauen Wolken hatten sich fast bis auf die Hausdächer herabgesenkt. Das versprach nichts Gutes, und leider hielt der Himmel, was er versprach. Toni war noch keine fünfzig Meter gegangen, als es zu tröpfeln begann.

»Danke. Das habe ich gebraucht«, brummte sie und zog die Schultern hoch. Aber die paar Tropfen würden sie schon nicht umbringen. Sie war schließlich nicht aus Zucker.

Doch es blieb nicht bei ein paar Tropfen. Mit jedem Schritt, den Toni machte, schien es stärker zu regnen, bis sie das Gefühl hatte, durch einen Wasserfall zu laufen. Als sie endlich ihr Auto erreichte, das heute natürlich besonders weit vom Präsidium entfernt stand, war sie nass bis auf die Knochen.

Gegen die klamme, kalte Kleidung war selbst die auf voller Pulle laufende Heizung machtlos, und als sie endlich in die Fritz-Reuter-Straße einbog, hatte sie am ganzen Körper eine Gänsehaut. Jetzt nichts wie unter die Dusche.

Anheimelnder Kaffeeduft empfing Toni, kaum dass sie die Eingangstür der Pension geöffnet hatte. Sie sog den Duft genüsslich ein. Nach dem Duschen würde sie sich auf jeden Fall eine Tasse gönnen. Sie hatte zwar nur löslichen Kaffee in ihrem Zimmer, aber der war besser als nichts.

Die Tür zu Frau Wilmerdingers Wohnung stand einen Spaltbreit offen. Dumpf drang eine männliche Stimme zu ihr heraus. Offenbar hatte ihre Wirtin einen Gast. Vielleicht ein Verehrer? Toni stellte sich vor, wie ein großgewachsener grauhaariger Mann ihrer Wirtin mit einer leichten Verbeugung einen Blumenstrauß überreichte und damit ein zartes Rot auf Frau Wilmerdingers Wangen zauberte. Toni würde es ihr von Herzen gönnen.

Mit einem Lächeln auf den Lippen machte sie sich daran, die Treppe hinaufzusteigen. Es war jetzt wirklich höchste Zeit für eine Dusche und trockene Klamotten.

»Na, da habe ich doch richtig gehört«, ertönte plötzlich Frau Wilmerdingers Stimme. Toni blieb stehen und drehte sich um. »Schön, dass Sie ... Grundgütiger, Fräulein Toni!« Die Wirtin riss die Augen auf und schlug die Hände vor den Mund.

»Was ist passiert?«, fragte Toni verdattert. Frau Wilmerdingers Gesichtsausdruck zufolge war ihr entweder ein Horn aus der Stirn gewachsen oder der Leibhaftige stand hinter ihr. Den Teufel schloss Toni aus, denn es roch immer noch nach Kaffee und nicht nach Schwefel. Trotzdem warf sie einen raschen Blick über ihre Schulter. Die Treppe war erwartungsgemäß leer. Blieb also nur noch das Horn. Vorsichtig betastete sie ihre Stirn.

»Haben Sie Kopfschmerzen, Fräulein Toni?« Ihre Wirtin eilte mit raschen Schritten zur Treppe. »Das kommt davon, wenn man bei so einem Wetter ohne Schirm unterwegs ist. So patschnass, wie Sie sind, erkälten Sie sich bestimmt. Wollen Sie eine Aspirin? Rein zur Vorbeugung. Oder soll ich Ihnen einen Tee machen? Jesses, Maria und Josef. Sie holen sich in den nassen Sachen ja noch den Tod.«

Nicht, wenn der Redeschwall jetzt ein Ende hatte und Toni sich von den nassen Klamotten befreien konnte.

»Machen Sie sich keine Sorgen, Frau Wilmerdinger. Ich nehme eine heiße Dusche, und dann ist alles wieder gut«, sagte Toni lächelnd und wollte weiter die Treppe hinaufsteigen.

»O mei, Fräulein Toni. Wenn das so einfach wäre.«

»Wenn was so einfach wäre?« Toni verstand nur Bahnhof.

»Das mit der Dusche.« Frau Wilmerdinger verschränkte

ihre Hände vor der Brust. Sie sah aus, als müsste sie Toni eine fürchterliche Nachricht überbringen.

»Was ist mit der Dusche?« Manchmal konnte es ein wenig anstrengend sein, der alten Dame konkrete Informationen zu entlocken. Aber das war Toni inzwischen gewohnt.

»Die geht nicht. Das Wasser im ganzen Haus geht nicht.« Sie zeigte nach draußen. »Ein Wasserrohrbruch. Kaum dass Sie weg waren. Jetzt haben sie für die Reparatur das Wasser abgesperrt. Ich konnte gerade noch ein paar Töpfe voll machen. Als absolute Notreserve sozusagen.«

Sie sah Toni so zerknirscht an, als wäre sie schuld an diesem Dilemma.

»Halb so schlimm, Frau Wilmerdinger. Dann fahre ich in das Westbad zum Duschen. Das sind nur ein paar Minuten von hier.«

»Oder du kommst zu mir. Bei mir läuft das Wasser. Auch das warme.«

Unbemerkt war Frau Wilmerdingers Gast durch die Tür getreten. Diese Stimme ... Sie war ihr gleich so bekannt vorgekommen. Tonis Magen zog sich zusammen, als ihr bewusst wurde, wer mit ihrer Wirtin Kaffee getrunken hatte.

»Doc!« Sie verschluckte sich und musste husten. »Was machst ... Wie bist ...?« Gedanken und Gefühle jagten durch ihren Kopf wie Flipperkugeln, kollidierten miteinander, wurden zu einem chaotischen Knäuel, das ihre Zunge vollkommen lahmlegte. Sie wusste nicht, ob sie lachen oder weinen, ihn umarmen oder ihm gegen das Schienbein treten sollte. Ratlos biss sie sich auf die Lippe.

»Also ich finde, das ist eine hervorragende Idee!«, durchbrach Frau Wilmerdinger die Stille. »Am besten, Sie gehen gleich nach oben, Fräulein Toni. Je eher Sie aus den nassen Sachen herauskommen, desto besser.« Ihre Augen funkelten, als sie erst Toni und dann Mulder ansah. »Ach, Herr Doktor«, sagte sie mit einem unschuldigen Lächeln, »wäre es möglich, dass Fräulein Toni auch bei Ihnen übernachtet?«

Toni glaubte, nicht richtig zu hören. »Also das ...«, setzte sie an, doch ihre Wirtin sprach einfach weiter.

»Wer weiß, ob das Wasser bis morgen wieder geht. Ich könnte mir nie verzeihen, wenn meine Gäste solche Unannehmlichkeiten ertragen müssten. Man kann ja nicht einmal die Toilette benutzen.«

Wenn Mulder von dieser ungewöhnlichen Bitte überrascht war, dann ließ er sich das nicht anmerken.

»Selbstverständlich wäre das möglich, Frau Wilmerdinger«, antwortete er und deutete eine Verbeugung an. »Ich weiß allerdings nicht, ob unser Fräulein Toni das auch möchte.« Jetzt konnte er ein Grinsen nicht mehr unterdrücken.

»Ach, freilich möchte sie das«, sagte die alte Dame und wedelte energisch mit den Händen. »Nun gehen Sie schon zu, Fräulein Toni. Sonst holen Sie sich wirklich noch den Tod.«

Toni wäre vor Scham am liebsten im Boden versunken. Sie wagte es kaum, Mulder anzusehen, doch als sie seinem Blick begegnete, platzte eine riesige Blase aus heißer Zuneigung in ihrer Brust. Sie wollte Mulder eine Chance geben, verflixt noch mal. Mehr als alles auf der Welt.

»Früher nannte man das Kuppelei und man kam dafür ins Gefängnis«, raunte Toni ihrer Wirtin zu, als sie wenige Minuten später die Treppe wieder herunterkam, doch Frau Wilmerdinger lächelte nur.

»Manche Menschen muss man eben zu ihrem Glück zwingen«, sagte sie und schob Toni zur Tür hinaus.

Fünfundvierzig

Ein wenig ratlos stand Toni in Mulders Bad. Sie hatte an alles gedacht – außer an einen Föhn. Sie rubbelte ein weiteres Mal kräftig mit dem Handtuch über ihre Haare, aber trocken waren sie deshalb noch lange nicht. Einfach so in seinen Schränken herumkramen wollte sie allerdings nicht, also musste sie eben fragen. Sie streckte den Kopf zur Badezimmertür hinaus.

»Doc?«, rief sie.

»Was ist?«, kam die Antwort aus dem Wohnzimmer.

»Hast du einen Föhn?«

Mulder trat in den Flur und sah sie mit hochgezogenen Brauen an.

»Einen Föhn? Ich? Sieht das danach aus?« Er fuhr sich mit der Hand über seine Glatze. »Ich hätte niemals so gesund aussehendes, glänzendes Haar, wenn ich es permanent mit heißer Luft quälen würde.«

»Okay«, sagte Toni und lachte. »Schon verstanden. Dann mache ich das genauso. Vielleicht werden meine Haare dann auch so schön und kräftig wie deine.«

Sie verschwand wieder im Bad und versuchte, mit den Fingern eine halbwegs passable Frisur hinzubekommen. Wirklich zufrieden war sie nicht, aber besser als vor einer guten Stunde, als sie patschnass im Flur der Pension gestanden hatte, war es allemal. Trotzdem war ihr flau im

Magen, als sie die Hand auf die Klinke der Badezimmertür legte, und das lag nicht nur daran, dass sie Hunger hatte. Eigentlich war der inzwischen sogar vergangen. Was in ihrem Bauch rumorte, war die Ungewissheit darüber, was jetzt auf sie zukam. Die ganze Fahrt über hatten sie und der Doc nur über Belangloses geredet: über das Wetter und darüber, dass sie beide seit dem Frühstück nichts mehr gegessen hatten und eine Pizza jetzt eigentlich eine gute Idee wäre. Seinen überhasteten Aufbruch und kommentarlose Abwesenheit hatte keiner von ihnen erwähnt.

Das würde wohl jetzt zur Sprache kommen. Sie war sich nur nicht sicher, ob sie wirklich hören wollte, was Mulder zu sagen hatte.

»Sei kein Feigling, Stieglitz«, flüsterte sie. »Du kannst nicht verlieren, was du nie hattest. Also mach die verdammte Tür auf.«

Und das tat sie dann auch. Mulder stand mit dem Rücken zu ihr im Wohnzimmer und blickte aus dem Fenster. Als er ihre Schritte hörte, drehte er sich um.

»Und?«, fragte er. »Immer noch hungrig?«

»Wie ein Bär nach dem Winterschlaf«, antwortete Toni, obwohl ihre Kehle wie zugeschnürt war und sie vermutlich nicht einmal einen Schluck Wasser hinunterwürgen könnte. Sie schob ihre Hände in die Hosentaschen und ließ ihren Blick durch den Raum schweifen. Es war wieder ein Stück wohnlicher geworden, und der Wunsch nach eigenen vier Wänden drängte sich mit aller Macht in ihr Bewusstsein.

»Du hast die Bilder aufgehängt«, sagte sie.

»Ja, während der Elektriker den Ofen repariert hat. Ich ...«

Das schrille Läuten der Türklingel ließ Mulder verstummen und Toni zusammenzucken. Wer war das? Seine Frau, war ihr erster Gedanke. Und der zweite: Mike. Oder einer seiner Handlanger. Ihr wurde schlecht. Geh nicht hin!, wollte sie rufen, als Mulder Anstalten machte, zur Tür zu gehen, doch sie brachte keinen Ton über die Lippen. Er hielt inne und sah sie stirnrunzelnd an.

»Was ist los? Du bist auf einmal so blass. Dein Zuckerspiegel ist wohl ganz schön im Keller. Setz dich lieber, bevor du noch umkippst.« Er drückte sie mit sanfter Gewalt auf das Sofa. »Aber Rettung naht, die Pizza steht schon vor der Tür.«

»Bist du sicher? Und wenn es jemand anders ist?«

Mulder zuckte mit den Schultern.

»Ich wüsste nicht, wer.« Er stutzte, dann glaubte er erraten zu haben, an wen Toni bei dieser Bemerkung gedacht hatte, und er schüttelte den Kopf. »Keine Angst, das ist nicht meine Frau. Sie wird hier garantiert nicht auftauchen.«

Sie nicht, dachte Toni. Jemand anders aber schon. Und sie war sich nicht halb so sicher wie Mulder, dass wirklich der Pizzabote im Hausflur wartete. Sie stand auf, griff sich eines der Besteckmesser vom Wohnzimmertisch und folgte Mulder bis zur Schwelle in den Flur. Mit hämmerndem Herzen beobachtete sie, wie er die Wohnungstür öffnete. Zwei Hände streckten sich ihm entgegen, die zwei flache, quadratische Schachteln hielten: Pizzakartons. Ganz eindeutig.

Die Erleichterung ließ Tonis Knie zu Gelee werden, und sie musste sich am Türrahmen festhalten, um nicht zu Boden zu sinken. Auf zittrigen Beinen ging sie zurück zur Couch und ließ sich auf die Polster fallen. Ihr Mund war völlig ausgetrocknet. Wann hörte das endlich auf? Wann kam endlich der Tag, an dem Mike keine Macht mehr über sie hatte?

»Das hast du aber hoffentlich nur für die Pizza in der Hand und nicht wegen mir?«, fragte Mulder, als er die Kartons auf den Tisch stellte.

Erst jetzt bemerkte Toni, dass sie das Messer immer noch in der Hand hielt. Ihre Finger hatten sich so fest um den Griff geschlossen, dass ihre Knöchel weiß hervortraten.

»Was? Nein. Nein, natürlich nicht.« Sie legte es beiseite und wischte ihre schweißnasse Handfläche an ihrer Hose ab.

»Dann ist es ja gut.« Er hatte sein lässig-spöttisches Mulder-Lächeln aufgesetzt, doch es konnte über die Anspannung in seiner Stimme nicht hinwegtäuschen. Auch er fuhr mit den Händen über seine Jeans, nachdem er Toni gegenüber Platz genommen hatte. »Ich dachte schon, du hättest das Messer in der Hand, weil ...« Er presste die Lippen aufeinander, wusste offenbar nicht weiter.

»... weil du mich versetzt hast, Hals über Kopf zu deiner Familie gefahren bist und nichts mehr von dir hören hast lassen«, vollendete Toni den Satz.

Mulder sah sie an.

»Besser hätte ich es nicht ausdrücken können. Und nun möchtest du sicher wissen, was los war, oder?«

Toni nickte stumm. Jetzt war es so weit. Die berühmte Stunde der Wahrheit. Am liebsten hätte sie sich die Hände auf die Ohren gepresst und laut gesungen, damit sie nichts von dem hören musste, was gleich kommen würde.

»Es war wegen Josefine, meiner Tochter«, fing Mulder an. »Sie ist einfach zum Bahnhof gefahren und in den Zug gestiegen, ohne ihrer Mutter etwas zu sagen. Als sie dann in

München auf dem Bahnsteig stand, wusste sie nicht mehr weiter und hat mich angerufen. Sie hat dabei so geweint, dass ich sie fast nicht verstanden habe. Die Trennung macht ihr unheimlich zu schaffen. Mehr, als ich jemals vermutet hätte.« Er schluckte und musste sich räuspern, bevor er weitersprechen konnte. »Mein Kopf war völlig leer. Ich konnte nur noch an Josy denken. Ich kann mich nicht einmal daran erinnern, was ich dir am Telefon gesagt habe.« Er versuchte zu lächeln, und Toni zog sich das Herz zusammen.

»Nicht besonders viel«, gestand sie leise. »Nur, dass du zu deiner Familie nach Würzburg musst. Ich dachte«, sie nahm all ihren Mut zusammen, »dass du zu deiner Frau und deiner Tochter zurückgegangen wärst und das mit uns ...« Sie ließ den Satz in der Luft hängen, wusste nicht, wie sie ihn beenden sollte.

Mulder stützte seine Unterarme auf die Knie und schaute zu Boden. Nach ein paar atemlosen Sekunden hob er den Blick. So dunkel hatte Toni seine Gewitteraugen noch nie erlebt. Es sah aus, als würde sich ein Jahrhundertsturm in ihnen zusammenbrauen. Dann schüttelte er den Kopf, stand auf und setzte sich neben sie.

»Ich gehe nicht zurück«, sagte er, »auch wenn Josy sich nichts sehnlicher wünscht. Aber Susanne und ich ... Das geht einfach nicht mehr. Wenn wir es jetzt noch einmal miteinander versuchen würden, würde es ein paar Wochen, vielleicht sogar ein paar Monate funktionieren, aber dann würde die Bombe erneut platzen, und dieses Mal wäre die Detonation absolut verheerend.«

»Und deine Tochter? Versteht sie das?«

Mulder hob die Hände.

»Ich weiß es nicht. Sie hat sich in ihrem Zimmer eingeschlossen, nachdem ich ihr die Wahrheit erzählt habe.«

»Dass du nicht mehr zurückgehst?«

Er nickte.

»Und dass ich mich verliebt habe.«

Toni blieb das Herz stehen. Mit offenem Mund starrte sie Mulder an. Das hatte er jetzt nicht wirklich gesagt, oder?

»Und zwar in eine verdammt komplizierte Frau«, fuhr er fort, ohne Toni anzusehen, »stur, eigenwillig, tough – und gleichzeitig so verletzlich, dass ich am liebsten eine Festung um sie herum bauen würde, damit ihr niemand mehr weh tun kann.« Er hob den Blick und sah Toni direkt in die Augen. »Aber sie ist kein Mensch, den man einsperren darf. Das würde sie nicht überleben. Trotzdem – vielleicht erlaubt sie ja, dass ich an ihrer Seite bin, um sie hin und wieder vor den größten Dummheiten zu bewahren?«

Die Tränen, die Toni in die Augen gestiegen waren, liefen ihr nun ungehemmt über die Wangen.

»Ich deute das als ein Ja«, sagte Mulder und zog sie an sich.

Diesmal wurde Toni ihre Jeans bereits auf halbem Weg in das Schlafzimmer los.

Sechsundvierzig

Sanft küsste Mulder sie auf die Stirn.
»Ich sterbe vor Durst. Willst du auch etwas zu trinken?«
»Mmmh«, antwortete Toni träge und gab einen protestierenden Laut von sich, als Mulder seinen Arm unter ihrem Kopf hervorzog.
»Tut mir leid, aber den muss ich mitnehmen, sonst wird es kompliziert.«
»Stimmt«, murmelte Toni. »Einzelne Körperteile, die in Betten herumliegen, führen normalerweise zu einer großen Menge an Schreibarbeit, und darauf habe ich gerade gar keine Lust.« Sie seufzte wohlig und sah Mulder zwischen halb geschlossenen Lidern nach. Dass er eine ziemlich sportliche Figur haben musste, war ihr von Anfang an klar gewesen, aber sich seinen Körper nur vorzustellen und ihn dann wirklich vor sich zu sehen und vor allem anzufassen, waren zwei Paar Stiefel. Sie lächelte so breit, dass ihre Mundwinkel einzureißen drohten.

Die Narben waren allerdings immer noch deutlich zu erkennen. Tonis Lächeln erstarb, und in ihrem Bauch öffnete sich wieder das große schwarze Loch, genau wie zuvor im Wohnzimmer, als sie sein Hemd aufgeknöpft hatte. Sie war augenblicklich zurückgezuckt und hatte Mulder aus großen Augen angestarrt. Wie hatte sie das nur vergessen können? Die Narben würde es nicht geben, wenn sie nicht ...

Doch er hatte ihre Hand in die seine genommen und einen Kuss auf ihre Fingerspitzen gedrückt.

»Denk nicht mehr daran«, hatte er gesagt und sich alle Mühe gegeben, sie abzulenken. Das war ihm schließlich auch gelungen, aber nun waren die Gewissenbisse wieder da. Und noch etwas anderes. Da war etwas, ganz am Rande ihres Bewusstseins. Sie hatte etwas wahrgenommen, konnte aber nicht sagen, was es war, und je mehr sie sich bemühte, desto undeutlicher wurde es.

Toni grübelte immer noch, als Mulder zur Tür hereinsah.

»Wie sieht es eigentlich mit deinem Hunger aus?«, fragte er. Toni horchte kurz in sich hinein und schwang dann die Beine aus dem Bett.

»Noch größer als vorher.«

Wie Mulder suchte sie nur die nötigsten Kleidungsstücke zusammen, setzte sich neben ihn auf das Sofa und klappte den Deckel des Kartons zurück. Kalte Pizza schien zu ihrem Standardrepertoire zu werden.

»Wie kommt ihr mit den Ermittlungen voran?«, fragte Mulder.

Toni wiegte den Kopf hin und her.

»Wir haben gestern jemanden festgenommen, der auf unserer Liste von Verdächtigen momentan ganz oben steht. Er hatte vermutlich nicht nur als Letzter Kontakt zu Julia Krämer, sondern ist bei unserem Anblick auch sofort stiften gegangen. Morgen im Laufe des Tages geben die Ärzte hoffentlich grünes Licht für die Vernehmung.«

»Ärzte? Wieso Ärzte?«

»Na ja«, sagte Toni und schleckte ein wenig Tomatensoße von ihrem Finger, »er hat sich bei der Festnahme den Kopf angehauen. An einem Grabmal.«

»Grabmal?« Mulder zog die Brauen hoch. »Das musst du mir jetzt erklären.«

Toni grinste und gab ihm eine Zusammenfassung ihrer bisherigen Ermittlungen und der Ereignisse der letzten achtundvierzig Stunden. Als sie auf die Sache mit Catwoman zu sprechen kam, hielt Mulder mitten im Kauen inne und runzelte die Stirn, verkniff sich aber jeden Kommentar, bis sie geendet hatte.

»Und der Ehemann ist jetzt als Verdächtiger endgültig abgehakt?«, fragte er und legte das Besteck beiseite.

»Mehr oder weniger«, antwortete Toni ausweichend.

»Mehr oder weniger? Überzeugung klingt aber anders. Ich dachte, dieser Thanatos wäre euer Verdächtiger Nummer eins?«

»Ja, ist er auch. Aber …« Sie verstummte und schüttelte den Kopf.

»Was aber?«

»Die Verletzungen. Die passen für mich irgendwie nicht ins Bild. Ich glaube einfach nicht, dass sie sich das alles freiwillig hat zufügen lassen. Wer steht denn schon darauf, dass jemand Zigaretten zwischen seinen Zehen ausdrückt? Nein, das Verletzungsbild sieht für mich zu sehr nach Bestrafung aus, nicht nach Freiwilligkeit oder gar Lustgewinn.«

»Und du glaubst immer noch, dass ihr Ehemann sie misshandelt hat?«

»Ja. Nein. Ach verdammt, ich weiß es doch auch nicht!« Frustriert hob sie die Hände und ließ sie wieder fallen. »Was Martin Krämer angeht, weiß ich überhaupt nicht, was ich denken soll. Ich weiß nicht einmal, ob ich mich noch auf mich selbst verlassen kann oder ob die Sache mit Mike mich einfach nur voreingenommen macht. Aber wer hätte sie denn sonst misshandeln sollen? Wäre Julia Krämer von einem Dritten so gequält worden, und wäre Martin Krämer wirklich der fürsorgliche Gatte, als der er beschrieben wird, dann hätte er doch alles getan, um seine Frau zu beschützen, statt tatenlos zuzusehen, wie sie mit stets neuen Verletzungen nach Hause kommt.«

Mulder rieb sich über das Kinn und nickte langsam.

»Da ist was dran. Aber wie passt dann dieser Thanatos ins Bild? Ist er als Täter dann überhaupt plausibel?«

»Ja«, sagte Toni nach ein paar Sekunden Bedenkzeit mit fester Stimme. »Vielleicht hatte Julia Krämer nämlich einfach doppelt Pech und geriet nicht nur an einen prügelnden Ehemann, sondern auch an einen gewalttätigen Liebhaber, der sich allerdings nicht so gut im Griff hatte und sie tötete, statt sie nur zu verletzen.« Der ätzende Zynismus in ihren Worten schmeckte gallebitter.

Mulder musterte sie stumm. Sein Blick kroch ihr unter die Haut, und es kostete sie große Anstrengung, ihm nicht auszuweichen.

»Toni«, sagte er schließlich leise. »Du musst mir eines versprechen: Wenn dein Ex dir weiterhin irgendwelche Leute hinterherschickt, wenn du bedroht wirst, wenn irgendjemand auch nur versucht, dir ein Haar zu krümmen – dann behältst du das nicht für dich. Versprich mir, dass du so etwas nie mehr mit dir allein ausmachst. Ich will kein Mann sein, der dabei zusieht, wie seine Freundin vor die Hunde geht.«

Toni schluckte.

»Versprochen«, flüsterte sie mit belegter Stimme und hoffte, dieses Versprechen niemals brechen zu müssen.

Siebenundvierzig

Toni blickte aus dem Fenster hinab in die Löwengrube, wo Contutto und Sören, der entgegen des ausdrücklichen Rates seines Zahnarztes nicht zu Hause geblieben war, in den Dienstwagen einstiegen. Die Ärzte im Klinikum Großhadern hatten Alexander Lebsche für stabil genug erklärt, so dass einer Vernehmung nun nichts mehr im Weg stand.

Toni hätte für ihr Leben gern selbst mit ihm gesprochen, um hinter die Maske von Thanatos zu blicken, doch Hans hatte sein Veto eingelegt.

»Du hast ihn als Catwoman nicht nur in die Falle gelockt, sondern bist – zumindest in seinen Augen – auch noch diejenige, der er seinen Krankenhausaufenthalt zu verdanken hat. Ich halte es für wahrscheinlich, dass er auf dich sehr schlecht zu sprechen ist und deshalb möglicherweise mauert und wir nichts aus ihm herausbekommen, schon gar kein Geständnis.«

Leider waren diese Argumente absolut schlüssig, und Toni hatte sich ihnen deshalb auch klaglos gefügt. Ganz abgesehen davon war es auch keine schlechte Idee, ihn von zwei Männern vernehmen zu lassen; vielleicht hatte er seinen Geschlechtsgenossen gegenüber weniger Hemmungen, sich über sein Treiben als Thanatos auszulassen. Contutto hatte sich in freudiger Erwartung die Hände gerieben und sich gleich eine Rolle als frustrierter Ehemann und Vater von vier Kindern zurechtgelegt, der in der Rangordnung noch nach dem Hamster kam und sich Babyfotos seiner Frau anschauen musste, wenn er sie wieder einmal nackt sehen wollte.

Toni setzte sich an ihren Schreibtisch und ging noch einmal die Anrufliste durch, die sie von Janina bekommen und auf der ihre Kollegin einige Rufnummern markiert hatte. Es waren drei, um genau zu sein. Zwei Münchner Festnetznummern und eine Handynummer. Diese hatte Julia Krämer auffällig oft angerufen, teilweise sogar mehrmals täglich.

»Dann wollen wir mal sehen, mit wem du dich so gerne unterhalten hast«, murmelte Toni und wählte die erste Nummer.

»Hier ist die psychotherapeutische Praxis Dr. Himmelkron. Leider können wir Ihren Anruf gerade nicht persönlich entgegennehmen. Unsere Sprechzeiten sind: Montag bis Freitag von neun Uhr bis ...«

Toni warf einen Blick auf die Computeruhr. Es war neun Uhr fünfundvierzig. Perfekt. Sie suchte sich die Adresse aus dem Internet, schnappte sich ihre Tasche und machte sich auf den Weg.

»Es tut mir leid, Herr Doktor Himmelkron hält gerade eine Therapiesitzung ab, da kann ich ihn unmöglich stören. Aber Sie können gerne im Wartezimmer Platz nehmen, bis der Herr Doktor Zeit für Sie hat.« Die Dame an der Anmeldung lächelte Toni verbindlich an.

»Wie lange dauert die Sitzung noch?«, fragte Toni.

»Bis Viertel vor elf.«

Also noch eine halbe Stunde. Toni seufzte lautlos und

setzte sich in das leere Wartezimmer. Die dreißig Minuten waren fast auf die Sekunde genau um, als sie die Stimmen zweier Männer hörte, die eine tief und volltönend, die andere leise und kaum zu verstehen. Dann fiel eine Tür ins Schloss. Toni wartete nicht, bis sie gerufen wurde, sondern stand auf und verließ das Wartezimmer.

Die dicken, orientalisch anmutenden Läufer dämpften das Geräusch ihrer Schritte. Der große, breitschultrige Mann am Empfangstresen drehte sich zu ihr um. Vergissmeinnichtblaue Augen musterten sie, offen, interessiert, aber nicht aufdringlich. Sie schätzte ihn auf Anfang fünfzig, doch seine leichte Bräune und das volle, wellige Haar ließen ihn um einiges jünger wirken. Die abgewetzte Jeans und der marineblaue Pullover, aus dessen Ausschnitt ein weißes T-Shirt herausblitzte, taten das ihre dazu, um den Mann mehr wie einen Sportlehrer als einen Psychiater wirken zu lassen. Sollte sie jemals auf die abwegige Idee kommen, sich psychotherapeutische Hilfe zu holen, wäre das der Mann ihrer Wahl, ging es ihr spontan durch den Kopf, doch sie verwarf den Gedanken sofort wieder. Bis jetzt war sie mit allem selbst klargekommen, ohne sich auf einer Couch ihre Probleme von der Seele zu reden.

»Herr Dr. Himmelkron?«, fragte sie. Der Arzt nickte. »Stieglitz, Kripo München.« Sie streckte ihm die Hand entgegen, und er ergriff sie.

»Kriminalpolizei?«, sagte er und ließ ihre Hand stirnrunzelnd wieder los. »Ich hoffe, es ist nichts passiert?«

»Leider doch. Und zwar einer Ihrer Patientinnen: Frau Julia Krämer.«

Aus den Augenwinkeln bemerkte Toni, wie die Dame am Empfang erstarrte. Dem Psychiater hingegen war keine Regung anzumerken.

»Julia Krämer?«

Toni nickte. »Sie wissen, was ihr zugestoßen ist?«

Nun entfuhr dem Arzt doch ein kleines Seufzen.

»Die Sache im Wald, ja. Schrecklich.« Er schüttelte den Kopf. »Aber was wollen Sie in diesem Zusammenhang von mir? Ich habe ein Alibi, falls Sie deshalb hier sein sollten.« Er hob die Hände wie ein Bandit, der vom Sheriff gestellt worden war, und lächelte. Das war wohl als Scherz gedacht, ließ in Toni aber einen Anflug von Argwohn aufflackern. Warum ging der Arzt sofort in die Defensive, und warum war die Dame am Tresen bei Julia Krämers Namen zur Salzsäule erstarrt? Mit dieser Praxis schien sie einen Treffer gelandet zu haben. Irgendetwas schien hier vorgefallen zu sein.

»Und wo waren Sie?«, fragte Toni und warf ihm den Ball, den er ihr in die Hände gespielt hatte, zurück. Er lächelte immer noch, doch seine Mundwinkel waren ein wenig herabgesunken.

»Ich war auf dem Rückweg von einer Tagung in Hamburg und war erst am späten Abend zurück in München.«

»Das können Sie doch sicher belegen, oder?«

»Ja. Ja, sicher. Hannelore«, sagte er über seine Schulter. »Suchst du bitte die Unterlagen heraus?« Die Sprechstundenhilfe nickte mit zusammengepressten Lippen.

»Gut, danke.« Toni nickte. Eigentlich hatte sie nie vorgehabt, den Psychiater nach seinem Alibi zu fragen, warum auch? Aber wenn er es ihr schon so großzügig anbot, würde sie den Teufel tun und nein sagen, denn in ihr wuchs immer mehr die Überzeugung, dass zwischen den beiden mehr existiert hatte als nur ein normales Arzt-Patienten-Verhältnis.

»Warum war Julia Krämer bei Ihnen?«

Wieder hob der Arzt die Hände, diesmal jedoch eindeutig abwehrend, und schüttelte den Kopf.

»Tut mir leid, Frau ...«

»Stieglitz.«

»Ja, Verzeihung. Frau Stieglitz. Das kann ich Ihnen nicht sagen. Ich brauche Ihnen sicher nicht zu erklären, dass das unter die ärztliche Schweigepflicht fällt und diese auch über den Tod des Patienten hinaus weiterbesteht.«

»Dessen bin ich mir bewusst, aber erstens geht es um Mord, Herr Doktor, und zweitens gibt Ihnen das Gesetz die Möglichkeit, in bestimmten Situationen die Schweigepflicht zu brechen.«

»Ich weiß, aber so ein Fall liegt hier nicht vor. Es tut mir leid.« In diesem Moment öffnete sich die Eingangstür, und eine junge Frau trat ein. Dr. Himmelkron atmete sichtbar auf. »Wenn Sie mich jetzt bitte entschuldigen, Frau Stieglitz. Ich muss mich um meine Patientin kümmern.«

Er bat die junge Frau in sein Sprechzimmer und schloss die Tür hinter sich. Toni blieb einen Augenblick stehen und ließ ihren Blick auf dem dunklen Holz ruhen. Hier lohnte es sich, nachzubohren, und das würde sie auch tun. Sie verabschiedete sich von der Frau am Tresen und ging langsam die Treppe hinunter. Vor dem Haus hielt sie inne und sah sich um. Sie musste jetzt erst einmal ihre Gedanken sortieren, und das ging am besten bei einer Tasse Kaffee. Schräg gegenüber entdeckte sie eine Bäckerei. Sie war gerade zwischen die geparkten Autos getreten, um die Straße zu überqueren, als jemand ihren Namen rief. Toni drehte sich um. In der Haustür stand die Sprechstundenhilfe und winkte sie zu sich. Ach, dachte Toni. Sieh an.

»Haben Sie die Unterlagen?«, fragte Toni, obwohl sie

auf den ersten Blick erkannt hatte, dass die Frau nichts in ihren Händen hielt. Diese schüttelte auch sofort den Kopf.

»Nein. Aber ...« Sie zögerte, schien auf einmal nicht mehr überzeugt davon zu sein, dass es eine gute Idee gewesen war, Toni hinterherzulaufen. »Er war es nicht, Frau Stieglitz. Mein Mann hat mit dem Mord nichts zu tun.«

»Ihr Mann?«, fragte Toni.

»Ja. Wir haben uns an der Uni kennengelernt. Wir haben gleichzeitig mit dem Studium begonnen, wollten beide Psychiater werden. Er hat es geschafft, wie Sie sehen, bei mir kam im fünften Semester eine Schwangerschaft dazwischen und ...« Sie brach ab. »Entschuldigen Sie, das ist natürlich vollkommen uninteressant für Sie.« Ein verlegenes Lächeln huschte über ihr Gesicht, dann schlug sie die Augen nieder und rieb sich über die Arme. Die Unsicherheit umgab sie wie eine Wolke.

»Sie sind aber nicht nur heruntergekommen, um mir zu sagen, dass Ihr Mann nichts mit dem Tod von Julia Krämer zu tun hat. Da gibt es noch etwas anderes, richtig?«

Hannelore Himmelkron hielt den Blick immer noch auf ihre Zehen gesenkt.

»Wollen wir da drüben eine Tasse Kaffee trinken?«, fragte Toni.

»Nein, nein, das geht auf gar keinen Fall.« Die Frau schüttelte nun heftig den Kopf. »Manfred rastet aus, wenn er merkt, dass ich nicht am Empfang bin. Deshalb muss ich auch gleich wieder hinauf. Er will stets für seine Patienten erreichbar sein. Rund um die Uhr. So war er schon immer. Erst die Patienten, dann die Familie.« Sie presste die Lippen so fest aufeinander, dass jegliche Farbe aus ihnen wich. Sie sah plötzlich um Jahre gealtert aus.

»War er auch für Julia Krämer immer erreichbar?«, fragte Toni, in der sich langsam eine Vermutung breitmachte.

»Oh ja.« Ein bitterer Zug hatte sich um den Mund von Hannelore Himmelkron gelegt, doch das war nicht alles. Das Funkeln in ihren Augen war etwas anderes: Wut. Jetzt wurde es interessant. Toni nickte auffordernd. Einen Moment rang die Frau mit sich, dann sprudelte es nur so aus ihr heraus: »Ich bin froh, dass sie tot ist, Frau Stieglitz. Ich weiß, wie pietätlos das klingt und dass mich das verdächtig macht, aber das ist mir egal. Diese Frau hätte um ein Haar unsere Ehe zerstört. Wie ein Blutegel hat sie sich an Manfred festgesaugt. Sie hat ständig angerufen. In der Praxis. Auf seinem Handy. Bei uns zu Hause. Auch am Wochenende oder mitten in der Nacht. Manchmal mehrmals am Tag. Sie hat ihn völlig mit Beschlag belegt, als wäre sie die einzige Patientin. Stundenlang hat sie mit ihm telefoniert. Anfangs habe ich es noch hingenommen, dachte, das wäre eine akute Phase, die im Lauf der Therapie abklingen würde, aber stattdessen wurde es immer schlimmer.«

»Hat Ihr Mann nichts dagegen unternommen?«

»Doch. Als sie wieder einmal spätabends angerufen hat, hat Manfred versucht, ihr klarzumachen, dass er auch ein Privatleben hat und sie nur in absoluten Notfällen bei uns zu Hause anrufen soll.«

»Und wie hat sie reagiert?«

»Sie hat angefangen zu brüllen, so laut, dass ich jedes einzelne Wort klar und deutlich verstehen konnte. Sie war regelrecht außer sich vor Zorn. Sie hat ihn fürchterlich beschimpft, ihn einen Verräter genannt, der sie auch nur ausnutzen wolle wie all die anderen Männer, und geschworen, nie wieder zu ihm zu kommen. Doch schon zwei Tage später stand sie wieder in der Praxis. Vollkommen verheult, geknickt und kleinlaut, und bettelte regelrecht um einen Termin. Sie schwor, nie mehr bei uns privat anzurufen, und anfangs schien sie sich daran zu halten, doch dann fiel sie wieder in ihre alten Muster zurück. Manfred versuchte noch einmal, ihr die Grenzen aufzuzeigen, doch sie wollte das nicht akzeptieren und drohte damit, sich umzubringen, wenn er sie zurückweisen sollte, und da gab er nach. Wir stritten immer öfter wegen ihr, und ich bekam Magenschmerzen und Schweißausbrüche, wenn ich nur das Klingeln unseres Telefons hörte.«

Sie wandte sich ab und wischte sich verstohlen über die Augen. Toni kramte in ihrer Tasche und reichte ihr ein Tempo. Magenschmerzen und Schweißausbrüche. Diese Symptome kannte sie nur zu gut, und sie konnte nachvollziehen, wie hilflos Hannelore Himmelkron sich gefühlt haben musste. Aber genau das war ein starkes Motiv. Hatte sich diese Hilflosigkeit schließlich in einen verzweifelten Befreiungsschlag verwandelt?

»Was wissen Sie über die Verletzungen von Frau Krämer? Wer hat sie ihr zugefügt?«

»Ich habe die Verletzungen selbst nie gesehen«, antwortete Hannelore Himmelkron langsam, »aber ich kenne sie natürlich aus den Notizen meines Mannes. Er diktiert seine Berichte immer, und ich tippe sie anschließend ab.« Sie verstummte und warf einen Blick auf ihre Uhr. »Es tut mir leid. Aber mehr darf ich Ihnen nicht sagen. Außerdem muss ich wieder in die Praxis.« Sie reichte Toni die Hand. Ihre Finger waren eiskalt.

»Sie verstehen sicher, dass ich Sie das fragen muss«, sagte Toni und ließ die Hand der Frau los. »Wo waren Sie am Sonntag vor einer Woche?«

Hannelore Himmelkron lächelte dünn.

»Auf diese Frage habe ich gewartet. Bei meiner Mutter im Wohnstift Sankt Maria in Ramersdorf, und zwar von dreizehn bis kurz nach achtzehn Uhr, wie jeden Sonntag.«

Toni nickte, und die Frau des Psychiaters wandte sich zum Gehen. Auf der untersten Treppenstufe verharrte sie und drehte sich noch einmal um.

»Borderline-Syndrom«, sagte sie. »Sind Sie damit vertraut?«

»Kann ich nicht gerade behaupten, nein.«

»Ein sehr interessantes Gebiet der Psychologie. Darüber sollten Sie sich unbedingt informieren.«

Achtundvierzig

»Ja, das war es schon, vielen Dank.«

Toni beendete das Gespräch und legte ihr Handy neben die Kaffeetasse. Das Sekretariat des Wohnstifts hatte die Angaben von Hannelore Himmelkron bestätigt. Im Grunde hatte Toni das von Anfang an erwartet und war weder überrascht noch enttäuscht. Ganz im Gegenteil. Alles andere wäre gewesen, als hätte sie plötzlich ein weißes Kaninchen aus dem Hut gezogen.

Sie nahm einen Schluck von ihrem Kaffee. Er war inzwischen nur noch lauwarm, aber selbst heiß und mit viel Zucker wäre er kaum genießbar gewesen. Angewidert verzog sie das Gesicht und schob die Tasse von sich. Dann eben nicht. Sie ließ sich vom Hocker gleiten und wollte ihr Handy gerade in die Jackentasche stecken, als es zu vibrieren begann. Doc, verriet ihr das Display. Tonis Herz begann zu hüpfen.

»Hallo Tom«, begrüßte sie ihn, doch am anderen Ende der Leitung blieb es still.

»Tom?«, fragte sie noch einmal. Wieder keine Reaktion. »Hallo? Bist du noch dran?«

»Du kannst es ja doch«, erklang nun seine Stimme.

»Was kann ich ja doch?«

»Mich Tom nennen.«

Toni spürte, wie sie errötete. Gleichzeitig wusste sie

nicht, was sie darauf antworten sollte. Sie konnte doch kaum zugeben, dass sie bisher nicht gewagt hatte, seinen Namen auszusprechen, weil sie ihn dadurch zu nah an sich herangelassen und eine Grenze überschritten hätte, vor der sie sich gefürchtet hatte.

»Sag mal, kennst du dich mit dem Borderline-Syndrom aus?«, lenkte sie ab, um wieder auf sicheres Terrain zurückzukehren. Dieser Themenwechsel schien Mulder zu überraschen, denn es dauerte eine Sekunde, bis er antwortete.

»Toni, du wirst mir unheimlich. Kannst du Gedanken lesen?«

»Ja, natürlich. Wir lösen unsere Fälle grundsätzlich mittels übersinnlicher Fähigkeiten. Der ganze Spuren- und DNA-Kram wird vollkommen überbewertet. Weshalb willst du das wissen?«

»Weil ich dich genau dasselbe fragen wollte.«

»Du nimmst mich auf den Arm.«

»Nein, ganz und gar nicht.«

»Das musst du mir jetzt erklären.«

»Unbedingt sogar. Hast du schon zu Mittag gegessen?«

»Nein.«

»Gut. Café Mozart in einer halben Stunde. Schaffst du das?«

Sie schaffte es, gab Mulder einen Kuss zur Begrüßung und ließ sich auf einen mit Goldbrokat bezogenen Stuhl fallen.

»Und? Warum wolltest du mit mir über das Borderline-Syndrom sprechen?«, fragte sie, nachdem sie einen Bitter Lemon bestellt hatte. Essen konnte sie jetzt nichts, dazu wummerte ihr Herz viel zu sehr. Sie war verknallt wie ein Teenager. Wenn es sich nicht so schön angefühlt hätte, wäre es ihr peinlich gewesen.

»Ladies first. Wenn es das ist, was ich denke, dürfte das Rätsel um Julia Krämers Verletzungen gelöst sein.«

»Na gut«, sagte Toni und gab Mulder einen Abriss von ihrem Besuch in der Praxis und dem anschließenden Gespräch mit Hannelore Himmelkron. Mulder lehnte sich nach vorne auf die Unterarme und lauschte konzentriert.

»Das passt genau«, murmelte er, als Toni geendet hatte. »Ich hatte heute Vormittag nämlich ein wenig Leerlauf, und da habe ich mir die Leiche von Julia Krämer angesehen. Dabei sind mir einige Dinge aufgefallen, die mich stutzig gemacht haben. Kurz gesagt deutet sehr viel darauf hin, dass sie nicht misshandelt wurde, sondern sich die Verletzungen selbst zugefügt hat.«

Toni schaute Mulder aus großen Augen an.

»Du meinst, sie hat sich das alles selbst angetan? Auch die Brandwunden zwischen den Zehen und auf den Armen?« Toni zog sich die Kehle zusammen. Wie musste jemand drauf sein, Zigaretten auf dem eigenen Körper auszudrücken? Dass manche Menschen sich selbst Schnittwunden beibrachten, wenn der psychische Leidensdruck zu groß wurde, war ihr nicht neu – aber das ... Mulder schien ihre Gedanken zu erraten.

»Du würdest dich wundern, was Menschen sich selbst antun können, wenn sie nur verzweifelt genug sind. Es gibt immer wieder Leute, die sich selbst die Kehle durchschneiden oder sich selbst erstechen. Ich kann mich an ein Fallbeispiel aus dem Studium erinnern, bei dem ein Mann sich fünfmal ein Messer in die Brust gerammt hat. Die Zauder- und Probierstiche im Vorfeld nicht eingerechnet.«

Toni schluckte. Dies war wieder der Moment, in dem sie sich fragte, warum sie es sich eigentlich antat, sich mit den

Abgründen der Menschen zu beschäftigen. Wenigstens hatte sie nun in Tom jemanden gefunden, dem sie nicht erklären musste, was sie nicht erklären konnte.

»Und wie bist du darauf gekommen, dass sie das selbst getan hat?«

»Die Lage der Wunden an den Armen hat mich stutzig gemacht. Sowohl die Narben an den Handgelenken, die vermutlich von einem Suizidversuch vor vielen Jahren stammen, als auch die Brandverletzungen finden sich ausschließlich am linken Arm, während der rechte unversehrt ist. Das wäre bei einer Fremdbeibringung schon sehr ungewöhnlich. Dann habe ich mir die Blutergüsse auf dem Rücken angesehen.«

»Aber das war sie nicht selbst, oder?«

»Doch, war sie. Es hat nämlich nicht nur die Gürtelschnalle, sondern auch der Gürtel selbst Einblutungen hinterlassen – und zwar auf ihrer Schulter und am Übergang vom Hals in die Schulter. Sie hat sich also mit dem Gürtel wie mit einer Geißel selbst gezüchtigt.«

Toni war fassungslos. Ihre Situation mit Mike war ihr oft ausweglos und unerträglich erschienen. Aber um wie viel unerträglicher musste es sein, in einer Gewaltspirale mit sich selbst gefangen zu sein? Wie sollte man sich daraus nur befreien?

»Und was ist mit den übrigen Hämatomen? Willst du sagen, sie hat sich selbst verprügelt?«, fragte sie.

»Ich gehe davon aus. Sämtliche Blutergüsse sind nur an der Körpervorderseite und ausschließlich an Stellen, die sie selbst erreichen kann. Wenn man verprügelt wird, krümmt man sich normalerweise zusammen und wendet sich so meist automatisch von seinem Angreifer ab. Die Schläge oder Tritte treffen deshalb neben Kopf und Gesicht oft den Rücken oder die Körperseiten. Dort war bei Julia Krämer jedoch kein einziges Hämatom zu sehen.«

Toni nickte stumm und dachte daran, wie sie selbst in der Wohnzimmerecke gekauert und Mike auf sie eingetreten hatte. Ihr Rücken hatte danach wochenlang ausgesehen wie ein abartiges abstraktes Gemälde.

»Dann stimmt es also, dass Martin Krämer seine Frau nie misshandelt hat«, sagte sie, und Mulder nickte.

»Es spricht zumindest sehr viel dafür, ja.«

»Und wie kommt nun das Borderline-Syndrom ins Spiel?« Diese Frage war noch immer offen.

»Menschen mit einer Borderline-Persönlichkeitsstörung sind wie in einen Achterbahnwagen gekettet, der von einem Gefühl und einer Stimmung in die nächste rast, ohne dass sie die Fahrt auch nur im Geringsten kontrollieren können. Ein kleines, vollkommen unbedeutendes Ereignis kann zu einem Aggressionsausbruch führen, der in überhaupt keinem Verhältnis zum Auslöser steht und nicht selten in verbalen und körperlichen Attacken gegen sich selbst oder andere mündet. Häufig werden gerade Personen aus dem engen Umfeld, wie zum Beispiel der Partner oder auch der Therapeut, Opfer dieser Übergriffe.«

Mulder nahm einen Schluck von seinem Wasser, und auch Toni musste zu ihrem Bitter Lemon greifen. Sie dachte an Sebastian Krämer und die Anzeige gegen seinen Vater wegen Misshandlung, und ihr Getränk blieb ihr fast im Hals stecken.

»Aber selbst wenn es zu keinen körperlichen Übergriffen kommt«, fuhr der Arzt fort, »sind Beziehungen mit Borderline-Patienten alles andere als leicht. Die Angst vor dem Verlassenwerden ist ein zentrales Element dieser Persönlichkeitsstörung und kann existenzielle Dimensionen annehmen. Deshalb tun sie einerseits alles, um das Verlassenwerden unter allen Umständen zu verhindern, andererseits haben sie häufig Furcht vor genau dieser ersehnten Nähe. Noch dazu lässt ihr ständig schwankendes Selbstwertgefühl die Borderliner nicht glauben, dass die anderen es ehrlich mit ihnen meinen, und so provozieren sie oftmals Auseinandersetzungen mit dem Partner, um sich selbst zu beweisen, dass sie richtiglagen und der andere sie in Wahrheit nicht leiden kann. Beziehungen mit Borderline-Persönlichkeiten sind also oftmals geprägt von Annäherung und urplötzlicher Zurückweisung, von Trennung und reumütiger Rückkehr.«

Er machte eine Pause und blickte auf einen Punkt hinter Tonis Schulter. Sie widerstand dem Drang, es ihm gleichzutun, denn das, was Mulder sah, schien sich weder in diesem Raum noch in dieser Zeit zu befinden. Er wirkte sehr weit weg, und obwohl es kindisch war, fühlte Toni sich in diesem Moment ausgeschlossen und zurückgelassen. Dann senkte Mulder den Blick, und als er aufsah, war er wieder im Hier und Jetzt und erzählte weiter.

»Diese ständige Achterbahnfahrt führt zu großen inneren Spannungen, die sich bis zur Unerträglichkeit steigern können. Um sich davon zu befreien, findet jeder Borderliner seinen eigenen Weg: Das können Selbstverletzungen sein, Alkoholexzesse, Drogenkonsum, unkontrolliertes Essen mit anschließendem Erbrechen, Dahinrasen auf der Autobahn mit geschlossenen Augen oder wahllose Sexualkontakte.«

Mulder lehnte sich zurück und sah Toni an.
»Wie klingt das?«, fragte er.
»Wie Julia Krämer«, war ihre Antwort.

Neunundvierzig

Voller Elan stürmte Toni in das Büro ihres Chefs.

»Hans, du glaubst nicht, was ...«

Doch ihr Vorgesetzter schüttelte den Kopf und legte den Zeigefinger auf die Lippen. Er telefonierte, was Toni in ihrem Überschwang völlig entgangen war. Sie konnte nicht verstehen, was der Anrufer sagte, aber es schien nichts Positives zu sein, denn Hans' Miene verfinsterte sich zusehends.

»Gut. Dann bis später.«

Ihr Chef knallte den Hörer auf die Gabel, nahm seine Brille ab und drückte mit Daumen und Zeigefinger gegen seine Nasenwurzel. Beunruhigt trat Toni von einem Fuß auf den anderen. Das sah nicht gut aus.

»Schlechte Nachrichten?«, fragte sie vorsichtig. Hans ließ die Hand sinken, schloss für einen Moment die Augen und stieß dann einen tiefen Seufzer aus.

»Es war Sören. Sie haben das Krankenhaus gerade verlassen. Thanatos ...« Er brach ab, fuhr sich mit den Händen über das Gesicht und schüttelte den Kopf.

»Was ist mit Thanatos?«, fragte Toni, nun ernsthaft besorgt. »Ist seine Verletzung doch schlimmer? Ist er ins Koma gefallen? Ist sein göttlicher Schädel geplatzt? Oder ist er einfach nur abgehauen?«

»Nein, nein. Er ist nicht abgehauen, und sein Kopf sitzt

auch noch auf seinen Schultern, doch das macht die Sache auch nicht besser.« Er sah sie an und öffnete den Mund, schloss ihn aber sofort wieder. Erneut stieß er einen Seufzer aus. Das mussten wirklich verdammt schlechte Nachrichten sein. Toni wurde langsam ungeduldig. Warum rückte Hans nicht einfach damit heraus, was Sören ihm erzählt hatte?

»Nun sag schon«, drängte sie deshalb. »Was ist los mit Thanatos?«

»Das sollen die beiden selbst berichten. Ich habe von Sören nur einen kurzen Abriss bekommen, die Details kenne ich auch nicht. In einer guten Stunde werden sie wieder hier sein, dann setzen wir uns alle zusammen. Und nun zu dir: Was hast du zu erzählen, das ich nicht glauben werde?«

»Epische Breite oder Ultrakurzfassung?«

»Ultrakurz, wenn es geht.«

»Gut. Julia Krämer litt am Borderline-Syndrom, und die Verletzungen hat sie sich mit ziemlicher Sicherheit selbst beigebracht.«

»Und das weißt du von wem?«

»Der Sprechstundenhilfe ihres Psychotherapeuten und Dr. Mulder.«

Hans blickte Toni ausdruckslos an.

»Heute überrascht mich höchstens noch, wenn der Präsident halbnackt auf einem rosa Elefanten durch die Gänge reitet. Hebst du dir die Langfassung für die Besprechung auf?«

Toni nickte und war damit entlassen. Auf dem Weg zu ihrem Büro warf sie im Vorbeigehen einen Blick in Beates Zimmer. Ihre Kollegin saß nach vorne gebeugt an ihrem Schreibtisch, den Kopf in die Hände gestützt. Sie sah müde aus, um nicht zu sagen erschöpft bis total erledigt.

Beate hatte sie seit heute Morgen kaum eines Blickes gewürdigt. Ganz offensichtlich war die alte Antipathie wieder zurückgekehrt, der Waffenstillstand zwischen ihnen war ein für alle Mal Geschichte. Zu ihrem Erstaunen musste Toni feststellen, dass sie das tatsächlich ein wenig bedauerte. Gut, sie und Beate wären sicher nie Freundinnen geworden. Dafür verkörperte ihre Kollegin zu sehr all das, was Toni selbst verabscheute, nämlich kaltblütiges Karrierestreben, bei dem diejenigen auf der Strecke blieben, die Beate nicht oder nicht mehr von Nutzen waren. Dennoch musste Toni gestehen, dass es angenehm gewesen war, nicht ständig auf Angriff und Gegenangriff vorbereitet sein zu müssen.

Toni war stehen geblieben und musterte ihre Kollegin. Sie sah wirklich fertig aus. Ganz abgesehen davon hatte Beate offensichtlich noch immer keine Zeit gefunden, ihren Haaransatz zu färben, und die Bluse hatte ein paar Knitterfalten, als wäre sie nur notdürftig oder in großer Eile gebügelt worden. Das war nicht die Beate, mit der Toni in den letzten Jahren zusammengearbeitet hatte. Wieder dachte sie daran, dass sie Hans hatte fragen wollen, ob er wusste, was mit Beate los war. Jetzt war allerdings der falsche Zeitpunkt, das würde sie verschieben müssen, bis sie alle den Kopf etwas freier hatten. Aus heiterem Himmel hatte Toni das Bedürfnis, ihrer Kollegin etwas Gutes zu tun. Vielleicht wollte sie einen Kaffee?

Sie wollte gerade an den Türrahmen klopfen, um auf sich aufmerksam zu machen, als Beate den Kopf hob. Beinahe erschrocken sah sie Toni an, als wäre sie bei etwas Ungehörigem ertappt worden. Doch die Irritation währte nicht lange, und sie ging nahtlos in den Angriffsmodus über.

»Was ist?«, schnauzte sie.

Toni, von dieser Attacke doch ein wenig überrumpelt, stutzte einen Augenblick, fing sich aber ebenso schnell wie ihre Kollegin. Es war wieder alles beim Alten.

Ihr lag bereits eine gepfefferte Antwort auf der Zunge, doch sie schluckte sie hinunter. Toni hatte auf einmal das Gefühl, ein verwundetes Tier vor sich zu haben, das sich nicht mehr anders zu helfen wusste, als wild um sich zu beißen.

»Nichts«, sagte sie stattdessen und ging weiter in ihr Büro. Dort setzte sie sich auf ihren Stuhl und drehte sich um die eigene Achse, immer rundherum, während sie überlegte, was im Krankenhaus passiert sein mochte, das Hans derart die Petersilie verhagelt hatte. Nach einem guten Dutzend Umdrehungen stoppte sie ihre Karussellfahrt. Das waren doch alles nur Vermutungen. In einer Stunde würde sie es ohnehin erfahren, warum sollte sie Zeit mit nutzlosen Spekulationen verschwenden?

Sie zog die Ermittlungsakten zu sich heran, merkte aber bald, dass sie sich nicht konzentrieren konnte. Sie stand auf und ging zum Fenster. Als ihr bewusst wurde, dass sie die Umgebung nach dem Türstehertypen scannte, wandte sie sich verärgert ab. Sie konnte das nicht einfach so hinnehmen, dass Mike wieder damit begonnen hatte, Kontrolle über sie auszuüben. Wenn sie sich das jetzt gefallen ließ, bekam er Oberwasser und alles würde noch schlimmer werden als zuvor.

Nach einem Moment des Zögerns griff sie zum Telefon.

»Hallo Toni!« Janina war kaum zu verstehen, offenbar hatte Toni sie gerade beim Essen erwischt.

»Hallo Janina. Lass mich raten: Nummer einhunderteinundsiebzig?«

»Nein, eine simple Butterbreze«, kam es genuschelt aus dem Hörer. »Die macht nicht so eine Sauerei auf dem Boden. Wie kommt ihr voran? Hat er gestanden?«

»Leider noch nicht. Contutto und Sören arbeiten aber daran.« Sie zögerte wieder. Dann ballte sie die Faust und sprach weiter. »Ich bräuchte noch einmal deine Hilfe. Allerdings eher ... inoffiziell.«

»Inoffiziell?« Janina Schwärmer schluckte geräuschvoll. »Hat das etwas mit diesem Fall zu tun?«

»Nein.« Toni hatte sich von Anfang an entschlossen, Janina die Wahrheit zu sagen. Das hatte ihre Kollegin verdient. »Es geht um was Persönliches. Du kennst doch das Drama um Mike, meinen Ex.«

»Ich würde lügen, wenn ich etwas anderes behaupten würde.«

»Nachdem ich ihn angezeigt habe, schien es, als wäre er vernünftig geworden und würde mich in Ruhe lassen.«

»Aber das tut er nicht?«

»Nein. Das heißt, er selbst schon. Offenbar will er lieb Kind machen, bis die ganzen Verfahren gegen ihn abgeschlossen sind. Deshalb hat er jemanden auf mich angesetzt, der mich überwachen und einschüchtern soll.«

Für einen Augenblick herrschte Stille am anderen Ende.

»Das ist jetzt nicht wahr, oder?«, sagte Janina Schwärmer dann.

»Leider doch«, bestätigte Toni und erzählte ihr die ganze Geschichte.

»Und was willst du jetzt unternehmen?«

»Keine Ahnung«, antwortete Toni ehrlich. »Rein rechtlich geht überhaupt nichts, weil der Typ mich ja nicht bedroht hat, und wenn ich Mike darauf anspreche, wird er das Unschuldslamm spielen, das natürlich überhaupt keine Ahnung hat, wovon die Rede ist. Im Gegenzug wird er mich im Präsidium als hysterische Kuh mit Verfolgungswahn hinstellen, die komplett balla-balla ist und der man kein Wort glauben kann. Das wäre natürlich für die Verfahren nicht gerade hilfreich.«

»Stimmt«, sagte Janina. »Wenn du mit Mike sprichst, bringt es gar nichts. Das müsste schon jemand anderes tun.«

»Jemand anderes? Und wer?«

»Ich wüsste da schon jemanden.«

»Sag jetzt nicht, du hast irgendwelche zwielichtigen Gestalten an der Hand, die gegen eine kleine Aufwandsentschädigung anderen Leuten die Kniescheiben brechen?«

Janina lachte.

»Nicht ganz, aber fast. Ich weiß da nämlich jemanden, der mit Mike ein dickes, fettes Hühnchen zu rupfen hat.«

Toni wurde hellhörig.

»Und wer wäre das?«

»Patrick.«

»Du redest jetzt aber nicht von deinem Mann?«

»Doch, genau von dem. Wegen Mike wäre einmal ein SEK-Einsatz um ein Haar vollkommen schiefgelaufen. Ich weiß nicht genau, was damals passiert ist, nur, dass sie wahnsinniges Glück hatten, dass Patrick und ein weiterer Kollege mit dem Leben davongekommen sind. Patrick behauptet, dass Mike den Einsatz verraten hat. Leider konnten sie ihm das nie nachweisen, und es gab auch nie offizielle Ermittlungen, weil ja im Endeffekt nichts passiert ist.«

Toni schwieg betroffen. Mike sollte wissentlich Kollegen in Lebensgefahr gebracht haben? Sie wollte es nicht glauben, wusste aber tief in ihrem Inneren, dass jedes Wort davon wahr war.

»Und du meinst, Patrick und seine Kollegen würden mit Mike reden?«

»Na ja«, druckste Janina. »Reden gehört nicht unbedingt zu den großen Stärken von Patrick und seinen Kollegen. Zumindest nicht mit dem Mund. Eher mit Händen und Füßen, wenn du verstehst …?«

Toni verstand.

»Nein«, sagte sie entschieden. »Das kann ich nicht verantworten. Vielen Dank, aber ich will deinen Mann und seine Kollegen nicht in Schwierigkeiten bringen. Das ist Mike nicht wert.«

»Und was ist mit deinem Leben? Ist es das auch nicht wert?«

Darauf hatte Toni keine Antwort. Einige Sekunden lang herrschte Stille zwischen den Frauen, bis Janina Schwärmer wieder das Wort ergriff.

»Was war denn überhaupt der Grund für deinen Anruf? Wobei kann ich dir helfen?«

Toni wollte schon abwinken. Eigentlich ergab ihr Vorhaben überhaupt keinen Sinn, andererseits schadete es auch nicht. Informationen konnte man nie genug haben.

»Es geht um den Typen, den Mike mir auf den Hals gehetzt hat. Kannst du unsere Datenbanken nach ihm durchsuchen? Solche Recherchen sind nicht unbedingt meine große Stärke.«

»Kein Problem. Wie sah er aus?«

Toni gab ihr die Beschreibung und legte dann auf. Jetzt brauchte sie dringend frische Luft. Sie öffnete das Fenster, vermied aber bewusst jeglichen Blick nach unten, sondern sah hinauf in den Himmel. »Der Frühling kommt«, hatte Contutto heute Morgen gesagt. »Der Regen wird schon heller.« Inzwischen hatte es ganz zu regnen aufgehört, und es war sogar ein winziges Fleckchen blauer Himmel zu sehen. Toni lächelte, und auf einmal juckte es sie in den Fingern. Sie schloss das Fenster, setzte sich wieder an den Computer und rief eine Immobilienseite auf. Dass das ein Verstoß gegen die Computerrichtlinien war, störte sie in diesem Moment herzlich wenig. Wo kein Kläger, da kein Richter.

»Toni. Toni?«

Überrascht drehte sie sich um. Hans stand hinter ihr. Wie lange wohl schon? Sie hatte überhaupt nicht gehört, dass er ihr Büro betreten hatte. Ihr Vorgesetzter kniff die Augen zusammen und sah über ihre Schulter auf den Bildschirm.

»Willst du ein Haus kaufen?«

»In München?« Toni lachte. »Frag mich noch einmal, wenn Bernie Ecclestone mich adoptiert und mir mein Erbe vorzeitig ausbezahlt hat. Bis dahin muss es eine Mietwohnung tun. Und ja, ich weiß, dass Wohnungssuche im Dienst nicht erlaubt ist.«

»Was? Wovon sprichst du? Ich hab nichts gesehen. Ich bin nur hier, um zu sagen, dass Contutto und Sören zurück sind. Besprechung in fünf Minuten.«

Fünfzig

Bereits nach drei Minuten hatten sie sich vollzählig im Besprechungsraum versammelt. Die Anspannung, die durch den Raum waberte, konnte man fast mit Händen greifen, und nicht nur Toni scharrte ungeduldig mit den Füßen. Hans wollte es nicht spannender machen als nötig und erteilte Sören und Contutto das Wort.

Die beiden wechselten einen raschen Blick, dann sah Sören in die Runde.

»Ich fasse mich kurz: Alexander Lebsche alias Thanatos hat Julia Krämer nicht umgebracht.«

»Was?«, stießen Toni und Beate wie aus einem Mund hervor.

»Seid ihr sicher?«, fragte Toni und schaute ungläubig von einem Kollegen zum anderen. Contutto und Sören nickten synchron.

»Ja, leider«, bestätigte Sören.

Beate fuhr sich durch die Haare. Eine Geste, die Toni noch nie an ihr gesehen hatte.

»Das bedeutet, die ganze Aktion in dem Hotel und auf dem Friedhof war nur eine Luftnummer? Wir haben uns die Nacht für nichts und wieder nichts um die Ohren geschlagen und einen Unschuldigen ins Krankenhaus gebracht?« Ihre Augen schossen Feuersalven auf Toni ab. »Gut gemacht, Frau Kollegin«, ätzte sie. »Diesen Fehlschlag kannst du schön selbst auf der Pressekonferenz erklären. Ich bin schon sehr gespannt, wie du dich da herauswinden willst, ohne uns alle als Vollidioten hinzustellen.«

Hans schlug donnernd mit der Hand auf den Tisch.

»Schluss damit! Anschisse verteilt hier nur einer, und das bin ich!« Sein Gesicht war innerhalb weniger Sekunden dunkelrot angelaufen. »Wir sind ein Team und arbeiten miteinander, nicht gegeneinander, und bevor du solche Wertungen wie *Fehlschlag* und *Vollidioten* von dir gibst, hör dir die gesamten Fakten an. Oder bildest du dir sonst auch so vorschnell ein Urteil? Wenn ja, dann bist du hier fehl am Platz. Ich dachte, das hättest du in der Zwischenzeit gelernt.«

Hans fuhr mit dem Finger innen an seinem Hemdkragen entlang. Im Raum war es mucksmäuschenstill, keiner wagte es, sich zu bewegen oder auch nur zu atmen. Der Zornesausbruch hatte sie alle vollkommen unvorbereitet getroffen, doch während Toni, Contutto und Sören nur zusammengezuckt waren, war aus Beates Gesicht alle Farbe gewichen, und sie hatte den Kopf zwischen die Schultern gezogen. Toni konnte nicht umhin, als ein klein wenig Schadenfreude zu empfinden, auch wenn das nicht die feine englische Art war.

Hans räusperte sich. Seine Gesichtsfarbe hatte sich beinahe wieder normalisiert. »Stephan, Sören«, sagte er. »Fahrt bitte fort.«

»Gut ... äh ...«, stotterte Contutto. »Wo waren wir stehengeblieben?«

»Wie ihr zu dem Schluss gekommen seid, dass Lebsche nicht der Täter ist«, half Toni ihm auf die Sprünge. Diese Frage brannte ihr wie Feuer unter den Nägeln. »Hatte er denn kein Date mit Julia Krämer beziehungsweise Dornröschen?«

»Doch, hatte er«, sagte Contutto, nun wieder völlig in der Spur. »Er war auch schon beinahe auf dem Weg zu diesem Parkplatz an der Aubinger Lohe, als er eine Mail erhielt. Absender war offenbar Dornröschen, das ihm kurzfristig wegen eines familiären Problems absagte.«

Ein abgesagtes Date wegen eines familiären Problems. Das kam ihr irgendwie bekannt vor. Wenn die Sache nicht so ernst gewesen wäre, hätte sie laut losgelacht.

»Aber von Julia Krämers Account wurde keine solche Mail verschickt, die hätte die IT-Forensik doch gefunden. Und warum hat sie Thanatos nicht über *Secret Escapades* kontaktiert? So haben sie sich doch auch verabredet. Kann Lebsche das mit der Mail beweisen – und die Frage aller Fragen: Wo war er, wenn nicht im Wald?« Es sprudelte nur so aus Toni heraus, und Sören hob grinsend die Hände.

»Gemach, gemach!«, sagte er. »Immer schön eins nach dem andern. Also: Unsere Computerexperten sind bereits an der Mailadresse dran, aber es sieht danach aus, als ob sie bereits nicht mehr existiert. Anscheinend hat jemand sie nur für diese eine Absage an Thanatos benutzt. Zweitens: Lebsche hat uns die Mail auf seinem Handy gezeigt, sie existiert also wirklich.«

»Drittens«, ergänzte Contutto, »Lebsche musste seinen eigenen Worten nach den Druck, der sich in seinem Inneren wegen der Vorfreude auf den kleinen Waldspaziergang mit Dornröschen aufgestaut hatte, unbedingt abbauen und ist in das Fitnessstudio in Forstenried gefahren, wo er seit Jahren trainiert. Wir haben das natürlich überprüft, und es stimmt. Er hat sich um vierzehn Uhr elf eingeloggt und um neunzehn Uhr siebenunddreißig wieder aus.«

»Das sind über fünf Stunden«, warf Beate ein. »In dieser Zeit könnte er leicht in die Aubinger Lohe und zurück gefahren sein und Julia Krämer umgebracht haben.«

»Vollkommen richtig«, bestätigte Contutto. »Allerdings hat er tatsächlich sein übliches Pensum trainiert, dafür gibt es Zeugen.«

»Aber das dauert doch keine fünf Stunden.« Toni hatte sich zurückgelehnt und sah Contutto skeptisch an.

»Auch vollkommen richtig. Sein persönliches Training hatte er nach etwa zwei Stunden beendet. Die restliche Zeit hat er mit einer der Angestellten trainiert, und zwar nicht an den Hanteln, sondern auf der Matratze.«

Toni verdrehte die Augen. Es war nicht zu fassen.

»Hat die Trainingspartnerin das bestätigt?«, fragte sie.

»Ja.« Sören nickte. »Und der Röte ihrer Ohren nach hat sich das alles genau so zugetragen.«

Hans, der die gesamte Zeit auf seine ineinander verschränkten Finger gestarrt hatte, hob nun den Kopf.

»Und warum ist der dann vor uns davongelaufen?«

»Weil er zentimeterdick Dreck am Stecken hat«, antwortete Contutto.

»Und in welcher Form?«, wollte Toni wissen. »Steuerhinterziehung? Fischwilderei?« Die Enttäuschung fraß gerade große Löcher in ihre Innereien. Thanatos als Täter hätte so gut gepasst, verdammt noch mal, und jetzt waren sie wieder genauso klug wie zuvor.

»Besser: Erpressung.«

»Erpressung?«, wiederholte Beate. »Wen hat er denn erpresst?«

»Einige von den Frauen, die er über diverse Seitensprungportale kennengelernt hat. Der Typ ist eigentlich Personal Trainer, aber das wirft wohl nicht genügend ab.

Als ihm eine seiner Kundinnen einmal einen Fuffi extra für eine ganz besondere Trainingseinheit zugesteckt hat, ist er auf den Geschmack gekommen. Callboy kam für ihn aber nicht in Frage, weil er sich da die Damen ja nicht selbst aussuchen kann. Anders als bei diesen Portalen, wo er sich aus dem Angebot die Rosinen rauspicken kann. Und zwar ausschließlich die verheirateten. Er ließ dann bei ihren Treffen heimlich eine Kamera mitlaufen und hat die Damen hinterher vor die Wahl gestellt: Cash oder bunte Bilder für den Gatten. Obendrein war er so klug, nur so niedrige Beträge zu fordern, dass seine Opfer gar nicht lange darüber nachdachten, ob sie bezahlen oder es auf einen Ehekrach ankommen lassen sollten.«

»Deshalb war er übrigens auch so früh im Hotel«, ergänzte Sören. »Er wollte die Kamera installieren, bevor Catwoman auftaucht.«

»Eines verstehe ich aber nicht«, sagte Beate stirnrunzelnd. »Der Treffpunkt am Wald. Wo wollte Thanatos dort Kameras verstecken?«

»Nirgends«, sagte Contutto. »Er hat ein Wohnmobil, das er entsprechend präpariert hat. Das ist seine Alternative zum Hotel, das er übrigens immer von den Damen aussuchen und bezahlen lässt. Cleveres Kerlchen.«

»Von wegen clever. Ein kleines Arschloch, sonst nichts.« Toni lehnte sich zurück und verschränkte die Hände im Nacken. »Dann lasst mich mal zusammenfassen: Die Verabredung zum Sex zwischen Thanatos und Dornröschen war echt. Irgendjemand hat das allerdings herausbekommen und Alexander Lebsche eine gefakte Absage geschickt. Julia Krämer tauchte natürlich trotzdem am Treffpunkt auf, sie wusste ja von nichts. Dort hat der Täter auf sie gewartet, und das Schicksal nahm seinen Lauf. Fragt sich bloß, wer.« Sie sah von einem zum anderen. »Geht es nur mir so, oder drängt sich euch auch eine bestimmte Person auf?«

Alle ihre Kollegen nickten.

»Gut«, sagte Hans. »Dann holen wir uns Martin Krämer noch einmal herein.«

Einundfünfzig

Schwerfällig schritt Martin Krämer den schmalen Weg entlang. Im Sommer wimmelte es hier nur so von Badegästen. Dann roch es überall nach Sonnenöl und später am Abend nach Holzkohle. Jetzt roch es nach Regen, feuchtem Gras und einem Winter, der keiner war.

Der Himmel hatte sich wieder zugezogen. Bleigrau spiegelte er sich auf dem Wasser. Auf der anderen Seeseite ging ein Paar spazieren, die Kapuzen über den Kopf gezogen. Sie hatte sich bei ihm untergehakt, lehnte sich an ihn. Vor ihnen lief ein Golden Retriever, die Nase dicht über dem Boden.

Er verließ den Pfad und bahnte sich seinen Weg durch die Wiese, hin zu den großen Steinen am Ufer. Das Gras war kniehoch und nass, seine Hose färbte sich durch die Feuchtigkeit bereits dunkel. Der Stoff klebte kalt an seinen Schienbeinen. Er fröstelte.

Unbeholfen kletterte er auf den größten der Steine. Er war lang nicht mehr hier gewesen. Acht Jahre. Oder sieben? Er wusste es nicht mehr. Julia war in ihrem roten Bikini neben ihm gesessen, die Sonnenbrille im Haar und mit Tausenden glitzernden Wassertropfen auf der Haut. Damals war alles noch in Ordnung gewesen. Oder zumindest hatte er geglaubt, alles in Ordnung bringen zu können. Wenn sie ein gemeinsames Kind bekamen, würde alles gut werden. Aber es war ihnen versagt geblieben. Sie gab sich die Schuld, denn seine konnte es nicht sein. Er hatte ja bereits einen Sohn und eine Tochter gezeugt. Da verließ sie ihn das erste Mal. Sie sei nicht gut genug für ihn. Sie verdiene ihn nicht. Doch sie kam zurück.

Sie versuchten es noch einmal, und wieder wurde sie nicht schwanger. Sie warf ihm vor, er habe sich heimlich sterilisieren lassen. Er wolle gar kein Kind mehr, wolle sie nur vögeln. Da verließ sie ihn das zweite Mal. Und kam zurück.

Eine Zeitlang ging es gut. Sie schien darüber hinweg zu sein. Dann geschah das mit Sebastian.

Martin Krämer presste die Lider aufeinander und schüttelte den Kopf. Er wollte nicht mehr daran denken. Jetzt war alles vorbei.

Er legte die Aldi-Tüte, die er die ganze Zeit unter dem Arm getragen hatte, vor sich auf den Boden und öffnete sie. Vorsichtig griff er hinein. Der Stein war rau und kalt. Er hob ihn heraus und konnte nicht anders, als ihn zu betrachten. Das Blut war zu rostbraunen Flecken getrocknet. Ein paar Haare klebten darin. Ihre Haare. Sie flatterten im Wind, als wollten sie mit ihm auf und davon fliegen.

Martin Krämer stand auf, wog den Stein in der Hand und warf ihn in den See.

Zweiundfünfzig

»Ich fasse es nicht.« Toni lief im Besprechungsraum hin und her wie ein Tiger in seinem Käfig. »Ich fasse es einfach nicht! Der hat uns ausgebootet. Einfach so.« Sie schnippte mit den Fingern.

»Jetzt nimm es doch nicht persönlich«, sagte Sören, ohne von den Unterlagen aufzublicken. »Außerdem kann ich es schon irgendwie verstehen. Nach allem, was war, würde ich vermutlich auch nicht mehr mit uns sprechen wollen.«

Toni gab ein Schnauben von sich. Dabei hatte alles so perfekt gepasst. In exakt demselben Moment, als sie und Sören das Haus der Krämers erreicht hatten, war Martin Krämer aus seinem Renault ausgestiegen. Bei ihrem Anblick sackten seine Schultern nach unten und er wurde grau im Gesicht.

Wortlos versperrte er seinen Wagen und schloss das Einfahrtstor hinter sich. Auf dem Gehweg blieb er stehen und schaute sich um, als wollte er sich von seinem Haus verabschieden, das er vermutlich lange Zeit nicht mehr sehen würde. Toni fand das etwas theatralisch, verzog aber keine Miene. Sie öffnete die hintere Beifahrertür, um ihn einsteigen zu lassen.

»Martin?«

Toni, Sören und Martin Krämer blickten hinüber auf die andere Straßenseite. Eva Feurer stand am Gartentor.

Sie trug Hausschuhe und hatte sich nicht einmal die Zeit genommen, eine Jacke überzuziehen.

»Martin«, rief sie noch einmal. »Was ist los?«

»Kümmerst du dich bitte um Sebastian?«, war alles, was Martin Krämer darauf antwortete, dann stieg er ohne ein weiteres Wort in den Dienstwagen.

Die ganze Fahrt über kam nicht ein einziges Wort über seine Lippen. Reglos saß er auf der Rückbank, den Kopf leicht zur Seite gedreht, der Mund eine dünne, waagrechte Linie. Hätte er nicht hin und wieder gezwinkert, hätte man ihn für eine Statue halten können. Ein Mann, der wusste, dass er verloren hatte, dachte Toni. Game over.

Er behielt sein eisernes Schweigen bei, bis sie den Vernehmungsraum erreicht hatten. Dort setzte er sich auf seinen Stuhl, faltete die Hände vor sich auf dem Tisch und sagte mit starr an die Wand gerichtetem Blick: »Mit Ihnen rede ich nicht. Wegen Ihnen musste Sebastian von Fremden erfahren, dass Julia nicht mehr am Leben ist. Ich will Sie beide nicht mehr sehen.«

Wie bitte? Toni glaubte, nicht richtig gehört zu haben. Was waren das denn für Sitten? Hatte ihm das sein Anwalt eingeimpft? Doch bevor sie etwas sagen konnte, packte Sören sie unauffällig am Ärmel und zog sie mit sich hinaus.

»Lass ihn«, sagte Sören, nachdem er die Tür hinter sich geschlossen hatte. »So lange er dann ein Geständnis ablegt, soll er seinen Willen bekommen. Das erspart uns eine Menge Zeit und Ärger.«

Toni ballte die Fäuste und starrte auf die Tür. Sie und Sören waren so kurz davor, Martin Krämer zu überführen, und nun kickte er sie aus dem Spiel. Einfach so. Sie hoffte, dass ihre Blicke das Holz der Tür durchdringen und sich dem Mann dahinter wie glühende Stäbe in den Schädel bohren würden. Aber natürlich hatte Sören recht. Es wäre mehr als dumm, wenn sie Martin Krämers Forderung nicht nachgeben würden. Dadurch könnten sie zwar demonstrieren, dass nur sie hier das Sagen hatten – gleichzeitig würde sich seine Kooperationsbereitschaft jedoch auch in Luft auflösen, und dieser Preis war definitiv zu hoch.

Trotzdem wurmte es sie immer noch, dass nun Contutto und Beate im Vernehmungszimmer auf der anderen Seite des Tisches saßen und Martin Krämer in die Mangel nahmen.

»Die beiden machen das schon«, sagte Sören.

»Weiß ich doch«, antwortete Toni und setzte sich zu ihrem Kollegen an den Tisch. »Trotzdem hätte ich dem Krämer gern in die Augen gesehen, während sich die Schlinge um seinen Hals immer enger zieht.«

»Ich ja auch.« Sören lehnte sich zurück und blickte Toni mit schiefgelegtem Kopf an. »Sag mal – warum hat Dr. Mulder sich die Leiche von Julia Krämer eigentlich noch einmal angeschaut? Er hatte mit der Obduktion doch gar nichts zu tun.«

Toni wich Sörens Blick aus. »Die Verletzungen von Julia Krämer haben mir Kopfzerbrechen bereitet, und darüber habe ich mit Dr. Mulder gesprochen.«

»Wann? Heute?«

»Nein, am Wochenende.«

»Am Wochenende?« Sören zog die Brauen hoch. »Wie denn das? Ich meine, wieso triffst du dich mit ...« Er klappte den Mund zu, und Toni konnte genau sehen, wie es hinter seiner Stirn ratterte und er eins und eins zusammenzählte. Dass er zum richtigen Ergebnis kommen würde, bezweifelte sie keine Sekunde lang.

»Nein, oder?«, sagte Sören und sah sie aus großen Augen an. »Du und ...« Seine Augen wurden noch größer. »Du und Dr. Mulder? Ist nicht wahr!«

Eine bange Sekunde lang befürchtete Toni, er würde nun missbilligend den Kopf schütteln, doch aus der Ungläubigkeit auf Sörens Gesicht wurde zuerst ein Staunen und dann ein Strahlen.

»Das sind ja tolle Neuigkeiten. Und wie lang geht das schon mit euch beiden?«

Verlegen zupfte Toni an ihrem Shirt herum. Sie mochte es gar nicht, so über ihr Privatleben ausgequetscht zu werden; andererseits tat ihr die ehrliche Freude in Sörens Augen unheimlich gut.

»Erst seit ein paar Tagen«, sagte sie. »Aber pssst!« Sie legte den Zeigefinger an die Lippen, und Sören nickte wissend.

»Ich verstehe. Du willst nicht, dass es sich herumspricht, damit ihn niemand vor dir warnen kann. Guter Plan. Würde ich an deiner Stelle auch so machen. Er soll selbst herausfinden, was er sich mit dir eingebrockt hat.«

»Du bist unmöglich!« Toni sprang auf und griff lachend über den Tisch, um Sören am Kragen zu packen, doch ihre Arme waren zu kurz.

»Ich kann mich nicht erinnern, dass ich Lachen angeordnet hätte.« Hans stand in der offenen Tür und sah sie mit gespielter Entrüstung an.

»Sorry, Chef«, lenkte Sören sofort ein. »Wird nie wieder vorkommen. Gibt es etwas Neues von Martin Krämer?«

»Nein. Die Vernehmung läuft noch. Und bei euch? Habt ihr in den Unterlagen noch etwas entdeckt?«

Beide verneinten.

»Dann hoffen wir auf das Vernehmungsgeschick von

Beate und Stephan. Dass Martin Krämer auf einen Anwalt verzichtet hat, stimmt mich auf jeden Fall schon einmal positiv.«

»Er hat auf einen Anwalt verzichtet? Wirklich?« Toni biss sich auf die Lippe. Das passte zu den Bedenken, die ihr unbewusst bereits die ganze Zeit durch den Kopf geschwirrt waren und jetzt Gestalt annahmen.

»Was ist los?«, fragte Sören. »Was stimmt nicht?«

»Das Alibi«, sagte Toni. »Martin Krämers Sohn und die Nachbarin haben behauptet, sie hätten den gesamten Nachmittag und auch den Abend mit ihm verbracht.«

»Ja, und?« Hans zuckte mit den Schultern. »Das wäre nicht das erste falsche Alibi in der Kriminalgeschichte.«

»Nein, das natürlich nicht, und dass Sebastian für seinen Vater lügt, verstehe ich ja auch. Schließlich ist er der einzige Elternteil, den er noch hat. Wenn er seinen Vater nun auch noch verliert, steht er ganz allein da. Deshalb tut er alles, um seinen Vater zu schützen. Ganz abgesehen davon ist er wahrscheinlich felsenfest von der Unschuld seines Vaters überzeugt. Welches Kind wäre das nicht? Und selbst wenn nicht – möglicherweise ist für Sebastian die Vorstellung, ganz allein zu sein, schlimmer als die Tatsache, mit dem Mann unter einem Dach zu wohnen, der seine Stiefmutter umgebracht hat. Zumal die Frau den beiden das Leben ja ziemlich zur Hölle gemacht haben muss. Aber warum Eva Feurer?« Toni sah ihre Kollegen an. »Warum hat sie gelogen?«

»Das alles habe ich mir auch schon überlegt«, antwortete Sören. »Und mir sind zwei Gründe eingefallen. Grund Nummer eins: Sebastian und Eva Feurer sind tatsächlich von Martin Krämers Unschuld überzeugt, und sie hat sich von Sebastian zu dem falschen Alibi überreden lassen. Sie scheint den Jungen sehr zu mögen und wollte ihm dadurch einfach nur helfen.«

»Und Grund Nummer zwei?«, fragte Hans.

»Martin Krämer und Eva Feuer stecken unter einer Decke. Das Verhältnis zwischen den beiden scheint ja mehr als nur nachbarschaftlich zu sein, möglicherweise auch mehr als nur freundschaftlich. Vielleicht haben die beiden deshalb beschlossen, Julia Krämer aus dem Weg zu räumen, um in eine gemeinsame Zukunft ohne Angst und Gewalt zu starten. Sebastian haben sie dazu benutzt, ihr falsches Alibi zu untermauern. Eva Feurer hat ihm eingeredet, dass die Polizei Martin Krämer den Mord anhängen will, weil das am einfachsten ist. Damit wäre die Familie allerdings endgültig zerstört. Sebastian hat also keine andere Wahl, als bei dieser Lüge mitzumachen, wenn er seinen Vater nicht auch noch verlieren will.«

Eine Weile herrschte Schweigen. In Tonis Kopf schwirrte immer noch etwas umher, das sie störte, doch sie konnte es nicht greifen. Wahrscheinlich war es auch nur Einbildung, denn Sörens Ausführungen klangen plausibel. Das fand auch Hans.

»Gut«, sagte er. »Dann sollten wir sie ebenfalls zu einem Plauderstündchen zu uns bitten.«

Toni holte ihre Jacke und ihre Tasche aus ihrem Büro und wollte gerade die Tür versperren, als das Telefon klingelte. Sie zögerte einen Augenblick. Das Klingelzeichen verriet ihr, dass es ein externer Anrufer war, der etwas von ihr wollte. Vielleicht Tom? Sie ging zurück zu ihrem Schreibtisch.

»Mordkommission, Stieglitz.«

»Grüß Gott, Frau Stieglitz, Gottfried Dengler am Apparat. Ich sollte Sie zurückrufen.«

Dengler? Etwas klingelte in Tonis Hinterkopf, doch auf Anhieb konnte sie den Namen mit keiner Person und keinem Ereignis verknüpfen.

»Tut mir leid, Herr Dengler, Sie müssen mir auf die Sprünge helfen. Weswegen sollten Sie mich zurückrufen?«

»Wegen der Frau im Wald. Sie wollten mit mir sprechen, haben aber nur meine Frau erreicht. Ich war ...«

»... auf Wisentjagd«, ergänzte Toni. Jetzt wusste sie, mit wem sie es zu tun hatte. Sie setzte sich und zog Stift und Papier zu sich heran. »Waren Sie zufällig am Samstag vor Ihrer Abreise noch in der Aubinger Lohe?«

»Nein, im Wald war ich nicht«, antwortete er. »Nur am Waldrand. Jemand hatte am Nachmittag auf der Eichenauer Straße ein Reh überfahren, und ich musste den Kadaver entsorgen. Ich fand allerdings erst kurz vor achtzehn Uhr Zeit, hinauszufahren. Da war es fast dunkel. Letztes Büchsenlicht, wie wir Jäger sagen, und das wäre mir fast zum Verhängnis geworden.«

»Zum Verhängnis? Wie das denn?«

»Weil ich fast überfahren worden wäre. In der einen Sekunde höre ich noch einen aufheulenden Motor und quietschende Reifen, und im nächsten Moment rast dieser Wagen ohne Licht auf mich zu. Ich konnte gerade noch auf die Seite springen, sonst hätte er mich erwischt.«

Die Empörung in seiner Stimme war nicht zu überhören. Auf der Eichenauer Straße waren nur fünfzig Stundenkilometer erlaubt, aber daran hielt sich trotz der schmalen Fahrbahn kaum jemand. Auf der einen Seite waren nur Felder und die Aubinger Lohe, auf der anderen die Bahntrasse, da traten die Leute gern aufs Gas. Allerdings bei Nacht normalerweise nicht ohne Licht. Es sei denn, der Fahrer war zugedröhnt, lebensmüde oder ... oder auf der Flucht.

»Und Sie sind sich sicher, dass kein Licht am Auto brannte?«

»Ganz sicher. Sonst hätte ich die Scheinwerfer schon lange vor dem Auto gesehen.«

»Und wo war das genau?«

»Kurz vor dem Parkplatz am Bahnübergang.«

Das war der Parkplatz, auf dem sie damals ihren Dienstwagen abgestellt hatte.

»Konnten Sie die Marke erkennen?«

»Es war ein VW, vermutlich ein Golf. Silber oder grau.«

»Und in welche Richtung fuhr er?«

»Richtung München.«

»Kam er von dem Parkplatz?«

»Nein«, antwortete Gottfried Dengler. Seine Stimme klang erst zögerlich, dann wurde sie fester. »Nein. Dann wäre er auf meiner Höhe niemals so schnell gewesen. Ich hatte die Parkplatzausfahrt ja schon fast erreicht, und auf den paar Metern hätte er nie derart beschleunigen können. Der Wagen muss aus Puchheim gekommen s...« Er verstummte. »Nein«, fuhr er nach einer kurzen Denkpause fort. »Nicht aus Puchheim. Aus dem Wald.«

»Sind Sie sicher?«, fragte Toni, die ihre Skepsis nicht verbergen konnte. »Wie kommen Sie darauf?«

»Weil das Reifenquietschen nicht sofort nach dem Aufheulen des Motors kam. Zuerst hörte es sich an, als würden die Räder auf Sand oder Steinen durchdrehen. Der Wagen muss aus dem Waldweg herausgeschossen sein. Dann kommt das auch mit dem Tempo hin.«

Toni rief ein Satellitenbild der Örtlichkeit auf und betrachtete es stirnrunzelnd. Es stimmte. Aus dem Parkplatz heraus war der Winkel zu spitz, um schnell Fahrt aufzunehmen. Aus dem Wald heraus konnte man in fast gerader Linie fahren und entsprechend beschleunigen.

»Was ist mit dem Kennzeichen?«

»Das habe ich mir notiert. Einen Moment bitte.« Sie hörte, wie sich am anderen Ende Schritte entfernten, und nutzte die Zeit, um ihrerseits in den Ermittlungsakten zu blättern. Ein Räuspern in ihrem Rücken ließ sie aufblicken. Sören stand in der Tür und schaute sie fragend an.

»Wollen wir?«

Gleich, bedeutete sie ihm, denn der Jäger hatte den Hörer wieder in die Hand genommen und diktierte ihr das Kennzeichen.

»Und wie können Sie sich da so sicher sein? Sie sagten, es war schon fast dunkel und am Wagen brannte kein Licht. Somit war auch die Kennzeichenbeleuchtung nicht in Betrieb.«

»Das stimmt«, gab Gottfried Dengler zu. »Aber ich hatte mein Fernglas umgehängt. Alte Gewohnheit, das mache ich immer, wenn ich aus dem Auto steige. Jedenfalls ist das ein sehr lichtstarkes Glas, deshalb reichte es gerade noch so aus, dass ich das Kennzeichen ablesen konnte.«

»Und der Fahrer?«, fragte sie. »Können Sie ihn beschreiben?«

»Beschreiben? Nicht besonders gut. Dazu ging alles zu schnell. Ich musste ja zusehen, dass ich von der Straße komme, bevor sie mich über den Haufen fährt.«

»Sie?«, fragte Toni.

»Ja, sie. Am Steuer saß eine Frau.«

Dreiundfünfzig

Mit Sören im Schlepptau eilte Toni in Hans' Büro und gab dort den Inhalt des Gesprächs in groben Zügen wieder.

»Gottfried Dengler konnte sie zwar nur rudimentär beschreiben, aber das, woran er sich erinnern konnte, klang sehr nach Eva Feurer«, beendete sie ihren Bericht. Sören entfuhr ein leiser Pfiff.

»Meine Herren«, sagte er. »Ich bin gespannt, wie sie aus der Nummer wieder rauskommen will. Und sie saß wirklich allein im Auto?«

»Unser Jägersmann behauptet das zumindest«, antwortete Toni. »Natürlich kann es sein, dass er sich aufgrund des Schockmoments nur auf die Person hinter dem Steuer konzentriert und den Beifahrer komplett übersehen hat. Aber dennoch muss die gute Frau Feurer nun erst einmal erklären, wie sie an zwei Orten gleichzeitig sein konnte: in ihrem Auto und im Wohnzimmer der Krämers.«

»Habt ihr überprüft, ob sie eine Zwillingsschwester hat?«, warf Hans ein.

»Wie bitte?«

»Was?«

Toni und Sören starrten ihren Vorgesetzten entgeistert an, und er hob sofort die Hände.

»Beruhigt euch, das war ein Scherz!«

Sören und Toni tauschten einen kurzen Blick. Sören war

kalkweiß um die Nase, und Toni war sich sicher, dass sie selbst auch nicht anders aussah.

»Nicht lustig, Chef«, brummte Sören. »Ich gehe trotzdem recherchieren. Zur Sicherheit.«

»Das war Blödsinn, bleib da!«, rief Hans, doch Sören war schon aus dem Zimmer gestapft. Seufzend wandte Hans sich an Toni: »Da macht man einmal einen Scherz ...«

»Der war aber wirklich nicht gut«, sagte Toni tadelnd. »Mir ist im ersten Moment auch ganz schön das Herz in die Hose gerutscht. Sei froh, dass Contutto nicht im Raum war. Den müsstest du jetzt nämlich wiederbeleben.«

»Weshalb soll ich wiederbelebt werden?« Contutto war durch die offene Tür getreten und sah von einem zum anderen. Er strahlte über das ganze Gesicht.

»Hans hat sich wieder an einem Witz versucht«, erklärte Toni. »Du kannst dir das Ergebnis vorstellen?«

Contutto verzog das Gesicht. »Autsch, ja, kann ich.« Seine schmerzerfüllte Miene wandelte sich jedoch sofort wieder in ein Strahlen, und dann platzte es auch schon aus ihm heraus: »Er hat gestanden.«

»Wie?«, fragte Toni sofort.

»Wie?« Contutto sah Toni ratlos an. »Mündlich natürlich, wie sonst? Getanzt hat er sein Geständnis nicht.«

»Nein.« Toni schüttelte energisch den Kopf. »Das meinte ich nicht. Wie hat er es getan? Alleine?«

»So weit sind wir noch nicht.« Contuttos Strahlen hatte sich nun endgültig verflüchtigt. Offenbar hatte er mehr Euphorie angesichts dieser durchschlagenden Neuigkeit erwartet und war nun ein wenig vor den Kopf geschlagen. »Allerdings sollten wir das schon noch aus ihm herauskriegen. Besonders viel Widerstand leistet er nämlich nicht. Beate und ich hatten den Schmusekurs gerade erst verlassen und die Daumenschrauben noch gar nicht richtig angezogen, da hat er es schon zugegeben.«

»Was?«, hakte nun auch Hans nach.

»Dass er seiner Frau den Schädel eingeschlagen und den Stein heute im Langwieder See versenkt hat. Er ist übrigens unmittelbar vor eurem Eintreffen von seiner Beweismittelvernichtungsfahrt zurückgekehrt. Nur eine Stunde früher, und ihr hättet ihn mit dem Tatwerkzeug in der Hand erwischt.«

»Hm.« Toni zupfte an ihrem Ohrläppchen. »Und was hat er über Eva Feurer gesagt? Wie hat sie mit der Tat zu tun?«

Contutto zuckte mit den Schultern. »Bisher hat er seine Nachbarin von sich aus mit keinem Wort erwähnt, und wir haben sie auch noch nicht zur Sprache gebracht. Wir machen gerade einen Moment Pause, da Krämer um ein Glas Wasser gebeten hat.«

»Sprecht ihr gerade über Eva Feurer?«, fragte Sören und drückte sich an Contutto vorbei in das Zimmer. »Sie ist ein Einzelkind, hat also weder ältere noch jüngere Geschwister und schon gar keine Zwillingsschwester.«

»Zwillingsschwester?« Contutto blickte befremdet in die Runde. »Wovon redet ihr?«

»Davon, dass ein Zeuge am Tattag gegen achtzehn Uhr beinahe von Eva Feurers Golf über den Haufen gefahren worden wäre«, sagte Toni, »und zwar in unmittelbarer Nähe des Parkplatzes an der Aubinger Lohe. Das Fahrzeug war ohne Licht unterwegs und kam allem Anschein nach direkt aus dem Wald herausgeschossen. Und am Steuer saß eine Frau, die große Ähnlichkeit mit Eva Feurer hatte. Da die Frau Nachbarin aber angeblich um diese Zeit bei Martin und Sebastian Krämer war, hat unser Zeuge entweder ihre Zwillingsschwester gesehen oder Eva Feurer hat gelogen, weil sie bis zum Hals in der Sache drinhängt. Laut Sörens Recherchen hat sie jedoch keine Zwillingsschwester, weshalb nur Alternative zwei übrigbleibt.«

Contutto schnalzte mit der Zunge. »Holy Cow, das sind ja interessante Entwicklungen. Ich bin gespannt, was Herr Krämer dazu sagt, wenn wir ihm das unter die Nase reiben. Wie macht ihr weiter?«, fragte er seinen Vorgesetzten. »Holt ihr die Nachbarin zur Vernehmung?«

»Ja«, sagte Hans. »Und Sebastian ebenfalls. Er hat zwar ein Zeugnisverweigerungsrecht und muss nicht gegen seinen Vater aussagen, aber vielleicht setzt seine Anwesenheit den Herrn Papa und die Frau Nachbarin so unter Druck, dass sie sich alles von der Seele reden wollen.«

»Informiert ihr uns, sobald Sebastian hier ist?«, fragte Contutto Toni und Sören. Die beiden nickten. »Gut, dann werden wir es umgehend auch Herrn Krämer wissen lassen und an sein Gewissen und Verantwortungsgefühl appellieren. Sofern er so etwas besitzt.« Contutto legte zum Gruß zwei Finger an die Stirn und verließ das Zimmer.

»Wir machen uns ebenfalls auf die Socken«, sagte Sören. »Sofern das Telefon der Frau Kollegin nicht wieder klingelt.« Das tat es nicht, sondern das von Hans. Er schickte sie mit einer wedelnden Handbewegung aus dem Raum und nahm den Hörer ab.

Toni und Sören hatten noch nicht einmal die halbe Strecke bis zum Lift hinter sich gebracht, als sie Hans hinter sich brüllen hörten: »Kommando zurück!«

»Ihr könnt eure Jacken wieder ausziehen«, begann Hans, als Toni und Sören wieder vor seinem Schreibtisch standen. »Die Fahrt nach Aubing hat sich erledigt.«

»Wieso das?«, fragte Toni. »Sag nicht, Eva Feurer hat sich aus dem Staub gemacht und Sebastian mitgenommen?«

»Nein, hat sie nicht. Ganz im Gegenteil. Die beiden sind bereits hier. Der Anruf kam von der Pforte. Sebastian ist hier, weil er seinen Vater sehen will, und Eva Feurer ist als moralische Stütze mit dabei. Ein Kollege der Hauswache bringt sie herauf. Sie müssten eigentlich jeden Moment hier sein.«

Wie auf sein Stichwort hallten Schritte durch den Gang. Toni streckte kurz den Kopf zur Tür hinaus.

»Sie sind es«, raunte sie ihren Kollegen zu. »Übernimmst du den Jungen?«, fragte sie Sören. »Er und ich hatten einen eher schlechten Start, und ich glaube nicht, dass er mir gegenüber besonders gesprächig sein wird. Vielleicht läuft es bei dir besser. Ich schnappe mir die Feurer.«

Sören nickte, und sie traten hinaus in den Gang, um die Ankömmlinge in Empfang zu nehmen. Hans folgte ihnen, blieb aber im Türrahmen stehen. Eva Feurer hatte den Arm um Sebastians Schultern gelegt, doch auf den letzten Metern machte er sich von ihr frei und verfiel in einen Laufschritt. Vor Toni und Sören blieb er stehen.

»Wo ist mein Vater?«, fragte er atemlos, als wäre er die vier Stockwerke zu ihnen heraufgerannt. Er schien in den letzten Tagen noch dünner geworden zu sein. Er war bleich und seine Wangen eingefallen. Seine Haut hatte einen seltsam wächsernen Glanz, und um seine Augen lagen so tiefe Schatten, dass sie fast wie geschminkt wirkten.

Er weiß es, dachte Toni. Er weiß alles, und nun versucht er in einem letzten verzweifelten Aufbäumen die endgültige Zerstörung der Ruine, die einmal seine Familie gewesen war, zu verhindern. Und sie hatten die undankbare Aufgabe, ihn dazu zu bringen, mit seinen eigenen Händen die letzten noch aufeinanderliegenden Steine abzutragen.

»Bitte, kann ich zu meinem Vater?« Sein Blick fraß sich

an Toni fest. »Bitte, Frau Stieglitz. Mein Vater … Ihn trifft keine Schuld. Er kann nichts dafür. Sie dürfen ihn nicht einsperren. Bitte!«

Die Verzweiflung in Sebastians Stimme schnürte ihr die Kehle zu. Sie warf Sören einen raschen Blick zu, und er verstand sofort.

»Dein Vater wird gerade vernommen. Aber du darfst später zu ihm, versprochen. Komm erst einmal mit mir mit.« Er umfasste den Oberarm des Jungen, doch Sebastian schüttelte seinen Griff ab, ohne Sören auch nur eines Blickes zu würdigen. Seine ganze Aufmerksamkeit galt einzig und allein Toni. Hatte er wider Erwarten doch ein wenig Zutrauen zu ihr gefasst? Dann würde sie das wohl ausnützen müssen, auch wenn er sie hinterher dafür für alle Zeiten hassen würde.

»Es stimmt, was mein Kollege sagt, Sebastian. Dein Vater wird gerade vernommen, da können wir jetzt nicht stören. Aber sie werden bald eine Pause machen, dann bringe ich dich zu ihm. Lass uns bis dahin in mein Zimmer gehen.«

Sebastian hatte an ihren Lippen gehangen, als würde er die Worte davon ablesen, statt sie mit den Ohren zu hören. Nur zögerlich wandte er sich in die Richtung, in die Toni deutete. Eva Feurer wollte ihnen folgen, doch Sören hielt sie zurück.

»Bitte da hinein, Frau Feurer.« Er zeigte auf sein Büro. Irritiert blieb die Frau stehen.

»Nein. Das geht nicht. Ich muss bei Sebastian bleiben. Er ist ganz allein. Er hat doch sonst niemanden.« Sie wollte um Sören herumgehen, doch er stellte sich ihr in den Weg.

»Tut mir leid. Wir haben auch einige Fragen an Sie – und zwar allein.«

»An mich? Aber wieso an mich?« Ihre Stimme rutschte eine halbe Oktave nach oben und bekam einen schrillen Unterton. »Ich weiß nicht, was Sie von mir wollen. Ich bin hier, um Sebastian zu unterstützen. Er ist doch noch nicht volljährig.« Wieder ging sie einen Schritt zur Seite, doch an Sören war kein Vorbeikommen.

»Sebastian ist fünfzehn und geistig absolut reif genug, um selbst zu entscheiden, ob er alleine mit meiner Kollegin sprechen oder jemanden an seiner Seite haben möchte. Aber selbst wenn er eine Vertrauensperson wünscht – Sie werden es nicht sein, Frau Feurer. Und nun bitte da entlang.« Er trat einen Schritt auf Martin Krämers Nachbarin zu und breitete in einer gleichzeitig einladenden und gebieterischen Geste die Arme aus. Eva Feurer wich ein wenig zurück, blieb aber sofort wieder stehen.

»Nein!«, sagte sie. Auf ihrem Nasenrücken hatten sich winzige Schweißtropfen gebildet. »Ich lasse den Jungen nicht allein. Dazu können Sie mich nicht zwingen.«

»Doch, das können wir, Frau Feurer«, sagte Sören ruhig. »Aber das möchte niemand von uns, weder ich noch meine Kollegen. Und ich bin sicher, Sie möchten das auch nicht. Sie sorgen sich um den Jungen, richtig? Dann wollen Sie ihm garantiert den Anblick ersparen, wie wir Ihnen Handfesseln anlegen. Ich finde, Sebastian hat in den letzten Tagen genug mitgemacht, da sollten Sie eigentlich alles daransetzen, weitere Belastungen von ihm fernzuhalten, statt vor seinen Augen eine Auseinandersetzung mit uns zu provozieren.«

Mit offenem Mund stand Eva Feurer da und starrte Sören an. Ihre Nase lief, doch sie schien es nicht zu bemerken.

»Bitte«, wiederholte Sören nach einigen Sekunden, und diesmal folgte sie seiner Aufforderung.

»Komm«, sagte Toni leise zu Sebastian, schob ihn sanft in ihr Büro und schloss die Tür hinter sich. Mit hängendem Kopf stand er da, die Augen wieder hinter dem dichten Vorhang seiner Haare verborgen. Sie bot ihm den Besucherstuhl an und setzte sich selbst auf die Heizung, um nicht den Schreibtisch als Barriere zwischen ihnen zu haben.

»Du hast gehört, was mein Kollege gesagt hat«, begann sie. »Möchtest du jemanden anrufen? Vielleicht einen Verwandten? Einen Onkel oder eine Tante?« Einen Moment lang hatte sie überlegt, Sebastians leibliche Mutter zu erwähnen, doch das wäre keine gute Idee. Ihr psychisch labiler Zustand würde die Situation nur verschlimmern statt verbessern, und so lange der Junge Bettina Richter nicht selbst ins Spiel brachte, würde sie es auch nicht tun.

»Mein Vater hat keine Geschwister«, sagte Sebastian leise. Er kratzte unaufhörlich über seine Arme, als hätte er einen juckenden Ausschlag. Wenn er keine Kleidung getragen hätte, wären sie sicher bereits blutig gekratzt. »Und ich brauche auch niemanden.« Ruckartig hob er den Kopf und schaute Toni an. »Mein Papa war es nicht. Das müssen Sie mir glauben. Bitte! Er hat nichts damit zu tun, das schwöre ich Ihnen. Eva und ich ... Also Sie wissen doch, dass wir am Samstag den ganzen Nachmittag zusammen waren.«

Er warf ihr einen flehentlichen Blick zu, und sie nickte. Ein tiefer Seufzer saß in Tonis Brust, doch sie unterdrückte ihn. Das würde jetzt weder einfach noch angenehm werden.

»Ich weiß, dass ihr das gesagt habt, und ich würde dir gern glauben, Sebastian«, sagte sie behutsam, »aber wir wissen inzwischen, dass das nicht stimmt. Es gibt einen Zeugen, der Frau Feurer genau zu der Zeit, in der sie angeblich in eurem Wohnzimmer saß, in ihrem Auto gesehen hat, und zwar in unmittelbarer Nähe der Aubinger Lohe.«

Sebastians Gesicht schien nur aus zwei riesengroßen dunklen Augen zu bestehen. Die Haut um sie herum war so dünn und blass, dass man die Adern hindurchschimmern sehen konnte. Wie hypnotisiert klebte sein Blick an Toni. Dann sprang er plötzlich auf. Toni blieb reglos sitzen, folgte ihm nur mit den Augen.

»Na gut«, stieß Sebastian hervor, während er im Zimmer auf und ab rannte, »es stimmt. Eva war nicht im Haus. Aber mein Vater hat trotzdem nichts damit zu tun. Er war daheim. Er hat Julia nicht umgebracht. Das schwöre ich.«

Stocksteif stand er vor Toni, den Oberkörper nach vorn geneigt, als müsse er sich gegen eine Windbö stemmen. Seine Fäuste pumpten wie nervöse Herzen.

»Es tut mir leid, Sebastian«, sagte Toni leise. »Aber dein Vater hat gestanden. Er hat zugegeben, Julia getötet zu haben.«

Sebastians Unterkiefer sackte nach unten. Die Muskeln in seinem Gesicht erschlafften, und aus seinem ganzen Körper wich die Spannung. Er stand da wie eine Marionette, die nur durch spinnwebdünne Fäden gehalten wurde, die jeden Augenblick reißen konnten.

Langsam ließ Toni sich von der Heizung gleiten und ging auf den Jungen zu. Er war wie in Trance. Speichel sickerte aus einem Mundwinkel und lief sein Kinn hinab.

»Sebastian?«

Keine Reaktion.

»Sebastian?«

Sie streckte die Hand nach ihm aus. Ihre Fingerspitzen hatten ihn kaum berührt, als der Junge ihr mit beiden Händen einen Stoß verpasste, der sie rückwärts gegen die Heizung taumeln ließ.

»Papa!«, brüllte er und rannte zur Tür und riss sie mit einem brutalen Ruck auf. Donnernd prallte die Klinke gegen die Wand und bohrte sich in den Putz.

»Papa!«, brüllte er noch einmal und lief nach draußen. Toni rannte ihm hinterher.

»Papaaa!«

Sebastians Schrei hallte laut von den Wänden wider. Mit hilflos ausgebreiteten Armen stand er auf dem Gang und drehte sich wieder und wieder um die eigene Achse. Tränen strömten über seine Wangen.

»Paaapaaa!«

Das Brüllen wurde zu einem Schluchzen und ließ Sebastians Stimme kippen. Türen öffneten sich, Kollegen streckten ihre Köpfe heraus. Contutto stürzte aus dem Vernehmungsraum, dicht gefolgt von Martin Krämer, doch Contutto hielt ihn davon ab, zu seinem Sohn zu laufen.

»Papa!« Sebastian schüttelte den Kopf. Seine Stimme kippte hin und her, als wäre er wieder mitten im Stimmbruch. Mit schwankenden Schritten ging er auf seinen Vater zu. Zwischenzeitlich war Beate hinzugekommen und hielt Martin Krämer fest, während Contutto sich zwischen den Mann und seinen Sohn stellte. Schwer atmend blieb Sebastian stehen und starrte Contutto an.

»Er war es nicht, verdammte Scheiße! Warum kapiert ihr Drecksbullen das denn nicht?« Speicheltröpfchen flogen von seinen Lippen. »Mein Papa hat es nicht getan! Er ist kein Mörder! Ihr dürft ihn nicht einsperren!« Rotz vermischte sich mit Tränen, und er wischte sich mit dem Ärmel über die Nase.

»Sebastian, bitte!«, flehte sein Vater. Er war genauso

blass wie sein Sohn. »Hör auf, du machst alles nur noch schlimmer!«

Nun war auch Sören aus seinem Büro gekommen. Eva Feurer wollte ihm folgen, doch er drängte sie zurück in das Zimmer und schloss die Tür. Toni suchte seinen Blick. Sie deutete mit dem Kopf auf Sebastian, und Sören nickte. Sie mussten ihn wieder in ein Zimmer schaffen, bevor die Situation völlig eskalierte. Vorsichtig näherten sie sich dem Jungen, versuchten dabei immer in seinem Rücken zu bleiben. Contutto, der Sebastians Blick festgehalten hatte, unterbrach den Kontakt nur für die Dauer eines Wimpernschlags, doch für den Jungen war das wie ein Alarmsignal. Wie ein Derwisch wirbelte er herum. Nur eine einzige Armlänge trennte sie noch von dem Jungen, doch keiner von ihnen rührte sich. Sebastian leckte sich über die Lippen, schien fieberhaft zu überlegen, was er tun sollte. Dann blieb sein Blick an Sören hängen, und seine Augen verengten sich. Eine Zehntelsekunde zu spät verstand Toni, was Sebastian vorhatte.

Sie machte einen riesigen Satz nach vorne, aber der Junge hatte sich bereits auf Sören gestürzt. Ein Stoß gegen den Brustkorb brachte Tonis Kollegen ins Straucheln, und während er noch um sein Gleichgewicht kämpfte, packte Sebastian Sörens Waffe und zog sie aus dem Holster.

»Zurück!«, brüllte er und hob die Pistole. Das pechschwarze Mündungsloch der P7 tanzte auf und ab, als er sich hektisch in alle Richtungen drehte. Tonis Magen hatte sich in einen eiskalten Klumpen verwandelt. Scheiße, Scheiße, Scheiße! Wenn der Junge jetzt die Nerven verlor und durchdrehte, gab es ein Blutbad.

»Sebastian«, sagte sie so ruhig sie konnte. »Bitte schau mich a...«

»Klappe!«

Das schwarze Loch zeigte genau auf Tonis Gesicht. Wenn er jetzt abdrückte, würde sie nicht einmal mehr den Knall hören, weil ihr Gehirn in dem Moment ihren Schädel nach hinten verlassen würde, in dem die Schallwellen ihre Trommelfelle erreichten.

»Leg die Waffe weg, Sebastian. Bitte!«

Martin Krämers Stimme zitterte so stark, dass Toni ihn kaum verstand. Der Junge warf einen Blick über seine Schulter, behielt die Waffe aber immer im Anschlag.

»Das kann ich nicht, Papa. Dann sperren sie dich ein, und das dürfen die nicht.« Er wandte sich wieder Toni zu. »Sagen Sie Ihrem Kollegen, er soll weggehen.« Er fuchtelte mit der Waffe in Contuttos Richtung. »Lassen Sie meinen Vater frei.« Er schniefte und fuhr sich wieder mit dem Ärmel über die Nase. Toni ging nicht darauf ein.

»Hör auf deinen Vater, Sebastian«, sagte sie. »Leg die Waff...«

»Einen Scheißdreck werde ich!«, brüllte er und trat von einem Fuß auf den anderen, als stünde er auf glühendem Boden. »Geh, Papa! Los!« Wieder fuchtelte der Junge mit der Waffe durch die Luft. »Mach schon! Hau ab!«

Doch Martin Krämer schüttelte den Kopf.

»Ich habe gestanden, Sebastian. Sie können mich nicht gehen lassen.«

»Aber ...« Martin Krämers Sohn presste beide Hände an seinen Kopf. Sein rechter Zeigefinger war immer noch im Abzugsbügel. »Aber das kannst du nicht«, schluchzte Sebastian. »Das darfst du nicht.« Er ließ die Arme sinken und ging einen Schritt auf seinen Vater zu, blieb stehen, biss sich auf die Lippe, drehte sich um und schaute Toni an.

»Lassen Sie meinen Vater gehen, Frau Stieglitz, bitte! Er

hat es nicht getan.« Seine Verzweiflung schwappte wie eine Welle auf Toni zu, doch auch sie schüttelte den Kopf.

»Das kann ich nicht, Sebastian. Du hast gerade selbst gehört, warum: Dein Vater hat den Mord gestanden.«

»Aber er kann doch nicht gestehen, was er gar nicht getan hat!« Sebastian griff sich in die Haare, krümmte sich zusammen wie unter Schmerzen und richtete sich wieder auf. »Warum sagst du so was, Papa?« Er sah seinen Vater an. »Warum?«

»Weil ich es getan habe, Sebastian«, sagte Martin Krämer ruhig, fast schon beschwörend und hielt dabei dem Blick seines Sohnes stand. »Ich habe Julia umgebracht.«

»Nein.« Sebastians Stimme war kaum mehr als ein Flüstern. »Nein, hast du nicht! Hör endlich auf zu lügen, Papa!«

Unter großer Kraftanstrengung, als würde sein Kopf von einer Schraubzwinge festgehalten, entwand er sich dem Blick seines Vaters und drehte sich zu Toni um.

»Ich war es.«

Die Worte waren kaum mehr als ein Hauchen, und Toni wusste nicht, ob sie richtig verstanden hatte.

»Was?«, fragte sie, während sie Sebastian in die Augen sah. »Was hast du gesagt?« Sie hoffte mit aller Inbrunst, dass sie sich verhört hatte.

»Sebastian!«, flehte sein Vater. »Nicht. Bitte!« Aber sein Sohn schien die Worte gar nicht zu hören.

»Ich wollte es nicht«, sagte er und sah Toni ausdruckslos an. Die Tränen waren inzwischen versiegt, und es sprach nur noch eine große Müdigkeit aus seinen Augen. »Ich wollte nur mit ihr reden, ihr sagen, dass das nicht geht. Dass sie das mit Papa nicht mehr machen darf. Ihn schlagen und andere Männer vögeln.«

»Woher …«, sagte sein Vater, dann versagte ihm die Stimme.

»Woher ich das weiß?«, fragte Sebastian über seine Schulter, drehte sich jedoch nicht um. »Ich bin nicht blind, Papa, und ich weiß, dass du es auch nicht bist. Sie hat es ja nicht einmal heimlich gemacht, aber du bist immer nur nach oben und hast dich in deinem Zimmer eingesperrt, wenn sie sich für die anderen Kerle zurechtgemacht hat. Du wolltest das nicht sehen. Wolltest nicht, dass ich merke, wie weh sie dir damit tut. Aber ich habe es trotzdem gemerkt, und das hat so gebrannt, Papa. Hier drin.«

Er schlug sich mit der Waffe gegen die Brust.

»Ich hab keine Luft mehr gekriegt, weil es so weh getan hat. Ich konnte nicht mehr atmen, nicht mehr essen und nicht mehr schlafen. Der Schmerz musste aufhören, Papa. Ich hab das nicht mehr ausgehalten. Ich wäre sonst krepiert. Wir wären sonst krepiert.«

Er ließ die Schultern hängen und sah zu Boden. Eine riesige Last schien kurz davor zu sein, ihn in die Knie zu zwingen. Den Blick auf den Boden gerichtet, sprach er weiter.

»Aber das wolltest du nicht sehen. Wolltest nicht wahrhaben, dass sie uns zugrunde richtet, und deshalb musste ich etwas tun.« Er sah auf und richtete sich nun an Toni. »Ich wusste das mit diesem Fickportal schon eine ganze Zeit«, sagte er, und seine Gesichtszüge nahmen eine Härte an, die ihn um Jahrzehnte älter wirken ließ. »Ich hatte ihren Account gehackt und alles mitverfolgt. Ich habe jede einzelne verfickte Nachricht gelesen und wusste genau, mit wem sie es wie oft getrieben hat.«

»Sebastian! Hör auf!«, bettelte sein Vater, doch der Junge machte nur eine unwirsche Handbewegung. Die Mündung der Pistole beschrieb einen Kreis, glotzte jeden einzelnen von ihnen mit ihrem schwarzen Auge an.

»Ich habe ihrem Stecher eine Mail geschrieben und ihn weggeschickt. Dann habe ich mich bei dem Parkplatz versteckt und auf sie gewartet. Als sie mich gesehen hat, wollte sie abhauen, doch ich habe mich vor ihr Auto gestellt. Da ist sie ausgestiegen und in den Wald gelaufen, und ich bin ihr gefolgt. Ich habe ihr gesagt, dass sie damit aufhören muss, dass sie alles kaputtmacht, aber sie hat nichts gesagt, ist immer nur weitergelaufen. Ich bin ihr hinterhergerannt wie ein Hund, habe gebettelt und gefleht, und auf einmal ist sie stehen geblieben und hat sich umgedreht. Ihr Gesicht ...« Sebastian schluckte und fuhr sich mit der Zunge über die Lippen. »Es war so voller Ekel, als hätte sie einen Haufen Scheiße voller Fliegen vor sich. Dann hat sie vor mir ausgespuckt und gesagt: *Du bist derselbe jämmerliche Schlappschwanz wie dein Vater.*«

Seine Stimme brach, und er presste die Lippen aufeinander. Eine Träne lief über seine Wange.

»Auf einmal lag sie vor mir, und ich hatte diesen Stein in der Hand. Ich weiß noch, wie er sich angefühlt hat, ganz kalt und rau und schwer. Ich hab erst gar nichts kapiert und dachte, sie wäre gestürzt. *Julia*, habe ich gesagt. *Julia, steh auf.* Doch sie hat sich nicht gerührt. Da erst habe ich das mit ihrem Kopf gesehen.«

Sebastian wischte die Träne weg und drehte sich langsam zu seinem Vater um.

»Es tut mir leid, Papa«, flüsterte er. »Ich habe alles kaputtgemacht.«

Dann hob er die Pistole an seine Schläfe und drückte ab.

Vierundfünfzig

Die Stille dröhnte so laut in Tonis Ohren, dass sie überzeugt war, immer noch das Echo des Schusses zu hören. Doch Sebastian stand immer noch vor ihr, die P7 gegen seinen Kopf gerichtet. Atmend. Lebendig. Fassungsloses Staunen auf seinem Gesicht. Staunen darüber, wie es sein konnte, dass er nicht tot war. Oder war er es doch?

Toni und Contutto hechteten gleichzeitig los, warfen sich auf den Jungen und rissen ihm die Waffe aus der Hand. Sebastian ließ es ohne jeden Widerstand über sich ergehen, wehrte sich auch dann nicht, als Contutto ihn fest mit beiden Armen umklammerte. Völlig teilnahmslos stand er da, den Mund leicht geöffnet und den Blick in weite Ferne gerichtet. Dann flatterten seine Augenlider, und im nächsten Moment sackte er bewusstlos in sich zusammen.

Fünfundfünfzig

»Es lebe die Griffsicherung«, sagte Toni und blinzelte an Mulder gelehnt in die Sonne. Der März zeigte sich an seinem ersten Tag in diesem Jahr von seiner besten Seite und wartete mit einem blitzblauen Himmel und bunten Krokustupfern in der Wiese auf. »Der Junge ist Rechtshänder und hat mit der Linken trotz der ganzen Aufregung wohl einfach nicht fest genug zugedrückt, um die Pistole zu entsichern.«

»Mehr Glück als Verstand«, sagte Mulder. »Wie geht es jetzt mit ihm weiter?«

»Er ist immer noch in der Jugendpsychiatrie und wird dort wohl noch eine längere Zeit bleiben. Du hättest das sehen sollen.« Toni deutete auf ihre Unterarme. »Die Haut war ein einziges Narbengewebe. Er muss sich schon lange Zeit immer wieder geritzt haben.«

»Und niemand hat das bemerkt? Nicht einmal sein Vater?«

Toni schüttelte den Kopf.

»Nein. Martin Krämer hat vor allem die Augen verschlossen. Dachte wohl, dass die Dinge, die er nicht sieht, auch nicht existieren.«

»Dann hat er auch nicht kapiert, dass seine Nachbarin in ihn verliebt war?«

Toni zuckte mit den Schultern.

»Vielleicht schon, aber das hat er dann vermutlich auch verdrängt.«

»Dass ich in dich verliebt bin, verdrängst du aber hoffentlich nicht«, murmelte Mulder und zog den Kragen ihrer Jacke zur Seite, um sie auf den Hals zu küssen.

»Ganz bestimmt nicht«, sagte Toni und genoss die Berührung seiner Lippen. »Sieh lieber zu, dass du das auch nicht verdrängst«, sagte sie und zupfte an seinem Ohrläppchen.

»Da habe ich keine Bedenken«, antwortete Mulder und küsste dieselbe Stelle noch einmal. »Du wirst mich schon jeden Tag daran erinnern.«

»Worauf du dich verlassen kannst«, sagte Toni und schmiegte sich noch enger an Mulder. Wieder spürte sie, wie unendlich gut ihr seine Nähe tat. Das Drama um Sebastians Selbstmordversuch hatte im gesamten Kommissariat noch lange nachgewirkt, doch nun begannen die Ereignisse langsam zu sacken, und ihr Verstand machte sich an die Aufarbeitung, die sie sicher noch einige Zeit beschäftigen würde.

Der Fall hatte sie stärker mitgenommen, als sie sich selbst hatte eingestehen wollen. Er hatte die ganze Sache mit Mike wieder aufgewühlt, und das hatte ihr den Blick vernebelt wie aufgewirbelter Sand im Wasser. Ob es bei Eva Feurer ähnlich gewesen war?

Hatten ihre Gefühle für Martin Krämer sie ebenfalls so blind gemacht, dass sie nicht klar hatte denken können? Oder war es einfach die Panik in Sebastians Stimme gewesen, als er sie vom Wald aus angerufen und schluchzend erzählt hatte, dass er seine Stiefmutter erschlagen hatte?

Oder war es eine Kombination aus beidem? Toni überlegte, was sie tun würde, wenn Mulder sie anrufen und ihr beichten würde, dass er seine Ex umgebracht hatte. Würde sie ihn ans Messer liefern? Oder würde sie das tun, was Eva Feurer gemacht hatte, und versuchen, die Tat zu vertuschen, indem sie eine aus dem Ruder gelaufene Vergewaltigung vortäuschte?

Sie schob den Gedanken zur Seite, wollte ihn nicht zu Ende denken. Wozu auch? So ein Fall würde nie eintreten. Nie.

Mulder schien ihre Unruhe zu spüren und drückte sie wortlos noch ein wenig fester an sich. Dann ließ er sie los und zog sie mit sich nach vorn an die Balkonbrüstung. Zwei Stockwerke unter ihnen steckte ein überdimensionaler Papierflieger aus Aluminium mit der Spitze im Rasen. Wie jedes Mal bei diesem Anblick musste Toni lächeln.

»Wann kannst du einziehen?«, fragte Mulder.

»Schon in zwei Wochen«, antwortete Toni. »Dafür muss ich allerdings selbst renovieren.«

»Will ich wissen, wie du so schnell an die Wohnung gekommen bist?«

»Nein«, sagte Toni und sah ihn ernst an. »Je weniger du über die mafiösen Polizeistrukturen in München weißt, desto besser.«

»Das heißt auf Deutsch: Wenn du es mir verrätst, musst du mich töten.«

»Exakt.«

»Und wenn ich dir beim Renovieren helfe?«

Toni legte die Stirn in Falten und tat, als müsse sie angestrengt überlegen.

»Also in diesem Fall könnte ich eine Ausnahme machen und dir verraten, dass die Wohnung einem Freund meines

Chefs gehört. Theoretisch ist sie noch vermietet, doch der Mieter ist vor zwei Wochen in einer Nacht-und-Nebel-Aktion abgehauen, nachdem er von den letzten sechs Monatsmieten nur Centbeträge gezahlt hat. Die Zimmer müssen bis auf eine Matratze, ein durchgesessenes Sofa und einen Fernseher völlig leer gewesen sein.«

Ich habe nicht einmal das, dachte Toni. Alles, was sie besaß, passte in ein paar Kartons, die im Zimmer der Pension und im Kofferraum ihres alten Mercedes auf sie warteten. Aber vielleicht musste es genau so sein.

Sie ließ ihren Blick über die Umgebung schweifen. Die Lage war wirklich perfekt, direkt am Rand des Westparks. Hätte sie eine Wohnung im Erdgeschoss, so könnte sie von der Terrasse aus ihre Laufrunden beginnen. Aber damit, dass sie erst vom zweiten Stock hinuntergehen musste, konnte sie auch ganz gut leben.

»Wollen wir?«, fragte sie und drückte Mulder einen Kuss auf die Wange. Sie ließ ihm den Vortritt und warf noch einmal einen Blick über ihre Schulter, und dabei sah sie ihn. Er stand auf dem Weg, der an der Wohnanlage vorbeiführte, hatte die Hände in den Jackentaschen versenkt und schaute direkt zu ihr hinauf. Tonis Herzschlag setzte einen Moment lang aus. Nein. Das war unmöglich. Das musste ein Irrtum sein.

Langsam trat sie an die Brüstung. Noch bevor er die Hand zum Gruß hob, wusste sie, dass sie sich nicht geirrt hatte. Er war es. Kein Zweifel. Dort unten stand Mike.

Eine eiskalte Faust packte Tonis Kehle und drückte zu. Wie konnte das sein? Wie war es möglich, dass er sie schon wieder aufgespürt hatte? Noch bevor sie eingezogen war? Verzweifelt bäumte sich in ihr der Gedanke auf, dass das ein dummer Zufall war, doch ihr war klar, dass sie sich damit nur etwas vormachte. Das war kein Zufall. Das war Machtdemonstration pur.

Nach einer Ewigkeit, die vermutlich nur wenige Augenblicke gedauert hatte, hob er wieder die Hand und schlenderte davon wie ein ganz normaler Spaziergänger.

Toni starrte ihm hinterher, unfähig sich zu rühren. Offenbar fühlte Mike sich inzwischen so sicher, dass er es nicht mehr für notwendig hielt, andere vorzuschicken, um sie einzuschüchtern. War das Strafverfahren gegen ihn vielleicht inzwischen abgeschlossen? Hatte der Staatsanwalt ihm eine kleine Geldauflage aufgebrummt und dafür im Gegenzug von der Klageerhebung abgesehen? Oder war die Anzeige ganz eingestellt worden?

Wenn es tatsächlich so war, würde sie das bald von ihrem Rechtsanwalt erfahren. Oder zuvor von den Kollegen. Ihr wurde schwummrig, und sie schloss für einen Moment die Augen und stützte sich an der Brüstung ab. Als die Welt nicht mehr schwankte, war der Weg verwaist, doch Mikes Schatten schien noch immer dort unten zu verharren wie ein böser Geist, den sie nie mehr loswerden und der sie für alle Zeiten heimsuchen würde.

Nein. So konnte es nicht weitergehen. Sie musste etwas unternehmen. Nur was? Eine Anzeige war sinnlos. Er würde diese Begegnung als Zufall hinstellen, und niemand konnte ihm das Gegenteil beweisen. Außerdem hatte er nichts getan, als ihr zuzuwinken, und das war nun wirklich nicht strafbar.

Hilflos ballte sie die Fäuste. Es konnte doch nicht sein, dass Mike so einfach mit allem davonkam. Dass er weitermachen konnte, als wäre nie etwas passiert. Als hätte er überhaupt nichts getan. Genau wie bei dem missglückten SEK-Einsatz, von dem Janina erzählt hatte und wegen dem ihr Mann noch eine Rechnung mit Mike offen hatte. Er und seine Kollegen schienen regelrecht auf einen Grund zu warten, um sich Mike zu kaufen.

Und wenn sie ihnen diesen Grund lieferte?

Toni zog ihr Handy aus der Tasche und rief die Kontaktliste auf. Ihre Fingerkuppe verharrte über Janinas Telefonnummer. Sollte sie wirklich …? Sie biss sich auf die Lippe. Das war vermutlich der einzige Weg, wie sie Mike für das, was er ihr angetan hatte, büßen lassen konnte. Und damit meinte sie richtig büßen. Nicht nur so einen lächerlichen erhobenen Zeigefinger von Justiz und polizeiinterner Disziplinarbehörde. Er sollte spüren, was sie gespürt hatte. Auge um Auge.

»Toni?« Mulder trat auf den Balkon. »Was ist los? Wo bleibst du? Ruft der Dienst schon wieder nach dir?«

»Was?« Sie schaute auf. Ihr Finger hatte sich noch keinen Millimeter bewegt. »Ach so. Nein. Falsch verbunden.« Sie ließ das Telefon zurück in ihre Tasche gleiten.

»Für falsch verbunden siehst du aber ziemlich blass aus.« Mulder runzelte die Stirn. »Ist alles in Ordnung?«

Ja, wollte sie eigentlich sagen. *Alles okay.* Aber das stimmte nicht. Nichts war okay.

»Mike war hier«, flüsterte sie. »Er stand dort unten auf dem Weg und schaute zu mir herauf. Wäre es jemand anderes gewesen, hätte es Zufall sein können, aber Mike überlässt nichts dem Zufall. Er wusste, dass ich hier bin. Dass *wir* hier sind.«

Sie erwartete, dass Mulder ihr widersprechen und die Sache verharmlosen würde, um sie zu beruhigen, doch er tat es nicht.

»Was willst du tun?«, fragte er stattdessen. Toni zuckte mit den Schultern.

»Keine Ahnung. Es gibt ja nichts, was ich gegen ihn unternehmen könnte.«

Zumindest rechtlich nicht, dachte sie, aber da war ja noch die andere Option. Die abseits der Gesetze. Doch war das wirklich eine Option? Ja, es war verlockend, Selbstjustiz zu üben und Mike auf diesem Weg zu bestrafen, wenn es sonst niemand tat. Aber im Endeffekt war sie dann keinen Deut besser als er, und so tief wollte sie nicht sinken. Niemals.

»Komm.« Mulder legte den Arm um sie. »Lass uns gehen. Uns wird schon etwas einfallen. Irgendwie kriegen wir das schon hin.«

Toni sah ihn an.

»Wir?«

»Natürlich wir. Oder glaubst du, ich lasse mich von deinem Ex so einfach vergraulen?«

»Du meinst, ich muss mir etwas Besseres ausdenken, um dich loszuwerden?«

»Allerdings«, antwortete Mulder und zog sie an sich. »Und zwar etwas viel Besseres.«

Danksagung

»Schreiben ist eine einsame Angelegenheit.« Diesen Satz haben Sie in dieser oder einer ähnlichen Form vermutlich schon öfter gehört oder gelesen. Was mich angeht, stimmt er auch, denn ich bin kein Kaffeehausschreiber, der einen gewissen Grundpegel an Geräuschen und Bewegung um sich herum braucht, sondern sitze am liebsten im stillen Kämmerlein, weil ich mich dort am besten konzentrieren kann. Aber keine Regel ohne Ausnahme, schließlich kann man nicht alles in Büchern oder im Internet recherchieren. Manchmal muss man Kontakt mit Menschen aus Fleisch und Blut aufnehmen, was zu interessanten und manchmal auch sehr amüsanten Begegnungen führen kann.

So geschehen bei den Recherchen zu diesem Buch, weshalb mein erster Dank an Michael Wein vom TSV Aurich geht, und zwar nicht nur dafür, dass ich den »Schnegga-Becher« verwenden durfte, sondern vor allem dafür, dass er mich vor dem peinlichen Fauxpas bewahrt hat, den TSV Aurich aus Baden-Württemberg nach Ostfriesland zu verpflanzen. Aurich in Ostfriesland hat auch einen Sportverein, der sich allerdings SpVg und nicht TSV nennt, was mir in meinem Eifer jedoch irgendwie durchgerutscht ist. Michael Wein und ich haben uns so über meinen Fehler amüsiert, dass ich ihn kurzerhand Toni angedichtet habe, um Sie daran teilhaben zu lassen.

Ein weiteres Dankeschön geht an Ralf Menger, Diplompsychologe beim Zentralen Psychologischen Dienst der Bayerischen Polizei (ZPD), der mir den entscheidenden Tipp gegeben hat, mich näher mit der Thematik Borderline zu beschäftigen. Mittlerweile besitze ich eine kleine Bibliothek zu diesem Thema.

Meinem Kollegen KHK Martin Witzgall bin ich ebenfalls zu Dank verpflichtet, weil ich ihn immer wieder mit Fragen zur IT-Forensik löchern durfte und er angesichts meines doch eher bescheidenen Wissens nie die Hände über dem Kopf zusammengeschlagen hat.

Last but not least möchte ich mich ganz besonders bei meinem Lektor Carlos Westerkamp bedanken, der es wieder geschafft hat, den Finger unter anderem genau auf die Stellen zu legen, mit denen ich unzufrieden war, aber selbst nicht sagen konnte, warum.

Für Fehler jeglicher Art trage ich allein die Verantwortung.